DÉCLARATION DE L'AUTEUR

Conformément aux décrets de Sa Sainteté le pape Urbain VIII, l'auteur déclare que les titres qu'il donne, les actions qu'il attribue aux serviteurs de Dieu, les appréciations qu'il porte sur les faits extraordinaires : grâces ou miracles, etc., relatés dans ce livre, sont uniquement fondés sur la conviction humaine, et qu'il n'entend et ne veut en rien prévenir le jugement du Saint-Siège Apostolique, auquel il soumet en tout cet ouvrage et dont il veut être toujours le fils très humble et très obéissant.

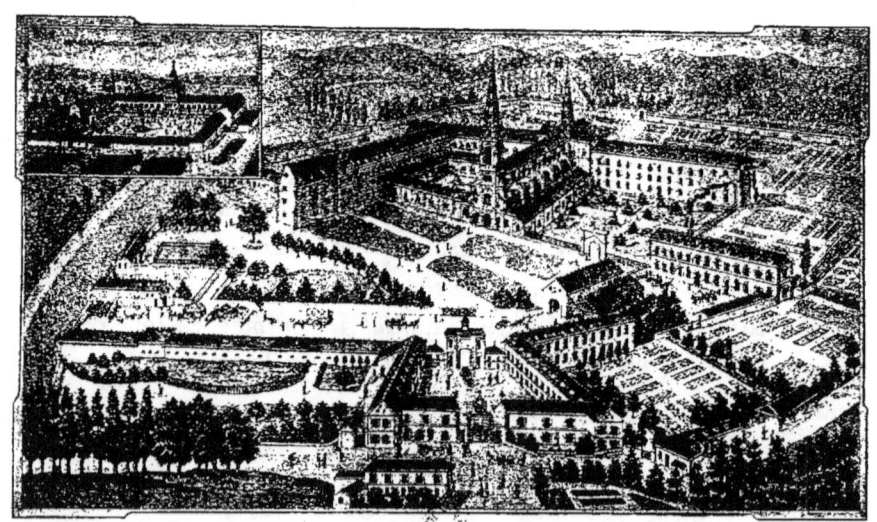

Vue d'ensemble du Monastère et de l'Orphelinat.

HISTOIRE POPULAIRE

ILLUSTRÉE

DE

L'ABBAYE DE MAISON-DIEU

N.-D. DE LA GRANDE-TRAPPE

PAR UN RELIGIEUX DE CE MONASTÈRE

Lætabitur deserta et invia, et exultabit soli-
tudo et florebit quasi lilium... Gloria Libani
data est ei, decor Carmeli et Saron.

« Les déserts sans chemins se réjouiront, la
solitude tressaillira d'allégresse, elle fleurira
comme le lis, elle revêtira la gloire du Liban, la
beauté du Carmel et de Saron. »

(Isaïe, XXXV, 1..2.)

LIBRAIRIE RELIGIEUSE H. OUDIN

PARIS	POITIERS
10, RUE DE MÉZIÈRES, 10	4, RUE DE L'ÉPERON, 4

1895

HISTOIRE POPULAIRE

DE

L'ABBAYE DE MAISON-DIEU

N.-D. DE LA GRANDE-TRAPPE

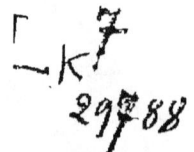

HISTOIRE POPULAIRE

ILLUSTRÉE

DE

L'ABBAYE DE MAISON-DIEU

N.-D. DE LA GRANDE-TRAPPE

PAR UN RELIGIEUX DE CE MONASTÈRE

*Lætabitur deserta et invia, et exul-
tabit solitudo et florebit quasi lilium...
Gloria Libani data est ei, decor Carmeli et Saron.*

« Les déserts sans chemins se
réjouiront, la solitude tressaillira
d'allégresse, elle fleurira comme le
lis, elle revêtira la gloire du Liban,
la beauté du Carmel et de Saron. »

(*Isaï*, xxxv, 1, 2.)

LIBRAIRIE RELIGIEUSE H. OUDIN

PARIS
10, RUE DE MÉZIÈRES, 10

POITIERS
4, RUE DE L'ÉPERON, 4

1895

PRÉFACE

Depuis dix-huit siècles que l'état religieux a été divinement institué, une multitude innombrable d'âmes d'élite, éclairées par les lumières célestes de la foi, se sont retirées dans la solitude, à l'ombre des cloîtres, afin d'éviter plus facilement le péché, de mieux s'affermir dans la vertu et d'atteindre plus promptement les sommets de la perfection chrétienne.

Comprenant qu'elles avaient une innocence à garder ou à recouvrer, une vie divine à développer, une couronne immortelle à tresser, ces âmes privilégiées ont embrassé une vie de renoncement et de sacrifice : de cette manière elles ont conservé à la raison cette majesté souveraine qui modère les passions, retient les sens dans le devoir, rend l'homme maître de lui-même et fait prendre à l'âme son essor victorieux vers les régions célestes où elle trouve sa véritable grandeur.

Entrevoyant au delà du tombeau un tribunal redoutable dont la seule pensée a fait trembler les plus grands saints, ces âmes, mieux inspirées, ont préféré les saintes rigueurs de la pénitence à tout ce qui fait les délices des mondains, dans la ferme conviction que chaque sacrifice offert à Dieu est un pas de plus vers le ciel, une pierre précieuse destinée à orner leur palais futur. Enfin, ces âmes généreuses ont fait choix d'une vie toute d'abnégation pour témoigner à Dieu leur amour et imiter de plus près la grande Victime du Calvaire.

Telle a été, dans le cours des âges, la céleste philosophie des amants de la Croix : c'est elle qui a peuplé les déserts de solitaires et le ciel de saints.

Cette sublime doctrine, basée sur les plus pures lumières de l'Évangile, était autrefois goûtée et pratiquée par un monde sincèrement chrétien dans ses maximes, dans ses actes et dans ses lois. Hélas ! que ces heureux temps sont changés ! Sans doute, malgré l'affaiblissement de la foi, l'abaissement des caractères et la décadence des mœurs, on trouve encore des familles pieuses, des cœurs fidèles, des âmes vraiment désireuses de leur sanctification : ce sera toujours là un des plus beaux triomphes de la grâce divine en même temps qu'un des plus glorieux mérites de la volonté humaine. Mais, à part ces exceptions trop peu nombreuses, que d'hommes, que de chrétiens même préfèrent les intérêts matériels aux intérêts spirituels, le corps à l'âme, le plaisir au devoir, le temps à l'éternité ! Ils oublient qu'un chrétien, vraiment digne de ce nom, devrait vivre de telle sorte qu'entre sa foi et ses œuvres, entre l'Évangile et sa conduite, tout soit en parfaite harmonie. Ils veulent jouir des plaisirs en ce monde parce qu'ils ont perdu l'espérance du bonheur éternel. Ils s'attachent aux faux biens de la terre parce que leurs regards ne voient plus rien au delà du tombeau : quiconque perd de vue l'éternité, se rejette nécessairement sur les choses passagères de cette vie.

De plus, outre les chrétiens dégénérés, il y a la foule des impies, des incrédules, des libres penseurs, qui emploient journellement le sarcasme, le mensonge et la calomnie contre le clergé et les personnes consacrées à Dieu, outragent l'Église et blasphèment contre Jésus-Christ : de là ces innombrables feuilles et journaux de toutes nuances

qui, vendus à vil prix, s'en vont chaque matin, portés sur
les ailes de la vapeur, jeter la boue sur nos plus saintes
croyances, tourner en ridicule nos mystères les plus sacrés,
obscurcir les intelligences et corrompre les cœurs. De là
encore ces mille brochures d'une presse satanique, qu'on
livre au rabais jusque dans les bagnes qu'elles ont peu-
plés de forçats, jusque sur les dalles de la morgue où sont
exposées leurs victimes. C'est la vue de tant d'iniquités
qui faisait dire à Mgr Pie, l'immortel évêque de Poitiers :
« Il y a cent ans que l'Europe est en péché mortel. »

Or, cette vie surnaturelle que le siècle ne connaît point
se trouve encore, grâce à Dieu, dans les monastères où
le christianisme est pratiqué comme dans les plus beaux
siècles de la foi.

Voilà pourquoi nous avons pensé que, vu les malheureux
temps que nous traversons, il serait très opportun de
retracer sommairement l'histoire d'une abbaye des plus
illustres et des plus anciennes, celle de Maison-Dieu la
Grande-Trappe, à laquelle les *Trappistes* doivent leur
nom.

INTRODUCTION

Avant d'aborder cette histoire abrégée de la Grande-Trappe, nous avons cru utile de joindre à la courte préface qu'on vient de lire, un aperçu succinct sur les différentes familles de ce corps d'élite qui marche à la tête de l'armée du Christ. Ces Instituts, du moins pour le plus grand nombre, ont pris pour bases de leurs Constitutions la lettre ou l'esprit de la Règle de saint Benoît qui est aussi le législateur des Cisterciens : enfants d'un même Père ou disciples d'un maître commun, nous pouvons donc à bon droit rappeler leurs titres de noblesse et les placer à côté de ceux de notre Ordre.

D'ailleurs, les religieux sont pour ainsi dire solidaires les uns des autres ; ils travaillent à la même œuvre : l'édification de l'Eglise de Dieu ; leurs moyens diffèrent, mais ils soutiennent des luttes de même nature contre la chair, le monde et le démon. Rien de plus juste que de saluer en passant ces frères d'armes et d'applaudir à leurs triomphes, ce qui n'ôtera rien à l'éclat des victoires remportées par les nôtres. Enfin, ce court aperçu mettra davantage en lumière l'origine et la physionomie propre de notre Abbaye, ainsi que les services rendus par elle à l'Eglise et à la société.

S'appuyant sur ces paroles de Notre-Seigneur au jeune homme de l'Evangile : « Si tu veux être parfait, va, vends ce que tu as, donnes-en le prix aux pauvres, puis viens et suis-moi ; » et sur sa réponse à saint Pierre : « Quiconque abandonne à cause de moi, ou ses frères, ou ses sœurs, ou son père, ou sa mère, ou ses biens, recevra le centuple en ce monde et la vie éternelle dans l'autre » ; s'appuyant, dis-je, sur ces paroles tombées des lèvres divines, les Pères, les Docteurs et les

Conciles ont établi péremptoirement que l'état religieux a été institué par Jésus-Christ lui-même, et que, par le fait, il existe de droit divin. Le Fils de Dieu, descendu du ciel pour nous en montrer le chemin par ses paroles et par ses exemples, a voulu ouvrir devant nous deux voies différentes pour y parvenir : l'une, à la portée de tous les fidèles, qui consiste dans l'observation des préceptes, et qui doit être suivie nécessairement par quiconque veut éviter l'enfer et arriver au ciel ; l'autre, plus étroite, plus parfaite et par là même plus méritoire, ajoute aux préceptes la pratique des conseils évangéliques : elle est propre aux âmes nobles et généreuses, avides de s'élever à cette perfection qui obtient dans le séjour de l'éternelle félicité un rang plus distingué, une couronne plus riche et une auréole plus resplendissante.

Saint Thomas d'Aquin nous assure que les apôtres se sont engagés par vœu à pratiquer les conseils évangéliques requis pour l'état de perfection, le jour où ils quittèrent tout pour suivre leur divin Maître. Après Notre-Seigneur, que Mgr Gay, de pieuse mémoire, appelle « le premier des Religieux », ce seraient les douze qui auraient ouvert la voie dans cette carrière du renoncement et du sacrifice. Dès les premiers siècles du christianisme, d'ailleurs, nous rencontrons des communautés de vierges chrétiennes. Mais ce fut surtout lorsque l'ère des martyrs toucha à sa fin, qu'on vit une multitude de chrétiens se retirer dans les plus affreuses solitudes pour ne plus s'occuper que des choses d'en haut et du salut de leurs âmes. Les martyrs avaient rempli leur mission ; les moines se levèrent pour continuer leur œuvre. C'était en effet, sous une forme différente, la même guerre à livrer, les mêmes ennemis à combattre et les mêmes victoires à remporter. Dès le commencement du III⁰ siècle, pour réchauffer et entretenir la charité et la ferveur qui se refroidissaient parmi les fidèles, la divine Providence fit naître au sein de son Eglise la vie monastique.

L'Orient, antique foyer de toute lumière sacrée et profane, berceau de l'humanité, de l'Eglise et de la civilisation, l'Orient, centre vers lequel furent tournés pendant quatre mille ans les regards, les soupirs et les espérances des hommes, l'Orient, terre bénie où se sont réalisés les plus grands et les plus profonds mystères, fut choisi par Dieu pour être le berceau de ce monde nouveau que vont créer la foi et la sainteté. L'Egypte, cet antique et mystérieux pays, cette terre si riche en souvenirs et déjà consacrée dans la mémoire des chrétiens pour avoir été le lieu d'exil du peuple de Dieu, le théâtre de ses châ-

timents et le refuge de la sainte Famille, eut encore l'honneur
de posséder les premiers solitaires.

Des brûlantes solitudes de la Thébaïde, la vie religieuse se
répandit rapidement dans la Palestine, la Syrie, l'Asie Mineure
et jusqu'au delà de l'empire romain. Saint Paul, saint Antoine,
saint Hilarion, saint Pacôme, saint Sabas, saint Sérapion, les
deux saints Macaire, saint Basile, etc., tels sont les noms à
jamais immortels de ces héros, les courageux champions de
cette vaillante armée qui a déclaré une guerre implacable à
la chair et au démon. Dieu les a donnés pour modèles de la
plus sublime perfection aux religieux de tous les siècles. Leurs
travaux, leurs austérités prodigieuses et leurs miracles ont
été légués à la postérité par l'éloquence de saint Athanase, de
saint Jérôme et de saint Ephrem. A cette époque de foi vive,
le nombre des solitaires était si grand que certains monastères renfermaient jusqu'à dix mille moines, de sorte que
saint Jérôme a pu dire « qu'il y avait plus de cénobites au
désert que d'habitants dans les villes ».

Parmi ces anges de la solitude, les uns demeuraient absolument seuls ; les autres se réunissaient en nombre dans une
habitation commune et pratiquaient ensemble les mêmes
exercices. Les premiers furent appelés ermites, solitaires ou
anachorètes : saint Paul marche à leur tête ; les seconds prirent
le nom de cénobites et reconnurent saint Antoine pour leur
père. Les uns et les autres partageaient leur temps entre les
travaux manuels, la lecture des saints Livres, le chant des
psaumes et la méditation des vérités éternelles ; leurs journées s'écoulaient dans le silence, les veilles prolongées, les
jeûnes les plus rigoureux et la prière continuelle.

Les femmes chrétiennes furent par le nombre et par le zèle
les dignes émules des hommes dans la pratique des vertus et
des austérités monastiques : elles vinrent bientôt revendiquer
leur place au désert. On vit alors une multitude de vierges
héroïques s'enfuir dans la solitude pour y mettre à l'abri leur
beauté, leur noblesse, leur innocence et leur angélique pureté.
Pour suivre leur sublime vocation, elles durent faire bien souvent les plus grands sacrifices : aucune épreuve ne fut capable
d'entraver leur persévérance. « Allez, s'écriait la bouche d'or
de Constantinople, saint Jean Chrysostome, allez voir l'immortelle Thébaïde, cette merveilleuse solitude devenue un paradis
où mille chœurs d'anges sous forme humaine, des peuples de
martyrs de la pénitence, des armées de vierges, célèbrent jour
et nuit les louanges de Dieu. Continuellement ils remportent des
victoires sur l'ennemi de notre salut : simples comme des

enfants, ce sont dés géants par la force qu'ils déploient contre le démon ; la lumière qu'ils répandent dans le désert est plus éclatante que celle des astres au firmament. »

Cependant les solitaires de l'Orient dégénérèrent peu à peu de leur ferveur primitive et finirent même par devenir les victimes de l'Islam, les complices du schisme byzantin et les fauteurs des hérésies qui, dans la suite, désolèrent l'Eglise dans ces contrées.

Mais tandis que les solitaires d'Orient perdaient l'éclat de leurs premiers jours, les moines d'Occident se levaient à l'horizon, travaillant avec ardeur à la conversion et à la civilisation des peuples barbares qui inondaient l'Europe comme un torrent dévasteur.

Saint Athanase, patriarche d'Alexandrie, l'oracle de l'Eglise, le boulevard de l'orthodoxie en Orient, l'invincible défenseur de la divinité de Jésus-Christ contre les Ariens, est regardé comme le premier propagateur de la vie monastique en Occident. S'étant rendu à Rome en 340, cet illustre docteur répandit dans la Ville Eternelle et aux environs les premières nouvelles de l'éminente sainteté des solitaires d'Orient. Les récits du grand Athanase remplirent les Romains d'admiration pour la vie religieuse, de sorte qu'en peu de temps il s'éleva dans la capitale du monde catholique et même dans toute l'Italie, un grand nombre de monastères.

Ce fut à peu près vers la même époque que la Gaule vit ériger ses premières abbayes. Pendant son exil à Trèves, alors capitale des Gaules, saint Athanase avait inspiré au clergé et au peuple de ce pays son attachement pour la foi de Nicée et son enthousiasme pour la vie angélique des solitaires de la Thébaïde. Notre bien-aimée patrie, qui accueille toujours avec transport les grandes et nobles entreprises, voulut aussi avoir ses monastères : son désir ne tarda pas à être satisfait.

Le premier qui inaugura l'état religieux dans les Gaules fut un saint dont le nom jouit encore d'une grande popularité en France : nous avons nommé saint Martin.

L'illustre thaumaturge naquit en 316, à l'époque où Constantin faisait asseoir avec lui le christianisme sur le trône brisé des Césars païens. Semeur de miracles, comme on pourrait l'appeler, il remplit à lui seul la moitié du quatrième siècle et domine encore les suivants. Tour à tour soldat, moine et évêque, il sut, dans chacune de ces situations, offrir un modèle à tous les siècles. En 362, saint Martin établit un monastère auprès de Poitiers où l'avait attiré la réputation de saint Hilaire, l'Athanase de l'Occident ; cette abbaye prit le nom de Ligugé et l'histoire la désigne comme la première abbaye érigée dans les Gaules. Quand saint Martin fut devenu archevêque de Tours, il fonda le monastère de Marmoutier (375). Lorsque ce grand saint mourut en l'an 397, deux mille moines, tant de son abbaye que de celles des environs, suivaient en pleurant les restes de leur vénéré père.

A peu près vers la même époque, saint Basile le Grand rédigeait, sous forme d'avis spirituels, une Règle qui de nos jours encore est pratiquée dans plusieurs monastères de l'Orient. Cette Règle est un des quatre Codes religieux approuvés par l'Eglise ; les trois autres sont la Règle de saint Augustin, celle de saint François d'Assise et celle de saint Benoît.

Sur d'autres points de l'horizon, de grands génies établirent et propagèrent avec zèle la vie religieuse. Tels furent : à Milan, saint Ambroise sur le berceau duquel un essaim d'abeilles vint se reposer comme sur celui de Platon, heureux présage de son éloquence, pleine de douceur et de suavité ; à Bethléem, saint Jérôme, ce lion de la polémique chrétienne, héros de la pénitence ; à Hippone (Bône, en Algérie), saint Augustin, le Docteur de la grâce et l'un des plus grands génies qui aient paru sur la terre.

En l'année 410, saint Honorat érigeait la célèbre abbaye de Lérins. Quand l'ère des martyrs eut fait place à celle des docteurs et des solitaires, c'est là qu'affluèrent pour ainsi dire toutes les grandeurs, et l'île des Serpents, qu'on appellera plus tard l'île des Saints de la Méditerranée, devint une sorte de phare qui éclaira, pendant plus de trois siècles, de sa lumière resplendissante l'univers chrétien presque tout entier. L'abbaye de Lérins, demeure bénie, devint ainsi une source de grâces pour les âmes, bien autrement précieuse que cette source d'eau que saint Honorat avait fait jaillir miraculeusement pour apaiser la soif de ses Religieux.

En 413, Cassien, après avoir visité les solitudes d'Orient et puisé à sa source le véritable esprit religieux, se rendit à Marseille où il établit le monastère de Saint-Victor, qui compta bientôt cinq mille moines, tant dans son enceinte que dans celle des monastères nés sous son ombre et sous son influence.

Douze ans plus tard, saint Romain fondait, à l'extrémité orientale de la Gaule, sur les monts du Jura, sous le nom de Condat, un monastère destiné à devenir l'un des plus célèbres de l'Occident. Sur une roche voisine de cette abbaye, la sœur de saint Romain établit un couvent où elle gouverna un grand nombre de vierges si sévèrement cloîtrées, qu'on ne pouvait plus les entrevoir, après leur entrée en religion, que pendant le trajet de leur corps de la couche funèbre au champ de la mort.

En 515, Sigismond, roi des Burgondes, après avoir renoncé à l'arianisme, voulut relever de ses ruines l'antique monastère d'Agaune. Des moines, pris de Lérins et de Condat, vinrent peupler cette maison, qui, en peu de temps, vit le nombre de ses religieux atteindre le chiffre de neuf cents. Divisés en neuf chœurs, ils chantaient alternativement et sans interruption les louanges de Dieu : c'est ce qu'on appelait le *laus perennis*. L'abbaye d'Agaune devint comme la maison mère de nombreuses fondations religieuses dans le royaume des Burgondes.

Sous la triple influence de saint Martin à l'ouest, de saint Honorat au midi et de saint Romain à l'est, la Gaule vit bientôt toutes ses provinces se couvrir de monastères, qui étaient autant d'écoles d'où la science et la vertu rayonnèrent du plus vif éclat.

Hélas ! vers la fin du ve siècle, les moines d'Occident tombèrent à leur tour dans le relâchement, par suite de l'invasion des barbares, de l'instabilité des moines dans leurs monastères respectifs et de l'absence d'une règle uniforme. A cette époque, en effet, l'Italie, les Gaules, l'Espagne, l'Afrique se trouvaient envahies par les Goths et les Vandales, infectés du venin de l'arianisme ; l'Orient presque tout entier était en proie aux hérésies, et l'esprit religieux lui-même s'éteignait insensiblement. Dieu, qui est admirable dans ses saints, non seulement à cause des grâces qu'il leur accorde, mais encore par l'à-propos des circonstances dans lesquelles il les fait naître ; Dieu, dis-je, suscita alors une lumière qui bientôt éclaira l'univers catholique plongé dans l'obscurité de la nuit la plus affreuse, dans les ténèbres les plus épaisses : cet astre, le lecteur l'a deviné, c'est Benoît, le patriarche des moines d'Occident.

Notre saint vit le jour à Nursie, petite ville de l'Ombrie, en l'an 480, et fut baptisé sous le nom de *Benedictus* (le béni). Ce ne fut pas certainement sans un dessein particulier de la divine Providence qu'il reçut ce nom : en effet, comblé lui-même des bénédictions du Ciel, il saura en faire part à ses semblables, et cela, l'histoire en témoigne, dans la plus large mesure.

Notre héros était de la noble famille des Anicii qui donna tant d'éminents consuls à la république et encore plus d'illustres saints à l'Eglise. Tout en faisant ses études à Rome, il s'aperçut que les jeunes gens qui fréquentaient les écoles avaient des mœurs licencieuses. Craignant, s'il restait plus longtemps dans cette atmosphère malsaine, de perdre son

Saint Benoît dans sa grotte de Subiaco.

innocence, il résolut de s'enfuir secrètement : il avait alors
quatorze ans. Le creux d'un rocher, dans le désert de Subiaco,
lui servit d'habitation pendant trente-cinq ans ; mais le bruit de
sa sainteté et de ses miracles avait fait découvrir sa retraite.
Un grand nombre de disciples se rangea sous sa conduite :
c'étaient des Romains vaincus, des Goths victorieux, de simples
artisans et des rejetons des plus illustres familles. Pour les
abriter, Benoît fit bâtir douze monastères et plaça dans chacun douze moines sous la conduite d'un abbé. Mais la jalousie
lui suscita des ennemis ; notre saint abandonna alors le désert
de Subiaco et s'en alla fonder dans le royaume de Naples, aux
confins de la Campanie, le monastère du Mont-Cassin, qui est
devenu la métropole du grand Ordre bénédictin.

Ce fut ce grand cénobite qui, par ses enfants spirituels,
devenus aussi nombreux que les étoiles du ciel, releva les
débris de la société romaine écrasée sous l'invasion des barbares ; qui présida au droit privé et public des nations, porta la
lumière de l'Evangile et de la civilisation chez presque tous les
peuples, enseigna au monde l'agriculture, détruisit l'esclavage,
sauva enfin le riche trésor des lettres, des sciences et des arts
dans le naufrage universel qui devait pour toujours les englou-
tir et laisser l'humanité dans les plus sombres ténèbres.

La règle du glorieux patriarche des moines d'Occident allait
devenir un flambeau dans l'Eglise, un guide sûr pour les âmes
avides de perfection et un miroir où les religieux de tous les
siècles pourraient voir les vertus qui leur manquent et les
défauts qui les défigurent.

Dans la suite des temps, la postérité spirituelle de saint
Benoît se multiplia au point de compter, dans ses diverses
branches, trente-sept mille abbayes, quatorze cents prieurés ;
il donna à l'Eglise du ciel cinquante-cinq mille saints, à l'Eglise
de la terre quarante papes, deux cents cardinaux, cinquante
patriarches, seize cents archevêques et sept mille évêques.
Parmi ses membres, il s'est trouvé quatre empereurs, douze
impératrices, quatre reines, et un grand nombre de princes et
de princesses. Pendant longtemps, l'Eglise recruta dans l'Ordre
bénédictin ses pontifes les plus célèbres, ses plus illustres apôtres et ses plus vaillants défenseurs.

En 534, saint Benoît envoya son disciple saint Placide en
Sicile ; le jeune moine y fonda un monastère de son Ordre à
Messine ; mais bientôt il y souffrit un glorieux martyre avec sa
sœur, ses deux frères et ses quarante religieux. L'an 542, notre
saint envoya un autre de ses enfants en France. Saint Maur se
rendit dans le diocèse d'Angers et y érigea un monastère qui

prit d'abord le nom de Glanfeuil et plus tard celui de Saint-Maur-sur-Loire : ce fut la première abbaye bénédictine établie en France. Saint Maur eut bientôt sous sa conduite cent cinquante religieux, et pendant les quarante années de son glorieux gouvernement, il fonda cent cinquante abbayes de son Ordre.

Mais revenons à notre patriarche, saint Benoît. Nous serions inexcusable si nous ne disions quelques mots de la Règle qu'il composa pour ses Religieux et dont la sagesse a fait l'admiration de tous les siècles. Bossuet saura mieux que nous-même en décrire la sublimité ; laissons-lui donc la parole : « Cette Règle, dit-il, est un précis du christianisme, un docte et mystérieux abrégé de toute la doctrine de l'Evangile, de toutes les constitutions des saints Pères et de tous les conseils de la perfection ; on y trouve éminemment la prudence et la simplicité, l'humilité et le courage, la sévérité et la douceur, la liberté et la dépendance ; on y rencontre la correction avec toute sa fermeté, la condescendance et tout son attrait, le commandement et toute sa vigueur, la sujétion et tout son repos. Le silence a sa gravité et la parole sa grâce, la force son exercice et la faiblesse son soutien ; et toutefois le saint appelle sa Règle un commencement (un essai), afin de tenir toujours ses disciples dans la crainte. » D'ailleurs, saint Grégoire n'a-t-il pas appelé cette Règle « un chef-d'œuvre de discrétion » ; et le concile de *Douzy* n'a-t-il pas déclaré qu'elle a été écrite sous la dictée de l'Esprit qui a guidé les écrivains sacrés ? Aussi régna-t-elle bientôt en souveraine dans tous les monastères d'Occident, laissant loin derrière elle toutes celles qui l'avaient précédée ; et, de nos jours encore, quel est l'institut religieux qui se fonde et s'établit sans chercher quelques inspirations dans la Règle bénédictine ?

Avant de quitter saint Benoît, disons un mot encore des services rendus par son Ordre à l'Eglise et à la société ? Il a été comme une seconde Arche qui a conservé au monde les richesses littéraires de l'antiquité chrétienne et païenne. Rappeler les Ruinart, les Calmet, les Martène, les Mabillon, les Montfaucon et mille autres, c'est nommer des prodiges d'érudition et de savoir. L'Ordre de saint Benoît a eu la triple gloire de convertir l'Europe, d'en défricher les déserts et d'y allumer le flambeau des sciences. Ce sont encore les enfants de saint Benoît qui ont élevé les plus beaux monuments d'architecture chrétienne depuis le IXe jusqu'au XIIIe siècle. Nous n'en finirions pas si nous voulions rappeler tous les titres que possède le grand patriarche des moines d'Occident à l'amour et à la reconnaissance de toutes les générations ; mais nous devons nous borner. D'ailleurs, le peu que nous en avons dit suffit pour nous convaincre que réellement saint Benoît a été le *Béni* par son nom et encore plus par ses œuvres. Notre saint quitta la terre le Samedi saint, 21 mars 543 ; et sa Règle fut approuvée dans un concile tenu à Rome en 595, sous le pape saint Grégoire le Grand.

L'année même où saint Benoît montait au ciel, naissait en Irlande saint Colomban. Jeune encore, il se fit Religieux au monastère de Bangor. Plus tard il passa en France ; en 615, il établit dans les Vosges l'illustre monastère de Luxeuil qui devint le chef-lieu de son Ordre. Ce grand moine composa pour ses disciples une règle très sévère ; au bout de deux cents ans, elle fut presque partout remplacée par celle de saint Benoît qui paraissait s'adapter mieux au tempérament des sujets.

Cependant la Règle bénédictine ne fut observée généralement dans sa pureté primitive que pendant environ trois siècles, jusqu'à l'époque où la discipline monastique se relâcha par suite de la double invasion des Normands et des Sarrasins. Joignons à cette cause l'indépendance de chaque monastère à l'égard de celui qui l'avait fondé : de là, manque de contrôle, de surveillance et de correction.

En 910, Guillaume, duc d'Aquitaine, fit élever près de Mâcon un des plus célèbres monastères qui aient existé en France : on le nomma Cluny. Saint Bernon en fut le fondateur, et il eut pour successeur saint Odon qui fit de son abbaye la maison mère de son Ordre ; après sa mort, Cluny fut gouverné par saint Aimard à qui succéda saint Maïeul, ensuite saint Odilon : ce dernier régla, le premier, que dans son Ordre on ferait, le 2 novembre, commémoraison de tous les fidèles trépassés ; cette sainte pratique s'étendit bientôt dans toute l'Eglise; saint Odilon contribua aussi puissamment à l'établissement de la « Trève de Dieu », bienfait immense pour la chrétienté au moyen âge. Saint Hugues recueillit l'héritage de saint Odilon : c'est lui qui établit dans son Ordre l'usage de chanter à Tierce, le jour de la Pentecôte et pendant son octave, l'hymne *Veni, creator Spiritus*, usage qui est devenu universel dans le monde catholique. A la mort de saint Hugues, survenue en 1109, l'abbaye Clunisienne était arrivée à son apogée; elle avait sous sa dépendance deux mille abbayes et passait pour être la plus brillante école de science et de vertu qui existât dans le monde entier. Mais quelque temps après la mort de cet illustre saint, sous le gouvernement de l'abbé Ponce, prélat indigne, Cluny tomba dans la décadence : tant que la règle de saint Benoît y avait été observée dans toute son intégrité, l'abbaye avait joui d'un renom bien mérité ; mais lorsque les sages prescriptions du patriarche des moines d'Occident cessèrent d'y être en vigueur, elle ne fut plus que l'ombre d'elle-même. Son âge d'or avait duré deux cents ans. Il est vrai que, sous Pierre le Vénérable, l'un des plus grands écrivains de son siècle et ami intime de saint Bernard, l'antique monastère de saint Bernon jeta encore un reflet de sa vieille gloire ; mais après la mort de cet illustre abbé, en 1156, les derniers traits de beauté de cet Ordre disparurent pour jamais.

En l'année 1084, saint Bruno, d'après les conseils de saint Robert, le 1er abbé de Cîteaux, fondait près de Grenoble la Grande-Chartreuse, dans une solitude si élevée qu'elle semblait être voisine du ciel. Les Chartreux sont tout à la fois cénobites et solitaires, c'est-à-dire que tantôt ils sont seuls, tantôt ils pratiquent certains exercices en commun. Leur Ordre est un des plus austères. Jamais, même dans les plus grandes maladies, aucun aliment gras ne franchit le seuil de leur demeure. Par un privilège presque unique dans les annales des Ordres religieux, les enfants de saint Bruno n'ont jamais connu la décadence et n'ont jamais eu besoin de réforme, grâce à leur attachement inviolable aux traditions et coutumes de leur Institut. Du temps de Louis XIV il y avait plus de deux cents Chartreuses répandues dans la chrétienté ; présentement on n'en compte guère qu'une vingtaine. Les Chartreux suivent la Règle de saint Benoît avec des coutumes particulières. L'institut de saint Bruno a produit quatre cardinaux, soixante-dix évêques, un grand nombre de saints et beaucoup d'écrivains distingués.

L'an 1098, saint Robert fondait le monastère de Cîteaux, qui devint le chef-lieu de cet Ordre. Comme la Trappe fait partie de la famille cistercienne, nous ferons connaître cet institut d'une manière plus étendue dans la suite de cet ouvrage.

Le bienheureux Robert d'Arbrissel, l'une des principales figures du XIIe siècle, établissait en 1100 le monastère de Fontevrault sur les confins de l'Anjou et du Poitou ; son institut, qui suivait la Règle de saint Benoît, eut bientôt une soixantaine de maisons. On sait qu'il y avait, à Fontevrault, deux grands monastères, un pour les hommes et l'autre pour les femmes. Depuis la mort du saint fondateur, les moines et l'abbé étaient, tant au spirituel qu'au temporel, soumis à l'abbesse. Cette singularité apparente dans l'Eglise s'explique par la forme spéciale d'un Institut dont l'un des principaux buts, dans la pensée du bienheureux Robert, était de relever la femme qui jusque-là tenait un rang secondaire dans les institutions du moyen âge ; il lui donne autorité, puissance et juridiction sur l'homme ; c'était aussi pour honorer la très sainte Vierge et le pouvoir que lui avait transmis Jésus-Christ sur saint Jean lorsqu'il lui dit : *Voilà votre mère.*

Le monde répondit à l'appel chevaleresque de notre saint; c'est à dater de cette époque que la femme devient véritablement grande dans le gouvernement des choses de la terre. Fontevrault, l'illustre abbaye dont le nom se trouve mêlé à tant de pages de notre histoire, cette maison qui a eu l'honneur d'avoir quatorze princesses de sang royal, et où ont dormi tant de générations de rois, Fontevrault, merveille de l'art chrétien, avec ses cinq églises et ses trois cloîtres, n'est plus aujourd'hui qu'une maison de détention.

En 1120 paraît un nouvel Ordre religieux, celui des Prémontrés, fondé par saint Norbert. Il adopta la règle de saint Augustin ; mais les constitutions qui y furent ajoutées sont calquées sur celles de Cîteaux et sur la Règle de saint Benoît. L'Ordre de saint Norbert est un institut de chanoines réguliers. Les Prémontrés joignent à l'exercice des œuvres apostoliques toutes les observances de la vie monastique.

En 1210, saint François d'Assise établit l'Ordre des Frères Mineurs. L'amour de la pauvreté évangélique, une admirable soumission aux moindres désirs du souverain Pontife et un zèle infatigable pour le salut des âmes, tels ont toujours été les signes distinctifs des enfants de saint François. Le « Pauvre d'Assise », sous l'inspiration de l'Esprit-Saint, composa pour ses religieux une règle admirable. Peu de temps après son établissement, l'Ordre des Franciscains comptait plus de dix mille Religieux. Saint François établit pour les Religieuses un second Ordre, dit des Clarisses. Cette nouvelle branche de son institut posséda jusqu'à neuf cents monastères dans lesquels il y avait trente mille Religieuses. Le patriarche d'Assise recrutait dans tous les rangs de la société un grand nombre de vocations, à tel point que, effrayé de voir, au son de sa parole, le monde devenir presque désert, il résolut de fonder un troisième Ordre ou Tiers-Ordre, pour les personnes séculières qui, sans quitter les engagements légitimes de leur état, voudraient mener dans le monde une vie plus parfaite que celle du commun des chrétiens. Cette institution comprend une immense famille qui vit dans le siècle sans en avoir l'esprit. Le nombre des soldats de cette vaillante armée dépasse aujourd'hui un million ; l'Eglise l'oppose avec avantage à la troupe

satanique de la franc-maçonnerie. Cent trente-quatre empereurs, rois ou reines, et quatre papes ont tenu à honneur de
faire partie du Tiers-Ordre de saint François. Le Dante, Christo-
phe Colomb, Michel-Ange, Raphaël et une foule d'autres personnages éminents, qui ont été la gloire de l'humanité, n'ont
pas dédaigné de se faire inscrire parmi les enfants du pauvre
d'Assise. L'Ordre des Frères Mineurs a donné à l'Eglise cinq
papes, quarante-cinq cardinaux, quatre mille archevêques, deux
cent quarante-sept saints ou bienheureux, onze cents martyrs ; il leur reste encore présentement seize cents causes de
béatification pendantes en cour de Rome. Parmi les hommes illustres par la sainteté et le savoir, cet Ordre a produit : saint
Antoine de Padoue, prodige de science et de vertu ; saint Bonaventure, qu'on a surnommé le Platon du moyen âge et que
l'Eglise appelle le Docteur séraphique ; saint Pierre d'Alcantara
dont la modestie était telle qu'il ne connaissait pas de visage
les religieux de son monastère, mais seulement au son de leur
voix, et dont la pénitence était si grande que, pendant quarante ans, il ne dormit chaque nuit qu'une heure et demie, et
encore à genoux, la tête appuyée contre un mur ; Alexandre
de Halès, le Docteur irréfragable, qui eut l'insigne honneur
d'être le maître des deux plus grands docteurs du moyen âge :
saint Thomas et saint Bonaventure ; Roger Bacon, dont le nom
peut être placé à côté de ceux de Newton et de Leibnitz.
L'Ordre de saint François est d'ailleurs trop populaire dans la
chrétienté pour qu'il soit utile d'en parler plus longuement :
ses œuvres proclament assez haut la sainteté de son fondateur et de ses disciples.

Cinq ans après la fondation de l'Ordre des Frères Mineurs,
se réalisait la seconde partie de la vision du pape Innocent III
qui avait aperçu en songe l'église de Latran sur le point de
crouler et soutenue par deux hommes. Or l'un de ces hommes
« puissants en paroles et en œuvres » est saint François d'Assise ; l'autre paraît à l'heure même : saint Dominique, en effet,
fonda l'Ordre des Frères Prêcheurs en 1225. Les Dominicains
ont pour blason l'étoile de la vérité et la flamme apostolique :
on ne pourrait rien trouver qui exprime mieux leur mission,
car, par lui-même ou par ses enfants, saint Dominique a été
constamment la lumière du monde, la colonne de l'Église, le
réformateur des mœurs et le fléau des hérétiques. La France
doit à l'Ordre des Dominicains une de ses plus belles provinces : en quittant le monde pour revêtir l'habit religieux
dans cet Ordre, le dernier Dauphin viennois céda le Dauphiné
au roi Philippe VI. L'Ordre des Frères Prêcheurs suit la Règle

de saint Augustin ; il a donné à l'Eglise quatre papes, plus de quatre-vingts cardinaux, cent cinquante archevêques et huit cents évêques ; on y compte une multitude de saints, de bienheureux et de martyrs. Cet institut a produit beaucoup d'hommes éminents, entre autres Albert le Grand, auteur d'une fécondité inépuisable ; saint Vincent Ferrier, qui fut l'Ange de l'Apocalypse ; saint Thomas d'Aquin, le prince des théologiens et le chantre immortel de la divine Eucharistie. De nos jours, cet Ordre célèbre nous a donné Lacordaire, un des orateurs contemporains les plus remarquables ; le Père Monsabré, l'illustre conférencier de Notre-Dame. Jadis les Dominicains avaient des maisons dans quarante-cinq provinces, réparties dans toute l'Europe ; le nombre de leurs Religieux s'élevait à cinquante mille.

Les Carmes vivaient autrefois séparés dans les solitudes du Mont Carmel ; ils se réunirent sous le pontificat d'Alexandre III. Albert le Grand, patriarche de Jérusalem, leur donna une règle en 1205. Les conquêtes des Sarrasins les forcèrent de quitter la Palestine ; ils passèrent en Europe au commencement du XIIIe siècle. Ces hommes tout célestes, qui édifiaient le monde par la sainteté de leur vie, se multipliaient d'une manière qui tenait du prodige. L'honneur immortel de cet Ordre est d'avoir reçu de la sainte Vierge le Scapulaire avec les privilèges qui y sont attachés, et d'avoir été réformé par l'illustre sainte Thérèse dont les écrits illuminent l'Eglise.

L'an 1534, saint Ignace établissait la Compagnie de Jésus. Cette nouvelle milice reçut la mission de combattre la prétendue réforme de Luther, de renverser l'empire de Satan et d'élever sur ses ruines le royaume de Jésus-Christ. Pour atteindre ce triple but, elle se sert de l'éducation de la jeunesse dans les écoles, de la prédication dans les chaires chrétiennes et chez les infidèles, ainsi que de la direction des consciences. Les Jésuites ont toujours eu le glorieux privilège d'être haïs et persécutés par les ennemis de Dieu et de son Eglise : c'est là un héritage que leur a prédit et légué leur saint fondateur. Mais les méchants ont beau faire, Ignace a planté au milieu du monde un arbre aux racines immortelles, qui se régénère sous le fer qui le mutile. Jamais les Romains dans leur plus grande prospérité n'ont étendu leurs conquêtes aussi loin qu'Ignace a étendu les siennes par ses enfants, pour la plus grande gloire de Dieu, l'exaltation de la sainte Eglise et le salut des âmes. Les saints et bienheureux de la Compagnie de Jésus sont innombrables. Ses savants à eux seuls forment une bibliothèque ; ses orateurs ont illustré toutes les chaires, ses hommes de génie

ont répandu un éclat incomparable sur les lettres, les sciences
et les arts. Pour ne citer que quelques-unes de leurs gloires,
nommons saint François Xavier, qui baptisa de sa main un
million d'idolâtres, courba trente royaumes sous le sceptre de
l'Evangile ; saint Louis de Gonzague, modèle d'une pureté angélique et patron de la jeunesse ; Bellarmin, homme d'une si
vaste érudition qu'il mérita l'estime des savants du monde
entier ; Bourdaloue, le plus grand des orateurs chrétiens après
Bossuet ; Pétau, que tous les savants de l'Europe consultaient
comme un oracle ; Suarez, le plus grand des théologiens après
saint Thomas ; Corneille de la Pierre, dont les in-folios épouvan-
tent notre mesquine érudition contemporaine ; Labbe et Sir-
mond, si populaires à l'Académie des Inscriptions et Belles-
Lettres ; les Bollandistes, dont les immenses travaux nous
ravissent d'admiration ; les Pères de Ravignan et Félix, qui
dans notre siècle ont illustré la chaire de Notre-Dame de
Paris.

D'autre part, ne sont-ce pas les Jésuites qui ont formé nos
plus grands génies dans leurs écoles ? Pour n'en citer que
quelques-uns : Condé, Luxembourg, Lamoignon, Bossuet,
Fénelon, Huet, Belzunce, Descartes, Molière, Corneille, Buffon,
etc., ont été élevés par les Jésuites. Cette Compagnie de Jésus
compte environ treize mille membres. Elle a treize saints canonisés et quatre-vingt-dix-neuf bienheureux ; près de trois mille
martyrs, et enfin plus de six mille auteurs dans toutes les
branches des sciences.

En 1833, dom Guéranger rétablissait dans l'antique prieuré
de Solesmes, au diocèse du Mans, les Bénédictins de la Congrégation de France. Ce savant Abbé, le plus profond liturgiste du
XIXᵉ siècle, a été l'un des plus illustres défenseurs de l'Eglise.
Au commencement du XVIIᵉ siècle, un changement complètement irrégulier s'était introduit dans un grand nombre de dio-
cèses de France : la liturgie avait été altérée sous le souffle
délétère du jansénisme. Dom Guéranger prouva de la manière
la plus évidente, dans son immortel ouvrage des *Institutions
liturgiques*, que la substitution des liturgies locales aux témoignages formés par la vénérable antiquité, avait fait descendre ce dépôt sacré, jusqu'alors inviolable, au niveau des plus
mesquines productions de l'esprit humain. La victoire du docte
Bénédictin fut complète. L'Eglise de France doit à ce grand
homme une éternelle reconnaissance pour le bienfait insigne
qu'il lui a procuré de prier avec les mêmes formules que
l'Eglise mère et maîtresse de toutes les Eglises. Outre les *Institutions liturgiques*, l'illustre Abbé de Solesmes a composé

l'*Année liturgique*, qui est le commentaire le plus beau et le plus complet du calendrier sacré : c'est comme l'écho permanent et prolongé du divin concert que l'Eglise célèbre en ce monde à la louange de Jésus-Christ.

Parmi les enfants de dom Guéranger, plusieurs se sont déjà illustrés dans les diverses branches de la science sacrée : dom Pitra, que Pie IX tira de sa solitude pour le revêtir de la pourpre cardinalice ; ce savant joignait à une profonde érudition l'humilité d'un saint ; dom Piolin, qui s'est fait le continuateur d'une œuvre colossale entreprise par les anciens Bénédictins de Saint-Maur ; dom Pothier, devenu célèbre par ses études et ses recherches sur le véritable chant grégorien.

On le voit, la jeune Congrégation des Bénédictins de France a déjà payé un large tribut aux travaux scientifiques. D'autre part, les récentes fondations des abbayes de Ligugé, de Sainte-Madeleine à Marseille, de Silos en Espagne, des Prieurés de Saint-Maur-sur-Loire, près d'Orléans, de Saint-Wandrille en Normandie, d'un prieuré à Paris, de l'abbaye des Religieuses de Sainte-Cécile à Solesmes et d'une autre en Corse sont venues révéler la vigueur de la sève du nouvel arbre bénédictin planté par dom Guéranger.

Qu'on le remarque bien, les Pères de l'Eglise, ses docteurs les plus éminents, des hommes aussi grands par le cœur et le génie que par la force du caractère et la sainteté de la vie, des hommes qui ont été pendant le cours des siècles les représentants de la tradition, les héros et les défenseurs de la foi, les interprètes inspirés des saintes Ecritures ; tous ces grands hommes ont été moines ou élevés par des moines ; ces astres ont illuminé leur époque, et les reflets de cette lumière se projettent à travers les âges jusqu'à nous ; ce sont eux qui ont porté les derniers coups au paganisme, terrassé les hérésies, présidé au développement du dogme et à toute l'histoire primitive du christianisme. Leurs écrits sont demeurés le phare lumineux qui nous éclaire, la source la plus féconde de la science sacrée et l'arsenal de la théologie : tels sont les Athanase, les Basile, les Chrysostome, les Grégoire de Nazianze, les Jérôme, les Augustin, les Grégoire le Grand, les Bernard, les Thomas d'Aquin, les Alphonse de Liguori et tant d'autres. Aucune littérature n'offre de plus grands noms à l'admiration de la postérité. Cela seul suffirait pour assurer à l'ordre monastique une place à jamais glorieuse dans les annales de l'Eglise et du monde.

Un grand nombre d'Ordres religieux et de pieux Instituts ont été fondés dans le cours des siècles et sont devenus aux dif-

férentes époques de l'histoire, les auxiliaires les plus dévoués
de l'Eglise pour la divine mission qu'elle remplit au sein de
l'humanité. L'établissement d'un nouvel Ordre religieux est
toujours un bienfait providentiel, une planche de salut au jour
du naufrage, un secours du ciel en harmonie avec les besoins
de l'époque.

D'ailleurs, l'humanité est la même dans tous les siècles : elle
porte toujours avec elle les mêmes besoins, les mêmes faiblesses et les mêmes infirmités. Or les fondateurs d'Ordres
religieux ont su faire face à toutes ces misères de l'homme.

En effet, les uns ont établi des familles monastiques qui
passent leur vie dans la solitude, le travail des mains, les
dures austérités, les jeûnes continuels, le silence, le chant des
offices, la méditation des vérités éternelles : ce sont de puissants paratonnerres qui éloignent de nos têtes coupables les
foudres du ciel.

Les autres ont formé des disciples qui sont destinés à l'éducation des enfants. Dans les écoles tenues par ces maîtres
vraiment chrétiens, la jeunesse se façonne à la vertu, parce
qu'on y travaille à faire des hommes vraiment dignes de ce
nom.

Ceux-ci ont fait construire des hôpitaux où la religieuse
veille au chevet des malades avec la sollicitude et la tendresse d'une mère. Ces âmes héroïques ravissent le monde
par leur beauté morale, et l'embaument des parfums de leurs
sacrifices. Les galetas, la misère et toutes ses horreurs, les prisons et les bagnes ne leur inspirent ni dégoût ni répugnance,
parce que la charité en a parfumé tous les abords. Elles ont
cru, ces héroïnes, qu'elles ne pouvaient faire un meilleur
usage de leur cœur, de leur jeunesse, de leur beauté et souvent de l'éclat de leur nom, qu'en déposant toutes ces choses
aux pieds de Jésus-Christ.

Ceux-là enfin ont fondé des maisons où sont formés de jeunes
et futurs apôtres qui bientôt quitteront leur patrie pour
aller porter la lumière de l'Evangile aux nations encore assises
à l'ombre de la mort. Ni les glaces du pôle, ni les feux du
tropique, ni les déserts remplis de bêtes féroces, ni les forêts
infestées de brigands ne pourront arrêter ces messagers de la
« bonne nouvelle ». S'ils ont quelque préférence, elle est en
faveur des pays où ils savent devoir souffrir davantage et où ils
pressentent qu'ils auront plus de chances de confesser leur foi
au péril de leur vie. Aussi toutes les régions de l'univers ont-
elles été arrosées du sang de ces généreux martyrs, qui
demeure comme une impérissable semence de l'Evangile. Et

si la France, malgré ses immenses revers, jouit encore, au delà des mers, de son ascendant et de son prestige d'autrefois, c'est grâce à l'influence de ses intrépides missionnaires qui, partout où ils font connaître le nom de Jésus-Christ, savent faire respecter et aimer la patrie.

Ces différents Ordres religieux, quels que soient leur caractère particulier, leur origine et la fin de leur institut, réagissent tous contre les instincts dépravés de l'homme déchu ; tous ont pour but final de conduire leurs membres au sommet de la perfection, quoique par des moyens différents.

Remarquons enfin que Dieu a toujours fait paraître les différentes familles religieuses sur la scène de ce monde aux temps les plus opportuns. Quand il faut opposer à la corruption païenne et à l'empire romain en décadence, de grands exemples de vertus, saint Paul, saint Antoine et tous les Pères du désert se présentent, entourés de l'auréole de la sainteté et de l'éclat des miracles. Lorsqu'il faut donner à l'Occident, bouleversé par les invasions des Barbares, un sol fertile et des garanties sociales, saint Benoît fonde son grand Ordre ; ses enfants défrichent la moitié de l'Europe, construisent les trois dixièmes de nos villes et de nos villages, et font passer dans l'arche de la foi, au sein du cataclysme qui précéda le moyen âge, les sciences, les lettres, les arts, les inventions utiles, en un mot, tout ce qui honore et grandit l'humanité. Quand il faut remédier aux maux causés par les divisions féodales et ranimer la piété dans le clergé et parmi les fidèles, Dieu suscite les Clunisiens, les Chartreux et les Cisterciens ; ces nouvelles milices, par leur vie angélique et leurs austères pénitences, ravivent la foi au sein de la société, remplissent le monde d'une admirable efflorescence de sainteté et aident puissamment l'Église à ressaisir son influence salutaire sur la vie publique des nations. Lorsque l'Islam, comme un torrent impétueux, menace le sol européen des rigueurs du sabre et de la barbarie du Coran, le Seigneur procure à son Église les Ordres militaires de Malte, du Temple et de la Merci, qui contribuent pour une large part à refouler vers sa source le sensualisme ottoman dont les flots impurs commencent déjà à déborder sur la chrétienté. Quand l'hérésie des Albigeois et des Vaudois désole le Languedoc, qu'il faut réagir contre le naturalisme et ranimer la charité qui se refroidit, c'est alors que paraissent les Franciscains, les Dominicains, les Minimes, qui, par leurs vertus héroïques, la sainteté de leur vie et l'éloquence de leurs discours, renversent les vertus feintes et l'hypocrite piété des hérétiques. Lorsque la société, dévoyée par les doctrines d'innovation et de dissolution du protestantisme et du jansénisme, s'en va à pleines voiles vers les abîmes, les Jésuites, les Rédemptoristes et les Lazaristes se lèvent pour combattre les mauvaises tendances du monde moderne, dissiper ses ténèbres et diriger les âmes vers le ciel.

Ainsi, chaque fois que la société chrétienne a été assaillie par des tempêtes plus formidables que de coutume, Dieu a envoyé au secours de son Église quelques nouvelles milices religieuses. Ces saintes institutions ont été les principaux canaux par lesquels l'Épouse de Jésus-Christ verse sur les siècles, à mesure qu'ils se déroulent avec leurs maladies et leurs misères, les divines effusions de la charité chrétienne qui en sont le remède. L'Église, entourée de ces glorieuses phalanges, voit les siècles passer devant elle, la saluer et disparaître ensuite, semblables à ces gladiateurs de l'arène antique, qui servaient d'amusement au peuple-roi, avide seulement de pain et de plaisir. L'empereur était assis sur son siège et les combattants venaient s'incliner devant lui en disant : *Ave, Cæsar, morituri te salutant:* « César, ceux qui vont mourir te saluent. » De même l'Église, dans l'arène de ce monde, est assise sur son trône de souveraine, et les puissances de la terre sont venues combattre à ses pieds, en disant : « Ceux qui vont mourir te saluent. » Les trois premiers siècles avec leurs persécutions et les robes sanglantes de leurs martyrs, ont passé devant elle pour déposer à ses pieds leur suprême adieu : « Ceux qui vont mourir te saluent. » Les ive, ve et vie siècles, avec l'empire romain qui s'écroule, avec le génie de leurs docteurs et les vertus éclatantes de leurs solitaires, ont dit près d'expirer : « Ceux qui vont mourir te saluent. » Le viie siècle, avec ses Ordres monastiques qui devaient défricher, régénérer et civiliser l'Europe, a disparu à son tour en saluant d'un regard éteint l'Église qui le bénissait. Les viiie, ixe et xe siècles, avec leurs obscurités et leurs gloires, ont passé en disant : « Ceux qui vont mourir te saluent. » Les xie, xiie et xiiie siècles avec leurs splendides cathédrales, les immortels combats des croisés, les grands Ordres religieux dans toute l'efflorescence de leur sainteté, ont dit comme leurs devanciers: « Ceux qui vont mourir te saluent. » Le xive siècle, avec ses troubles sans cesse renaissants, le xve et le xvie avec leurs déchirements et leurs luttes religieuses, ont dit à l'Église : « Ceux qui vont mourir te saluent. » Le xviie siècle avec son auréole de gloire et ses combats, le xviiie avec son cri satanique : « Écrasons l'Infâme ! » passent comme les autres et jettent l'exclamation : « Ceux qui vont mourir te saluent. » Le xixe siècle avec ses grandeurs et ses bassésses, ses inventions admirables et son mot d'ordre diabolique : « Le cléricalisme, voilà l'ennemi ! » aura bientôt disparu, et, près de s'évanouir, il dira, lui aussi : « Celui qui va mourir te salue. » Le xxᵉ et les suivants, si Dieu les accorde, passeront à leur tour et feront leur dernier adieu comme leurs prédécesseurs à la Reine de tous les siècles : « Ceux qui vont mourir te saluent.»

Ainsi, pendant que tout passe ici-bas, l'Eglise demeure stable au milieu des flots, comme le rocher battu par la tempête. Toujours elle sera là, avec ses religieuses, ses moines et son Pontife infaillible, pour nous bénir, nous montrer le chemin du ciel et nous y conduire, si nous sommes fidèles à ses divins enseignements. Et si, de nos jours, il y a au sein des nations des questions irritantes, telles que la question ouvrière ou sociale, qui font trembler le sol sous nos pas et menacent de détruire et de renverser les bases mêmes de la société, la raison en est que l'on se refuse à suivre les voies tracées d'une main de maître dans les immortelles Encycliques du glorieux Léon XIII.

Saint Vincent de Paul a plus fait pour résoudre ces questions que tous les souverains de son siècle; et, tout récemment, un simple Religieux, le saint Vincent de Paul de nos jours, dom Bosco, de sainte mémoire, a mieux réussi à préparer cette solution que tous les orateurs du Parlement d'Italie. En effet, parmi les questions humainement impossibles à résoudre, se présente celle-ci : Pourquoi des riches ? pourquoi des pauvres ? — Ce profond et redoutable mystère des inégalités des conditions humaines a préoccupé les sages de tous les siècles et a quelquefois troublé les justes dans leur foi. La religion est seule capable de résoudre ce problème. Elle commence par nous dire que, malgré les efforts d'une philosophie insensée, tant que nous subirons les conséquences du péché originel, c'est-à-dire jusqu'à la fin des siècles, il y aura des pauvres. Quand même les hommes pervers qui réclament à grands cris l'égale répartition des biens de ce monde arriveraient à exécuter leur stupide projet, dès le lendemain l'économie, le travail, l'industrie d'une part, l'oisiveté, la débauche de l'autre, suffiraient à renverser cette entreprise insensée. Toutes les semaines, pour ne pas dire tous les jours, cette répartition absurde serait à recommencer. Du reste, les ennemis de la propriété songent bien plus à la déplacer qu'à la détruire. C'est un drapeau qu'on ne menace que la veille du combat, mais qu'on relève toujours, et à son profit, le lendemain de la victoire. Mais pourquoi des riches et des pauvres ? La religion répond encore : pour que les hommes s'entr'aident. La pauvreté exerce à la patience; la richesse fait pratiquer la charité.

On a appelé le XIXᵉ siècle, le siècle des lumières et du progrès. Il est vrai qu'il a plu à Dieu de lui départir bien des avantages sur ses devanciers, et nous en sommes fiers. La religion, bien loin de dédaigner ces progrès, tout au contraire les salue et les bénit; elle les encourage de toutes manières parce qu'elle reconnaît qu'ils viennent de Dieu et peuvent nous conduire à lui. Aussi bien savons-nous admirer la science de notre époque, et nous ne lui refusons pas l'auréole de gloire dont elle est environnée, mais c'est à condition qu'on lui donnera pour contre-poids le progrès moral, qui est d'un ordre bien plus élevé. Remonter, par le concours de la grâce divine et de ses propres efforts, de l'état de déchéance et de corruption où l'a précipité ici-bas le péché originel, vers l'état de gloire et d'immortalité que Dieu, en vertu de la Rédemption, veut bien encore lui réserver là-haut comme l'heureux terme de ses destinées : voilà en quoi consiste pour l'homme le véritable progrès, dans son acception la plus noble et la plus vraie. Tout ce qui, dans l'ordre matériel, dans les découvertes de la science, s'accorderait avec cette notion supérieure du progrès, relèverait l'humanité à son véritable niveau; car s'il est beau pour l'homme de soumettre les éléments aux caprices de sa volonté, il lui est mille fois plus utile de ne pas perdre de vue ses fins dernières et d'être bien convaincu de la vérité de cette maxime de l'Evangile : *Que sert à l'homme de gagner l'univers, s'il vient à perdre son âme ?*

Malgré toutes ses lumières et aussi malgré les exemples vraiment admirables de toutes sortes de vertus qui lui sont prodigués par les Religieux des divers Ordres dont nous avons parlé dans cette Introduction, notre siècle est plutôt un siècle d'erreur, de ténèbres et de corruption. Détournons-en les yeux au plus tôt pour reposer doucement et avec complaisance nos regards attristés, sur un tableau plus riant et plus propre à nous consoler et à nous édifier tout à la fois. Qu'on veuille bien nous accompagner d'un bout à l'autre de cet ouvrage, et nous aimons à croire qu'on ne se repentira pas de nous avoir lu. D'autant plus que l'excursion que nous nous proposons de faire dans le domaine de l'histoire n'est pas des moins intéressantes. Si le lecteur veut dès maintenant se faire une idée au moins générale de l'itinéraire que nous allons parcourir, qu'il daigne se donner la peine de lire attentivement l'inscription lapidaire qui se trouve dans les cloîtres de notre abbaye, sur le mur de la salle capitulaire faisant face au

réfectoire et dont nous donnerons tout à l'heure le texte et la
traduction : il y verra en toutes lettres ou pourra du moins
y découvrir par la réflexion quel est l'espace que nous avons
à parcourir, quels sont les lieux les plus remarquables qu'il
nous faut visiter, les événements les plus importants dont
nous allons être témoins, et les hommes les plus marquants
que nous allons fréquenter. Il est bien entendu que nous
ferons quelques haltes et quelques excursions fantaisistes :
sans cela la route serait parfois trop monotone et trop fati-
gante. Mais donnons sans plus tarder le texte latin de l'inscription :

Domus Dei beatæ Mariæ de Trappâ
Initium habuit a Rotrodo,
Comite Pertici.
Hic, anno MCXXXII, oratorium,
Voti causâ, construxit,
Postea ædes cœnobiales,
Quas Monachis Saviniacensibus
Brolii-Benedicti,
Concessit, anno MCXL

Regimen Cisterciensium amplexati sunt Trappenses,
Unâ cum omni familiâ Saviniacensi,
Anno MCXLVII

Ad arctiorem vitam
Hujusce monasterii alumnos
Fortiter et suaviter adduxit,
Anno MDCLXIV,
Illustrissimus ac Deo acceptissimus Abbas
Arm. Joh. le Bouthillier de Rancé

Peracta luctuosa perturbatione Galliæ,
Fratres dispersos ad propria revocavit
Anno MDCCCXV
Reverendissimus et admodùm commendabilis Abbas
Augustinus de Lestranges

Nostris temporibus
Ecclesiam necnon et Monasterium,
Deo mirabiliter favente,
Denuo ædificavit RR.DD. Abbas
Stephanus Salasc.

Voici maintenant la traduction :

« La Maison-Dieu, Notre-Dame de la Trappe, fut fondée par Rotrou, comte du Perche. Ce seigneur, en l'an 1132, fit construire, en exécution d'un vœu, un oratoire, puis un monastère qu'il confia aux religieux de Breuil-Benoît, de l'Ordre de Savigny.

« Les Religieux de la Trappe, avec l'Ordre de Savigny tout entier, passèrent sous la discipline de l'Institut de Cîteaux en l'an 1147.

« Le très illustre et très agréable à Dieu, Armand-Jean le Bouthillier de Rancé, Abbé de ce monastère, amena, avec force et douceur, ses Religieux à un genre de vie plus austère, en l'an 1664.

« Après le terrible ouragan de la Révolution française, le très révérend et très recommandable Abbé, Dom Augustin de Lestranges, ramena les Frères de l'exil, dans leurs cloîtres, en l'année 1815.

« De nos jours, grâce à une protection divine toute spéciale, l'église et le monastère ont été réédifiés entièrement par le révérendissime Père Abbé dom Etienne Salasc. »

Après avoir ainsi jalonné notre route, mettons-nous en devoir de franchir la première étape de notre voyage.

HISTOIRE POPULAIRE

DE

NOTRE-DAME DE LA TRAPPE

CHAPITRE PREMIER

LA TRAPPE DEPUIS L'ÉTABLISSEMENT DE SON PREMIER ORATOIRE
JUSQU'A L'ARRIVÉE DES RELIGIEUX AU MONASTÈRE

(1132-1140)

Avant de raconter la fondation de la Trappe, nous allons faire connaître un événement tragique dont la Providence se servit pour donner naissance à la célèbre abbaye dont nous écrivons l'histoire.

Henri Ier, roi d'Angleterre, fils de Guillaume le Conquérant, ayant vaincu son frère Robert, duc de Normandie, à la fameuse bataille de Tinchebray (le 27 septembre 1106), abusa indignement de sa victoire. Il flétrit ses lauriers en traînant derrière son char de triomphe son illustre captif, qui s'était couvert de gloire dans ses combats contre les infidèles en Orient et avait fait preuve d'une admirable abnégation en refusant la couronne de Jérusalem. Plus que cela, il fit perdre la vue à ce malheureux prince en lui faisant passer devant les yeux un bassin ardent et le laissa languir dans un cachot le reste de sa vie qui dura encore vingt-huit ans.

Mais il est au Ciel un juge qui compte les crimes et dont la main vengeresse punit, quand l'heure du châtiment a sonné.

Le cruel et barbare Henri allait bientôt apprendre à ses dépens que, lorsque Dieu se mêle de donner une leçon, il sait le faire en maître.

Henri, ayant résolu de repasser en Angleterre, voulut que ce retour se fît avec les pompes et les réjouissances de la victoire. Un pilote, nommé Thomas, se présenta au roi et lui dit : « Prince, j'ai à votre disposition un vaisseau bien équipé, appelé la *Blanche-Nef* ; accordez-moi la faveur de monter à son bord pour repasser dans vos États. » Le monarque répondit que pour lui il avait son navire, mais qu'il consentait à lui confier ses deux fils, Guillaume, héritier présomptif de la couronne, et Richard, comte de Chester, ainsi que sa fille Mathilde, épouse de Rotrou, comte du Perche, et environ trois cents personnes de la plus haute noblesse d'Angleterre et de Normandie.

Quand tous les préparatifs du départ furent terminés, l'évêque de Coutances bénit le vaisseau royal ; mais lorsque le clergé se présenta pour la bénédiction de la *Blanche-Nef* et de son équipage, suivant la pieuse coutume de ces temps de foi, il fut repoussé avec dérision par la brillante et altière jeunesse qui formait la cour du monarque anglais. Cet acte de grossière impiété fit que plusieurs personnes craignant Dieu regardèrent la *Blanche-Nef* comme vouée au châtiment et prirent place sur le navire monté par le roi.

Enfin le signal du départ ayant été donné, les vaisseaux levèrent l'ancre, quittèrent Barfleur (Manche) et voguèrent à pleines voiles vers les rives britanniques C'était le 25 mars 1120. La suave et mélancolique solennité de la nuit avait pris la place du jour ; la lune, claire et brillante, étincelait dans un azur sans nuage et de sa douce et belle lumière argentine illuminait les plaines de l'océan ; le ciel s'était revêtu de son radieux manteau d'étoiles ; une douce brise ridait légèrement la surface des eaux où l'on voyait se refléter comme dans un miroir des myriades d'astres qui couronnaient les ondes de leurs diadèmes de feu. Le vent était favorable, la mer tranquille ; la *Blanche-Nef* glissait comme un trait sur la vague endormie, laissant derrière elle un sillage blanc d'écume : ainsi tout présageait une heureuse traversée.

Or, le pilote Thomas et ses hommes étaient dans un état voisin de l'ivresse ; surexcité par le vin et la joie du retour, tout l'équipage éclatait en chants patriotiques. Hélas ! dans leurs réjouissances toutes profanes, ils oubliaient qu'ils n'étaient séparés de l'abîme que par l'épaisseur d'une frêle planche qui à chaque instant pouvait se briser sous leurs pieds.

Cependant les jeunes princes, Guillaume et Richard, pressaient Thomas d'accélérer la marche pour rejoindre le vaisseau royal qui avait pris les devants ; l'équipage obéit avec empressement, et afin de couper au plus court, on vogua vers le *Raz de Gatteville*, qui est bordé d'écueils à fleur d'eau. La *Blanche-Nef* alla frapper violemment contre l'un d'eux : le choc fut terrible, le vaisseau s'entr'ouvrit et l'eau y pénétra de toutes parts. La confusion et le tumulte qui régnèrent alors au milieu des passagers défient toute description. La perspective d'une mort prochaine et inévitable glaçait d'effroi tous les passagers ; tous les fronts pâlirent, toutes les bouches poussèrent un cri immense vers le Ciel. On dit que le roi, entendant cette clameur et la confondant avec les éclats de joie précédents, dit à son entourage : « Entendez-vous comme nos enfants s'amusent ? » Cependant la lune continuait d'éclairer cette scène affreuse. Enfin la *Blanche-Nef* disparut entièrement avec sa nacelle de sauvetage qui s'était trouvée trop surchargée ; et tout rentra dans le calme ; seul le silence lugubre de la mort plana sur l'immense étendue de l'océan. Un homme seulement, le plus pauvre, le plus obscur, un simple boucher de Rouen, échappa au désastre : il se nommait *Bérold ;* il resta cramponné toute la nuit à la grande vergue où des pêcheurs le recueillirent le lendemain. Pendant qu'il était ainsi suspendu entre la vie et la mort, il avait aperçu le pilote Thomas qui, après avoir plongé dans les flots, était remonté à la surface ; s'adressant à Bérold, il lui avait dit : « Qu'est donc devenu Guillaume, fils aîné du roi ? — Il n'a pas reparu, ni son frère, ni aucun des autres », lui fut-il répondu. — Thomas s'écria alors : « Malheur à moi ! » puis il disparut au fond des ondes.

Dans cette nuit fatale, les deux fils du roi d'Angleterre, sa fille, tous ses chapelains, cent cinquante braves chevaliers, trois pilotes, un grand nombre de jeunes seigneurs, dix-huit dames, toutes filles, épouses, sœurs ou nièces de comtes ou de barons, disparurent au fond des abîmes : heureux si, par un repentir efficace, ils obtinrent de n'être pas précipités du gouffre de la mer dans celui de l'enfer !

Nous avons dit plus haut que la fille du roi d'Angleterre, nommée Mathilde, avait été une des victimes du naufrage de la *Blanche-Nef*. Son noble époux, *Rotrou III*, surnommé le Grand, comte du Perche, joignait à une grandeur d'âme incomparable la pratique des plus belles vertus ; après avoir signalé sa bravoure contre les Maures d'Espagne, il alla en Terre-Sainte, contribua puissamment à la prise de Jérusalem et revint de la croisade, couvert de gloire et chargé de lauriers. Or, l'année même où se passait le triste événement que nous venons de rapporter, le pieux Rotrou, voulant passer en Angleterre, fut assailli, lui aussi, pendant la traversée, d'une furieuse tempête où il faillit perdre la vie ; au plus fort de la tourmente, quand tout espoir sembla perdu, il se ressouvint du naufrage de la *Blanche-Nef*, d'autant plus présent à son esprit qu'il y avait perdu sa noble épouse. Pour intéresser le Ciel en sa faveur et éviter un semblable désastre, il fit vœu que, s'il échappait à la mort, il élèverait sur ses terres un oratoire en l'honneur de la sainte Vierge. La mer redevint calme et le prince acheva heureusement sa traversée.

Rotrou. de retour dans ses terres, se mit en devoir d'accomplir sa promesse à l'égard de sa divine Protectrice ; il choisit dans ses domaines un vallon solitaire qui portait le nom de Trappe, mot qui dans la langue du pays signifiait *degrés*, parce qu'il fallait descendre comme par une série de marches pour pêcher le poisson qui peuplait les étangs de l'endroit. Ce lieu était situé sur les confins du Perche et de la Normandie. Le pieux seigneur y fit construire une chapelle en l'honneur de la Mère de Dieu (1132). Ce premier oratoire existe encore aujourd'hui : depuis longtemps les Trappistes y ont établi leur boulangerie. Son toit, comme celui de l'église bâtie plus tard à côté, présentait la forme d'un navire renversé. Rotrou avait voulu ainsi perpétuer le souvenir du danger qu'il avait couru sur mer, et qui fut la cause providentielle de cet établissement.

D'abord, le noble comte n'avait eu que l'intention d'élever un oratoire en l'honneur de Marie, mais ensuite, pour se rendre plus agréable à Dieu et à sa sainte Mère, il conçut le projet d'y joindre un monastère dont les Religieux attireraient par leurs prières les bénédictions du ciel sur sa personne et sur sa famille. En conséquence, quelque temps après l'achèvement de l'oratoire, il jeta près de celui-ci les fondements d'une abbaye qui prit le nom de *Maison-Dieu, Notre-Dame de la Trappe*.

CHAPITRE II

Pour peupler le monastère qu'il venait de faire construire, le comte Rotrou demanda des Religieux à l'Institut de Savigny, branche de l'Ordre bénédictin, qui répandait alors le plus grand éclat de ferveur et de sainteté. L'abbaye de Breuil-Benoît (au diocèse d'Evreux),appartenant à l'Ordre de Savigny, envoya une colonie de ses moines dans le vallon du Perche ; à la tête de cet essaim se trouvait dom Albold, premier abbé et fondateur de la Trappe.

Mais, avant de poursuivre le cours de notre histoire, il est tout naturel que nous disions quelques mots de l'Institut de Savigny.

Le bienheureux Vital de Mortain, fondateur de Savigny, naquit vers 1050 à Tierceville (Calvados). Il fit de brillantes études; sa science et ses vertus brillèrent d'un éclat incomparable. L'éloquence de saint Paul revivait sur ses lèvres ; il devint la gloire et l'oracle de la Normandie. Le comte de Mortain,voulant s'attacher un si grand homme, en fit son chapelain (1080) et lui donna un canonicat à Saint-Evroult où il venait de fonder un collège de douze chanoines. Mais Vital, considérant que les grandeurs et les pompes de ce monde sont bien éphémères, renonça aux unes et aux autres pour embrasser la vie érémitique (1093). Il choisit tout d'abord pour demeure une caverne située près de Mortain. Le renom de sa sainteté lui ayant attiré des disciples, notre solitaire alla, avec ceux-ci, se ranger sous la direction de Robert d'Arbrissel : c'était en 1095 . Un peu plus tard, Robert et Vital s'associèrent pour appeler les populations à la délivrance du Saint Sépulcre.

En l'année 1112, plusieurs personnes supplièrent Vital de bâtir un monastère pour abriter les nombreux moines dont il était le père spirituel. Le serviteur de Dieu y consentit. Dans une forêt écartée, appartenant au comte Raoul de Fougère, sur les confins de la Normandie et de la Bretagne, au diocèse d'Avranches, il trouva un vallon stérile. Cette solitude était connue sous le nom de Savigny. Là, d'après les conseils de saint Bernard et du bienheureux Robert d'Arbrissel, il fonda un monastère qui prit son nom du lieu où il était établi et s'appela par conséquent le monastère de Savigny : ce fut plus tard la maison mère de l'Ordre du même nom. Cette nouvelle abbaye fut dédiée à la très sainte Trinité.

La charte de donation du terrain accordé à l'abbaye de Savigny par le comte Raoul, était en ces termes : « Je veux, disait le donateur, assurer le salut de mon âme, et je ne puis le faire par mes propres mérites ; j'ai donc pensé à acheter des pauvres en esprit, le royaume des cieux qui leur appartient. En conséquence, de concert avec mon épouse et mes enfants, je donne à Dieu et à dom Vital ermite la forêt de Savigny,... afin d'obtenir la santé du corps et le salut de l'âme pour moi, pour mon épouse, mes enfants, mes seigneurs, mes amis, afin de soulager les âmes de nos pères, de nos mères, de nos seigneurs, de mes amis, de mes barons et de tous mes fidèles ; je déclare cette donation affranchie des clercs et des laïques, comme déjà l'évêque d'Avranches a promis de n'exiger de cette terre aucun droit épiscopal. »

Le bienheureux Vital donna à ses Religieux la Règle de saint Benoît ; il y joignit même quelques observances très sévères empruntées à diverses Congrégations ; il adopta aussi l'habit noir des Bénédictins. La piété des moines de Savigny fut bientôt connue au loin; elle leur mérita, de la part du pape Pascal II, le privilège de célébrer sans interruption l'Office divin pendant la durée de l'interdit jeté sur le diocèse d'Avranches.

Après une vie remplie de miracles et de saintes œuvres, le bienheureux Vital mourut pendant l'Office de la nuit en bénissant le lecteur, le 16 septembre 1122. Quand il eut rendu le dernier soupir, une suave odeur se répandit dans toute la maison. Ce grand homme fut pleuré par la France et l'Angleterre comme un apôtre, un docteur, le père d'une génération de saints et un des plus grands moines qui aient jamais paru. Lorsque le fondateur de Savigny montait au ciel, saint Bernard achevait les premières constructions de l'abbaye de Clairvaux.

Le successeur de Vital à Savigny fut le bienheureux Geoffroy. Sa sainteté avait été prédite avant sa naissance, et le Ciel la confirma par des miracles nombreux et éclatants. Son gouvernement fut l'époque la plus brillante de l'histoire de Savigny. Le Saint-Siège et l'illustre abbé de Clairvaux rendirent de glorieux témoignages aux Religieux de cet Ordre. Honorius II leur confirma, par une Bulle, les biens dont ils étaient en possession et les mit sous sa protection spéciale. Saint Bernard les compte au nombre des saints, morts au monde et vivants pour Dieu. Leur science n'était pas moins célèbre que leur piété. Jean de Coutances, homme très distingué, leur écrivait : « Vous êtes les oliviers fertiles de la maison du Seigneur, les cèdres élevés du Liban ; votre science s'étend sur les choses divines et humaines ; les vrais érudits sont nombreux dans votre vénérable communauté. » L'administration du bienheureux Geoffroy fut si féconde en œuvres de sainteté qu'il fonda en quelques années trente monastères, en France, en Angleterre, en Ecosse et en Irlande. Les fervents cénobites qui habitaient ces maisons faisaient revivre les merveilles de sainteté des Antoine, des Hilarion et des Pacôme.

Parmi les établissements si nombreux de Savigny, celui de Vaux de Cernay fut érigé en 1127 ; il fonda à son tour celui de Breuil-Benoît. d'où, comme nous l'avons dit précédemment, furent tirés les Religieux envoyés à la fondation de la Trappe. Lorsqu'ils arrivèrent dans ce monastère, les constructions n'étaient pas encore en état de les recevoir : aussi bien furent-ils obligés de demeurer quelque temps au village des Barres, commune des Genettes. Enfin, tout étant prêt, ils prirent possession de leur nouvelle maison en 1140 : c'était sous le pontificat d'Innocent II, Louis VIII étant alors roi de France, quarante-deux ans après la fondation de Cîteaux et vingt-cinq ans après celle de Clairvaux.

Rotrou, en fondant la Trappe, lui donna une vaste étendue de terrain dont une grande partie était inculte ; il y joignit des bois, des étangs et des moulins ; à son exemple, un grand nombre de pieux personnages voulurent aussi offrir aux Trappistes des champs, des vignes, des prés, des rentes, etc.

Henri II, roi d'Angleterre, leur donna une terre à Mahéru, en expiation du meurtre de saint Thomas, archevêque de Cantorbéry, martyrisé par ses courtisans.

En l'année 1246, saint Louis, roi de France, prit sous sa protection spéciale les Religieux de la Trappe, confirma les donations qui leur avaient été faites, les privilèges qu'ils avaient reçus et leur fit quelques dons particuliers.

Les papes Eugène III, Alexandre III, Innocent III, Honorius III, placèrent les Trappistes sous la protection du Saint-

Siège, confirmèrent leurs biens et privilèges, et menacèrent
d'excommunication tous ceux qui les troubleraient.

En 1147, dom Albold, le premier abbé de la Trappe,
s'adressa au souverain Pontife Eugène III pour obtenir la
bienveillance et la protection du Vicaire de Jésus-Christ à
l'égard de son monastère. La même année, il en reçut une
Bulle, qui est un des premiers monuments de l'histoire des
Trappistes. « Il convient, disait le souverain Pontife, à la
clémence de l'autorité apostolique de chérir les Religieux, et
de couvrir les lieux qu'ils habitent d'une pieuse protection.
Il est digne, il est conforme à la justice que nous, qui sommes
élevé au gouvernement de l'Eglise, nous les défendions de la
méchanceté des hommes pervers en les prenant sous la garde
du Siège apostolique..... Si quelqu'un ose violer sciemment
cette constitution... qu'il soit exclu de la participation au
corps et au sang de Jésus-Christ, et qu'au jugement suprême
il soit livré à la vengeance divine. Quant à ceux qui respecte-
ront les droits de cette abbaye, que la joie de Notre-Seigneur
soit avec eux, qu'ils reçoivent ici-bas le prix de leurs bonnes
œuvres et qu'ils trouvent auprès du Juge suprême la récompense de l'éternelle paix. »

C'est en ces termes bienveillants que le pape se déclara le
protecteur et le défenseur de la Trappe : remarquable engagement auquel la sollicitude paternelle des souverains Pontifes
n'a jamais manqué. Ainsi commença ce haut patronage qui a
défendu les Trappistes au moyen âge contre les violences féodales, au xviie siècle contre les réclamations des religieux relâchés, et ne les a pas abandonnés pendant les mauvais jours de
la Révolution française, les a soutenus dans leur exil et les a
ensuite rétablis en France. Du bienheureux Eugène III au
grand Pape Léon XIII, c'est-à-dire pendant plus de sept siècles,
les successeurs de Pierre n'ont jamais cessé de veiller efficacement sur l'héritage de dom Albold.

CHAPITRE III

(1147)

Le bienheureux Geoffroy, deuxième Abbé de Savigny, étant mort, son héritage passa entre les mains du bienheureux Guillaume. Ce saint homme était né d'une famille noble et riche ; il était également versé dans les sciences divines et humaines ; son élévation à la dignité abbatiale fut pour lui un stimulant et un motif très puissant pour croître en vertu et en sainteté. Aussi l'Eglise l'a-t-elle admis au nombre des bienheureux.

Après son décès, le bienheureux Serlon fut élu abbé de Savigny. Cet illustre personnage joignait à une grande érudition la piété d'un ange ; il régla son monastère sur la forme de vie qui se pratiquait dans l'Ordre de Citeaux ; cependant l'estime qu'il portait à saint Bernard son ami et la vénération qu'il professait à l'égard de son Institut, lui faisaient souhaiter ardemment de réunir sa congrégation à l'Ordre cistercien. Chef d'un Institut déjà nombreux et qui était dans toute la fraîcheur de sa jeunesse et la ferveur de ses premiers jours, il aspirait à échanger la responsabilité du commandement contre la sécurité de l'obéissance. Dans le haut rang qu'il occupait, il redoutait, par humilité, non le travail, mais la charge de tant d'âmes confiées à ses soins.

De son côté, le grand abbé de Clairvaux l'exhortait souvent à unir sa famille religieuse à celle des Cisterciens. Le Chapitre général de Citeaux s'étant assemblé, comme d'usage, en 1147, le bienheureux Serlon crut le moment venu d'opérer cette fusion.

L'assemblée capitulaire de cette année-là est restée justement célèbre dans les annales cisterciennes. Elle fut présidée par Sa Sainteté le bienheureux Eugène III, Religieux de l'Ordre et ancien disciple de saint Bernard. Ce grand pape parut au milieu de ses frères comme l'un d'entre eux, revêtu

1*

du même habit qu'il ne quittait jamais et fidèle à la règle qu'il observait toujours. Aux côtés du souverain Pontife se trouvaient saint Étienne, abbé de Cîteaux, chef de l'Ordre, et saint Bernard, abbé de Clairvaux, dont l'air de sainteté attirait tous les regards.

Le bienheureux Serlon se présenta au milieu de cette vénérable assemblée et sollicita l'honneur d'être admis avec ses trente monastères dans la famille cistercienne ; sa demande ayant été agréée, l'Institut de Savigny fut placé dans la filiation de Clairvaux et reconnut pour père immédiat saint Bernard. « On vit alors, dit l'annaliste de Cîteaux, une merveille qu'on ne reverra jamais : une Congrégation ou plutôt un Ordre composé de trente abbayes. illustre par le mérite de ses moines, par la splendeur de ses églises et par l'étendue de ses possessions, abandonner ses usages déjà consacrés par le temps, quitter la couleur de son habit et passer sous les lois d'un autre Ordre. »

Ce fut ainsi que l'Institut de Savigny offrit un grand exemple d'abnégation chrétienne à l'admiration de l'Eglise et de la postérité. Pour conserver et honorer le souvenir de ce grand acte de désintéressement, il fut décidé que l'abbé de Savigny prendrait rang au Chapitre général après celui de Morimond et serait le cinquième après l'abbé de Cîteaux. Eugène III déclara en même temps que Savigny, affilié à Clairvaux, conserverait sur ses trente monastères son ancienne suprématie ; ensuite il confirma de son autorité apostolique toutes ces dipositions.

Le bienheureux Serlon demanda instamment la permission de déposer le bâton pastoral, pour aller finir ses jours, en simple religieux, à Clairvaux sous la conduite de son grand abbé. Saint Bernard, appréciant tout le bien que produisait dans l'Ordre l'élévation d'un homme aussi recommandable par la science et la vertu, refusa d'accéder à sa demande Par suite, notre bienheureux demeura encore cinq ans abbé de Savigny ; mais, aussitôt que saint Bernard eut quitté la terre, il donna sa démission et se retira à Clairvaux, où il mourut en odeur de sainteté, en l'an 1157.

Nous ne pouvions raconter l'histoire de la Trappe qu'en la rattachant aux gloires de Savigny et de Cîteaux, parce que l'illustration des pères fait partie de l'héritage des enfants

Comme, à partir de l'époque à laquelle nous sommes arrivés, la Trappe est affiliée à l'Ordre cistercien, nous allons faire connaître brièvement cet Institut.

CHAPITRE IV

En l'année 1018, une pieuse et noble dame de Troyes, nommée Ermengarde, eut par deux fois une célèbre vision : la Reine du ciel lui apparut, tenant à la main une bague d'or qu'elle lui présenta en lui disant : « Ermengarde, je veux pour fiancé le fils que tu portes dans ton sein ; voici l'anneau du contrat. »

Ainsi préludait Marie à la série des faveurs dont elle a comblé son Ordre de prédilection, qui le premier devait être établi sous son patronage et lui être particulièrement consacré. En contractant avec cet enfant béni une mystérieuse union, la sainte Vierge se déclarait spécialement la mère de l'innombrable postérité spirituelle que, dans la suite des temps, le fondateur de Cîteaux devait engendrer à Dieu et à son Eglise.

Le fils d'Ermengarde reçut au baptême le nom de Robert. Cette belle fleur de la Champagne (*flos Campaniæ*), l'enfant privilégié de Marie, n'était point fait pour le siècle. Par son père Théodoric, il était proche parent du duc de Bourgogne, et, par sa mère, il appartenait à la famille des comtes de Nevers ; mais ces avantages temporels le touchèrent bien peu : il y renonça à tout jamais, quitta le monde avec ses vains plaisirs, et offrit à Dieu, dès l'âge de quinze ans, l'éclat de son nom, le printemps de sa vie et les charmes de son innocence, en se consacrant à son service dans le monastère bénédictin de Moutiers-la-Celle, dans le voisinage de Troyes (1033).

Il avait à peine émis ses vœux de Religion que ses Frères, voyant en lui tant de vertu, le choisirent pour leur Prieur. Quelque temps après, la renommée de sa science et de sa sainteté le fit élire Abbé par les Religieux du monastère de Saint-Michel de Tonnerre.

En 1075, notre saint alla, avec treize de ses moines, établir le monastère de Molesmes (diocèse de Langres). Cette nouvelle fondation, très fervente dans les premiers temps, tomba peu à peu dans le relâchement, par suite des biens considérables dont les seigneurs du pays l'avaient comblée. De sorte que, suivant la remarque de l'auteur des *Annales Cistercienses* : « A mesure que les richesses temporelles entraient à Molesmes, les biens spirituels en sortaient. »

Saint Robert lutta de toutes ses forces contre la décadence de son monastère ; mais ce fut en vain. Il semble plus difficile, en effet, de réformer des moines relâchés qui s'imaginent avoir conservé leur ferveur première, que de fonder une nouvelle et fervente communauté. Le saint fondateur de Molesmes, voyant donc qu'il ne pouvait rétablir parmi ses frères l'observance intégrale de la Règle bénédictine, résolut d'aller construire ailleurs un autre monastère. Ayant obtenu l'agrément du Saint-Siège, il quitta Molesmes, accompagné de vingt et un de ses Religieux, animés du même esprit que lui ; parmi eux se trouvaient saint Albéric, son Prieur, et saint Etienne, son sous-Prieur. Les serviteurs de Dieu, sous la conduite de la divine Providence, s'avancèrent vers le midi, par les chemins les moins frayés ; ils arrivèrent ainsi dans une vieille forêt, à seize kilomètres de Dijon ; là, une voix mystérieuse fit entendre au saint Abbé ces paroles : « *Siste hic*, arrête ici », d'où l'appellation de *Cîteaux*, d'après certains auteurs : d'autres font dériver ce mot des nombreuses citernes qu'on y rencontrait (*cisterna*). Enfin, suivant une dernière opinion, on aurait donné ce nom au nouveau monastère parce que l'endroit où il se trouvait établi était couvert de joncs et de glaïeuls, appelés, en vieux gaulois, *cistels*. — Saint Robert, ayant obtenu de Raynaud, vicomte de Beaune, l'autorisation de prendre possession de ce terrain, bâtit un monastère avec des troncs d'arbres et des branchages. Le fondateur de Cîteaux et ses Religieux s'établirent dans leur désert le 21 mars 1098, fête de saint Benoît, qui était cette année-là le jour des Rameaux : date à jamais mémorable dans les Annales cisterciennes. Le lecteur remarquera aussi que la coïncidence de ces deux grandes solennités avec leur prise de possession était des plus heureuses pour des disciples du grand patriarche des moines d'Occident et des héros de la souffrance qui ont pour mission spéciale de suppléer, suivant la parole de l'Apôtre, à ce qui manque à la Passion du Christ.

Cîteaux naquit d'une pensée de réforme et d'une volonté énergique de rendre à l'Ordre bénédictin son ancienne splendeur par la pratique littérale de la règle de saint Benoît : telle fut la marque distinctive de l'Institut qui vient de paraître.

Les nouveaux cénobites jetèrent les fondements d'une église qui fut terminée l'année suivante (1099). On la consacra et elle fut dédiée à la sainte Vierge : c'est ainsi qu'on inaugura la belle et glorieuse tradition qui depuis lors a été sanctionnée par une loi invariable de l'Ordre et s'est perpétuée à travers les siècles, de placer toutes les églises cisterciennes sous le patronage de la Reine du ciel.

Il y aurait bien des choses édifiantes à raconter sur le silence, les veilles, les jeûnes, les austérités, la pauvreté et la vie, plus angélique qu'humaine, des premiers Religieux cisterciens ; mais nous en parlerons en détail dans la suite de cet ouvrage.

Pendant que le nouveau monastère de Cîteaux s'affermissait et faisait revivre les merveilles de la Thébaïde, les Religieux de Molesmes gémissaient d'avoir perdu leur abbé ; leur maison voyait s'effacer tout son lustre depuis que cet astre brillant avait cessé de l'éclairer. Les moines de cette malheureuse abbaye s'adressèrent donc au pape Urbain II, qui, touché de leurs plaintes, commanda à saint Robert de retourner à Molesmes. Le fondateur de Cîteaux obéit aveuglément à l'ordre qui lui était donné, malgré l'affection profonde qui l'attachait à sa nouvelle abbaye. Il vécut encore douze ans : sa patience, sa parole et surtout ses exemples, finirent par avoir gain de cause sur le relâchement de ses Religieux, et il eut la consolation, avant de mourir, de les voir revenus à leur ancienne discipline. Robert mourut le 17 avril 1111, à l'âge de quatre-vingt-treize ans. La nuit de sa mort, deux arcs-en-ciel se développèrent dans le firmament : l'un à l'Orient, l'autre à l'Occident, et s'étendirent du nord au midi. A leur point de jonction apparut une croix lumineuse nimbée d'une auréole resplendissante ; peu à peu cette croix s'allongea et fut environnée de cercles de feu aux couleurs variées. Ce signe témoignait de la sainteté de Robert et présageait la gloire de sa famille spirituelle qui devait être un jour aussi nombreuse que les étoiles du firmament. La fête de saint Robert fut d'abord fixée au 17 avril, jour anniversaire de sa mort. Deux ans plus tard, elle fut transférée au 29 du même mois pour une raison liturgique, parce que la première date se rencontre souvent avec la Semaine sainte ou l'Octave de Pâques.

Après le départ de saint Robert pour Molesmes, les Religieux de Cîteaux choisirent pour abbé saint Albéric. C'était un homme très instruit dans les saintes lettres, rempli de zèle pour l'observation de la règle et de charité envers ses frères ; sa douceur était aussi admirable que l'angélique beauté de ses traits ; jamais on ne l'entendit proférer une parole d'impatience ; jamais un mot d'amertume ne tomba de ses lèvres ; ange de pureté, martyr de pénitence, voilà en deux mots sa vie tout entière.

Saint Albéric, se voyant à la tête de Cîteaux nouvellement fondé, et sachant que l'approbation du Saint-Siège est le sceau divin qui donne aux œuvres saintes l'immortalité en même temps que la certitude qu'elles sont nées sous le souffle de l'esprit de Dieu, s'empressa de demander au Souverain Pontife de bénir et d'approuver son Institut naissant.

Pascal II reçut favorablement sa demande et plaça, suivant le désir de notre Saint, son abbaye sous la dépendance immédiate du Siège apostolique (1100). La bulle du souverain Pontife commençait ainsi : « Pascal, évêque, serviteur des serviteurs de Dieu, à notre vénérable fils Albéric, abbé du nouveau monastère situé dans le diocèse de Châlons, et à ses successeurs régulièrement institués dans toute la suite des temps, etc... » La suite de ce document apostolique concorde avec celui que nous avons rapporté plus haut et qui avait été accordé en faveur de la Trappe.

En 1101, saint Albéric institua le premier dans son Ordre les Frères convers, religieux vêtus d'habits bruns et particulièrement destinés aux travaux manuels et aux divers métiers nécessaires ou utiles dans une abbaye. Cette institution avait pour but de laisser plus de temps libre aux religieux de chœur pour la récitation de l'Office divin. Cependant, moines et convers ne formaient qu'un seul corps : les premiers en étaient pour ainsi dire le cœur et la tête, les seconds les bras et les pieds.

En quittant Molesmes pour se rendre à Cîteaux, saint Robert et ses Religieux portaient les vêtements noirs des Bénédictins. Or, dans une nuit du 5 août, pendant que saint Albéric et ses Religieux célébraient les Matines avec une ferveur angélique, la glorieuse Vierge Marie apparut, environnée d'une auréole de gloire et entourée d'une multitude d'esprits célestes; la Mère de Dieu tenait à la main une coule d'une éclatante blancheur; elle la déposa sur les épaules du saint abbé, puis la vision disparut. Alors, non seulement saint Albéric, mais encore tous ses Religieux se trouvèrent revêtus d'habits blancs. Cette couleur rappelle aux moines Cisterciens la pureté de conscience à laquelle ils doivent tendre sans cesse, elle leur suggère qu'ils doivent imiter Notre-Seigneur ressuscité, et symbolise leur consécration à la Reine des Anges, patronne spéciale de leurs monastères et de l'Ordre tout entier.

Depuis cette date mémorable les Religieux de chœur ont toujours porté des vêtements blancs ; cependant les Profès ont gardé le scapulaire noir des Bénédictins, en souvenir de l'habit que portaient leurs premiers Pères, peut-être aussi parce qu'il représente mieux le deuil de la pénitence et la mort au monde dont ils font profession.

Dans une autre circonstance, la sainte Vierge se montra à saint Albéric, et lui dit que son Ordre s'étendrait dans la suite d'une manière prodigieuse : *Je le protégerai moi-même,* ajouta-t-elle, *jusqu'à la fin des siècles.*

La belle âme de saint Albéric s'envola au ciel le 26 janvier 1109 : il y avait neuf ans qu'il gouvernait son abbaye.

Après la mort de cet illustre abbé, saint Etienne Harding, Anglais de nation, fut choisi pour lui succéder. Quoiqu'il ne se trouve, dans la table *chronologique,* que le troisième abbé de Cîteaux, il a cependant toujours été regardé comme le principal fondateur de l'Ordre qui porte ce nom, à raison du développement extraordinaire qu'il prit sous son gouvernement et de l'excellente organisation qu'il en reçut.

A l'origine de toute grande œuvre dans l'ordre de la grâce on rencontre un homme qui a reçu du ciel tous les dons nécessaires pour la fonder, la diriger et la perfectionner, le regard sur le passé, l'intuition sur le présent, la vue sur l'avenir, la pensée créatrice, l'intelligence d'élite, l'énergie du caractère, la patience dans les épreuves, une sainteté éclatante qui fait luire sur sa personne une beauté toute divine et place son nom si haut dans les jugements de l'histoire et les annales des peuples : telles sont les qualités qui brillent au front de celui que Dieu a choisi pour fonder un Ordre religieux.

Etienne, sous l'action de l'esprit de Dieu, composa l'admirable charte de charité dont il sera parlé ailleurs ; pour le moment, nous nous bornerons à dire que, par ce document impérissable, un des plus beaux monuments de législation monastique que nous ait légués le moyen âge, saint Etienne imprima à son œuvre le caractère de l'immortalité et jeta les bases du gouvernement religieux des Cisterciens. Ce testament spirituel de l'illustre abbé est un magnifique complément de la

Règle bénédictine. Les papes Calixte II en 1119, Eugène III en 1152, Anastase III en 1153, Adrien IV en 1156, Alexandre III en 1165, donnèrent à la charte de saint Étienne une approbation solennelle.

Ce serviteur de Dieu, déjà illustre par sa sainteté et ses œuvres, grandit encore aux yeux de la postérité par l'honneur qu'il eut d'être le père spirituel de saint Bernard : la gloire du disciple rejaillit sur le maître. Nous allons voir, dans les deux chapitres suivants, le monastère de Cîteaux d'abord pencher vers sa ruine par le manque de sujets, puis se relever tout à coup et atteindre l'apogée de sa gloire par l'arrivée de saint Bernard et de ses trente compagnons.

S. BERNARD

CHAPITRE V

ENTRÉE DE SAINT BERNARD A CITEAUX

(1113)

Il y avait quinze ans que Cîteaux était fondé. Depuis ce laps de temps, un seul novice s'était présenté, encore ne l'avait-il fait que touché par une vision céleste. Les austérités prodigieuses qu'on y pratiquait et l'extrême pauvreté de ce monastère en éloignaient tous les sujets. Cette pénurie de vocations, jointe à une mortalité effrayante qui faisait des vides nombreux parmi les moines, donnait lieu à saint Etienne de craindre pour l'avenir de son abbaye : il appréhendait que cette œuvre commencée avec tant de sacrifices et de privations ne fût anéantie dans son berceau.

Or. un Frère étant sur le point de mourir, le saint abbé lui enjoignit de revenir, quand il serait sorti de ce monde, pour lui faire connaître si son Institut était agréable à Dieu ou bien s'il était destiné à disparaître par défaut de vocations. A quelque temps de là, Etienne était, avec ses Freres occupé au travail des champs et, suivant l'usage, il avait donné le signal du repos, quand, tout à coup, le Religieux, décédé depuis quelques jours, lui apparut, conformément à l'ordre qu'il en avait reçu, et lui dit : « Mon Père, consolez-vous et bannissez toute crainte de votre âme : votre genre de vie est saint et agréable à Dieu ; bientôt un grand nombre de personnes de toutes conditions viendront vous prier de les admettre dans votre maison qui sera trop étroite pour les abriter toutes ; vous devrez, à cause de cette affluence, établir une multitude de monastères dans tous les pays du monde. »

Quelques jours après cette apparition, par une matinée du

printemps de l'année 1113, tout à coup le marteau de fer
retentit à la claie d'osier qui servait de porte au pauvre
monastère de Cîteaux, annonçant sans doute quelque visiteur
ou quelque voyageur égaré dans la forêt. Saint Etienne lui-
même alla ouvrir. Quelle ne fut pas sa surprise de se trouver
en présence de trente seigneurs appartenant tous aux plus
illustres familles de la Bourgogne ? Le chef de cette noble phalange était un jeune homme de vingt-deux ans, conduisant
au cloître cinq de ses frères, plusieurs de ses parents et de ses
intimes amis : il s'appelait Bernard.

Comme il s'agit ici d'un saint qui a répandu une gloire incomparable sur l'Ordre cistercien, nous allons en quelques pages
esquisser sa vie.

Saint Bernard naquit en 1091 au château de Fontaines, près
Dijon, d'une des principales familles de la Bourgogne, la terre
des grands noms et des grandes gloires, pays de foi, qui donnera naissance à sainte Chantal, l'illustre fondatrice de la
Visitation, au grand Bossuet et au célèbre P. Lacordaire. Le
père de Bernard, Tescelin, issu de la maison des comtes de
Châtillon, était seigneur du lieu, et la bienheureuse Aleth, sa
mère, parente du duc de Bourgogne, sortait de la maison des
comtes de Montbar; l'un et l'autre se distinguaient par leurs
vertus plus encore que par leur naissance. Les présages les
plus heureux précédèrent la naissance de notre Saint. Sa
mère eut un songe mystérieux ; et les saints personnages qu'elle
consulta pour en avoir l'explication, lui prédirent de grandes
choses au sujet de l'enfant qu'elle devait bientôt mettre au
monde. Malgré sa faiblesse, Aleth voulut nourrir elle-même de
son lait ses sept enfants, afin de leur transmettre plus sûrement la vivacité de sa foi, son mépris du monde et son ardent
amour de Jésus-Christ ; il lui semblait qu'une mère n'a toute
sa vraie beauté que quand elle tient dans ses bras l'enfant
attaché à son sein. Elle savait qu'avec le lait de la mère, il
passe dans l'enfant quelque chose de son âme, de son esprit
et de son cœur, d'où proviennent les dispositions, les pen-
chants, les inclinations au bien ou au mal qui s'infiltrent
insensiblement. Bernard apporta en naissant les plus heureuses dispositions. Dès l'âge le plus tendre, sa raison se déve-
loppa comme par enchantement ; nous le voyons en effet, tout
jeune encore, repousser avec indignation une femme qui veut
le guérir d'un mal de tête au moyen de la magie. Aussi Dieu
récompensa-t-il la foi précoce de cet enfant de bénédiction en
le guérissant à l'heure même. De plus, il le favorisa, bientôt
après, d'une vision céleste. C'était pendant une nuit de Noël ; le

petit Bernard se trouvait à l'église, attendant l'heure de l'Office, quand le sommeil le surprit. Alors l'Enfant Jésus lui apparut comme naissant une seconde fois de la Vierge Marie. On peut juger combien il reçut de lumières d'en haut en cette circonstance, par ses admirables sermons sur l'évangile *Missus est*.

Notre jeune saint cependant, à l'exemple du Sauveur, croissait en âge, en sagesse et en grâce devant Dieu et devant les hommes. Sa mère, ne perdant pas de vue les prédictions qu'on lui avait faites au sujet de Bernard, l'envoya de bonne heure à Châtillon-sur-Seine où se tenait l'école la plus célèbre de la province. L'enfant répondit parfaitement à l'attente d'Aleth ; il fit des progrès si rapides dans les lettres humaines, qu'il mit bien vite tous ses compagnons hors d'état de le suivre. Il commença dès lors à lire les saintes Écritures et à y puiser cet admirable langage dont il émaillera dans la suite si suavement tous les écrits qui sortiront de sa main.

Bientôt arriva pour Bernard le plus beau jour de sa vie : celui de sa première Communion. Quel charme en effet embaume cette belle journée de la plus radieuse époque de notre existence ! Quels souvenirs ce grand jour ne fait-il pas planer sur la suite de notre carrière ! Quelle heure délicieuse, quel moment ineffable que celui de la première rencontre de Jésus-Christ avec une âme d'enfant et surtout avec une âme comme celle de saint Bernard, si délicate, si noble, si pure ! Non, rien ici-bas ne peut être comparé à cet instant précieux, ni le faire oublier : il s'imprime en lettres d'or, en caractères ineffaçables dans notre esprit et dans notre cœur. Les années ont beau s'accumuler sur nos têtes et le temps effacer peu à peu tous nos souvenirs, celui-ci survit à tous les événements : on dirait que Dieu lui donne la perpétuelle jeunesse de l'aigle, dont parle le divin Psalmiste. Une première Communion bien faite a d'ordinaire une influence décisive sur la vie entière et lui imprime son cachet particulier. Le chrétien resté fidèle à la foi de son baptême aime à se rappeler ce jour béni entre tous : ce souvenir est pour lui une consolation dans l'épreuve, une force dans les combats de la vie, souvent le germe d'une sainte vocation, enfin une douce espérance au moment suprême de la mort. On conçoit facilement que Bernard apporta à ce grand acte de la première Communion une âme déjà ornée de toutes sortes de vertus, et, à l'exemple du Juste dont parlent nos saints Livres, ces vertus, grandissant et se multipliant toujours, formeront dans son âme des degrés ascensionnels qui la feront arriver au plus haut degré d'union avec Dieu. Jusque-là tout sourit à Bernard ; mais voici le moment des épreuves. Il lui arrive d'arrêter ses regards sur une beauté mortelle : dès qu'il s'aperçoit de sa négligence, il prend une résolution héroïque et, pour se punir lui-même, au milieu de l'hiver, il va se plonger dans un étang glacé d'où on le retire à demi mort. Voilà comme cet ange traite son corps pour défendre son âme. C'est ainsi qu'il éteignit dans le bain de la pénitence les traits enflammés du démon, et comme un autre Jonas il calma la tempête en se jetant dans les ondes.

Six mois après son retour à Châtillon, il eut la douleur de perdre sa vertueuse mère. On peut présumer que si la mort de la pieuse Aleth fut sensible à toute sa famille, Bernard, l'enfant de son cœur, en dut être plus attristé que personne.

Bernard va atteindre sa vingtième année ; c'est l'âge auquel on songe à embrasser une carrière. Notre Saint ne paraît avoir eu, sous ce rapport, que l'embarras du choix, car le monde lui ouvrait ses plus brillantes avenues. Quand la terre semble le vouloir enivrer de ses perfides enchantements, le souvenir de sa mère le rappelle bien vite aux pensées de la vie future : Bernard se trouve ainsi dans une situation bien perplexe. Heureusement la Providence veille sur lui et le protége : elle ne tardera pas à lui montrer sa voie.

Un jour, il se met en route pour aller voir ses frères occupés, avec le duc de Bourgogne, au siège du château de Grancey. Chemin faisant, il roule dans son esprit toutes sortes de projets ; il savoure néanmoins mieux que jamais la douceur de ces paroles : « Venez à moi, vous tous qui êtes chargés, et je vous soulagerai. » Il s'arrête devant une église qui se présente sur sa route, et il y entre : « Là, nous dit Guillaume de Saint-Thierry, il prie, les yeux levés vers le ciel et versant d'abondantes larmes. » Dès ce moment, un calme profond descend dans son âme, et Bernard, embrasé d'amour, se consacre à Dieu pour le reste de sa vie.

« Mais, continue l'historien du Saint, comme le feu qui brûle une forêt, s'attache premièrement de part et d'autre à ce qui est plus proche d'elle et passe ensuite à ce qui est plus éloigné, ainsi le feu que Dieu avait allumé dans l'âme de son serviteur embrasa premièrement ses frères, et se communiqua ensuite à ses amis. » Nous ne pouvons nous empêcher d'entrer ici dans quelques détails : ils sont trop intéressants pour être passés sous silence.

Gauldry, oncle de Bernard et seigneur de Touillon, s'attacha le premier aux pas de son neveu et lui resta fidèle jusqu'à la fin de ses jours. Barthélemy, frère cadet de Bernard, qui n'était pas encore à même de guerroyer, se rendit le même jour. André, autre frère cadet du saint et qui avait depuis peu embrassé la carrière des armes, se montra plus revêche ; mais tout à coup il s'écria : « Je vois ma mère ! » Aleth, en effet, venait de lui apparaître, le visage gai et souriant, pour témoigner ainsi qu'elle applaudissait à la résolution de ses enfants. Cette vision inspira sur-le-champ à André la résolution de quitter la milice du siècle pour s'enrôler dans celle du Christ. Gui, l'aîné des frères de Bernard, se trouvant déjà établi dans le siècle, eut, comme le précédent, de grandes difficultés à vaincre, pour être à même de suivre ses frères dans la solitude. La Providence n'est jamais à court de moyens : dans le cas présent, elle accorda à Bernard le don de prophétie ; et Gui vit tous les obstacles s'évanouir de sorte qu'il put librement quitter le siècle et revêtir les livrées du Christ.

Quant à Gérard, le second frère de notre Saint, il résistait à tous ses avertissements et à toutes ses exhortations ; il allait même jusqu'à traiter de légèreté imprudente la résolution qu'avaient prise ses frères de se retirer dans la solitude. Alors Bernard, inspiré de Dieu, met son doigt sur le côté de Gérard en lui disant : « Il viendra un jour, et ce sera bientôt, où le fer d'une lance percera l'endroit que je touche et fera passer, par l'ouverture qu'il y pratiquera, jusqu'à votre cœur le conseil que je vous donne maintenant. » Effectivement quelques jours après, Gérard fut blessé par l'ennemi, exactement à l'endroit désigné par son illustre frère. Appréhendant la mort comme si elle avait été prochaine, il s'écria : « Je suis moine, je suis moine de Cîteaux ! » Enfermé dans une prison, il fit appeler Bernard, pensant que celui-ci pourrait le délivrer. Mais notre Saint ne pouvait arriver jusqu'à lui ; cependant il cria par la porte de la prison : « Mon frère Gérard, nous entrerons bientôt au monastère. » — Quelques jours après, celui-ci crut entendre une voix qui lui disait : « Gérard, aujourd'hui tu seras délivré ! » En effet, vers le soir, il touche les fers par lesquels il est attaché : il s'aperçoit qu'ils sont brisés ; il se lève et se dirige vers la porte de son cachot ; la serrure tombe à ses pieds ; la porte s'ouvre devant lui : le voilà libre, il en profite pour se joindre à ses frères et se préparer à les suivre dans la retraite.

Le zèle de Bernard ne se trouvait pas satisfait : il parlait en public et en particulier, exhortant tout le monde à quitter le siècle pour s'attacher à Jésus-Christ. L'ascendant de son éloquence était tel qu'à son approche les mères cachaient leurs enfants, les femmes retenaient leurs maris et les amis détournaient leurs amis, dans la crainte qu'il ne les entraînât au désert.

Quand Dieu veut faire entrer quelqu'un dans un rang plus élevé, donner à une vie une influence prépondérante, entourer un front du diadème du génie, ou de l'auréole de la sainteté, tantôt il fixe son choix sur un homme dont le berceau fut abrité par le chaume ; d'autres fois sa bonté va frapper à la porte des palais et à la demeure des grands de la terre et marque de son sceau divin l'enfant d'une noble race. Les annales des saints sont remplies d'exemples de cette conduite de la divine Providence. Sans doute le Seigneur est toujours admirable dans ses élus ; cependant il semble qu'on doive admirer encore davantage la puissance de sa grâce lorsque le privilégié du ciel foule aux pieds sa naissance illustre, ses immenses richesses, la gloire et les grandeurs du siècle, pour embrasser la pauvreté volontaire, l'humilité et l'abnégation la plus parfaite. Telle est la merveille que Dieu nous offre dans la personne de saint Bernard.

Mais le moment est venu pour Bernard de quitter le manoir paternel : la charité de Jésus-Christ le presse. Il réunit donc ses frères, ses parents et ses amis, au nombre de trente, et à leur tête il se présente devant son vieux père pour lui faire ses derniers adieux et recevoir sa bénédiction. Le vieillard en pleurs lève ses mains sur ces têtes si chères et jette un regard attristé sur ses enfants sans pouvoir prononcer une seule parole. Il perdait en un seul jour cinq de ses fils dont les qualités éminentes faisaient sa gloire et sur lesquels il fondait les plus magnifiques espérances. Les fils de Tescelin, les yeux remplis de larmes, sortirent de la maison paternelle en jetant un dernier regard sur le château qui les avait vu naître et avait abrité leur enfance. En traversant la cour, l'un d'eux, apercevant son plus jeune frère appelé Nivard, qui n'avait encore que huit ans et qui jouait avec des enfants de son âge, courut à lui, et, l'embrassant, il lui dit : « Adieu, mon petit frère ; nous allons tous en religion ; le château et toutes les terres que voilà seront désormais pour toi seul. » Mais l'enfant, trouvant qu'on le traitait un peu trop en cadet, repoussa par une charmante ironie la perspective de posséder seul l'héritage paternel ; il répondit avec une sagesse bien au-dessus de son âge : « Quoi ! vous prenez pour vous le ciel et vous me laissez la terre ? Le partage n'est pas égal : je n'en veux pas. » Par ces paroles il revendiquait sa part aux sacrifices de ses frères : en effet, un peu plus tard, dès que son âge le lui permit, il alla les rejoindre à Cîteaux.

Le vieux chevalier Tescelin, par la retraite de ses six fils, voyait son nom s'éteindre sur la terre ; mais il s'en consola par la pensée qu'il l'éternisait dans le ciel. Oui, cette sainte famille a été inscrite tout entière dans le livre d'or des élus ; c'est là qu'elle brillera éternellement. Plus tard le noble vieillard alla se faire moine sous la conduite de son fils Bernard. La bienheureuse Humbeline, sœur de notre saint, si bien faite pour briller dans le monde, quitta le siècle du consentement de son mari, et se fit aussi religieuse.

Bernard et sa troupe, au sortir de la demeure paternelle, se dirigèrent vers Cîteaux. Le ciel dut se pencher pour voir passer et pour admirer ces trente novices, fleurs admirables fraîchement écloses, qui allaient s'épanouir à l'ombre des cloîtres cisterciens et embaumer de leur parfum ce nouveau parterre de l'Eglise. Ces âmes héroïques passeront leur vie dans les joies pures du sacrifice et les suavités de l'immolation.

Dès que saint Etienne eut ouvert la porte de son monastère aux nouveaux arrivants, saint Bernard et ceux qui l'accompagnaient se prosternèrent aux pieds du vénérable abbé, le priant de les bénir et de les admettre au nombre de ses enfants. Les fils de barons descendaient de leurs châteaux au milieu des bergers et des laboureurs : c'étaient deux mondes, séparés depuis des siècles, qui allaient enfin se donner la main et s'embrasser sous le froc cistercien.

Avec quelle joie saint Etienne ne reçut-il pas une telle élite d'auxiliaires ! Il dut s'écrier avec le saint vieillard de l'Evangile : « Seigneur, maintenant vous laisserez mourir en paix votre serviteur, puisque mes yeux ont vu le salut de Dieu, et celui qu'il avait préparé pour être la lumière des nations et la gloire d'Israël. »

CHAPITRE VI

SAINT BERNARD DEPUIS SON ENTRÉE A CITEAUX JUSQU'A SA MORT

(1113-1152)

L'an 1113, Pascal étant souverain Pontife, Louis le Gros, roi de France, quinze ans après la fondation de Cîteaux, saint Bernard faisait son entrée dans ce monastère. A peine était-il arrivé au noviciat, que déjà il était le modèle des Religieux les plus consommés dans la vertu. Il se disait souvent à lui-même : « Bernard, Bernard, pourquoi es-tu venu ici ? » et s'appliquait entièrement à réaliser en sa personne l'avis qu'il donnait plus tard à ses novices : « Si vous commencez, commencez parfaitement. » Sa mortification et sa modestie étaient si grandes qu'il passa une année entière dans le dortoir des novices sans avoir remarqué si cet édifice était voûté ou non ; l'église, qu'il fréquentait souvent, avait trois fenêtres, il croyait qu'elle n'en avait qu'une. Un jour, il marcha longtemps au bord d'une rivière sans l'avoir aperçue.

Un an après son entrée à Cîteaux, il fit sa profession religieuse (avril 1114); un peu plus tard il reçut le sacerdoce : cette nouvelle dignité ne fit que donner un nouveau lustre aux vertus héroïques qui brillaient déjà en lui.

Notre saint n'avait émis ses vœux que depuis deux années seulement, lorsque ses éminentes qualités le firent choisir, malgré sa jeunesse, pour aller fonder une nouvelle abbaye. A la tête de douze Religieux parmi lesquels étaient ses cinq frères, il se rendit dans le diocèse de Langres. Là, il établit un monastère en un lieu jadis repaire de voleurs. Il le transforma ainsi en une demeure d'anges mortels, et la vallée d'Absinthe prit le nom de Clairvaux (Claire-Vallée).

Ici commence ce que l'on pourrait appeler la vie publique

de saint Bernard, si cette expression, appliquée à un moine, n'était presque un non-sens Pour en donner dès ce moment une idée au lecteur, nous ne croyons pas pouvoir mieux faire que de transcrire le portrait qu'en a tracé un des historiens les plus remarquables de notre époque. Voici ses paroles : « Un homme qui n'est pas du monde et qui est comme l'âme du monde ; un homme retiré du monde et qui est en relation avec tout le monde, avec les papes et les empereurs, avec les rois et les reines, avec les princes et les évêques, avec les moines et les soldats, avec les savants et les ignorants, avec les peuples des villes et les anachorètes du désert, avec l'Occident et avec l'Orient ; un moine qui ne respire que la solitude et qui gouverne le monde et l'Eglise par l'attrait de sa parole, l'ascendant de son génie, la vertu de ses prodiges et le prodige de ses vertus ; un homme, le plus doux et le plus ferme, qui dompte les caractères les plus indomptables, apaise les guerres civiles et les dissensions religieuses ; un homme qui rappelle a tout le monde son devoir et qui est aimé de tout le monde : cet homme est saint Bernard. » Jugeons-en plutôt nous-mêmes par ses œuvres

A peine l'abbé de Clairvaux s'est-il fait connaître, que son nom apparaît comme un astre bienfaisant à l'horizon de son siècle. A deux reprises différentes, il demande justice à Thibaut, comte de Champagne, et deux fois il est écouté comme l'oracle de la volonté divine. Mais voici Bernard sur un théâtre plus brillant : les Ordres monastiques penchent vers la décadence, et Cluny, autrefois si fervent, montre l'exemple du luxe et du relâchement, qui en est la conséquence inévitable, surtout chez les moines. Notre saint, comme un gardien fidèle du troupeau du Seigneur, élève la voix, et, s il n'arrive pas à faire renaître dans cet Institut sa ferveur première, du moins empêche-t-il les abus de s'accroître et de se multiplier.

Le zèle du saint, qui vient de se manifester à l'égard de Cluny, s'étend bientôt jusqu'à la cour de Louis VI, roi de France. Le ministre Suger était aussi abbé de Saint-Denis, et, comme tel, il déployait dans son monastère le faste et la richesse que le prince lui avait prodigués. Suger, touché de la grâce, prend la résolution de se conformer aux admonestations fermes et paternelles de saint Bernard et de commencer par se convertir lui-même. Quelque temps après, il s'agit du roi Louis VI. Ce prince, mécontent d'Etienne, évêque de Paris, lui confisque ses biens. Celui-ci s'adresse au Chapitre général de Cîteaux qui charge saint Bernard d'écrire au roi pour lui représenter son injustice. Louis VI prend l'engagement de restituer à Etienne les biens qu'il a séquestrés ; mais il manque à sa parole. Alors, le saint lui dit d'un ton inspiré : « Puisque vous avez méprisé le Dieu terrible en méprisant les avertissements de ses ministres, attendez-vous au châtiment : votre fils aîné vous sera enlevé par une mort soudaine. » En effet, peu de temps après, Philippe, héritier présomptif de la couronne de France, mourait inopinément des suites d'une chute de cheval. C'est ainsi que le Ciel ratifia plusieurs fois les prédictions de notre saint.

Que le lecteur veuille bien remarquer avec nous comme l'abbé de Clairvaux est capable de mener de front les occupations les plus diverses Ainsi, pendant qu'il traite des affaires litigieuses dans le genre de celles dont on vient de parler, il entretient les relations de piété et de direction spirituelle les plus intimes et les mieux suivies avec des personnes de la haute société, comme la duchesse de Lorraine, la pieuse Béatrix ; Ermengarde, comtesse de Bretagne, et d'autres encore dont l'histoire ne nous a pas transmis les noms. Bien plus, il continue de faire du prosélytisme en faveur de l'état monastique, et, pour ne mentionner que les plus illustres, il entraîne successivement dans le cloître la vierge Sophie, personne de qualité ; Guimard, roi de Sardaigne ; le prince Henri de France, troisième fils de Louis le Gros, et le prince Amédée d'Allemagne. proche parent de l'empereur. A la même époque, le saint consacre encore ses loisirs à composer des traités sur les matières les plus ardues de la théologie et ses sermons sur le Cantique des Cantiques.

Surchargé par tant d'occupations, Bernard succomba à la tâche et tomba malade. Son ami, Guillaume de Saint-Thierry, également indisposé, lui tenait compagnie. Ils se servaient mutuellement d'infirmiers, et, en guise de délassement, Bernard commentait le Cantique des Cantiques, et Guillaume écrivait sous sa dictée.

L'abbé de Clairvaux entrait en convalescence et venait à peine de reprendre ses fonctions lorsqu'il fut appelé à un concile qui devait s'ouvrir à Troyes au commencement de l'année 1128, dans le but de régler le différend de l'évêque de Paris avec le roi, et plusieurs autres affaires concernant l'Eglise de France. Bernard écrivit au cardinal Mathieu, légat du pape et président du concile, pour lui faire connaître son état maladif et lui demander à être dispensé de ce voyage : « D'autant plus, ajoutait-il, que les affaires que vous allez traiter sont faciles ou difficiles : si elles sont faciles, on les fera bien sans moi ; et si elles sont difficiles, je n'en viendrai pas à bout. » Mais ses instances furent inutiles : Bernard dut se rendre à la vénérable assemblée, et ce fut sous son inspiration que le concile rédigea ses décrets. Le saint comptait pouvoir rentrer dans son monastère aussitôt après la clôture du concile; mais il se trompait. Honorius III avait recommandé aux prélats assemblés à Troyes d'examiner les statuts de l'Ordre des Templiers qui venait de prendre naissance, et de leur donner une forme définitive : ce fut l'abbé de Clairvaux qu'on chargea de ce travail.

Lorsqu'il l'eut achevé, il lui fut donné enfin de regagner sa chère solitude après laquelle il ne cessait de soupirer. « Plaignez-moi, écrivait-il à ses Religieux pendant le concile, misérable que je suis ; je me vois comme un petit oiseau sans plumes, presque toujours hors de son nid, exposé aux orages et aux tempêtes. » Comme il fut heureux de rejoindre ses enfants spirituels et comme ceux-ci se réjouirent de posséder leur père ! Clairvaux, privé de Bernard, ne pouvait être qu'un désert ; mais avec Bernard il devenait un paradis. Notre saint put goûter les charmes de la solitude : il était plus que jamais adonné à la vie contemplative et à l'instruction de ses frères, parce que jamais il n'avait été aussi las et dégoûté de la vie publique. Voilà pourquoi il écrivait au chancelier de l'Eglise romaine : « C'en est fait, je ne sortirai plus du cloître, à moins que les affaires de l'Ordre ne m'y obligent ou que je n'en reçoive l'ordre formel de mes supérieurs. »

Le pape Honorius III meurt le 14 février 1130. La plus saine partie des cardinaux lui donne pour successeur le cardinal Grégoire, qui prend le nom d'Innocent II ; leurs collègues, absents au moment de l'élection, prétendent qu'elle est nulle et proclament souverain Pontife le cardinal Pierre de Léon, sous le nom d'Anaclet. Celui-ci se trouve maître de Rome ; les principales villes d'Italie se déclarent pour lui ; les Normands de Sicile embrassent également son parti ; l'empereur d'Allemagne, les rois de France et d'Angleterre sont dans l'hésitation. Sur ces entrefaites, le pape Innocent est contraint de s'échapper de Rome et de se réfugier en France : le schisme est aux portes du monde catholique. Le roi de France, avant de se prononcer pour l'un ou l'autre des deux papes, veut soumettre le conflit aux lumières d'un concile. Il convoque à Etampes tous les évêques, prélats et abbés du royaume. Naturellement Bernard reçoit une invitation spéciale : les circonstances sont trop graves et trop solennelles pour que notre saint se s'y rende pas. Mais, dès qu'il a pris place au milieu de cette vénérable assemblée, tous les regards se tournent vers lui comme si toutes les lumières s'étaient concentrées dans sa personne. D'un mot, Bernard déchire le voile qui enveloppe la vérité. Il se prononce en faveur d'Innocent II, et tous les Pères du concile adoptent le sentiment de l'illustre abbé : à partir de ce jour, les différentes puissances de l'Europe viennent, les unes après les autres, se ranger sous la houlette d'Innocent, qu'elles reconnaissent pour le Pape légitime, tandis qu'elles jettent l'anathème à l'usurpateur, Pierre de Léon.

Il était bien naturel qu'Innocent II, se trouvant en France, poussé d'ailleurs par l'admiration qu'il éprouvait pour notre saint et aussi par un sentiment de reconnaissance, il était naturel, dis-je, qu'il se rendît en personne à l'abbaye de Clairvaux. Il nous suffira de rappeler que l'annaliste de Cîteaux s'étend avec complaisance sur l'édification que le pontife recueillit de sa visite. Il ajoute même naïvement ce curieux détail que, si par hasard, durant le séjour d'Innocent, on pouvait se procurer quelque poisson, on le servait devant le seigneur Pape, bien plus pour être regardé que pour être mangé.

Nous voici arrivés au commencement de l'année 1134. Pendant que son fils spirituel s'illustrait ainsi par ses œuvres éclatantes, Etienne, le vénérable fondateur de Cîteaux, allait descendre dans la tombe, ou, pour parler plus correctement, il allait monter de cette vallée des larmes à l'éternel séjour des bienheureux. Dès l'année précédente, il avait senti les approches de la mort, et, pour s'y mieux préparer, il avait supplié ses Frères, à l'assemblée générale des abbés de l'Ordre, qu'on le déchargeât de ses fonctions de supérieur général : on fit droit à sa requête. A partir de ce moment, Etienne ne songea plus qu'à sa dernière heure. Il arriva, par un dessein particulier de la Providence, qu'il fut entouré, à ses derniers moments, des abbés de sa filiation, au nombre de vingt. « Alors, continue l'auteur de l'*Exorde de Cîteaux*, le saint abbé rendant le dernier souffle, passa victorieusement au milieu des puissances de l'air et s'envola vers le royaume de la paix qui avait toujours été l'unique objet de ses pensées. Après sa mort, sa chambre fut remplie d'une splendeur divine et d'une odeur céleste. Tous les assistants entendirent le très doux concert des anges ; et une belle croix formée par cinq étoiles éclatantes apparut sur l'église où on avait déposé le corps du patriarche des Cisterciens. »

Nous aurions à parler maintenant de la mission de saint Bernard en Aquitaine, du concile de Reims où on lui confia la solution de presque toutes les affaires ; de la pacification des républiques italiennes, opérée par sa puissante intervention ;

du concile de Pise dont il fut l'âme comme des précédents, et où fut prononcée l'excommunication de Pierre de Léon. Mais nous nous contenterons de dire quelques mots sur l'œuvre maîtresse de notre saint durant cette période de sa carrière : le retour de la ville de Milan et de la Lombardie tout entière à l'obéissance du Saint-Siège. L'archevêque de cette ville, Anselme, deux fois excommunié, résistait à toutes les injonctions d'Innocent II et poussait ses concitoyens à le suivre sous l'étendard de l'antipape. Bernard, par la multiplicité et l'éclat de ses miracles, détacha le peuple de la cause d'Anselme, qui, abandonné de tous ses partisans, résigna sa juridiction pastorale entre les mains d'un digne pasteur.

Chose admirable ! notre Saint, depuis son entrée dans la vie monastique, était toujours à la veille de mourir, et chacune de ses actions semblait être le dernier effort d'une vie expirante Languissant et presque mourant, c'est pourtant à ce corps débile que la Providence semblait avoir confié les destinées de l'Eglise et des empires.

Malgré ses infirmités bien visibles, saint Bernard eut à se défendre, à Milan comme à Gênes, comme à Reims, contre les vœux d'une population entière qui le conjurait d'accepter la charge pastorale. Mais, comme l'a très bien dit un de ses biographes : « La tiare et l'anneau des évêques ne le touchaient pas plus que la bêche et le rateau. »

Aussi bien, après tous ces voyages qui furent de véritables marches triomphales, il rentrait avec joie à Clairvaux où il aimait à se confondre parmi ses Frères et à savourer les charmes de la solitude qu'il appelait sa seule béatitude : *O beata solitudo ! o sola beatitudo !*

Hélas ! son bonheur ne sera pas de longue durée : bientôt l'obéissance le rappellera sur la scène du monde. Nous aurions à le suivre maintenant de nouveau en Italie, en Sicile, à Salerne; nous assisterions ensuite à ses luttes contre Pierre de Pise ; puis, l'accompagnant dans son retour à Clairvaux, nous l'écouterions, avec une religieuse émotion, prononcer l'oraison funèbre de son frère Gérard ; nous aurions le bonheur d'assister à la réconciliation qu'il opéra entre le roi de France et le comte de Champagne; mais nous devons nous borner. Les limites de ce livre nous obligent même à laisser dans l'ombre la vie scientifique de notre bienheureux Père.

Hâtons-nous donc d'arriver au dénoûment de cette brillante carrière. A cet endroit de notre récit, Bernard est parvenu à l'apogée de sa gloire : pour lui, comme pour bien d'autres hommes illustres, le Capitole n'est pas loin de la Roche Tarpéienne, ou

pour parler plus chrétiennement, l'*Hosanna* sera bientôt suivi
du *Tolle*, presque du *Crucifigatur*. Il est chargé par le Pape de
prêcher une croisade : un succès immense couronne ses efforts.
La foule, enlevée par les prodiges qu'il opère en si grand nombre que ses compagnons de voyage renoncent à les détailler,
se précipite avec enthousiasme sur ses pas, et le presse si
fort qu'elle manque de l'étouffer : ses bras, à force de bénir,
tombent de lassitude. On lui arrache pièce par pièce ses vêtements pour en faire des croix ; en un mot, l'ébranlement est
général en Allemagne comme en France. Un jour le saint, conduit par l'empereur lui-même, entre dans la cathédrale de
Spire. On y chantait l'antienne *Salve Regina*. Entendant les derniers mots : *Et Jesum, benedictum fructum ventris tui, nobis
post hoc exilium ostende*, l'abbé de Clairvaux, attendri jusqu'aux larmes et transporté d'un élan extatique, ajouta cette
triple exclamation : *O clemens, o pia, o dulcis Virgo Maria,*
O clémente, ô miséricordieuse, ô douce Vierge Marie !

Après ce triomphe, Dieu réserva encore à son serviteur
quelques consolations : Bernard assiste aux deux conciles de
Reims et de Trèves, dont il est, comme toujours, la principale
lumière ; il reçoit à Clairvaux la visite de son intime ami,
saint Malachie, archevêque d'Irlande, qui meurt entre ses bras,
et celle du pape Eugène III son ancien disciple.

L'heure de monter au Calvaire a sonné pour Bernard ;
sa gloire manquait d'un complément : la Providence le lui
fournit. Pour mettre le sceau aux mérites de son serviteur,
Dieu permit que la croisade, pour différentes causes que nous
n'avons pas à examiner ici, déviât de son but et amenât des
désastres lamentables. Comme prédicateur de cette croisade,
nul doute que Bernard sera le bouc émissaire chargé des
péchés du peuple. C'est ce qui arriva : notre Saint savoura
dans le silence de la solitude et du cloître les amertumes de
l'humiliation qui lui fut infligée alors.

Dieu sait toujours placer l'épreuve à côté des joies de ce
monde : c'est un condiment dont il veut nous faire apprécier
l'âpre suavité. Le Seigneur aime trop ses élus pour les laisser sans épurer leur amour dans les flammes du sacrifice.
Il faut du sang et des larmes pour arroser les vertus ; elles
ne fleurissent dans toute leur beauté et ne répandent leur
plus suave parfum qu'auprès de la croix. Pour une âme noble
et délicate, l'auréole de la douleur rend plus vénérables les
fronts qu'elle ceint ; du reste, les larmes de la terre sont le
plus souvent des sourires et des caresses du ciel. L'épreuve
et la souffrance sont les derniers fleurons que Dieu a coutume

2*

de poser sur la tête de ceux qu'il a marqués pour être des héros dans l'histoire, et des princes dans la cour céleste.

Ainsi en fut-il pour Bernard. Voyant les vides qui se font autour de lui, il songe encore davantage à se préparer au dernier passage. Mais avant de parler du trépas de notre grand saint, que le lecteur nous permette de faire une réflexion. Nous avons vu, dans la rapide esquisse que nous avons tracée de la vie de Bernard, une foule de choses remarquables, voire même admirables et miraculeuses ; mais ne vous semblera-t-il pas à vous comme à nous-mêmes, que la plus grande merveille à admirer, c'est que Bernard ait pu rester humble au milieu de ses triomphes si éclatants? Or, au moment où les papes et les empereurs, les rois et les reines le consultent comme un maître et l'écoutent comme un oracle ; au moment où les capitales se le disputent et veulent le garder comme leur archevêque, voici ce qu'il dit en parlant de lui-même : « Comment se fait-il que Dieu ait attaché une si petite mouche à un si grand char?... Je suis comme la chimère de mon siècle : ni laïque ni moine, j'en ai l'habit, mais non l'esprit. » — Quand les Milanais veulent le faire asseoir sur le siège métropolitain, il attribue cette admiration et cet attachement à la bienveillance du peuple. Il ne sait pas comment le bon Dieu a pu se servir de lui pour faire des miracles; car, dit-il, « il n'y a que les saints ou les hypocrites à en faire, du moins ordinairement : je ne suis ni l'un ni l'autre. » Oui, saint Bernard, en restant humble dans son élévation, a légué à la postérité un prodige plus surprenant que le plus éclatant de ses miracles : c'est sans doute à cause de cela que Dieu, qui se plaît à exalter les humbles, lui a permis de faire de si grandes choses.

Mais la couronne de Bernard est prête. « Dieu lui a fait connaître d'avance le jour de sa mort, nous dit l'Annaliste de Cîteaux ; beaucoup d'évêques, d'abbés et de pieux personnages assistèrent à son décès. » C'était un samedi, vers neuf heures du matin, le vingtième jour du mois d'août de l'an 1153; il était âgé de soixante-trois ans. « A l'instant où le saint expirait, lisons-nous dans l'*Exorde de Cîteaux*, on vit apparaître dans la chambre où il était gisant, la très miséricordieuse Mère de Dieu, sa patronne spéciale. Elle était escortée, comme il convenait à la Reine du ciel et à la Souveraine des anges, d'une grande multitude d'esprits célestes. A la vue de tous les assistants, Marie reçut l'âme du bienheureux, avec son dernier souffle, et la conduisit jusqu'au divin séjour en compagnie des anges qui faisaient retentir les airs de leurs chants d'allégresse;

et, pour montrer qu'elle n'oublie point dans sa bonté ceux qui ont gardé son souvenir, cette généreuse Rémunératrice fit placer à sa droite dans l'éternelle patrie notre bien-aimé Père. »

La famille de saint Bernard prit un accroissement prodigieux ; dès la première année de l'établissement de Clairvaux, il y avait dans ce monastère cent trente Religieux; un peu plus tard, malgré les fondations fréquentes de cette abbaye , le nombre des moines atteignit sept cents. On vit ce grand fascinateur des âmes, au retour de ses courses apostoliques, ramener avec lui cent postulants, le même nombre faire Profession le même jour.

Ce grand moine fonda lui-même ou rattacha à son abbaye, depuis l'année 1118 jusqu'à sa mort 1153, c'est-à-dire pendant l'espace de trente-cinq ans, cent abbayes. Dans la suite ce nombre s'éleva à huit cents. De Clairvaux on a vu sortir un Pape, quinze cardinaux et un grand nombre d'archevêques et d'évêques, une multitude de saints et de savants personnages.

Cet immortel génie, par la profondeur de sa doctrine, par sa sainteté éminente et par les miracles qu'il sema sur ses pas, remit au Christ la terre qui voulait sortir de ses divines mains. Notre saint fut l'âme de toutes les nobles et saintes causes de son temps; toute affaire importante, tant dans l'ordre politique que dans l'ordre religieux, venait aboutir à son humble cellule. Toutes les conditions subissaient l'influence de Bernard ; depuis les Templiers dont il fut le législateur jusqu'aux novices de Clairvaux, à qui il disait en les recevant : « Laissez vos corps à la porte et donnez-moi vos âmes; » depuis les religieux fervents qu'il lançait dans les sentiers de la plus sublime perfection, jusqu'aux moines fugitifs qu'il poursuivait de ses tendres accents ; depuis les grands prélats à qui il demandait ce que faisaient l'or et l'argent sur les harnais de leurs chevaux, jusqu'à l'illustre Suger, abbé de Saint-Denis et ministre du roi de France, qu'il convertit ; depuis le souverain pontife Eugène III à qui il traça des règles admirables de conduite, jusqu'à Louis le Gros à qui il prédit un malheur de famille et qu'il obligea à se réconcilier avec quelques évêques; depuis les républiques divisées qu'il pacifia, jusqu'aux couvents dégénérés qu'il réforma, tous ont subi l'ascendant du grand abbé de Clairvaux. Ce pauvre moine dont le corps débile se traînait péniblement sur les dalles du cloître, vit à ses pieds toutes les grandeurs et toutes les puissances de la terre ; il reçut des ovations comme n'en reçurent jamais ni papes ni empereurs. Vivre quelques jours en compagnie de saint Bernard, recueillir les doux et pénétrants éclairs de son regard, les communications de sa charité, le feu divin de ses discours, paraissait, aux hommes les plus distingués de son époque, le paradis sur la terre. L'opinion publique l'investit d'une véritable dictature morale, politique et religieuse ; de sorte que pendant quarante ans il porta presque à lui seul le poids de l'Église et de son siècle. Les œuvres de ce grand saint passeraient pour une légende si leur fil ne s'entrelaçait avec les annales de l'histoire de l'Église et de la patrie. Comme orateur, il fut si acclamé que souvent ses mains délicates enflèrent au contact des baisers que la foule enthousiasmée venait y déposer ; et vingt fois sa vie fut menacée par l'empressement des flots humains qui l'entouraient. Quand cet homme apostolique était en voyage, les bergers quittaient leurs troupeaux, les laboureurs leurs charrues, les habitants des villes désertaient la cité pour se porter à sa rencontre afin de le contempler, et lorsqu'il s'était éloigné on se demandait où était la trace de ses pieds. Au milieu de ses immenses travaux, saint Bernard savait s'occuper des choses humaines sans jamais se déprendre un instant des choses divines. L'illustre abbé de Clairvaux est demeuré le plus grand contemplatif du XIIe siècle, le Docteur de l'amour divin, la lyre de Marie, le flambeau de l'Ordre monastique, l'un des plus beaux fleurons de l'Église de France et la perle la plus précieuse des Cisterciens. — Saint Bernard passa sa vie dans l'innocence, il vécut sous le cilice et mourut sur la cendre. Qu'elle dut être triomphale l'entrée sous les portiques éternels de cette belle âme ! Quel ébranlement il y eut dans les cercles des cieux pour venir au-devant de celui qui fut le thaumaturge, l'apôtre, l'honneur, la lumière et la gloire de son siècle !

Dès que saint Bernard fut entré à Cîteaux, les novices y affluèrent de toutes parts : toutes les conditions venaient frapper aux portes de cette austère abbaye; de sorte que bientôt, son enceinte devenant trop étroite, il fallut songer à fonder de nouvelles maisons. La première fut érigée en 1113 dans le diocèse de Châlons ; saint Etienne lui donna le nom de *La Ferté* (*firmitas*), pour signifier que Dieu avait affermi son Ordre. La seconde fut établie en 1114, dans le diocèse de Sens : on lui donna le nom de Pontigny (*Pontis nidus*), à raison d'un pont et d'un nid d'oiseaux qui se trouvaient là au moment de la fondation. La troisième fut fondée en 1115 dans l'ancien diocèse de Langres (aujourd'hui dans celui de Troyes); elle fut appelée Clairvaux (*Clara Vallis*), nom qui sera bien justifié par la lumière éclatante que, sous l'influence de saint Bernard, son fondateur, elle devait répandre dans toute la chrétienté. La quatrième fut élevée la même année que la précédente, encore dans le diocèse de Langres : elle se nomma Morimond (*Mori-mundo*) désignée ainsi pour marquer que ses Religieux devaient être morts au monde et à toutes ses vanités.

Saint Etienne avait groupé ses quatre premières abbayes autour de leur mère commune, de manière qu'elles fussent placées aux quatre points cardinaux de Cîteaux : la Ferté au midi, Pontigny à l'ouest, Clairvaux au nord et Morimond à l'est. De chacun de ces quatre avant-postes partirent successivement de nouvelles colonies qui allèrent s'établir dans tous les pays de l'univers catholique. Des plages riantes de la Sicile aux rivages glacés de la Suède, du beau ciel bleu d'Espagne aux pittoresques montagnes de la Syrie, il ne resta pas d'en-

droit qui ne fût peuplé par quelques colonies de la famille
cistercienne.

Dès ce moment, l'Ordre cistercien fut prospère sous le rapport matériel, sans rien perdre de sa piété. Les Religieux de
cet institut avaient la noble ambition de dompter leurs corps,
parce que Dieu aime ces vaillants qui se font violence et remportent des victoires sur eux-mêmes. Ils partageaient leur
journée entre le travail manuel et la prière, tantôt élevant
leurs mains vers le ciel pour en faire descendre des grâces
et des bénédictions, tantôt se penchant vers la terre pour en
tirer leur nourriture et celle des pauvres.

Un des plus grands écrivains du xiie siècle, Guillaume de
Malmesbury, exprime ainsi son admiration pour les Religieux
cisterciens : « Dans le monde catholique un cri d'enthousiasme
salua les nouveaux disciples de saint Benoît ; la vie excellente
de ces Religieux apparut soudain comme la voie la plus sûre
qui mène au ciel. »

Etienne de Tournai, historien très distingué, en parle à peu
près dans les mêmes termes : « Les Cisterciens, outre la pléni-
tude de la vie évangélique, observent encore jusqu'au dernier
iota de la règle de saint Benoît... Ils célèbrent les divins offices
avec tant de solennité et de ferveur, qu'en les entendant on
croit être au milieu des Esprits angéliques. »

Pierre de Celles, auteur aussi pieux que savant, s'écrie à son
tour : « Les moines cisterciens ont rendu à l'Ordre de saint
Benoît son honneur et sa gloire expirants, et relevé l'éclat de
la Règle bénédictine, et, comme autrefois Esdras, ils ont fait
revivre l'ancienne loi ; leurs cloîtres sont le camp de Dieu où,
le jour et la nuit, retentissent les psaumes et les cantiques
sacrés ; les enfants de Cîteaux ont illuminé d'un éclat nouveau
la face du monde ; comme les athlètes du Christ, ils marchent
ou plutôt ils s'élancent dans les voies de Dieu... Cette phalange
sacrée retrace en elle tout ce que l'Esprit de Dieu a produit de
plus parfait dans l'ancien et le nouveau Testament. »

L'Ordre cistercien se répandit dans le monde avec une
telle efflorescence de sainteté, qu'il prit sous ce rapport le
premier rang parmi les institutions monastiques et le garda
pendant plus d'un siècle. Quand il apparut, les cloîtres semblaient avoir perdu leurs austérités, le monde ses vertus : alors
se montrèrent ces vrais cénobites avec leurs veilles prolongées,
leurs jeûnes continuels, leur dure couche, en un mot avec tout
ce qui crucifie la nature. Ils se mirent à la tête de leur siècle ;
celui-ci les suivit et s'identifia avec eux, à tel point que la
société tout entière semblait être devenue cistercienne. « Le seul

nom de Cîteaux, dit l'historien Ordéric Vital, était un nectar qui attirait tout à lui. » Ce sont les moines de cet Ordre qui ont été les éducateurs de notre société française, qui ont développé son intelligence, avivé sa foi, et l'ont conduite au seuil de sa virilité. Ce sont les sanctuaires élevés par eux qui ont abrité de leur ombre les monuments écrits et les traditions de la Grèce et de Rome. Les abbayes cisterciennes ont servi de foyer à la civilisation moderne en conservant et en déchiffrant les chefs-d'œuvre de l'antiquité, surtout en faisant connaître les procédés syntaxiques des langues anciennes. Les moines de Cîteaux érigèrent des chaires pour l'étude du grec, de l'arabe et de l'hébreu ; ils fondèrent aussi des collèges à Paris, Toulouse, Montpellier, Metz, Oxford, Bologne, Pampelune, Salamanque, Cologne, Prague, etc. De cette sorte ils préparèrent les matériaux qui devaient servir à la restauration des connaissances humaines, semant ainsi en leur temps tout ce que nous moissonnons dans le nôtre. Il est plus facile, on le voit, de nier les services rendus par les moines que de se passer de leurs longs et pénibles travaux d'érudition.

La nouvelle milice des Cisterciens, dans l'espace de vingt-cinq ans, compta dans son sein soixante mille membres.

Comme rien ne servit davantage à maintenir dans cet Institut l'union, la discipline et la ferveur que l'institution des Chapitres généraux, il est de notre devoir d'en parler ici. Chaque année, pendant cinq jours, tous les abbés et prieurs titulaires devaient se réunir à la maison mère, c'est-à-dire à Cîteaux. On en exceptait ceux qui étaient d'un pays trop éloigné et qui ne s'y rendaient qu'à des époques déterminées.

Cette vénérable institution, qui depuis fut imitée par la plupart des Instituts religieux, fut louée et recommandée par les souverains Pontifes et les conciles. Ces Chapitres généraux de l'Ordre cistercien acquirent une si haute réputation de sagesse qu'ils étaient reconnus par toute l'Europe, et toutes les fois qu'il s'agissait d'une affaire importante dans les hautes sphères de la société, on recourait à leur entremise : ils formaient une sorte de Haute Cour, servant d'arbitrage entre les peuples et les rois, entre les souverains et l'Eglise, et tous s'inclinaient devant cet auguste Sénat composé des hommes les plus saints et des intelligences les plus hautes de l'époque. Saint Etienne, en instituant les Chapitres généraux, a donc rendu de grands services à la société tout entière ; mais il a surtout bien mérité de son Ordre parce que les principales fonctions de ces assemblées étaient de s'occuper du salut des âmes, de resserrer les liens de la charité entre toutes les maisons et

entre tous les membres de ce vaste institut ; de veiller à la
stricte observance de la Règle et des Constitutions, de prévenir et de corriger les abus et de punir les coupables. Le
premier Chapitre général cistercien se tint en 1116. Pendant
longtemps, ce fut le 14 septembre, jour de l'Exaltation de la
sainte Croix, qu'avait lieu l'ouverture de cette vénérable
assemblée.

Dans les premiers jours de septembre, on voyait des princes,
des évêques, des seigneurs, se diriger à travers les provinces
de France, vers la Bourgogne et de là à Cîteaux, afin de conjurer, au nom du Seigneur, le Chapitre général de leur accorder des Religieux pour fonder une nouvelle abbaye sur leurs
terres. Ils avaient détaché un fief de leur domaine, situé dans
un vallon solitaire, près d'une source limpide ou d'un ruis-
seau qui ne tarissait jamais. Là, ils avaient construit une chapelle en l'honneur de la sainte Vierge et quelques bâtiments
pour les pauvres moines, qui, en échange de leurs prières, de
leurs pénitences et de leurs bons exemples, trouveraient ainsi
un monastère tout préparé. Le Chapitre général examinait
s'il y avait lieu d'accepter : ordinairement la réponse était
favorable. L'assemblée désignait alors l'abbaye qui devait fournir la colonie. Douze Religieux, suivant l'usage établi par saint
Benoît, étaient alors choisis, en mémoire des douze Apôtres, et
un abbé était mis à leur tête pour tenir parmi eux la place de
Jésus-Christ. Le Supérieur de la maison fondatrice remettait
à la nouvelle famille une croix de bois, un exemplaire de
la Règle et des Constitutions, quelques livres, quelques ornements et vases sacrés; on s'embrassait en pleurant, on se
quittait au chant des psaumes et des saints cantiques ; puis le
nouvel essaim allait s'abattre dans un vallon solitaire, éloigné
de toute habitation humaine. Bientôt le sol aride, qui ne produisait, à l'arrivée des moines, que des ronces et des épines,
était défriché ; les marécages malsains desséchés étaient transformés en une vallée fertile, où apparaissaient les moissons
dorées, les vignes aux raisins vermeils, des légumes comme on
n'en avait jamais vus dans la contrée et des prairies tout
émaillées de fleurs qui embaumaient le pays environnant.

Saint Étienne, pour conserver le souvenir des premiers événements de son Ordre, les consigna dans un écrit bien connu
sous le nom de « Petit Exorde de Cîteaux ». Cet ouvrage est un
livre d'or, petit par son volume et par le nombre de ses pages,
mais grand par les sages enseignements qu'il renferme : il fut
nommé « Petit Exorde » pour le distinguer du « Grand Exorde de
Cîteaux » composé au commencement du XIIIe siècle par Con-

Les plus illustres Saints de l'Ordre de Citeaux.

rad, Religieux de Clairvaux, élevé en 1213 au siège abbatial d'Erbach (diocèse de Mayence). Le « Grand Exorde » relate l'histoire primitive de Cîteaux, les principaux miracles de saint Bernard, plusieurs faits de sa vie et de grands exemples de sainteté empruntés à la biographie de divers Religieux cisterciens. Henriquez, homme des plus érudits, regarde ce livre comme un trésor de la littérature ecclésiastique L'ouvrage entier, comprenant le « Grand et le Petit Exorde de Cîteaux, » traduit en français par un Trappiste, jette les plus grandes clartés sur les premiers temps de l'Ordre des Cisterciens : son style est de ceux qui empêchent les livres de vieillir et les font passer à la postérité avec toute la fraîcheur de leur jeunesse.

Avant de terminer ce court aperçu de l'Ordre de Cîteaux, disons un mot de son gouvernement, que saint Etienne avait si admirablement organisé par le moyen de sa « Charte de Charité. » D'après ce code vénéré, Cîteaux était la métropole de son Ordre : l'abbé de ce monastère en était le chef. Le pouvoir ne s'accumulait pas tout entier dans sa source ; il allait en se divisant, se subdivisant du centre aux extrémités, et il revenait comme rajeuni, des extrémités vers le centre. L'autorité s'y épanchait et y circulait comme la sève dans les branches de l'arbre, comme le sang dans les artères du corps humain. Chaque abbaye avait sous sa juridiction toutes les maisons qui en étaient sorties. Celles-ci à leur tour devenaient maisons mères à l'égard de celles qu'elles fondaient, mais toujours sans s'affranchir, ni les unes ni les autres, de l'autorité de leur Supérieur majeur, l'abbé de Cîteaux. Toute église fille devait être visitée, une fois l'an, par l'abbé de son église mère. Cîteaux, la mère commune, était visitée par les quatre premiers abbés de l'Ordre : de la Ferté, de Pontigny, de Clairvaux et de Morimond. Au-dessus du pouvoir de l'abbé de Cîteaux, il y avait l'autorité, intermittente il est vrai, mais absolue, du Chapitre général, en qui résidait la puissance souveraine. Ainsi l'abbaye de Cîteaux devint le centre d'un Etat immense qui s'étendait sur toute l'Europe et même au delà, conservant, dans ces contrées si différentes et souvent ennemies, son unité d'intérêt, de gouvernement et d'action. Saint Etienne, après avoir gouverné son Ordre avec la plus grande sagesse pendant plus de vingt ans, mourut le front ceint de la triple gloire de la science, du génie et de la sainteté, ainsi que nous l'avons dit plus haut, le 28 mars 1134. A cette époque, plus de quatre-vingts maisons de son Ordre existaient déjà ; plus tard le nombre s'en éleva à dix-huit cents ; l'auteur des Lys de Cîteaux, assure que celui des maisons de Religieuses atteignit six mille.

L'institut fondé par saint Etienne a donné à l'Eglise six Papes, plus de quarante cardinaux, quatorze patriarches, huit archevêques et quatorze cents évêques. — Un grand nombre de rois, de princes et de princesses se sont retirés à l'ombre de ses cloîtres : le monastère de Trebnitz, en Silésie, a reçu lui seul plus de quarante princesses. Cet Ordre a produit aussi une multitude de saints et de bienheureux. Dans le seul monastère de Cîteaux, on compte vingt-quatre abbés canonisés ou béatifiés. Le nombre des saints devenait, à une certaine époque, si grand dans cet institut, qu'au xive siècle le Chapitre général décréta de ne plus poursuivre la canonisation d'aucun Cistercien, dans la crainte que le trop grand nombre ne les rendît moins vénérables.

Cîteaux, en peuplant ses dix-huit cents monastères et ses huit mille granges (fermes monastiques), où l'on se livrait à tous les travaux des champs, enleva des milliers de bras au glaive et à l'épée pour les donner à la charrue, à la bêche et à la faucille : dès lors, la sueur du fils de manant se mêla dans le même sillon à la sueur du fils de seigneur ; l'agriculture fut réhabilitée, l'équilibre social rétabli, et le monde raffermi sur ses bases mal assurées. Les nombreux monastères des Cisterciens nourrissaient un total de trois à quatre millions de pauvres : voilà à quoi servaient les moines. Quand Henri VIII eut fermé les couvents de son royaume et partagé leurs dépouilles avec ses nobles, il se demanda ce qu'il pourrait faire des pauvres, et il crut en débarrasser l'Angleterre en décrétant qu'ils seraient pendus. Les bourreaux se mirent à l'œuvre : soixante-dix mille mendiants avaient été exécutés, lorsqu'on s'aperçut que c'était couper une tête de l'hydre et que leur nombre apparaissait toujours plus grand. C'est ainsi que ce grand persécuteur des moines entendait les remplacer auprès des malheureux.

L'âge d'or de Cîteaux dura deux cent vingt-neuf ans, de 1113 à 1342 Il y a de beaux jours au début de toutes les nobles entreprises ; très souvent, hélas ! ils ne durent pas longtemps, par suite de l'infirmité humaine : tel fut le sort de l'institut dont nous parlons. Les guerres de religion, le grand schisme d'Occident, l'abondance des richesses et surtout la commende furent les fléaux qui découronnèrent l'Ordre cistercien comme la plupart des autres instituts religieux. Sous ces diverses influences néfastes, la décadence fit de rapides progrès.

Néanmoins, quel que fût le relâchement de l'Ordre de Cîteaux, ses monastères demeuraient, pour les pauvres, la maison du bon Dieu ; et de fait, ils pouvaient toujours les considérer comme leur propre demeure. C'était là surtout qu'ils trouvaient du pain pour se nourrir, des vêtements pour se couvrir et du bois pour se réchauffer. En outre, avec les secours matériels, ils recevaient une bonne parole qui relevait leur courage en leur rappelant une patrie meilleure. D'ailleurs, les vieux Ordres monastiques, entre autres celui de Cîteaux, surent se réformer et se rajeunir dans de nouvelles Congrégations qui firent revivre les plus beaux jours de leur histoire. Les mérites de leurs fondateurs et de leurs premiers Pères ainsi que la bénédiction du ciel leur avaient infusé une vie si abondante qu'ils purent renaître de leurs racines, à la manière de ces arbres dont le tronc dépérit, mais qui gardent encore assez de sève pour pousser de beaux rejetons. Telle fut, à l'égard de l'Ordre cistercien, la célèbre Réforme de la Trappe.

CHAPITRE VIII

Après avoir fait connaître, dans les quatre chapitres précédents, l'Ordre de Citeaux, auquel se rattache le monastère de la Trappe, et saint Bernard, la principale gloire de cet institut, nous allons reprendre maintenant l'histoire de notre abbaye elle-même.

Quelque temps après la fondation de la Trappe, qui eut lieu, ainsi qu'il a été dit plus haut, en l'année 1140, les Religieux jetèrent les fondements d'une église, qui ne fut terminée que soixante-quatorze ans plus tard.

Le dimanche 27 avril 1214, l'archevêque de Rouen, Robert, métropolitain de la province, assisté de Silvestre, évêque de Séez, et de Luc, évêque d'Evreux, procéda avec une pompe majestueuse à la belle et imposante cérémonie de la consécration de ce nouveau sanctuaire. Selon le vœu du pieux fondateur et conformément aux règles cisterciennes, il fut, comme l'oratoire primitif, dédié à la très sainte Vierge, et enrichi de précieuses reliques apportées de la Terre-Sainte par le comte Rotrou et conservées pour l'époque où il serait en état de les recevoir.

Nous ne faisons ici que remplir un devoir de reconnaissance en rappelant que les nobles comtes du Perche furent tous, dans la suite des temps, les bienfaiteurs du monastère de la Trappe. Cette pieuse famille tenait à se transmettre comme un glorieux héritage les saintes fondations, le soin des pauvres de Jésus-Christ, aussi bien que les expéditions contre les ennemis du nom chrétien. Outre la Trappe, elle établit encore : les Chartreux au Val-Dieu, les moines de Grand-

mont dans la forêt de Bellême ; les enfants de saint Bernard
d'Abbeville au monastère de Tiron, les Religieuses de Cîteaux
dans le monastère des Clairets et une maison d'aumône à
Nogent-le-Rotrou.

La Trappe s'était attiré une grande réputation de vertu et
de sainteté, surtout sous son troisième abbé, Adam Gautier,
que ses mérites et ses miracles firent inscrire parmi les bienheureux de l'Ordre de Cîteaux. Les pieux seigneurs du
Perche et de Normandie voulant avoir part aux mérites et
aux prières de cette fervente communauté, lui offrirent, en
échange, de généreuses donations sur les biens que le Ciel
leur avait accordés. Aussi notre abbaye possédait-elle déjà,
au treizième siècle, des propriétés sur plus de trente communes. Hommage spontané et irrécusable que le peuple ne
rend qu'au mérite ; car si le peuple donne pour recevoir, s'il
demande des prières en retour de ses dons, il n'attend des
prières efficaces, que de la vertu éprouvée et sincère.

En 1185, Robert Gruel de Mauve, Guillaume du Pin-la-Ga-
renne, Gautier de Bazoche et Gervais de Soligny, donnèrent
à la Trappe les bois nommés alors le Val-Ernest, près de
Tourouvre ; Payen de Mauregard fit don de ses étangs et de
plusieurs terres joignant la métairie de Ligny ; Hugues,
seigneur de Champs, donna la terre de la Moinerie ; Gervais,
sire du Buat, près l'abbaye, fit présent de sa terre de
Solart ; Hugues de Champs offrit ses bois joignant les étangs
du monastère ; Robert de la Haie donna les terres qu'il possédait près le Grand-Buat ; Eudes de Bellavilliers, Hugues et
Chevreuil offrirent la terre de Boisfranc. L'an 1191, Girard,
seigneur d'Apres, Matthieu et Guillaume donnèrent la terre
des Barres ; Gervais du Buat et Colin le Sec firent don de la
terre de la Créotière près Prépotin. En l'année 1230, Robert
Gruel donna à l'abbaye trente acres de bois situés entre la
forêt du Perche et Conturbie. En 1236, Gervais sire de Prulay
fit présent de sa terre de la Braudonnière à Réveillon,
etc. etc.

Les Trappistes furent obligés de quitter leur paisible retraite,
lorsque les Anglais et les Navarrais, en 1362, se furent rendus
maîtres de Mortagne et eurent envahi toute la contrée. Les
Religieux cherchèrent un abri contre la rapacité et la violence de leurs ennemis dans le château de Bons-Moulins, situé
à quelques kilomètres de leur monastère. Là, derrière de
hautes et fortes murailles, ils purent conserver la régularité, libres au milieu des fureurs de la guerre, et tranquilles,
dans le voisinage de leurs champs désolés. Au bout de deux

ans, la paix étant rétablie, ils reprirent le chemin de leurs cloîtres.

Malgré la décadence, alors presque générale, de l'Ordre de Cîteaux, la Trappe conserva sa ferveur primitive jusqu'à l'époque de l'assujettissement du pays aux Anglais. Mais dans le cours du xv° siècle, période la plus malheureuse de notre histoire nationale, l'armée anglaise, victorieuse, étendit ses ravages dans toute la contrée. Nulle paix, nulle sécurité, nul respect pour les choses saintes. Malheur aux Religieux qui, à l'exemple des Trappistes, avaient choisi pour demeure de profondes solitudes, loin des habitations, des villes et des moyens de défense. La dissipation, inévitable au milieu d'alarmes continuelles, la fréquentation d'une soldatesque sans mœurs ni frein d'aucune sorte, qui promenait partout le fer, le feu et la dévastation, et qui fit de la Trappe, à plusieurs reprises, le théâtre de ses désordres et de ses scandales, finirent par éteindre dans cette abbaye la discipline monastique.

Dans ces circonstances lamentables, les titres du monastère furent enlevés et détruits ; l'abbaye elle-même devint la proie des flammes, sauf l'église, le chapitre et l'oratoire primitif. Le nombre des Religieux fut réduit à quinze : rien de plus ordinaire en effet que de voir la divine Providence susciter en faveur des communautés ferventes un grand nombre de saintes vocations, et punir le relâchement des tièdes par le manque de sujets.

En 1527, la Trappe eut le malheur de tomber en commende : ce qui acheva de la perdre complètement. Bientôt les Religieux de cette maison infortunée ne conservèrent plus que les tristes ruines d'un glorieux passé. Les promenades, le jeu et la chasse remplacèrent les saintes austérités, le travail manuel et la psalmodie des divins offices. La ruine du matériel répondait à celle du spirituel ; les lieux réguliers étaient déserts et croulaient de toutes parts ; les salles de lecture, le chapitre, les cloîtres étaient transformés en écuries, étables, pressoirs, celliers et autres destinations tout aussi étrangères à leur usage primitif.

La Trappe, après avoir connu pendant plusieurs siècles les splendeurs d'une noble illustration, était enfin tombée dans les hontes d'une vie très relâchée. Si cette éclipse avait duré, l'histoire de notre abbaye n'aurait été qu'une page sublime, mais écourtée, des annales de l'Eglise, tandis qu'elle en est devenue l'une des plus belles, des plus longues et des mieux remplies. Encore un peu de temps, et ce monastère aura un

éclatant retour vers son ancienne ferveur et les nobles traditions de ses saints fondateurs ; il redeviendra une pépinière
d'élus, la cité des saints, l'un des plus beaux fleurons de
l'Eglise de France, l'une des plus pures gloires de la vie monastique et le plus vigoureux rejeton de l'Ordre cistercien au
XVIIᵉ siècle.

L'abbé de Rancé

CHAPITRE IX

Dieu, qui avait de grands desseins sur l'antique abbaye de la Trappe, fit paraître, au temps marqué par la divine Sagesse, l'homme qu'il s'était choisi pour rappeler les enfants à la sainteté de leurs pères et former, à la plus grande gloire de son nom, un peuple parfait.

Avant d'entreprendre l'histoire de cet homme selon le cœur de Dieu, nous voulons entrer dans quelques détails au sujet de la commende : à deux reprises déjà nous avons dit qu'elle fut une des principales causes de la décadence de notre abbaye et même de tout l'Ordre cistercien. Comme d'ailleurs ce mot revient assez souvent dans cette histoire, il est bon de le bien comprendre. Du reste, les détails que nous donnerons ne serviront qu'à mettre plus en lumière la grandeur de l'œuvre entreprise et menée à bonne fin par l'illustre Abbé de Rancé.

On appelle commende la provision d'un bénéfice régulier (d'un monastère) accordée à un clerc séculier avec dispense de la vie régulière. Cette institution remonte aux premiers siècles de l'Eglise, avec cette différence toutefois que primitivement les abbayes n'étaient données en commende qu'à des évêques, à l'exclusion des autres clercs. L'Eglise, en autorisant cette manière de faire ou en la tolérant, n'avait d'autre but que de pourvoir les abbayes d'un chef ou pasteur ; souvent les disputes des électeurs, la difficulté de trouver un sujet digne et capable, l'urgence d'opérer une réforme, exigeaient la nomination immédiate ou à bref délai d'un commendataire à défaut d'un titulaire. Rien de plus louable et de mieux justifié, on le voit ;

que l'institution et le but que l'on se proposait. Tout alla bien
jusqu'à ce que la cupidité s'en fût mêlée. Mais, dès le xve siècle, on ne cherchait plus, dans les commendes, le bien des
monastères, mais celui des commendataires eux-mêmes : on ne
craignit pas de livrer des abbayes à des mains indignes ou incapables. Le désordre arriva à son comble au siècle suivant, lorsque, pour éviter un plus grand mal, le Pape Léon X eut accordé
le droit d'investiture au roi de France, François Ier. Dès cette
époque, dans les chartes de concession d'abbayes, on donne
invariablement pour motif cette formule significative : *Ut com-
modius vivas :* « Afin que vous puissiez vivre plus à l'aise. » En
outre, on accumule plusieurs bénéfices sur une même tête. Il
n'est pas besoin de longues réflexions pour comprendre que les
commendes, dans de telles conditions, aient eu de déplorables
effets. Parmi les commendataires, on trouve des seigneurs qui
visitaient de temps en temps leurs abbayes, pour en percevoir
les revenus et leur laisser en échange les exemples de leur vie
mondaine et quelquefois scandaleuse. D'autres, qui étaient des
enfants, se contentaient de remplir la première partie de ce programme, en attendant qu'ils l'exécutassent intégralement. Dans
l'un comme dans l'autre cas, les moines de ces abbayes étaient
négligés et vivaient un peu trop dans un profond relâchement.
L'abbaye de la Trappe se trouvait dans cet état lorsqu'il plut
à la divine Providence de susciter le vénérable Abbé de Rancé,
dont nous allons entretenir le lecteur dans ce chapitre et le
suivant.

Armand-Jean Le Bouthillier de Rancé naquit à Paris le 9 janvier 1626 ; il descendait d'une noble famille, originaire de Bretagne. Son père, Denys, était conseiller du roi Louis XIII et
secrétaire de la reine mère, Marie de Médicis : cette situation
de M. de Rancé explique ses rêves d'ambition et de gloire au
sujet de sa famille. Aussi bien, quand il fut question de choisir
un parrain à son nouveau-né, il n'hésita pas à porter ses vues
jusqu'au pied du trône et pria le cardinal de Richelieu, ministre
d'État, de tenir son enfant sur les fonts baptismaux. Le tout-
puissant ministre imposa à son filleul ses propres noms.

A mesure que les traits du jeune Armand se formaient, on
voyait une certaine majesté se dessiner sur son front et l'étin-
celle de son regard exprimer le feu de son esprit et l'ardeur de
son âme ; il était doué d'une physionomie charmante, d'une
intelligence vive et de manières très distinguées. A peine fut-
il âgé de six ans que déjà la reine mère en faisait ses délices,
elle voulait toujours l'avoir près d'elle, le plaçait sur ses
genoux et l'appelait son enfant. Un jour que M. de Rancé

était venu lui parler d'affaires, elle lui fit ce gracieux reproche :
« Pourquoi ne m'avez-vous pas amené mon fils ? Je ne prétends
pas être si longtemps sans le voir ; ainsi ce sera m'obliger que
de me l'amener, sinon tous les jours, du moins le plus souvent que vous le pourrez. »

Cet enfant de bénédiction montra dès ses premières années
une aptitude pour les sciences qui tenait du prodige. Pour
seconder ces heureuses dispositions, son père lui donna trois
professeurs : l'un pour la religion, les deux autres pour les
langues latine et grecque.

Après l'exil de Marie de Médicis, tous les projets que
M. de Rancé avait formés pour l'établissement de ses enfants
durent se modifier. Il réfléchit alors sur les aptitudes de chacun
et, prenant conseil de sa volonté et de ses intérêts plutôt que
de la volonté de Dieu, comme font, hélas ! bien des parents,
il destina son fils aîné, Denys-François, à l'état ecclésiastique,
et Armand-Jean à l'Ordre de Malte. Il songea ensuite à procurer
quelques bénéfices à son aîné qui, effectivement, fut pourvu
d'un canonicat à l'Eglise de Paris et de plusieurs abbayes que
lui résigna son oncle, l'évêque de Boulogne. Bientôt après,
le jeune chanoine fut atteint d'une maladie mortelle. Pour
conserver à la famille les douze mille livres de revenus dont il
bénéficiait, son père se hâta de faire conférer la tonsure à
Armand, qui devint ainsi chanoine de Notre-Dame, à l'âge de
onze ans et demi (1637). D'ailleurs ces chanoines *in minoribus*
(dans les Ordres mineurs), comme on les appelait, étaient tout
simplement tenus à assister à la Grand'Messe de Notre-Dame
quatre fois l'an, pour y recevoir la sainte communion, moyennant quoi ils percevaient deux mille livres de revenus. M. de
Rancé réussit également à faire donner à son second fils les
commendes dont avait joui l'aîné. Il fut donc en peu de temps
abbé de la Trappe (Ordre de Cîteaux), de Notre-Dame du Val
(Ordre de Saint-Augustin), de Saint-Symphorien de Beauvais
(Ordre de Saint-Benoît) ; prieur de Boulogne près de Cham-
bord (Ordre de Grammont) Il possédait déjà l'abbaye de Saint-
Clémentin en Poitou. Voilà donc Armand-Jean de Rancé,
encore incapable de rendre aucun service à l'Eglise puisqu'il
n'avait que douze ans, en possession de cinq bénéfices ou commendes et d'environ douze mille livres de revenus. Il est d'âge,
il est vrai, à ne pas comprendre sa situation anormale mais
plus tard, il réparera avec avantage les inconvénients qu'elle
aura produits. Au reste, à cette époque, il était rare de trouver un saint Charles de Borromée pour répondre à son père
qui lui offrait ainsi des bénéfices : « Je vous supplie de ne pas

confondre les revenus de mes bénéfices avec ceux de votre famille, car ceux-là appartiennent aux pauvres, et nous ne pouvons pas nous en servir. »

Cependant notre jeune abbé va faire, cette année même, une perte irréparable : sa mère mourut en effet en 1638. Malheur à l'enfant qui, trop jeune encore, voit disparaître sa mère, quand ses pas sont encore peu affermis et qu'il lui faudrait quelqu'un pour le guider à travers les périls et les séductions de la vie ! Hélas ! l'exemple d'Armand de Rancé en sera une nouvelle preuve. Malgré cette perte, il continua ses études, et, pour s'attirer les bonnes grâces de son parrain, le cardinal de Richelieu, il lui dédia une traduction des poésies d'Anacréon, auteur grec du VIe siècle avant Jésus-Christ. Emerveillé par un talent si remarquable dans un enfant de douze à treize ans, le roi songeait déjà à lui donner en commende une abbaye beaucoup plus importante que celles qu'il avait en ce moment. Le Père Caussin, confesseur de Louis XIII, alarmé en voyant tant de bénéfices s'accumuler sur la tête d'un enfant, s'enhardit jusqu'à en faire d'humbles remontrances à son souverain. Le roi, informé du mérite du jeune abbé par le cardinal de Richelieu, lui répond qu'il serait heureux de trouver toujours des sujets aussi méritants pour leur confier ses bénéfices. « Cet enfant, ajoute Sa Majesté, sait déjà plus de grec et de latin que tous les abbés de mon royaume. » Mais le Père Caussin ne se tient pas pour battu : il veut vérifier la justesse de cette appréciation. Il envoie donc chercher le jeune Armand et lui met entre les mains le texte grec d'Homère dont il lui cache la traduction avec son gant, et l'enfant rendait en français chaque vers grec à mesure qu'il passait sous ses yeux. Caussin est vaincu ; rempli de joie et d'admiration, il embrasse le jeune abbé avec effusion de cœur en lui disant : *Lynceos habes oculos et perspicaciorem animum* : « Mon enfant, tu as des yeux de lynx et un esprit plus pénétrant encore. »

M. de Rancé enlève son fils aux trois maîtres qui l'ont guidé jusqu'à présent, et l'envoie faire sa philosophie au collège d'Harcourt. Notre jeune homme, avide de tout apprendre et de tout savoir, trouve du temps pour s'adonner à l'étude de l'astrologie, mais ce fut pour son malheur, car sa foi, comme jadis celle de saint Augustin, faillit y sombrer ; heureusement son père s'aperçut des dangers que courait son fils et le retira du collège en lui enjoignant de préparer ses thèses. En 1642, après deux années de philosophie et deux examens d'une heure chacun, il est reçu maître ès arts. Son père lui donne alors deux professeurs de théologie ; mais cette science ne lui

offre pas beaucoup d'attraits; d'ailleurs deux années le séparent
encore de l'époque à laquelle il doit affronter les épreuves du
baccalauréat. Il s'associe alors quelques camarades et s'adonne
avec eux aux plaisirs de la chasse, sa passion favorite. Il eut
le malheur d'y exceller au point de réduire aux abois les
hommes et les chevaux. Malgré cette vie dissipée, il arrive à
soutenir avec distinction ses thèses du baccalauréat. Il eut
même le courage de prêcher à cette époque dans différentes
églises de Paris, entre autres aux Annonciades à l'occasion
de la Profession religieuse de sa sœur. Admirons ici le doigt
de Dieu : il fit un sermon, à la fête de la conversion de saint
Paul, sur l'économie de la grâce dans le retour du pécheur
à son Dieu, ne se doutant pas alors qu'il faisait d'avance sa
propre histoire.

Cependant il poursuit ses études et passe ses examens de
licence. Bossuet, qui est un des prétendants au même grade,
n'obtient que le second rang, après notre abbé qui occupe la
première place : *primus locus*. Ce qui n'empêcha pas ces deux
hommes, si célèbres plus tard quoiqu'à divers points de vue,
de rester toujours intimement liés par la plus sainte amitié.

Témoin de tous ces triomphes scientifiques, le père d'Armand de Rancé s'en réjouissait et en augurait pour son fils
le plus brillant avenir. Dieu ne lui permit pas de le suivre
jusqu'au bout, ni dans ses égarements, ni dans son éclatante
conversion : il mourut vers le commencement de l'année 1654.
De même qu'après le décès de sa mère , Armand poursuit
néanmoins le cours de ses études et, deux mois après la perte
qu'il vient de faire, il est reçu docteur en théologie.

Le lecteur s'imagine peut-être qu'Armand de Rancé, docteur
en théologie et prêtre, car il a reçu les Ordres sacrés depuis
plusieurs années, de plus abbé commendataire de cinq abbayes,
le lecteur s'imagine peut-être, dis-je, que, pourvu de tant de
titres et revêtu de tant de dignités, notre héros aura changé
de vie et mène en ce moment une existence en tous points
digne de sa condition: il n'en est rien. Après sa retraite à Saint-
Lazare, durant laquelle il se prépara à recevoir le diaconat,
quoique sortant des mains de saint Vincent de Paul, il écrivait à un de ses anciens maîtres : « Vous avez trop bonne opinion de ma vocation à l'état ecclésiastique. » Il disait vrai.
Idole des salons, jamais homme ne porta plus loin le talent de
la conversation. Il aimait passionnément le jeu, la chasse, la
pêche, et se plaisait à donner à ses amis des festins princiers ;
rien n'égalait le luxe de sa table. Qu'on rapproche cette vie de
celle de la Trappe qu'il embrassera plus tard et qu'il mènera

3*

pendant plus de trente ans, et l'on aura le plus sublime et le plus effrayant des contrastes.

Les honneurs continuent à s'accumuler sur la tête de l'abbé de Rancé : il est nommé successivement archidiacre de Tours, avec future succession au siège archiépiscopal, député de second ordre à l'assemblée du clergé, aumônier de Monsieur, duc d'Orléans, frère du roi... et, malgré tout, il continue sa vie de chasse et de plaisirs...

Heureusement, il trouva quelqu'un qui eut le courage de lui dire la vérité. Vialart de Herse, évêque de Châlons, ne le rencontrait jamais sans lui faire de ces reproches, tempérés par la charité, qui vont droit au cœur : « Monsieur l'abbé, lui disait-il, vous avez des talents qui vous permettraient de faire quelque chose de mieux... Je suis persuadé que votre bon cœur vous reproche le peu que vous faites pour Dieu, après tout ce qu'il a fait pour vous.... » Toute sa vie, l'abbé de Rancé se souvint des charitables avertissements de l'évêque de Châlons. D'ailleurs, à l'époque de sa vie que nous esquissons maintenant (1657), il se trouve, après avoir quitté l'assemblée du clergé, dans son château de Véretz (près de Tours). Il y mène sa vie de grand seigneur; mais sa conscience n'est pas tranquille ; une voix menaçante retentit au fond de son âme et lui reproche d'abord l'usage qu'il fait des biens de l'Eglise. « N'est-ce pas le plus étrange abus, disait-il, qu'un homme, le plus souvent très inutile à l'Eglise (pour ne rien dire de plus), ait, lui seul, autant de bénéfices qu'il en faudrait pour faire subsister tant de bons sujets dont le travail et l'exemple seraient pour elle d'une très grande utilité ? En parlant de la sorte, je me condamne moi-même; mais je ne puis méconnaître la vérité. Je pourrais dire, pour ma justification, que je ne me suis point procuré les bénéfices dont je jouis et que je les possédais avant que j'eusse assez de lumières pour en connaître l'abus; mais si je suis innocent de ce côté-là, j'avoue que je ne suis pas aujourd'hui sans scrupule de les avoir gardés si longtemps. » Voilà un éclair sur l'abîme : un pareil aveu était de nature à faire pressentir le grand changement que la grâce devait bientôt opérer. D'autre part, à cette époque, les aumônes de l'abbé de Rancé devinrent plus abondantes, ses œuvres de charité plus fréquentes : en faisant miséricorde aux autres, il mérita que le Ciel lui fît miséricorde à lui-même.

Dès lors on remarqua un changement notable dans le caractère de notre héros. « Une humeur mélancolique, dit un de ses historiens, prit sur sa figure la place de cet air gai et souriant qui lui était si naturel. Les nuits lui étaient insupportables, et il passait les jours dans une continuelle amertume, errant seul, çà et là, sur les bords des rivières et des étangs... Son âme était si oppressée qu'il s'étonnait qu'elle ne se séparât pas de son corps, et, quoique, dans cet état, un peu de conversation lui eût été nécessaire, les hommes lui étaient à charge, il les fuyait... » En effet, il recherche maintenant la solitude avec autant de passion qu'autrefois il recherchait le monde. Il rappelle à son esprit les différentes circonstances dans lesquelles il a failli mourir par suite de divers accidents : il en trouve jusqu'à treize. Ce souvenir le fait rentrer encore davantage en lui-même et lui arrache ce cri déchirant : « O pauvre abbé de Rancé, où serais-tu maintenant si tu étais mort dans ce temps-là ? »

On le voit, il n'est pas devenu un autre homme ; mais il est sur le point de le devenir. Sous l'empire de ces réflexions salutaires, il ouvre son cœur au P. Séguenot, de l'Oratoire, et lui fait une confession générale ; il choisit pour directeur de sa conscience le P. de Mouchy, de la même Congrégation. Il prie Dieu de lui faire connaître sa voie ; il consulte dans le même but les personnages les plus éclairés, il se retire dans la solitude de Port-Royal, encore pour étudier sa vocation ; mais ses inquiétudes persévèrent. Comme par un pressentiment de sa vie de Trappiste, il s'écria : « Si Dieu me faisait la miséricorde de me donner cinquante livres de rente dans un lieu où je ne connusse personne, je m'estimerais trop heureux. » — Pour faire diversion à la perplexité dans laquelle il se trouve placé, l'abbé de Rancé, en l'année 1659, entreprend la visite de ses bénéfices ; mais ce voyage ne rend pas le calme et la paix à son âme bouleversée. En rentrant au château de Véretz, il compare son état au bonheur dont jouissent dans leurs cloîtres ces heureux moines qu'il vient d'admirer ; et, jetant un regard sur ses meubles somptueux, il s'écrie d'un ton désespéré : « Où suis-je, ô mon Dieu ? Ou l'Évangile nous trompe, ou bien c'est ici la maison d'un réprouvé. » A quelque temps de là, on vint le chercher pour assister aux derniers moments du duc d'Orléans qui mourut entre ses bras. Durant la nuit qui suivit le décès, pendant qu'on embaumait le corps du défunt, le P. de Mouchy et l'abbé de Rancé s'entretenaient de la vanité des honneurs et des plaisirs du monde, ainsi que du compte terrible qu'ont à rendre à Dieu les riches et les puissants du siècle. Les paroles du P. de Mouchy pénétrèrent le cœur de l'abbé, et pendant ce temps la grâce y faisait son œuvre. « C'en est fait, dit-il tout à coup, le monde ne me sera plus rien : j'y renonce, et je l'abandonne pour toujours. Mais comment faire ? comment

m'y prendre ? Je suis accablé d'affaires et chargé de bénéfices :
comment sortir des embarras où je me trouve ? » La mort de
son père et le conseil qu'il lui avait donné à ses derniers moments, *de préférer toujours la conscience et l'honneur à tout ce
que la fortune a de plus séduisant ;* la mort de son proche parent,
le comte de Cavigny, ministre d'Etat, et celle du duc d'Orléans
furent les trois coups de tonnerre qui terrassèrent l'abbé de
Rancé. Il est plus agité que jamais, ne sachant quel parti
prendre. Pendant quelque temps il forme le projet d'entrer
à la Chartreuse ; mais bientôt il s'aperçoit que Dieu ne le veut
pas dans cet Ordre. Il consulte les évêques de Châlons, d'Aleth
et de Pamiers : les deux premiers lui conseillent de se débarrasser de ses bénéfices et de se sanctifier dans le monde ; le
troisième l'engage à ne garder qu'une abbaye et à la tenir
en règle. — Ainsi d'abbé commendataire, il deviendrait abbé
régulier ! « *Moi ! me faire frocard ;* répondit vivement de Rancé,
*j'ai une horrible aversion pour le froc, et jamais je ne pourrai me
résoudre à me faire moine.* » Malgré ces paroles, l'abbé de
Rancé se rend à Paris et travaille activement à se défaire de
son patrimoine et de ses bénéfices. Nous ne le suivrons pas
dans toutes les courses qu'il entreprend pour arriver à son
but ; il nous suffira de dire que, au bout de dix-huit mois (fin
1660 à mars 1662), il était arrivé à se dépouiller de tout son
avoir : il ne gardait pour lui que notre abbaye de la Trappe.
C'est là que nous le verrons à l'œuvre dans le chapitre suivant.

CHAPITRE X

Nous avons vu, au chapitre v111e, que le monastère de la Trappe était tombé en commende en l'année 1527. Le dernier abbé régulier avait été dom Julien des Noës, élu au mois d'avril 1527 ; mais François 1er le destitua, de sa propre autorité, et nomma pour abbé commendataire Jean du Bellay, cardinal et évêque de Paris. Celui-ci eut pour successeur Martin Hennequin, conseiller au parlement de Paris (1538-1548). Après Hennequin, les Religieux élurent pour Abbé leur Prieur, François Rousserie ; mais Henri II ne voulut pas confirmer l'élection et nomma lui-même Alexandre Gœvrot (1548-1555).

Viennent ensuite, par ordre de date :

4° Denis Ier du Brévédent, chanoine de Rouen (1555-1573) ;

5° Jean III Barthe qui démissionna en faveur du suivant ;

6° Michel II de Seurre, chevalier de Malte ;

7° Jacques le Fendeur ;

8° Denis II Hurault, évêque d'Orléans ;

9° Nicolas II Bourgeois, qui démissionna en faveur du suivant ;

10° Antoine Séguier, aumônier de Louis XIII, conseiller au Parlement de Paris ;

11° Dominique Séguier, neveu du précédent ;

12° Victor le Bouthillier, évêque de Boulogne ;

13° François-Denis le Bouthillier, qui se défit de cette commende en faveur de son neveu, qui eut pour successeur son frère cadet, Armand-Jean le Bouthillier de Rancé, dont nous parlons ici.

C'est au commencement de l'année 1662 que notre Abbé vient visiter son monastère dans le but de changer sa commende en règle. Tous les abbés dont nous venons de donner la liste se trouvaient plus ou moins dans la catégorie de ceux que nous avons dépeints en parlant de la commende, en tête du chapitre précédent. Cet espace de cent trente années que dura le régime de la commende ne fut donc pour notre abbaye qu'une longue agonie, pendant laquelle on voyait la décadence s'accentuer de plus en plus sous le double rapport temporel et spirituel ; car si les édifices matériels perdaient leur destination première et tombaient en ruines, on peut dire que les âmes, temples de l'Esprit-Saint, avaient dégénéré en s'écartant de leur vocation et menaçaient de se perdre. Tel était l'état de la Trappe quand notre illustre Abbé y vint faire sa visite ; il avait donc une double mission à remplir : relever les bâtiments ou du moins les restaurer et les rendre à leur usage primitif, puis ramener les moines à leur ancienne régularité. Grâce à de patients efforts, il comptait pouvoir remplir sans trop de peine la première partie de sa tâche, parce qu'il n'y aurait pas, sous ce rapport, d'opposition à craindre de la part des Religieux. Mais quand il essaya d'exécuter la seconde partie de son projet, il souleva un orage formidable : rien ne s'explique plus naturellement d'ailleurs que cette résistance. Par suite de l'incurie, de l'incapacité ou des tristes exemples des différents personnages qui avaient possédé l'abbaye en commende depuis l'an 1527 jusqu'à ce moment, les pauvres moines de la Trappe avaient, pour ainsi dire, oublié les prescriptions de la Règle qu'ils avaient vouée. La clôture n'était plus gardée comme elle devait l'être ; la chasse et les voyages se partageaient les journées de nos cénobites, et l'ordinaire du réfectoire avait subi de notables améliorations : il y avait loin d'un pareil genre de vie aux observances monastiques, telles qu'elles avaient été léguées par les premiers Pères de Cîteaux aux Religieux de la Trappe en 1147.

Quand arriva l'abbé de Rancé dans ce monastère, il n'y avait plus que six Religieux : à peine leur eut-il fait entendre le mot de *Réforme*, que tous se récrièrent et se mirent à protester de toutes leurs forces contre le changement en question ; mais l'abbé, les ayant menacés de la colère du roi, ils se soumirent à tout ce qu'il voulut. Une pension leur fut assignée avec faculté de demeurer dans l'enceinte de l'abbaye ou de se retirer ailleurs. Le Réformateur fit ensuite venir six Religieux ou Novices de Perseigne, monastère de l'étroite observance de Cîteaux, afin de commencer son œuvre.

Jusqu'à ce moment, l'abbé de Rancé avait gardé l'habit séculier et, quoique mangeant avec les Religieux au réfectoire, il n'avait point renoncé au projet de fixer là sa demeure en qualité d'abbé commendataire et de se borner à ce seul bénéfice.

Pendant qu'il faisait restaurer la maison abbatiale, il se mit en devoir d'en visiter les divers appartements, lorsque, au moment de quitter l'un d'eux, une poutre du plancher d'en haut tomba et se rompit sur le sol : peu s'en fallut que l'abbé n'en fût atteint. Cet accident lui parut un avertissement de la Providence, qui l'appelait dans les cloîtres avec les Religieux et ne le voulait nullement dans l'abbatiale.

On le voit, c'est la pensée de la mort qui revient à chaque instant pour obliger l'abbé de Rancé à embrasser la vie régulière.

Sous l'impression du danger qu'il vient de courir et toujours préoccupé de ses projets de solitude, il fait son testament, puis il se rend au monastère de Perseigne, au diocèse du Mans, y prend l'habit monastique et commence son noviciat. Mais les forces trahissent son courage, il succombe sous les austérités, et, au bout de cinq mois, il est obligé de rentrer à la Trappe pour s'y faire soigner. Après quelques mois de traitement, depuis le mois d'octobre 1663 jusqu'au mois de février 1664. notre Abbé retourne à Perseigne pour y achever son noviciat. Après sa Profession religieuse, qu'on doit rapporter au mois de juin 1664, il rentre à la Trappe. Afin d'être investi de l'autorité nécessaire pour le gouvernement monastique, il se prépare par une retraite de quinze jours à la bénédiction abbatiale qu'il reçoit à Séez, le 13 du mois suivant, des mains de Mgr Patrice Plunquet, évêque d'Arda, en Irlande, de la Congrégation de Saint-Maur, qui remplaçait alors l'évêque diocésain absent. D'autre part, l'autorité royale lui avait déjà permis de tenir son abbaye en règle, de sorte qu'il peut dès maintenant opérer sa Réforme telle qu'il entend l'établir.

Mais il n'ignore pas la difficulté de l'entreprise : aussi bien commence-t-il seulement par faire observer dans son monastère la régularité, telle qu'elle se pratiquait dans l'étroite observance de Cîteaux : peu à peu il porta ses vues plus haut, en reprenant des rigueurs antiques tout ce qu'il crut possible, eu égard aux circonstances, se réservant d'augmenter plus tard les austérités claustrales. Il montrait ainsi au siècle que les sévérités monastiques peuvent être pratiquées dans tous les temps. Sous la sage conduite de leur Réformateur, les Trappistes retracèrent l'image des anciens solitaires de la Thébaïde.

L'abbé de Rancé statua qu'au réfectoire on ne servirait que des légumes, des racines, des herbes et du laitage, jamais de viande, de poisson, d'œufs, de pâtisserie, ni rien qui en approchât ; les légumes ne devaient jamais être accommodés à la graisse ni au beurre, mais seulement avec un peu de lait ; encore pendant l'Avent, le Carême, les jours de jeûne et tous les vendredis de l'année en dehors du temps pascal, étaient-ils préparés au sel et à l'eau ; on ne pouvait jamais servir de vin au réfectoire. Le silence perpétuel et le travail des mains étaient remis en honneur, ainsi que les grands jeûnes d'hiver et de Carême, qui consistent à ne faire qu'un repas par jour à deux heures et demie, et même à quatre heures un quart pendant la sainte quarantaine ; la dureté de la couche et les grandes veilles de la nuit devaient être observées comme du temps de saint Bernard. Plus tard on fixa le repas d'hiver à midi et on accorda une collation pour le soir : la raison de cet adoucissement fut l'état d'épuisement d'un grand nombre de Religieux, causé en grande partie par les miasmes qui se dégageaient des onze étangs dont l'abbaye était entourée.

Telle fut en abrégé la célèbre Réforme de l'abbé de Rancé. Mais disons tout de suite que si ce grand homme réussit à mener à bonne fin une entreprise aussi hérissée de difficultés de tous genres, c'est, après la grâce de Dieu, à sa sainte vie qu'il faut l'attribuer. Du jour en effet où il rentra dans ce monastère avec l'habit religieux, il réalisa parfaitement cette parole un peu originale, mais vraie, du P. Lacordaire : « Quand les Français se font moines, ils se font moines jusqu'au cou. » Ajoutons seulement que la pénitence fut le trait distinctif de sa carrière monastique : il fut un *pénitent* dans toute la force du terme.

Ce serait le moment de parler en détail des vertus de notre illustre abbé ; mais le temps aussi bien que l'espace nous obligent à terminer cette notice déjà bien longue. Nous nous contenterons de dire seulement quelques mots de celles de ces vertus que l'on pourrait appeler maîtresses dans la vie monastique : l'humilité, l'obéissance et la charité.

L'abbé de Rancé, à la fin de sa vie, n'entendait qu'avec peine qu'on lui parlât de ses œuvres et en particulier de sa Réforme. Il poussait l'humilité assez loin pour déclarer publiquement que ce qu'il avait fait n'était rien, et que si, par hasard, on trouvait quelque chose de bien dans sa vie, c'était à Dieu seul qu'il fallait l'attribuer. A l'exemple des saints, il répétait souvent, et cela avec l'accent d'une conviction que ses actes n'ont jamais démentie, que si d'autres avaient reçu de Dieu les grâces qui lui avaient été accordées, ils auraient fait beaucoup plus de bien et commis des fautes en moins grand nombre.

Quant à la charité de l'illustre Réformateur, elle égalait bien son humilité. Son amour pour Dieu, il l'a porté jusqu'à la haine de lui-même, c'est-à-dire jusqu'à l'héroïsme ; il était, vis-à-vis de son Créateur, comme une victime humble et résignée sous la main du sacrificateur. Et ses Frères, il les a aimés en Dieu qui est la source de tout amour véritable puisqu'il est charité, il les a aimés, dis-je, pour les sanctifier, et, dans ce but, on peut dire que, à l'exemple du bon Pasteur, il a donné sa vie pour eux.

Pour ce qui regarde l'obéissance, le grand Abbé a pu l'exercer envers le Souverain Pontife, à l'égard de son Évêque et de ses Supérieurs Réguliers ; or toujours il a été vis-à-vis des uns et des autres un enfant soumis et docile. On conserve encore les lettres dans lesquelles l'abbé de Clairvaux déclare qu'il « professe une singulière estime pour notre Réformateur » ; et où l'abbé de Cîteaux dit que, « bien loin de croire aux calomnies que l'on fait sur l'abbé de la Trappe, il a pour lui une telle estime que, s'il n'était point si âgé et si infirme, il l'aurait déjà fait son vicaire général dans tout l'Ordre et le confident de ses secrets. » Il va sans dire qu'ils n'auraient pas tenu ce langage si l'abbé de Rancé n'avait pas été un modèle de docilité à leur égard. Veut-on savoir maintenant comment il a pratiqué l'obéissance vis-à-vis du Saint-Siège et de ses représentants ? Qu'on lise ce passage d'une lettre qu'il écrivit à l'archevêque de Paris, après qu'il eut signé la lettre et le formulaire rédigés par l'Assemblée du clergé de France contre les Jansénistes : « J'ai embrassé, dit-il, les décisions du Saint-Siège et celles des évêques de France comme les règles de ma croyance et de ma conduite. J'ai condamné tout ce que l'Église a condamné, dans son sens et son esprit, sans équivoque..... Loin de me repentir d'avoir signé le formulaire, je le signerai encore toutes les fois que mes supérieurs le désireront. Je suis persuadé qu'en cela mon sentiment est le véritable..... » Que d'autres aillent, après cela, émettre des doutes sur l'orthodoxie du grand Réformateur et le taxer de jansénisme !...

Cependant les austérités rigides, les vertus sublimes qui fleurissaient à la Trappe et la réputation de son abbé attiraient dans cette solitude d'illustres personnages. Le 20 novembre 1690, Jacques II, roi d'Angleterre, accompagné du maréchal de Bellefonds, du duc de Barwick et d'autres seigneurs, se rendit à la Trappe pour la visiter. Le lendemain de son arrivée, le roi voulut manger au réfectoire de la communauté, y garder le même silence que les Religieux, et il se montra très attentif à la lecture. Le jour suivant, il assista à Tierce et à la Messe où il communia, visita les moines au travail, parcourut la forêt et rentra à l'heure régulière pour le dîner. Au moment de son départ, le pieux monarque dit à l'abbé de la Trappe : « Mon révérend Père, il faut venir chez vous pour apprendre à prier Dieu et à avoir du respect pour lui. Je tâcherai de faire en sorte, à mon retour, que chacun dans sa situation vous imite en quelque chose, et j'espère, si Dieu m'en donne le temps, venir faire une retraite avec vous. » Le roi s'en alla à Saint-Germain, très édifié de tout ce qu'il avait vu. Il publia hautement que les entretiens qu'il avait eus avec l'abbé de la Trappe avaient été sa plus grande consolation dans ses malheurs. Chaque année, il venait de nouveau visiter la Trappe, prenant part aux exercices comme un simple religieux.

Le duc de Saint-Simon et le duc d'Orléans tinrent aussi à honneur de visiter la Thébaïde de France, la merveille du grand siècle. Bossuet disait que, en dehors de son diocèse, c'était à la Trappe qu'il se plaisait le plus ; et malgré ses occupations d'évêque, d'écrivain et d'orateur, il trouva encore le temps de faire huit voyages à la Trappe. L'abbé de Rancé n'avait pas de plus douces fêtes que les visites du prince des orateurs chrétiens ; tous les deux conversaient ensemble dans les allées de sapins, voisines de la grotte de saint Bernard. Ah ! si d'invisibles témoins avaient pu entendre et nous raconter les colloques de ces deux grands hommes, que de choses sublimes nous eussions apprises! Ils s'entretenaient l'un l'autre de la vanité des choses de ce monde, des leçons salutaires de la mort et du tombeau, et de la grandeur des biens de la vie future. Le génie de Bossuet s'électrisait au contact du froc du grand cénobite, et le moine à son tour se transfigurait sous le souffle des paroles éloquentes qui tombaient des lèvres du grand évêque. Le chant des psaumes dans cette profonde solitude et surtout celui du *Salve Regina* ravissaient celui-ci d'admiration ; on le voyait, malgré ses soixante-neuf ans, arriver le premier aux exercices du jour et de la nuit.

C'est à Bossuet que l'on doit la publication de l'ouvrage de l'abbé de Rancé intitulé : *De la sainteté et des devoirs de la vie monastique*. Le manuscrit étant tombé par une circonstance particulière entre ses mains, il en fit le plus grand éloge et demanda avec instance à l'abbé de Rancé qu'il le laissât imprimer. Cet ouvrage parut donc en 1683 avec l'approbation collective de l'archevêque de Reims, de l'évêque de Luçon et de Bossuet; il fut salué dès son apparition par l'admiration universelle des âmes religieuses jalouses de leur perfection.

Notre illustre abbé a écrit plusieurs autres ouvrages et un grand nombre de lettres dans lesquelles la solidité de la doctrine et l'élévation des pensées marchent de pair avec le parfum de la piété la plus exquise et la plus solide. Il était même poète à ses heures, témoin ce sonnet qu'il a composé et dans lequel la précision et la justesse des pensées, l'élégance des expressions et l'harmonie des rimes ne laissent rien à désirer :

Ce peu de temps qui fuit d'un cours imperceptible
Et qui ne m'est donné qu'afin de me sauver,
Tôt ou tard par ma mort doit enfin s'achever,
Et de mes jours comptés le terme est infaillible.

D'être surpris coupable en ce moment terrible
Et de laisser à Dieu de quoi me réprouver,
Dans quel affreux malheur serait-ce me trouver !
Et toutefois, hélas ! ce malheur est possible.

Ce malheur est possible ! et je chante et je ris !
Et des objets mortels mon cœur se sent épris !
Dans quel sommeil mon âme est-elle ensevelie ?

Que fais-je ? qu'ai-je fait du temps que j'ai passé ?
Ah ! mon amusement me convainc de folie,
Vivre sans vivre en saint, c'est vivre en insensé.

En jetant un regard rétrospectif sur la vie de l'illustre Réformateur de la Trappe, on dirait qu'il avait pris ce dernier vers pour devise ; en effet, il a vécu en saint depuis qu'il s'est donné à Dieu, c'est-à-dire, pendant l'espace de trente-sept années qu'il a passées à la Trappe dans les exercices de la plus austère pénitence. Aussi bien, quand, le 27 octobre de l'an 1700, la mort se présenta à lui, il la reçut sans doute dans les sentiments d'une profonde humilité, mais encore avec la plus grande confiance en la miséricorde divine ; et ses enfants purent écrire en toute assurance, sur le fronton de la chapelle où furent placés ses restes vénérés, les deux vers suivants :

Rancé fit refleurir la règle dans ces lieux :
Ses cendres sont ici, son âme est dans les cieux.

Le grand abbé avait soixante-quinze ans quand il mourut. Il avait opéré pendant sa vie plusieurs œuvres regardées comme miraculeuses, telles que la guérison de quelques-uns de ses religieux, etc.

Après la conversion de saint Paul et celle de saint Augustin, il n'en est peut-être pas de plus prodigieuse que celle de l'illustre réformateur de la Trappe. Son influence se fit sentir dans toutes les sphères de la société, sur les grandes dames de la cour, à la magistrature comme à l'armée ; les savants, comme les gens du peuple, tous furent merveilleusement édifiés du changement extraordinaire de l'abbé de Rancé. L'énergie de son repentir qui du faîte des joies mondaines le précipite dans les austérités du cloître ; l'abnégation qui lui fait sacrifier l'espérance certaine des plus brillants honneurs, pour se vouer aux obscures et rudes immolations de l'ascète le plus rigide ; la gloire et les illustres relations qui vont le chercher dans son anéantissement volontaire ; les calomnies et les tribulations que déchaînent contre lui le dépit et la vengeance d'une secte inquiète et hypocrite qui essaie vainement de l'enlacer dans ses filets adroitement tendus ; la fermeté d'âme qu'il déploie au milieu de tant de tempêtes qui vinrent à la fois fondre sur lui sans pouvoir le troubler ni ralentir sa marche sur la route du ciel ; l'éclat de sa science, de son génie et de ses immortels écrits ; la sagesse et la diffusion de la réforme qu'il introduisit dans l'Ordre de Cîteaux, réforme à laquelle Rome applaudit en termes magnifiques : tous ces traits réunis impriment à cet illustre héros de la pénitence un lustre, une majesté que le grand Bossuet, son rival dans les études, son admirateur dans la science et la vertu, et son ami intime jusqu'à la fin, compare justement à celle qui s'attacha à saint Bernard. L'abbé de Rancé a tracé un sillon lumineux dans l'histoire de notre pays, et il y a laissé une empreinte ineffaçable ; après saint Vincent de Paul et l'Aigle de Meaux, le prince des orateurs chrétiens, il fut l'homme le plus influent et l'une des plus belles gloires de l'Église de France au xviiᵉ siècle.

CHAPITRE XI

(1664-1790)

L'abbé de Rancé, après avoir, comme un nouveau Néhémie, réparé la maison du Seigneur qui tombait en ruines, donné l'exemple des plus héroïques vertus et pratiqué la plus austère pénitence, était descendu dans la tombe; mais remarquons tout de suite que c'était seulement sa vie mortelle qui finissait ainsi avec le grand siècle dont il avait fait l'admiration, car la mémoire du juste demeure éternellement, ses œuvres survivent au temps, et sa postérité subsiste dans les siècles des siècles.

Au moment où l'on descendait le corps du Réformateur de la Trappe dans la fosse, ses enfants chantaient ces versets du psaume CXXXI^e : *Si tes fils gardent mon testament et les enseignements que je leur donnerai, et si les fils de tes fils les gardent de même, ils demeureront éternellement sur ton trône. Car le Seigneur a choisi Sion pour sa demeure. Voilà le lieu de mon repos dans les siècles des siècles ; j'y habiterai parce que je l'ai choisi.* La prédiction s'est accomplie pendant tout le XVIIIe siècle, à travers les orages de la Révolution française, malgré la ruine des autres communautés religieuses. L'esprit de l'abbé de Rancé, fidèlement conservé dans sa famille spirituelle, attira du dehors les âmes effrayées des dangers du monde, ou fatiguées de son joug séduisant et oppresseur.

Un grand nombre de postulants se présentèrent à la Trappe : il y en avait de toutes les conditions. Dans l'espace de treize ans, on compta quatre-vingts professions de religieux de chœur, parmi lesquels on remarque Frère Palémon, comte de Talhouët, Frère Arsène, de Forbin Janson, marquis de Rosemberg ; Frère Moïse, Picaut de Ligré, prévôt de Touraine; Frère Antoine, Aimé de Perthuis, capitaine au régiment de Navarre ; Frère François, Lottin de Charny, fils d'un président au parlement de Paris, etc.

De 1714 à 1790, il y eut trois cents professions nouvelles, y compris celles des Frères convers. Saint Benoît-Joseph Labre, encore fort jeune, se présenta à la Trappe ; après quelque temps d'épreuve, le Supérieur lui dit que, vu sa grande jeunesse et sa complexion trop délicate, il n'était pas appelé à un genre de vie aussi austère : à son grand regret, le saint fut obligé de se retirer.

Le duc de Penthièvre, petit-fils de Louis XIV, cet homme toujours pur au milieu d'une cour licencieuse, chrétien fervent dans un siècle impie, aimait beaucoup la Trappe, et il y venait souvent ; on voit encore aujourd'hui, parmi les anciens bâtiments, le quartier où il habitait. Il amenait quelquefois avec lui son petit-fils le duc de Chartres, devenu depuis roi de France sous le nom de Louis-Philippe. A peu près vers la même époque un autre prince français, le comte d'Artois, frère de Louis XVI, qui a été le roi Charles X, fit à la Trappe une visite de plusieurs jours, suivit tous les exercices et dîna au réfectoire avec les Religieux.

C'est ainsi que la bonne odeur de sainteté répandue par les Trappistes attirait vers eux un grand nombre de personnes qui désiraient contempler les merveilles de leur pénitence. Leur célébrité s'étendait chez toutes les nations chrétiennes : la reine d'Espagne se recommandait à leurs prières; le grand-duc de Toscane, Côme III, protestait de sa vénération pour leurs mérites incomparables et enviait à la France le bonheur de les posséder. La Trappe, naguère encore fille obscure de Cîteaux, devenue tout à coup plus illustre que sa mère dégénérée, faisait oublier l'obscurité de son origine par la supériorité de ses vertus, et semblait un Ordre nouveau, réservé par la miséricorde divine pour l'instruction d'un siècle de décadence et pour l'édification des générations à venir.

Puisque nous avons parlé tout à l'heure des visites que l'on faisait à la Trappe, nous pouvons bien ajouter qu'elles continuent encore de nos jours : il est rare que, surtout durant la belle saison, il n'y ait pas quelques hôtes dans notre monastère. D'autant plus que l'hospitalité, si bien pratiquée de tout temps dans l'Ordre de Cîteaux, s'y exerce de nos jours encore dans une large mesure. Il y a même, pour la réception des hôtes, un certain cérémonial en usage dont la description trouve naturellement sa place en cet endroit de notre ouvrage.

Lorsqu'un hôte doit passer plusieurs jours à la Trappe et qu'il se présente pour la première fois, on le reçoit d'une manière plus solennelle. Le portier conduit l'étranger dans la salle de réception, puis il avertit les deux Religieux désignés pour recevoir les hôtes ; ceux-ci, revêtus de leurs coules ou habit de chœur, se rendent près de l'étranger et se prosternent à ses pieds, la face contre terre, adorant en sa personne Jésus-Christ suivant la parole du Sauveur lui-même : *J'ai été étranger et vous m'avez reçu*, et imitant le patriarche Abraham qui agit ainsi à l'égard des trois jeunes hommes à qui il offrit une si généreuse hospitalité. Les deux Religieux, s'étant relevés, conduisent le nouvel arrivé à l'église, pour y adorer le Saint-Sacrement et prier le Seigneur de bénir et de rendre profitable la pieuse retraite que l'étranger se propose de faire ; ensuite ils le ramènent dans la salle de réception où il s'assied. Le plus ancien des Religieux prend un livre, s'incline devant l'hôte et dit : *Benedicite* (Bénissez) ; le plus jeune répond : *Dominus* (Que le Seigneur bénisse). Les deux moines s'étant assis également, le plus ancien fait pendant quelques instants une lecture édifiante ; puis les deux moines se mettent à genoux, en disant pour adieu ces sublimes paroles de l'Écriture : *Suscepimus, Deus, misericordiam tuam in medio templi tui* : « Nous avons reçu, ô mon Dieu, votre miséricorde au milieu de votre temple. » Enfin les deux Religieux accompagnent l'étranger à l'hôtellerie, où le Père qui en est chargé lui prodigue tous les soins de la plus tendre charité. Les hôtes assistent aux principaux offices de la communauté dans une tribune qui permet de voir ce qui se passe dans le chœur des Religieux. Le Supérieur accorde, à certains jours, et pour une fois seulement, aux hôtes qui en témoignent le désir, la faveur de prendre part au dîner des Religieux au réfectoire de la communauté. Les étrangers qui jouissent de ce privilège en emportent une grande édification aussi bien que de la réception qui leur a été faite.

Après la petite digression que nous venons de faire, nous allons continuer l'histoire de notre abbaye ; mais voyons d'abord ce qu'elle devint en 1791.

CHAPITRE XII

LA RÉVOLUTION SUPPRIME LES ORDRES RELIGIEUX

(1791)

Vers la fin du XVIII° siècle, la foudre que le Cygne de Cambrai avait aperçue dans le lointain, *annonçant qu'un terrible orage s'abattrait sur la France*, était près d'éclater. Le fléau de Dieu, prédit par l'abbé de Rancé à Louis XIV, s'avançait à grands pas : déjà on voyait de sinistres nuages s'amonceler à l'horizon. La semence jetée en terre par la secte impie d'une philosophie athée allait porter ses fruits.

L'homme néfaste, né pour le malheur de son pays, avait paru. Ce génie égaré, qui fit rougir la vertu et étonna le vice et qui n'employa les talents que le Ciel lui avait départis que pour combattre la vérité et propager l'erreur ; cet homme que, suivant la parole de M. de Maistre : *Sodome eût banni et que Paris couronna*, fut l'ennemi acharné de Jésus-Christ et de son Eglise ; il insulta sa patrie et toutes ses gloires ; il fut l'adulateur des ennemis de son pays, et ne respecta en France qu'une seule chose, sa langue ; encore la profana-t-il par l'usage qu'il en fit. Sa plume, pareille aux flèches d'Hercule, portait un poison mortel : elle servit pendant soixante ans à bafouer tout ce qui fait la gloire de l'humanité. Il commit au premier chef le crime de lèse-nationalité française en jetant les ordures de sa pensée et les rimes de sa muse impure à la grande figure de Jeanne d'Arc, l'héroïne de la France. Dans cent volumes où il verse à pleines mains le sarcasme mensonger, le rire satanique et la calomnie, il prépare les hommes à lever l'étendard de la révolte contre les droits souverains de Dieu, pour revendiquer ce qu'il appelait les droits de l'homme : droit de penser à sa guise et de ne rien croire, droit de tout dire et de tout écrire, droit de tout oser et de tout faire, c'est-à-dire, négation de Dieu et déification de l'homme. Voilà la Révolution de 93, telle que l'avait rêvée et préparée Voltaire.

Elle fut on ne peut plus fidèle à ce programme, et, par ses doctrines et par ses actes, elle prépara la ruine du monde chrétien et la restauration du paganisme.

Bannir Jésus-Christ de la société pour arriver à la suppression de Dieu : tel était son but. C'est d'ailleurs la fin que se proposent tous les grands révoltés. Luther, Voltaire, Robespierre sont des ouvriers qui sous divers aspects travaillent à l'exécution d'un même plan. L'un introduit l'athéisme par le libre examen, l'autre par l'impiété et la corruption des mœurs, ces deux sœurs jumelles ; le troisième par l'intermédiaire du bourreau.

Le drame de la Révolution dura dix ans : il détruisit l'œuvre de treize siècles de splendeur.

Trois mille monastères des deux sexes, après douze cents ans de gloire et de bienfaits, jonchèrent de leurs débris le sol de la France ; les droits les plus sacrés, les prescriptions les plus inviolables, tous les fondements sociaux furent ébranlés.

La Révolution, qui, d'après son programme si hautement affiché, devait faire le bonheur de tous les Français, ne trouva pas de moyen plus efficace pour leur procurer ce bonheur que de les assassiner : bientôt la vieille Gaule ne fut plus qu'un vaste cimetière. La guillotine fut à l'ordre du jour, et l'échafaud servit de tribune à la France pour parler aux souverains et au monde entier.

Les prêtres égorgés ou proscrits ; les Religieux mis hors la loi et chassés de leurs pieuses retraites ; d'innocentes vierges en grand nombre fuyant éperdues devant la brutalité d'hommes sans frein ; l'ami trahissant son ami, le fils dénonçant son vieux père, et, au milieu de ce chaos d'épouvante et d'horreur, les cris sinistres des bourreaux qui s'excitent au carnage et les gémissements des victimes qui se débattent dans les étreintes d'une déchirante agonie, tandis que des légions d'émigrés s'en vont dans tous les pays porter le deuil de l'Eglise, de la famille et de la patrie : tel est le drame douloureux que nous présente cette époque néfaste.

La foi et le droit, la justice et la vertu, en un mot tout ce qui fait la sécurité, l'honneur et le charme de la vie, s'étaient enfuis du territoire français, ne pouvant plus trouver d'abri dans la terre classique des hommes illustres et des grandes œuvres catholiques.

Les Ordres religieux, nous l'avons déjà insinué, ne furent, pas plus que le reste, épargnés par les fureurs révolutionnaires. Le souvenir des immenses services rendus par eux à la société ne les protégea point contre les décrets d'une troupe d'hommes qui n'avaient qu'une passion « celle de tout détruire ».

Le 2 novembre 1789, l'Assemblée constituante avait mis à la disposition du gouvernement toutes les propriétés et tous les revenus ecclésiastiques. Le 13 février 1790, elle décréta que la loi constitutionnelle du royaume ne reconnaissait plus les vœux monastiques, et que les Ordres et Congrégations religieuses étaient supprimés en France.

La Trappe, frappée comme les autres communautés, reçut les témoignages les plus éclatants d'estime et de regrets de la part des communes voisines. Les municipalités de Mortagne, de Laigle, de Verneuil, de Soligny, s'accordèrent à solliciter une exception aux décrets, en faveur des Trappistes qui rendaient de si grands services au pays. Mais la perte de ce monastère était une chose résolue d'avance et de parti pris.

Cependant deux commissaires du gouvernement, MM. Le Veneur et Barbotte, se rendirent à l'abbaye, interrogèrent en particulier les cinquante-trois Religieux de chœur, les trente-sept Frères convers et les cinq Novices présents dans le monastère.

Sur le rapport favorable des deux commissaires, la Constituante autorisa les Religieux de la Trappe à rester dans leur maison, mais à condition qu'ils ne pourraient désormais recevoir de novices à la Profession.

Cette injuste restriction était la ruine de la Trappe à bref délai ; mais Dieu, qui veillait sur elle, avait décrété dans ses desseins de miséricorde qu'elle ne périrait point.

La Révolution en effet eut beau décider la suppression de notre abbaye : elle ne parvint pas à briser les liens qui unissaient entre eux tous ses membres. Les autres monastères tombèrent pour ne plus se relever que sous le souffle d'une nouvelle création. Quant aux Religieux de la Trappe, après avoir erré sur le sol européen et planté en divers lieux la croix du Christ pour prier et travailler à son ombre et sous sa protection, ils n'eurent, pour ressusciter, qu'à rouvrir leur ancienne demeure. Le Seigneur réalisait ainsi à leur endroit cette belle parole de M. de Maistre : *Dieu n'efface que pour écrire.* Oui, la main de Celui *qui règne éternellement au plus haut des cieux* devait ajouter encore de nombreuses et belles pages à l'histoire de la Trappe.

Dom Augustin de Lestranges

CHAPITRE XIII

En 1754 naissait, au château de Colombier-le-Vieux dans le Vivarais (Ardèche), un enfant sur lequel Dieu avait formé de grands projets, l'ayant destiné à remplir la noble mission de sauveur de la Trappe pendant la tourmente révolutionnaire.

Louis-Henri de Lestranges : tel est le nom de notre héros. Dès le berceau, ses parents le vouèrent à la très sainte Vierge ; et cette consécration fut comme le gage précieux de sa grandeur future. Il eut le bonheur de recevoir une éducation éminemment chrétienne ; sa piété angélique l'avait fait surnommer le *petit saint*. Tout jeune encore, Louis de Lestranges entendit au fond de son cœur la voix de Dieu qui l'appelait à la sainte et sublime dignité du sacerdoce.

En 1778, il reçut les Ordres sacrés, et fut attaché à la paroisse de Saint-Sulpice à Paris. L'archevêque de Vienne, Mgr de Pompignan, ayant eu l'occasion de connaître les éminentes qualités de l'abbé de Lestranges, le nomma son grand vicaire ; peu après il obtint de le prendre pour son coadjuteur. Mais l'épiscopat lui apparut avec cette responsabilité qui faisait trembler et s'enfuir les Chrysostome, les Ambroise et les Grégoire : il croyait ses épaules trop faibles pour se charger d'un si grand nombre d'âmes dont il aurait dû être le pasteur et le modèle.

L'abbé de Lestranges prit donc la résolution d'exécuter le dessein qu'il nourrissait depuis longtemps de se retirer à la Trappe, pour y vivre dans l'humilité et la pénitence : ni les

instances de ses confrères, ni les regrets de son archevêque
ne furent capables de le retenir. Il arriva à la Trappe en
1780, étant âgé de vingt-six ans.

A la prise d'habit, il reçut le nom d'Augustin. La modestie
de ce sujet si distingué ne put voiler ses capacités ; on remarqua bientôt en lui le novice modèle, qui deviendra plus tard
le moine accompli des anciens jours. En voyant la piété avec
laquelle il célébrait les saints mystères, on pouvait dire de
Frère Augustin comme de saint Vincent de Paul : *Oh ! que
voilà un prêtre qui dit bien la messe !*

L'abbé de la Trappe eut bien vite reconnu en ce novice
le trésor que Dieu lui avait envoyé; et, appréciant les mérites
d'un tel sujet, il n'hésita pas à lui confier, peu après sa profession, la charge si importante de Père Maître des novices
de chœur : un guide si accompli était éminemment propre
à former ces jeunes âmes religieuses à la perfection de leur
saint état.

Il y avait déjà plusieurs années que dom Augustin exerçait
ces délicates fonctions, quand éclata la Révolution française.
La Trappe venait de perdre son abbé ; le soin de son gouvernement revenait provisoirement au prieur : celui-ci se berçait
de l'espoir que son monastère ferait exception à la ruine universelle des maisons religieuses. Mais dom Augustin eut bientôt compris qu'il n'y avait de salut possible pour sa communauté
qu'à la condition de quitter la patrie : le prieur finit par se
ranger à son avis. Alors le maître des novices conçut le projet
de sauver la Trappe en la transplantant en dehors du territoire
français.

Dieu avait admirablement préparé dom Augustin pour cette
sublime mission, en lui donnant un cœur d'or, une intelligence
supérieure, une volonté énergique et un courage invincible, de
sorte que les déceptions les plus inattendues, les tempêtes les
plus soudaines et les sacrifices les plus pénibles le trouvèrent
toujours prêt et inébranlable au jour de l'épreuve.

Quand une âme favorisée des dons célestes s'y montre fidèle,
Dieu se sert d'elle pour l'accomplissement de ses desseins.
Suprême arbitre de ses destinées, il agit sur elle par des
ressorts mystérieux dont il s'est réservé le secret ; il lui donne
une sorte d'intuition sur l'avenir, et lui montre, aux jours de
l'adversité, des remèdes efficaces auxquels nul ne songeait
auparavant.

Dom Augustin fut du nombre de ces âmes d'élite. Pour conserver sa communauté, en la mettant à l'abri de l'orage révolutionnaire, il jeta les yeux sur la Suisse. A sa demande, le

sénat de Fribourg l'autorisa à aller s'établir dans son canton ; mais il limitait provisoirement le nombre des religieux à vingt-quatre. Muni de cette réponse, dom Augustin exposa au prieur et à la communauté le projet qu'il avait conçu : la tournure que prenaient les événements ne permettant plus de douter du danger de la situation, tous entrèrent immédiatement dans ses vues et le départ fut résolu à l'unanimité. Il sollicita alors les permissions nécessaires de l'abbé de Cîteaux, général de l'Ordre, et de l'abbé de Clairvaux, son Père immédiat. Des difficultés sans nombre entravèrent ses démarches ; d'ailleurs, il n'y a là rien de surprenant : pour l'ordinaire, les entreprises bénies de Dieu se poursuivent au milieu des contradictions ; elles prospèrent là où elles semblaient devoir périr, et elles s'accomplissent, en dehors de la volonté des hommes, par la seule protection divine qui déconcerte les prévisions humaines.

Enfin la cause de dom Augustin triompha de tous les obstacles ; bien plus, les autorisations furent accordées avec des paroles d'encouragement. Alors on procéda à l'élection d'un supérieur. Tous les suffrages se réunirent sur dom Augustin, et l'abbé de Clairvaux ratifia ce choix.

Tout étant prêt pour le départ, on choisit seize Religieux de chœur et huit Frères convers : il n'en était pas un seul qui n'eût voulu faire partie de la sainte phalange, mais l'autorisation étant limitée à vingt-quatre, il fallait se résigner à la séparation.

Dom Augustin et ses héroïques compagnons, les larmes aux yeux, ayant embrassé leurs frères qui ne pouvaient les suivre, quittèrent la Trappe le 26 avril 1791, en jetant un dernier et triste regard sur le lieu qui leur avait servi d'abri contre la corruption du siècle et qui avait été témoin de tant de pénitences et de sacrifices ; puis ils prirent le chemin de l'exil pour demeurer fidèles à Dieu et à leur conscience.

Alors commencèrent pour les Trappistes ces pérégrinations qui devaient durer plus de vingt-quatre ans : magnifique odyssée de la foi, qui n'a pas eu d'analogie dans l'histoire monastique. Ces émigrants qui s'en vont à la recherche d'une nouvelle patrie et qui, d'exil en exil, parcourent l'Europe en semant sur leur passage les exemples des vertus les plus sublimes, fournissent une de leurs plus belles pages aux annales religieuses du xviiie siècle.

Généralement les monastères de France furent anéantis et disparurent sous la hache des modernes Vandales, tandis que la Trappe, comme l'arche de Noé, voguait sur les flots orageux du monde bouleversé, renfermant une famille de choix

4*

qui devait, après le déluge de la Révolution, repeupler l'Europe de la race indestructible des moines.

Les Trappistes se dirigèrent vers la Suisse, montés sur un chariot recouvert d'une toile. C'était un vrai monastère ambulant, car ils observaient la règle aussi intégralement que dans leurs cloîtres : ainsi le silence, l'office divin, la lecture, le chapitre et tous les autres exercices étaient pratiqués aux mêmes heures et de la même manière qu'à la Trappe. Leur nourriture, comme autrefois à l'abbaye, consistait principalement en légumes cuits à l'eau.

CHAPITRE XIV

(1791-1811)

Il existe, dans le territoire de Fribourg, un vallon solitaire nommé la Val-Sainte ; là se trouvait un monastère de Chartreux, supprimé en 1776 : le Sénat du canton le désigna aux Trappistes exilés, moyennant une redevance annuelle. Dom Augustin et ses Religieux prirent possession de leur nouvelle habitation le 1er juin 1791.

Dans le but de souffrir comme des victimes d'expiation pour leur malheureuse patrie et de témoigner à Dieu leur reconnaissance de ce qu'il daignât les garder en communauté au milieu du naufrage de toutes les maisons religieuses, nos Frères exilés voulurent reprendre au plus tôt l'observation de la Règle dans toute sa rigueur ; ils firent de même pour toutes les anciennes pratiques de l'Ordre cistercien et y ajoutèrent de nouvelles austérités inconnues jusque-là dans leur institut.

Le Souverain Pontife Pie VI, en apprenant les douloureux sacrifices que s'étaient imposés les Trappistes pour demeurer fidèles à Dieu, voulut récompenser la générosité dont ils avaient fait preuve et qui leur avait permis de survivre à la ruine générale des communautés religieuses en France. A cet effet, Sa Sainteté enjoignit, par un Bref du 30 septembre 1794, à son nonce de Lucerne, d'approuver par l'autorité apostolique le nouvel établissement et d'ériger la Val-Sainte en abbaye de l'Ordre de Cîteaux et en chef-lieu de congrégation. Dans l'acte d'approbation, on lit ces paroles : « Nous voulons que l'autorité du nouvel abbé s'exerce non seulement sur l'abbaye de la Val-

Sainte, mais encore sur toute colonie sortie de ce monastère et
établie dans quelque partie de l'univers que ce soit, de manière
qu'il soit regardé comme le Père immédiat de ces maisons et
qu'il ait la puissance nécessaire pour les gouverner saintement,
et toute celle que les Constitutions de l'Ordre accordent aux
Pères immédiats. »

Les postulants se présentèrent en grand nombre à la Val-
Sainte, de sorte que dom Augustin fonda des monastères en
Espagne, en Piémont, en Belgique, en Angleterre et jusqu'en
Amérique. Le 14 septembre 1796, l'abbé de la Val-Sainte établis-
sait dans le Bas-Valais le premier monastère de Religieuses
Trappistines, qui prit le nom de *la Sainte Volonté de Dieu*.
Cette maison devint un asile pour un grand nombre de Reli-
gieuses chassées de leur patrie.

Dom Augustin, toujours infatigable quand il s'agissait de la
gloire de Dieu et du salut des âmes, fonda un Tiers-Ordre pour
les enfants. L'éducation chrétienne n'existait plus en France,
où la vertu commençait à devenir un crime, et la fidélité envers
Dieu une trahison envers l'État ; en Suisse, elle était fort
négligée. L'abbé de la Val-Sainte savait parfaitement que de la
bonne ou de la mauvaise éducation donnée à la jeunesse dé-
pend l'avenir des nations, comme celui des individus Dom Augustin eut bientôt réuni cent cinquante enfants : il leur donna
pour maîtres des hommes qui joignaient à la science la piété, le
zèle et la tendresse d'une mère. Les diverses institutions de
l'abbé de la Val-Sainte étaient toutes en voie de pleine prospérité ; il ne leur manquait plus que l'épreuve, dans laquelle
Dieu a caché un baume mystérieux, réparateur et fortifiant.
Lorsque le Seigneur n'envoie pas le martyre pour empourprer
ses élus, il fait surgir devant eux la persécution, l'exil, la calomnie, la souffrance sous toutes ses formes, de sorte que toujours se réalise la divine parole du Psalmiste : « Semer dans
les larmes pour moissonner dans la joie. » Rien n'est grand
dans l'humanité, depuis sa chute, sans la marque des stigmates
de la croix ; et aux succès toujours heureux il manque quelque
chose, il manque ce je ne sais quoi d'incomparable et d'achevé
que l'épreuve ajoute à la vertu. Les épines relèvent la beauté
de la rose et la préservent de tout contact profane ; ainsi en
est-il des souffrances en ce monde : elles protègent la vertu de
l'homme juste contre les séductions qui pourraient la corrompre ; elles la purifient, lui font donner tout son parfum. Le
chrétien aime la souffrance comme la monnaie avec laquelle on
achète le ciel, comme le ciseau salutaire qui taille et polit sans
bruit les pierres vivantes de la Jérusalem céleste, comme

l'onde sacrée où sa robe d'innocence recouvre l'éclat de sa première blancheur, comme les degrés du trône qui l'attend là-haut.

Au commencement de 1798, les Français envahirent la Suisse, et les Trappistes furent contraints de chercher ailleurs une nouvelle retraite. Ils partirent donc de la Val-Sainte. La colonie se composait de trois communautés, les moines, les religieuses et le tiers-ordre, en tout deux cent cinquante-quatre personnes. La petite troupe de dom Augustin fut partagée en trois bandes qui s'avancèrent à travers la Bavière, l'Autriche, la Pologne, et arrivèrent, après des souffrances indicibles, dans l'empire de Russie, où le czar Paul Ier leur fit un excellent accueil par déférence pour la Sœur Trappistine Marie-Joseph, princesse de Condé, qui, née au sein des grandeurs et de l'opulence, avait renoncé aux plus brillantes perspectives d'un séduisant avenir, pour embrasser les austérités du cloître.

Il y avait à peine dix-huit mois que les Trappistes étaient en Russie, lorsque l'empereur moscovite, irrité de la défaite de ses troupes en Suisse et en Italie par les Français, ordonna à tous les émigrés de ce pays de quitter ses Etats. La petite colonie dut subir le sort commun : une partie des religieux alla se réunir à ceux du monastère de Darfeld, fondé en 1795 près de Munster ; d'autres restaurèrent Westmalle ; quelques-uns fondèrent le monastère de Saint-Liboire ou de Velda. Lorsque plus tard les Prussiens chassèrent les Trappistes de leur royaume, une partie d'entre eux passa en Amérique ; les autres, après sept ans d'exil, purent retourner à la Val-Sainte. Les Trappistines ayant été divisées en deux bandes, l'une d'elles alla fonder en Angleterre le monastère de Stape-Hill et l'autre se réfugia près des Religieux de Darfeld en Westphalie.

De 1802 à 1811, les Trappistes jouirent de la paix et furent même protégés par l'empereur Napoléon qui accorda dix mille francs de revenus au monastère de Cervara et voulut qu'un établissement du même genre fût créé dans les Alpes, assignant à ce dernier une dotation annuelle de vingt-quatre mille francs.

En 1806 il s'éleva un conflit entre dom Augustin et les Religieux de Darfeld. L'abbé de la Val-Sainte, pour les besoins de ses nombreuses fondations, avait souvent recours à ce monastère, soit pour en tirer des Religieux, soit pour lui demander des secours pécuniaires, sachant bien d'ailleurs que cette maison était soutenue par de riches et puissants protecteurs : de là, des plaintes de la part des Religieux de Darfeld qui trouvaient qu'on les mettait plus fréquemment à contribution que les

autres maisons : ce qui rendait le gouvernement de leur monastère très difficile. Ils portèrent leur plainte au Souverain Pontife ; après deux ans d'attente, le Saint-Siège fit connaître sa
décision : Darfeld était érigée en abbaye et soumise à l'évêque
diocésain, mais seulement à titre provisoire. Ce monastère, une
fois détaché de l'obédience de dom Augustin, demanda l'autorisation d'embrasser la Réforme pure et simple de l'abbé de
Rancé : ce qui lui fut accordé. Lors du second retour de
Louis XVIII en France, parmi les Trappistes de Darfeld les uns
passèrent dans la Mayenne pour occuper l'ancien monastère des
Génovéfains appelé Port-Rheingeard et qui prit le nom de
Port-du-Salut, les autres allèrent relever de ses ruines l'ancienne
abbaye du Gard : cette dernière communauté fut transportée
plus tard à Sept-Fons. Nous avons voulu faire connaître ce fait,
parce qu'il marque le point de départ de la séparation de la
Trappe en deux Congrégations distinctes : celle de la nouvelle
Réforme dont la maison mère était la Grande-Trappe, et celle
de l'ancienne Réforme dont le chef-lieu était à Sept-Fons
(Allier). Présentement ces deux Congrégations, ainsi qu'une
troisième, celle de Westmalle (Belgique), sont heureusement
réunies et tous leurs membres ne forment plus, à l'exemple des
premiers chrétiens, qu'un cœur et qu'une âme.

CHAPITRE XV

La paix dont jouissaient les Trappistes sous la protection du grand empereur ne fut pas de longue durée. En 1809, Napoléon, par une perfide injustice, faisait enlever le Souverain Pontife de Rome et ordonnait de le conduire à Savone. L'Europe apprit la nouvelle de la déportation du Pape et resta muette ; aucune puissance ne réclama contre la violation des droits du Vicaire de Jésus-Christ. La terre se taisait devant le maître qui pouvait dire : « J'ai soixante millions de sujets, neuf cent mille soldats, cent mille chevaux. Les Romains, le plus puissant des peuples, n'ont jamais eu autant de forces. J'ai livré quarante batailles ; à celle de Wagram, j'ai tiré cent mille coups de canon. » Conduit de victoire en victoire par la main de Dieu et son propre génie, ce géant des temps modernes vit son nom remplir le monde entier. Toutes les nations courbaient la tête sous une puissance si colossale ; les souverains briguaient son alliance pour conjurer ses foudres, excepté cependant le plus faible des princes et le plus doux des hommes, le seul qui fût sans canons et sans capitaines, Pie VII ; lui seul ne se courbera pas sous la puissance éphémère du despote.

Dom Augustin ne fut pas des derniers à pénétrer dans la prison où était détenu le saint Pontife, pour protester de son inviolable attachement au successeur de saint Pierre et pour lui témoigner l'horreur que lui inspirait la criante injustice commise à son égard par Napoléon. Le fougueux empereur, ayant eu connaissance de la démarche de l'abbé de la Val-

Sainte, en conçut le plus vif mécontentement. Mais ce qui excita
surtout sa colère, ce fut le refus formel de dom Augustin de
prêter le serment de fidélité aux Constitutions de l'Empire,
exigé du clergé et des Religieux par l'empereur des Français
Notre abbé comprenait parfaitement que, se conformer à la
volonté du vainqueur de l'Europe, c'était s'engager à regarder
comme légitime la confiscation des Etats pontificaux ; c'était en
outre approuver tous les actes contraires aux droits et à la liberté de l'Eglise qui pourraient se commettre dans la suite, en
un mot, donner son assentiment à tous les caprices d'un grand
génie égaré par la gloire et l'orgueil. Car tout ce que voulait
l'empereur était, par le fait même, converti en constitution de
l'Empire.

Dès lors et pour ces motifs, l'abbé de la Val Sainte non seulement refusa de faire ce serment, mais encore il exigea que le
supérieur du monastère de Cervara, qui l'avait déjà fait, le
rétractât publiquement. A cette nouvelle, Napoléon, furieux de
voir qu'un pauvre moine osât s'opposer à ses ordres tandis
que tout pliait au moindre signe de sa volonté, rendit, en 1811,
un décret de suppression contre les Trappistes. Le lecteur
comprendra facilement qu'il est bien honorable pour ces Religieux d'avoir été persécutés pour leur attachement inviolable
au Saint-Siège et pour avoir refusé de prêter un serment qui
blessait leur conscience.

L'illustre confesseur de la foi, dom Augustin, fut obligé,
pour se soustraire au conseil de guerre, de passer à l'étranger :
il se réfugia en Amérique. Plusieurs des monastères de Trappistes, étant situés en dehors de l'empire français, échappèrent
à la puissance du César persécuteur ; quelques-uns, bien que
situés sur son territoire, ne furent pas évacués entièrement ;
en quelques endroits, les Religieux vivaient secrètement en
communauté dans des maisons particulières. Bref, les Trappistes continuèrent toujours d'exister.

Cependant l'heure de la vengeance divine ne tardera pas à
sonner.

Napoléon avait ramassé dans le sang et dans la boue la couronne de nos rois pour la poser sur son front tout étincelant
de gloire et de génie : il traversa le monde comme un orage en
renversant les trônes sur son passage. Cet homme croyait
seulement assouvir sa passion de conquérant, tandis qu'il ac-
complissait les arrêts de Dieu même, qui voulait se servir de lui
pour châtier l'Europe coupable.

Dans son ambition de dominer sur toutes choses, Bonaparte
arrache un illustre et saint Pontife du Siège apostolique, en

lui disant que l'excommunication d'un vieillard ne ferait pas tomber les armes des mains de ses soldats. La Providence le prend au mot : elle fait signe aux éléments, et à l'instant même un froid glacial raidit les mains des plus braves qui laissent tomber leurs armes. Les héros qui, des Pyramides à Berlin et de Lisbonne à Moscou, n'avaient pu rencontrer de vainqueurs, s'étonnèrent de ne plus se retrouver eux-mêmes pour la première fois. Ce grand homme qui avait fait trembler tant de nations, voit sa puissance ensevelie dans un linceul de neige ; il veut se relever, mais en vain ; il est relégué comme captif au fond de l Océan sur un rocher désert, loin du beau pays qu'il a illustré par tant de victoires. Après avoir accompli les desseins du Dieu qu'il avait méconnu, ce brillant météore disparaît comme un astre éteint dans les eaux profondes de l'Atlantique. On a pu voir ainsi, une fois de plus, que l'Eglise n'a jamais tiré le glaive de l'excommunication sans que sa sentence ait été ratifiée sur la terre même par le Tout-Puissant qui réside dans les cieux.

Ce fier monarque eut à peine promené autour de lui son regard d'aigle, durant les loisirs de sa captivité, qu'il rentra en lui-même. C'est alors qu'il dicta au général Bertrand une de ces pages sublimes où l'on sent encore la griffe du lion et dans laquelle il dit : *Bertrand, tu sais que je me connais en hommes : eh bien, je te dis moi, que Jésus-Christ n'était pas un homme.* Il reconnaissait la divinité du Sauveur. Puis il se fit amener un prêtre et se réconcilia avec le ciel. Le grand Pape avait dit au jeune conquérant d'Italie : *Quand vous serez fatigué de gloire, vous viendrez vous reposer à mes pieds.* Maintenant Bonaparte pouvait méditer ces véridiques paroles du Souverain Pontife. Or, pendant qu'il se dirigeait vers l'île d'Elbe pour y réfléchir sur la vanité des choses d'ici-bas, le Pontife-Roi, plus glorieux que jamais, reprenait le chemin de Rome et les Trappistes celui de leurs cloîtres

Epreuve et triomphe, voilà les deux mots qui résument l'histoire de l'Eglise et des Ordres religieux. Leurs annales ne sont que le récit des longs combats qu'ils ont livrés pour conserver ou pour recouvrer leur liberté. Mais on peut affirmer, sans craindre d'être démenti, que chaque siècle a ajouté un long chapitre au traité de Lactance sur la mort des persécuteurs. Toujours, comme au temps de Julien l'Apostat, il est vrai de dire que le Fils du charpentier est occupé à faire un cercueil pour ensevelir ceux qui travaillent à détruire son œuvre divine.

CHAPITRE XVI

Dom Augustin de Lestranges, dont la tête avait été mise à
prix, se trouvait en Amérique, occupé à y faire de nouvelles
fondations, lorsqu'il apprit la chute de Napoléon et la délivrance de l'Eglise. A cette nouvelle, il résolut de ramener dans
sa patrie la famille religieuse qu'il avait sauvée par tant de
sacrifices : il reprit donc le chemin de la France. De son côté,
le 20 août 1814, le comte d'Héricy, maire de la commune de
Soligny, présenta au roi Louis XVIII une adresse signée des
personnes les plus qualifiées du pays et de plusieurs maires
des communes voisines, exprimant le vœu que formaient d'une
voix unanime les habitants de la province du Perche, pour le
rétablissement du monastère de la Trappe. Le roi accueillit
cette requête avec bienveillance. Au mois de novembre de la
même année, dom Augustin obtint du monarque de pieuses
libéralités.

L'abbé de la Val-Sainte racheta en 1815 l'ancienne abbaye
de la Trappe au prix de soixante-dix mille francs, et vint s'y
établir avec une quinzaine de Religieux qu'il avait recrutés
dans différentes maisons de son institut. En prenant possession de ce monastère, il y transportait, par le fait même, le
chef-lieu de la Congrégation et tous les droits de *Maison Mère*
que la Val-Sainte avait reçus par la Bulle de Pie VI. En effet, la
Trappe avait toujours existé pendant le séjour forcé de ses
religieux à l'étranger : les monastères sortis de la Val-Sainte
étaient véritablement issus de la Trappe. En conséquence,
la famille religieuse de Dom Augustin de Lestranges, à son

retour en France après le rétablissement de la paix et de la liberté religieuse, rapportait avec elle tous les avantages, tous les honneurs, tous les droits et tous les privilèges qu'elle avait conquis dans l'exil au prix de tant de labeurs si vaillamment supportés.

En arrivant à la Trappe, ce lieu illustré par tant de glorieux souvenirs, dom Augustin et ses frères cherchaient des yeux ces terres fécondées jadis par le travail et les sueurs des moines, et ils ne voyaient plus que des landes couvertes d'un ajonc stérile ; les belles et hautes futaies avaient disparu pour faire place à de misérables broussailles ; les beaux arbres voisins du cloître étaient tombés, comme les Religieux qui les avaient plantés ; les chaussées des étangs, dégradées et battues par les flots, semblaient rendre un bruit de mort ; les jardins, dépouillés de leurs arbres fruitiers et de leur verdure, étaient incultes et jonchés de débris de toutes sortes. A la place de l'hospice des pauvres, où pendant longtemps l'orphelin, le vieillard, les malheureux reçurent l'aumône de la charité, se trouvait une étable ; la Maison de Dieu, d'où la prière des religieux montait jour et nuit vers le Ciel afin d'obtenir grâce pour les coupables, ne présentait plus que des monceaux de décombres ; le cimetière, où dormaient depuis six siècles les moines mêlés aux défunts de l'antique noblesse du pays, était devenu un lieu profane couvert de ronces et d'orties. Ainsi partout les ruines et la mort.

De tout l'ancien monastère de la Trappe, le cataclysme révolutionnaire n'avait laissé debout que la chapelle primitive servant de boulangerie, le moulin, l'abbatiale (devenue aujourd'hui la vieille hôtellerie), la pharmacie, les bâtiments de la première cour où se trouvent les écussons du duc de Penthièvre, quelques anciennes bâtisses et une auberge ou hôtellerie pour les dames, située en dehors de la clôture près de la porte d'entrée. Dom Augustin fit diviser l'abbatiale en petits compartiments pour servir de lieux réguliers et d'église ; près de la pharmacie fut établie l'hôtellerie pour les étrangers ; les bâtiments marqués des écussons du duc de Penthièvre furent affectés au logement des pauvres et à l'habitation des enfants du Tiers-Ordre. La grange était entre la pharmacie et l'abbatiale ; en 1832, elle fut convertie en chapelle ; l'étable occupait l'emplacement où se trouve présentement l'hospice des pauvres voyageurs ; une petite chapelle extérieure fut aménagée à l'endroit où se trouve actuellement la loge du portier. Un des carrés du jardin qui avoisine l'abbatiale servit de cimetière. La Trappe, rétablie provisoirement sur des ruines, devait encore attendre longtemps la reconstruction de ses anciens bâtiments, et cependant cette reconstruction devenait de plus en plus nécessaire à cause du grand nombre des postulants.

En 1817, dom Augustin entra en conflit avec l'évêque de Séez, Mgr Saussol. Ce bon prélat, d'ailleurs vertueux et zélé, aurait voulu que l'abbé de la Trappe lui rendît compte de son administration. De plus, il n'approuvait pas que dom Augustin prît le nom d'abbé de la Trappe, ne voulant reconnaître en lui que l'abbé de la Val-Sainte.

Ces malentendus se prolongeant, dom Augustin crut devoir quitter le diocèse et conduire ailleurs sa communauté : il alla s'établir avec ses Frères à Bellefontaine (diocèse d'Angers, 1822). Les Religieuses des Forges (commune de Saint-Ouen, diocèse de Séez) furent transportées à Notre-Dame des Gardes, au même diocèse d'Angers. L'abbé de la Trappe laissa seulement douze Frères convers pour la culture des terres et un religieux prêtre pour le service spirituel. En 1825, les Frères furent même obligés de quitter l'habit monastique.

Il ne manquait plus à dom Augustin que d'être méconnu, défiguré, calomnié : ces marques propres aux élus lui furent bientôt abondamment fournies. Du reste, Dieu ne lui prodigua tant d'épreuves qeu parce qu'il voulait l'élever plus haut dans le ciel. Ce grand homme avait accompli fidèlement l'œuvre dont le Seigneur l'avait chargé, c'est-à-dire qu'il avait renoué le passé de la Trappe avec son avenir, conservé sa communauté d'une manière admirable, et il lui avait donné un grand développement et une réputation européenne. Après tout cela, il fut cité à Rome par l'illustre Pape Léon XII, de glorieuse mémoire ; cependant, il justifia si bien sa conduite qu'après deux ans d'attente il fut enfin reconnu innocent. Il rentrait en France, lorsque, arrivé au monastère des Trappistines de Vaise, près Lyon, il se sentit épuisé de fatigue ; il demanda les derniers sacrements dès le lendemain et rendit sa belle âme à son Créateur, le 16 juillet 1827, à l'âge de soixante-quatorze ans ; c'était le matin du jour de la fête de saint Etienne, troisième abbé de Cîteaux et le principal fondateur de l'Ordre. Sans doute que ce grand Saint voulut conduire lui-même au ciel celui qui fut en France le sauveur du plus beau rejeton de son Institut.

Quand dom Augustin se réfugia en Suisse, il n'emmena, ainsi que nous l'avons vu, que vingt-quatre personnes ; mais Dieu avait tellement béni sa noble entreprise, qu'à sa mort on comptait en France neuf cent trente-quatre Religieux ou Religieuses, répartis en seize monastères, sans parler de quatre autres, établis à l'étranger, et des cinq maisons du Tiers-Ordre.

Après la mort de dom Augustin, il devint urgent de pourvoir à l'organisation des monastères de la Trappe. Le Pape Léon XII nomma provisoirement l'abbé de Melleray supérieur des Trappistes en France.

L'évêque de Séez, ayant appris la mort de dom Augustin, écrivit à Bellefontaine pour réclamer en faveur de son diocèse la communauté qui avait quitté la Trappe. Les Religieux revinrent donc dans leur ancienne abbaye sous la conduite du R. P. Joseph-Marie Hercelin, ancien professeur au séminaire de Vannes : c'est dans ce monastère même qu'il avait reçu l'habit des mains de dom Augustin en 1817. En conduisant ses Frères à la Trappe, il n'était pas encore abbé ; il ne fut revêtu de cette dignité que plusieurs années après son retour, et il l'honora par les vertus d'un véritable cénobite. A leur rentrée, les Religieux n'étaient qu'au nombre de seize : huit moines et huit Frères convers ; mais bientôt de nouveaux sujets vinrent augmenter la petite communauté, que l'abbé dom Hercelin gouvernera pendant vingt-huit ans. En 1828, on avait bâti dans le cimetière de la Trappe une petite chapelle (elle n'existe plus aujourd'hui) sur l'emplacement de la tombe de l'abbé de Rancé : c'est dans cet oratoire qu'en 1855 sera inhumé le R. P. dom Joseph-Marie Hercelin, et qu'en 1858 on transportera les restes de dom Augustin de Lestranges.

CHAPITRE XVII

LA TRAPPE, DEPUIS LA RESTAURATION DE SON ANCIEN MONASTÈRE JUSQU'A LA DIVISION DES TRAPPISTES EN TROIS CONGRÉGATIONS DISTINCTES.

(1829-1847)

Les Trappistes voyaient tous les jours leur nombre s'augmenter ; dès lors, l'abbatiale et ses dépendances devenaient insuffisantes. Ils résolurent donc de restaurer entièrement leur monastère sur l'emplacement de l'ancien. On commença par l'église : la première pierre en fut posée le 19 juillet 1829 ; trois ans après, en 1832, elle était terminée, et le 30 août de la même année, elle fut consacrée par Mgr Saussol, évêque de Séez.

La consécration d'une église dans l'Ordre de Cîteaux est une circonstance tout à fait exceptionnelle ; alors le monastère est ouvert à tous ceux qui veulent le visiter. Pendant la neuvaine, les femmes à qui, en temps ordinaire, l'entrée est interdite sous peine d'excommunication (si on en excepte les têtes couronnées, reines ou impératrices, dans leurs propres Etats), peuvent, elles aussi, visiter le monastère. Cette autorisation a été accordée afin de permettre à tous les fidèles de gagner les indulgences attachées à la consécration d'une église.

Le lendemain du jour où l'église de la Trappe fut consacrée, l'évêque de Séez bénit la cloche et, malgré ses soixante-quinze ans, il administra la confirmation à environ un millier d'enfants des deux sexes, venus processionnellement des paroisses voisines sous la conduite de leurs pasteurs respectifs. A l'occasion de la consécration de l'église, une centaine d'ecclésiastiques et environ vingt mille personnes pénétrèrent pendant les neuf jours dans l'enceinte du monastère. Le corps de bâtiment qui, avant la reconstruction du monastère, servait de réfectoire et de dortoir, fut édifié en 1833. La nouvelle abbaye ne devint habitable qu'en 1834.

En 1830, dans la nuit du 30 août, il y eut à la Trappe une sorte d'invasion nocturne, de la part d'une compagnie de soldats d'Alençon, qui, par l'ordre du préfet, venait s'assurer si le monastère ne cachait pas quelqu'un des ministres signataires des fameuses Ordonnances qui furent cause de la chute de Charles X. La visite fut très minutieuse ; mais on ne trouva personne, bien entendu.

Dom Augustin était mort depuis sept ans et les affaires de la Trappe, soumises au Saint-Siège dans les derniers temps de son administration, n'avaient pas encore reçu de solution. Il devenait donc urgent pour les Trappistes d'obtenir que cette négociation se terminât au plus tôt. On comprenait la nécessité d'apprendre du Vicaire de Jésus-Christ quelle était sa volonté à cet égard. Dom Fulgence, abbé de Bellefontaine, après s'être entendu avec dom Antoine, abbé de la Melleray, qui exerçait toujours les fonctions de Supérieur général, avec le R. P. Joseph-Marie Hercelin qui venait d'être élu abbé de la Grande-Trappe, ainsi qu'avec le R. P. abbé du Port-du-Salut, se rendit à Rome afin de connaître les desseins de Dieu touchant les Trappistes.

On se rappelle, d'après ce qui a été dit au chapitre xive, que diverses circonstances avaient introduit entre les communautés sorties de la Trappe quelques divergences. Les unes suivaient, avec la Règle de saint Benoît, les constitutions de la Val-Sainte qui reproduisaient les anciens statuts de Cîteaux et les dépassaient même sur plusieurs points en sévérité ; les autres observaient la Règle bénédictine interprétée simplement selon les constitutions de l'abbé de Rancé. Cette observance, moins sévère que la Règle elle-même, semblait réunir plus de sympathies. Par esprit de conciliation, les Religieux de la Grande-Trappe déclaraient qu'ils étaient prêts à abandonner les usages introduits pendant leur séjour à la Val-Sainte ; mais ils sollicitaient instamment qu'il leur fût permis de conserver intégralement la Règle de saint Benoît interprétée à la lettre et les usages primitifs des Cisterciens. Ceux qui gardaient les Règlements de l'abbé de Rancé demandaient à leur tour de suivre l'exemple de l'illustre Réformateur de la Trappe et de pratiquer exactement ses constitutions. Voilà où en étaient les choses, quand dom Fulgence, abbé de Bellefontaine, arriva à Rome le 28 juin 1834. Il fut reçu avec bienveillance par Grégoire XVI à qui il exposa

l'objet de sa mission. L'abbé de la Grande Trappe vint bientôt
le rejoindre. Une commission de cardinaux fut nommée pour
examiner la question des Trappistes.

Par un Bref du 10 octobre 1834, le Souverain Pontife réunit
les deux Observances en une seule Congrégation, laissant aux
monastères de l'une et de l'autre Observance la faculté de suivre, avec la règle de saint Benoît, ou les constitutions de Cîteaux
ou les règlements de l'abbé de Rancé, mais intimant à toutes
les deux l'obligation de se servir des livres liturgiques de l'Ordre cistercien. Le président de l'ordre de Cîteaux, résidant à
Rome, tiendrait lieu de président général ; mais en même
temps on établissait au sein de la Congrégation un chef unique
avec le titre de Vicaire général, revêtu de tous les pouvoirs
nécessaires pour le bon gouvernement de l'Institut. Il n'y avait
pas lieu d'hésiter sur le choix qui était à faire. La Trappe,
transportée à la Val-Sainte, puis rétablie à son ancien siège,
était, nous l'avons dit, par le fait même, la *Maison Mère* de
tous les Trappistes qui existaient dans le monde entier : on
décida donc tout naturellement que l'abbé de la Grande-Trappe
serait à perpétuité le Vicaire général de la Congrégation. On
régla ensuite que les quatre premiers abbés seraient ceux de
la Melleray, du Port-du-Salut, de Bellefontaine et du Gard. Il
fut établi également que le Vicaire général tiendrait tous les
ans le Chapitre général où se rassembleraient tous les abbés et
prieurs titulaires pour y traiter des affaires de la Congrégation.

Dans la suite, des difficultés de juridiction et de gouvernement s'étant élevées, un nouveau Bref rendu le 27 février 1847
sépara complètement les deux Observances et érigea deux Congrégations distinctes, appelées l'une : de la nouvelle Réforme de
Notre-Dame de la Trappe qui suivrait la Règle de saint Benoît
avec les constitutions primitives de Cîteaux, approuvées par
le Saint-Siège, ayant l'abbé de la Grande-Trappe pour Vicaire
général ; l'autre, nommée l'ancienne Réforme de Notre-Dame
de la Trappe, gardant les Règlements de l'abbé de Rancé et
ayant pour Vicaire général celui des Abbés qui serait élu
tous les cinq ans. Le Chapitre général, pour cette dernière
Congrégation, devait se tenir à Sept-Fonts. Les monastères de
Belgique, qui suivaient à peu près les mêmes observances que
ceux de la Réforme de l'abbé de Rancé, prièrent le Souverain
Pontife de vouloir bien les réunir en une troisième Congrégation : ce qui leur fut accordé. Un décret pontifical du 22 avril
1836 érigea Westmalle (première fondation de la Val-Sainte)
en abbaye, établit son abbé Vicaire général de cette Congrégation et lui soumit tous les monastères de la Trappe qui exis-

taient déjà on pourraient être fondés dans la suite en Belgique.
Les quatre premiers abbés de la Congrégation de la Grande-
Trappe furent ceux de Melleray, de Bellefontaine, d'Aiguebelle
et de Notre-Dame de Grâce ou Bricquebec.

La Grande-Trappe, sous la conduite de son vénérable abbé,
dom Joseph-Marie Hercelin, alla toujours en prospérant ; elle
vit le nombre de ses Religieux augmenter sans cesse et exercer
par leurs exemples une salutaire influence sur notre époque
hélas ! si malade. « Tous les siècles, a dit Mgr Mermillod, et le
dix-neuvième plus que tous les autres, ont besoin d'aller à
l'école monastique pour apprendre en quoi consiste la vraie
grandeur d'une nation. »

CHAPITRE XVIII

Le 2 octobre 1847, le monastère de la Grande-Trappe était en fête : à travers ses portes grandes ouvertes, vingt mille personnes, accourues de tous les points de la contrée, pouvaient apercevoir dans les cours et les jardins de l'abbaye les premières autorités du département et des lieux circonvoisins : préfets, généraux, magistrats et membres du clergé. Des députations, venant des localités environnantes, arrivaient de tous les côtés : la place menaçait de manquer. C'est qu'un grand événement allait se passer sur les frontières du Perche et de la Normandie. Sa Majesté le roi des Français venait donner un haut et solennel témoignage de bienveillance, d'estime et de sympathie aux dignes Religieux qui, depuis de longues années déjà, s'étaient voués, dans cette solitude de la Trappe, aux austérités, à la prière et à la mise en culture de vieux marais depuis longtemps stériles, ainsi qu'au soulagement des pauvres de la contrée. Le chef de l'Etat se présentait non pas *incognito*, mais dans tout l'appareil de sa puissance. Il arrivait entouré de toute sa famille, jeune encore à cette époque, de cette famille dont on a fait ce magnifique éloge : « que toutes les femmes étaient chastes et tous les hommes braves ». Tout à coup on vit arriver au galop dans la cour du monastère des cavaliers jetant à la foule impatiente ce cri significatif : « Le Roi, Messieurs ! » Et Louis-Philippe faisait son entrée au milieu des acclamations enthousiastes de cette multitude, avide de contempler son souverain. L'évêque du diocèse et dom Joseph-Marie Hercelin lui offrirent l'eau bénite et l'encens. La famille royale se rendit à l'hôtellerie où elle prit une collation ; et le soir de ce jour mémorable, elle quittait la demeure paisible des moines, très édifiée de tout ce qu'elle avait vu, charmée de sa visite et ne se doutant guère alors qu'elle allait sombrer cinq mois plus tard dans l'insurrection du 24 février 1848.

En 1854, le RR^{me} P. dom Joseph-Marie Hercelin, abbé de la Grande-Trappe, établissait, avec l'approbation et les encouragements du gouvernement, une colonie pénitentiaire à proximité de son monastère.

Cette maison est située au sud de l'abbaye, à la distance d'environ un kilomètre. Sa position est des plus agréables : du côté de l'ouest, la vue s'étend au delà des communes voisines dont on aperçoit les clochers à demi masqués par les cimes des arbres ; à l'est, l'œil découvre, à travers de hauts peupliers, l'eau limpide des étangs ombragés par des sapins dont la verdure rappelle en toute saison les beaux jours du printemps ; au midi, on aperçoit une forêt de chênes séculaires plantés jadis par la main des moines, comme tous les grands bois environnants, que la Révolution de 93 a enlevés à leurs légitimes possesseurs. Enfin, du côté du nord et au centre d'un beau vallon, est situé le monastère avec ses dépendances. Cette belle et poétique orientation est bien faite pour toucher le cœur et l'émouvoir.

C'est dans cet endroit si attrayant que dom Hercelin établit sa jeune colonie, qui devint de plus en plus prospère et atteignit bientôt le chiffre de deux cent cinquante détenus.

Pour transformer en bons citoyens ces enfants déjà livrés pour la plupart au vice ou tout au moins à la paresse, deux choses sont absolument nécessaires : la religion et le travail. L'une rend les hommes fidèles à Dieu et vertueux ; l'autre les rend économes, laborieux et fidèles à leurs devoirs. L'agriculture et la religion, le prêtre et le laboureur, symbolisés par la croix et la charrue, *cruce et aratro*, voilà les deux grands instruments de civilisation.

Ainsi, éloigner les jeunes détenus du vice, de l'ignorance, de l'oisiveté et de la misère par une éducation religieuse, morale et professionnelle ; les appliquer, soit à l'agriculture, soit aux diverses professions qui se rattachent à la vie rurale, tel était le but que se proposait dom Hercelin en travaillant à la régénération d'enfants souvent plus malheureux que criminels.

Ces jeunes adolescents avaient, pour l'ordinaire, agi sans trop se rendre compte de ce qu'ils faisaient, et par là même ils avaient passé à travers le mal sans s'y arrêter.

Dans de telles conditions, rien de plus propre que le dévouement des Religieux pour retremper ces jeunes âmes aux sources bienfaisantes de la foi et de la morale chrétiennes et pour leur inculquer l'amour du travail et de la vertu : car c'est là une œuvre de charité et de patience à toute épreuve ; or qui est plus à même de se dépenser de la sorte que celui qui a tout abandonné pour Dieu ?

La colonie de la Grande-Trappe était dans les meilleures conditions de progrès, lorsque, tout à coup, le 25 mars 1880, le gouvernement mit fin à son existence, en dispersant les jeunes détenus en diverses maisons pénitentiaires. On comprend la raison de cet arrêt : les fameux décrets du 29 mars contre les maisons religieuses venaient d'être publiés ; il était urgent de renvoyer les jeunes colons avant de mettre à la porte les Religieux qui en avaient la charge. Les motifs qu'on mit en avant ne furent que de vains prétextes qui ne trompèrent personne. Ces jeunes détenus s'éloignèrent de la Trappe en pleurant amèrement sur le malheur qu'ils éprouvaient de se voir arracher ainsi des mains des Religieux ; ils comprenaient que ceux-ci faisaient tous leurs efforts pour adoucir ce qu'il y a de pénible et d'amer dans la captivité.

CHAPITRE XIX

En 1870, la Grande-Trappe n'eut rien à souffrir de l'invasion prussienne, sauf quelques réquisitions d'argent qu'il lui fallut subir pendant l'armistice. Mais si matériellement elle ne fut point molestée, combien au point de vue moral sa douleur ne fut elle pas amère ! Les deux patries, celle de l'âme et celle du corps, s'éclipsaient en même temps. Rome, abandonnée par la France, tombait entre les mains de la Révolution ; et la France, abandonnée de Dieu, succombait sous la puissante armée de la Confédération germanique. Aussi longtemps que notre patrie, fidèle à sa mission de Fille aînée de l'Eglise, garda son poste aux portes du Vatican, elle fut victorieuse en Crimée, en Chine, en Italie, et fit retentir dans le monde entier la renommée de ses triomphes militaires ; mais dès qu'elle abandonna la cause de Dieu, son étoile pâlit, le souffle de la justice divine passa sur elle et la laissa ensanglantée, mutilée, expirante.

Dans la malheureuse guerre franco-allemande, nos soldats, malgré le courage et la bravoure qu'ils déploient sur les champs de bataille, éprouvent des défaites sans précédents dans nos annales : à peine si la victoire leur montre quelques sourires. Nos braves, qui étaient accoutumés à faire des prisonniers, vont à leur tour prendre le chemin de l'exil et manger le pain amer de la captivité ; nos aigles et nos canons orneront les trophées de nos fiers vainqueurs. Paris, la capitale de la civilisation, sera bloqué, bastionné, sans gaz, sans correspondance et presque sans pain.

Quant au malheureux prince qui avait conduit ainsi la France aux portes du tombeau, il aurait dû se rappeler l'exemple de son oncle vaincu, détrôné, dépouillé de sa gloire comme un chêne que la foudre a frappé, emmené captif dans une île autrefois à peine connue et rendue désormais célèbre par le malheur de ce génie tombé. Mais l'homme est ainsi fait que les leçons de l'histoire restent pour lui à l'état de lettre morte, s'il n'y reconnaît l'intervention de la Providence. Napoléon III voulut, lui aussi, toucher au Vicaire de Jésus-Christ. *Allez, et faites vite,* avait-il dit à Cavour, ministre de Victor-Emmanuel. Dieu, qui n'aime rien tant que l'Eglise et sa liberté, avait entendu ces paroles insensées : il les retourna contre l'empereur. *Allez, et faites vite,* avait semblé dire à son tour le Roi des rois à Guillaume. Et dans une journée, à Sedan, le monarque français perd la liberté, son trône, l'honneur de la France qu'il a abandonnée aux horreurs de la guerre étrangère et aux convulsions de l'anarchie, en attendant qu'elle passe entre les mains de la juiverie et de la franc-maçonnerie.

En arrivant au pouvoir, Napoléon s'était mis à la tête du parti des honnêtes gens ; il s'était montré le défenseur de Pie IX, quoique un peu timide ; mais il se lassa bientôt de sept années de prudente politique, et retourna aux utopies de sa jeunesse. Soudain il vit briller à l'horizon de son Empire le *Mane Thecel, Pharès* (pesé, compté, divisé) du roi de Babylone ! Le jour même où il livrait le Pape à la haine d'ennemis implacables, ses armées, naguère invincibles, reculaient en désordre devant l'artillerie prussienne.

Mais citons ici quelques dates : le 2 septembre, perte de la bataille de Sedan, prise de l'empereur et de l'armée française avec un immense matériel de guerre ; le 4 septembre, chute du trône impérial, avènement de l'anarchie ; le 19 septembre, arrivée des Prussiens sous les murs de Paris, des Italiens aux portes de Rome ; le 28 septembre, capitulation de Strasbourg. La France roule d'abîme en abîme, de Strasbourg à Metz, de Metz à Paris, de Paris à la Commune, au pillage, à l'incendie, aux assassinats. Chose remarquable : le mois de septembre semble réunir toutes les douleurs, toutes les humiliations et toutes les hontes nationales ; vers le milieu de ce mois, le 19 septembre (24e anniversaire de l'apparition de la Salette) la France est comme anéantie ! L'Eglise à pareil jour est dans le même état ! les Prussiens environnent Paris ; les Italiens, Rome ! 19 septembre 1846, 19 septembre 1870 ! dates à jamais mémorables !!! Cependant, malgré la merveilleuse lumière jetée par Dieu lui-même pour nous faire constater l'épouvantable coïncidence de ces deux dates qui marquent et les larmes de Marie à la Salette et la ruine de la France qui entraîne celle de Rome, il reste encore bien des obscurités mystérieuses sur ces douloureux événements.

Pour le commun des hommes, nos défaites s'expliquent par ces mots : « Nous n'étions pas prêts pour une telle guerre. » Ceux qui pensent ainsi prennent un effet pour une cause. Une nation qui est infidèle à la mission dont le ciel l'a chargée, qui méconnaît la foi de ses ancêtres, qui oublie ses devoirs pour ne songer qu'à ses droits et n'a de respect ni pour Dieu, ni pour son Eglise, ni pour la religion qu'elle enseigne, ne saurait être *prête* pour les grands sacrifices à l'heure où la patrie est en danger.

Les considérations que nous venons d'exposer nous ont entraîné un peu loin de notre sujet, moins loin cependant qu'on ne pourrait le croire, parce que, outre leur valeur intrinsèque, elles serviront à nous expliquer l'attitude des Trappistes en face de l'invasion prussienne. En effet, si la France est tombée pour avoir oublié ses devoirs envers Dieu, de leur côté les Religieux se sont acquis de nouveaux droits à la reconnaissance publique pour avoir continué leurs anciennes traditions de dévouement et de sacrifice.

Navrés par le deuil simultané de la France et de l'Eglise, nos moines priaient, travaillaient et se mortifiaient avec plus de générosité encore que de coutume ; mais ils n'ignoraient pas que, dans cette circonstance douloureuse à tous égards, ils avaient une nouvelle tâche à fournir : les faits sont là pour démontrer jusqu'à l'évidence qu'ils y ont été fidèles.

La Grande-Trappe envoya plusieurs de ses Religieux à l'ennemi : l'un d'eux mourut des suites de ses blessures. La Trappe des Dombes vit trente-deux de ses membres partir pour l'armée : sur ce nombre, neuf donnèrent leur vie pour la France. Le même monastère mit à la disposition du préfet de l'Ain vingt-cinq lits pour nos soldats blessés. Le Supérieur fut victime de son zèle et de son assiduité à visiter ces malheureux dont quelques-uns avaient des maladies contagieuses. — L'abbaye d'Aiguebelle fournit cinquante-deux moines ou Frères convers à la défense de la patrie aux abois : l'un d'eux mourut en luttant contre la Commune. — La Trappe de Sept-Fonts regorgeait de malades appartenant à l'armée. — Le monastère du Port-du-Salut logea pendant trois mois cent dix cavaliers et donna l'hospitalité à dix-huit cents soldats. — L'abbé de la Grâce-Dieu établit dans sa maison une ambulance où furent soignés un grand nombre de blessés : huit Religieux, occupés au service de ces malades, moururent de la vérole noire qu'ils avaient contractée près de leurs chers soldats. En un mot, tous les monastères de Trappistes qui en trouvèrent l'occasion, montrèrent le même dévouement et le même zèle que ceux dont nous venons de parler.

Aujourd'hui tout cela est oublié, et, comme le divin Maître, ces hommes en qui on saluait des héros, vont monter au Calvaire, après avoir connu les hosanna du peuple et les applaudissements de la foule. Heureusement, ils ont placé plus haut leurs espérances !

CHAPITRE XX

(1880)

La liberté est le plus beau fleuron que Dieu ait attaché à la couronne du roi de la création : c'est le don le plus précieux qu'il ait fait à l'homme et celui qui constitue sa supériorité sur les autres créatures. Les annales de l'humanité ne sont que l'histoire des combats livrés en faveur de la liberté, tantôt par la plume, tantôt par la parole, quelquefois par les armes, souvent par le martyre. La lutte gigantesque de l'Eglise, qui compte plus de douze millions de chrétiens, morts au milieu des plus horribles tourments, n'est en définitive que le grand combat du christianisme pour conserver sa liberté.

Certes, rien ne procure à Dieu autant de gloire que cette foule de héros qui, dans un corps fragile, lui demeurent fidèles dans la plus grande des épreuves : le martyre est en effet l'acte d'amour par excellence. On peut dire à quelqu'un : « Je vous estime, je vous révère, je vous admire, » et tout cela sans épuiser le langage ; mais quand on lui a dit : « Je vous aime, » on lui a tout dit : le langage du cœur ne peut aller plus loin ; il ne reste plus qu'à être sincère, et le martyre est l'apogée de cette sincérité.

Garcia Moreno, l'unique chef d'Etat qui, au xixe siècle, ait réalisé dans un coin du globe le règne social du Christ ; cet homme, la gloire immortelle de la république de l'Equateur, qui fut à la fois le meilleur général, l'orateur le plus éloquent, le plus profond génie, le plus habile politique et en même temps le plus grand chrétien de son pays, disait avec raison : *La liberté pour tous, excepté pour le mal et pour les malfai-*

teurs. C'est pour demeurer fidèles à cette sainte liberté que les Trappistes subirent l'expulsion de 1880.

Mais raisonnons un peu sur ce mot de *liberté* qui renferme en ses trois syllabes assez de charme et de puissance pour entraîner un peuple tout entier à la remorque de celui qui le prononce. Au point de vue de la saine raison et du simple bon sens, quoi de plus légitime que l'état religieux ? Quel usage plus manifestement licite un homme peut-il faire de sa liberté que de la consacrer au service de Dieu et au salut de son âme ? Sous quel prétexte et de quel droit l'exercice de cette liberté serait-il gêné ou restreint ? Il vous paraît bon et utile de rechercher les biens de la terre : vous êtes libre de suivre votre manière de voir ; il me plaît de les fuir, c'est mon droit. Les plaisirs vous tentent, vous voulez en jouir, c'est votre affaire ; seulement vous en subirez les conséquences : les sanctions divines et humaines vous seront appliquées, si vous violez les lois de ces deux puissances. Quant à moi, je renonce aux délices de la terre pour suivre les conseils et les exemples de Jésus-Christ, mon Maître, et cela parce que les jugements de Dieu m'ont frappé d'une salutaire terreur et que les joies éternelles ont séduit mon cœur. Où est le mal ? — Il vous paraît utile et agréable de conserver votre pleine indépendance, cela est permis ; quant à moi, ayant devant les yeux tant d'exemples de personnes qui en abusent, j'ai préféré limiter la mienne : cela est-il défendu ? — Vous trouvez bon de fonder une famille, très bien : c'est la destinée la plus commune parmi les hommes ; en agissant ainsi, vous usez de votre droit. Pour moi, par amour de Dieu et de ma perfection, par estime pour les conseils évangéliques, je renonce aux joies du foyer : mon droit est égal au vôtre. Vous aimez à passer votre vie occupé des affaires du monde, à y prendre une place, à vous créer une position sociale, cela vous regarde ; quant à ce qui me concerne, considérant la fragilité des choses humaines et la brièveté de la vie, je veux passer la mienne dans le recueillement, la prière et la méditation des vérités éternelles, je ne fais en cela qu'user d'un droit naturel et je ne reconnais à personne la puissance de me l'enlever. Ainsi parle le bon sens; la raison fait écho à son langage, l'histoire le loue, l'Eglise approuve ceux qui y conforment leur vie, et Dieu les glorifie et les couronne.

Examinons maintenant si, au point de vue légal, la vie religieuse est autorisée ou non, en France. Les lois invoquées contre la liberté des associations religieuses sont celles du 19 février 1790 et du 18 août 1792, la loi du 18 germinal an X et les décrets du 3 messidor an XII (7 avril 1802 et 22 juin 1804).

La loi du 19 février est ainsi conçue : « Article premier. La loi constitutionnelle du royaume ne reconnaît plus les vœux monastiques solennels de l'un et de l'autre sexe ; nous déclarons en conséquence que les Ordres et les Congrégations régulières dans lesquels on fait de pareils vœux sont et demeurent supprimés en France, sans qu'il puisse en être établi de semblables à l'avenir. » L'article second règle le sort des personnes religieuses qui désirent quitter leurs monastères, comme aussi celui des personnes qui voudront continuer de vivre en communauté. Or, d'après les plus habiles jurisconsultes, cette loi n'a ni prohibé ni considéré comme illicites les réunions des personnes consacrées à Dieu dans la vie religieuse. Elle s'est bornée à déclarer que la loi constitutionnelle ne reconnaissait plus de vœux monastiques solennels, c'est-à-dire qu'elle entendait faire disparaître le lien de droit qui, sous l'ancien régime, résultait des vœux de religion, et elle a déclaré en même temps que les Ordres et Congrégations régulières étaient supprimés en tant que corporations ayant une existence légale. La loi dit simplement : « Soyez moine, si vous voulez, mais je ne reconnais pas vos vœux, et, si vous sortez de votre monastère, je ne vous forcerai pas d'y rentrer comme autrefois. » « Le Religieux, dit le savant Théry, professeur de droit, est un citoyen comme tous les autres, jouissant comme eux de tous les droits civils, libre de faire profession religieuse sans violer aucune loi. Depuis 1790 la loi ne le reconnaît plus, elle ne voit en lui qu'un Français : voilà en résumé la situation légale des Religieux non reconnus en France ».

M. Bertault, jurisconsulte, disait en 1845 : « Il ne faut en France aucune permission de l'État pour s'associer et vivre en communauté. Il n'y a pas de loi générale qui entrave ce droit naturel... C'est le vœu de la loi. La justice, l'honneur du pays, l'intérêt social bien compris ne permettent pas de le méconnaitre. » M. Ferdinand Nicolay, illustre avocat à la cour d'appel de Paris, s'exprimait ainsi en parlant des décrets d'expulsion des Religieux : « Nous constatons, à l'honneur de la législation française, que les décrets du 29 mars sont en contradiction avec toutes nos lois, comme ils sont contraires au sens commun, en prétendant imposer aux Religieux une situation privilégiée, alors qu'ils veulent rester dans le droit commun en vertu même du principe d'égalité du citoyen devant la loi. »

M. Demolombe qui, comme jurisconsulte, jouit d'une réputation européenne, a écrit sur ce sujet les paroles suivantes : « La liberté naturelle de vivre d'une vie commune n'est restreinte par aucune loi pénale... Il faudrait un texte formel de la loi, et ce texte n'existe pas, pour mettre hors la loi commune des Français dont les droits individuels n'ont subi aucune atteinte. »

La loi du 18 août 1792, qui supprimait les Congrégations vouées à l'enseignement et même aux œuvres de charité, et défendait de porter le costume de ces corporations, n'a plus présentement aucun poids, parce que c'était une loi de circonstance qui n'a pu survivre aux événements et aux passions dont elle était le produit ; elle respire une odeur de sang et elle est contresignée : « Danton ». Aussi la Cour d'Aix, par arrêt du 29 juin 1830, a-t-elle déclaré que la loi du 18 août 1792 n'existait plus ; elle en donna pour raison que cette loi et autres de ce genre ont été abolies par la Charte constitutionnelle. « Mais lors même, dit l'éminent magistrat Vatimesnil, qu'on admettrait que cette loi subsiste encore, il serait impossible d'invoquer cette loi pour établir que les réunions de personnes vouées à la vie religieuse sont illicites. La loi dont il s'agit ne fait rien autre chose que d'ôter à ces réunions le caractère légal de corporation. » La loi du 18 germinal an X supprimait certains couvents en tant qu'établissements ecclésiastiques, mais de là ne résultait pas la prohibition des réunions à titre purement privé : tel est l'enseignement des jurisconsultes. Quant au décret du 3 messidor an XII, qui porte, plus qu'aucune autre loi, l'empreinte de la colère et de l'arbitraire, il ne tarda pas à tomber en désuétude, mais de plus il a été abrogé par les articles 291 et suivants du Code pénal et par l'article 5 de la Charte constitutionnelle. Le Code pénal est venu en dernier lieu régler, une fois pour toutes, ces questions des associations. Or, que dit-il ? Il dit que les associations de plus de vingt personnes sont interdites; mais il prend le plus grand soin d'excepter de ce nombre les personnes domiciliées dans la même maison. Mais que sont les communautés religieuses, sinon des réunions de personnes qui résident dans la même habitation ? Il est vrai qu'il y a des lois qui indiquent comment l'autorisation sera donnée, quand elle sera demandée, quelle en sera la portée, quels avantages en résulteront, comment on pourra l'obtenir. Il y a aussi des lois qui abolissent la reconnaissance des vœux par l'Etat. Mais il n'y en a pas une seule qui défende de se réunir dans un même domicile pour y vivre en commun et y prier ensemble.

Supposons, pour un instant si l'on veut, qu'il y ait véritablement des lois interdisant la vie religieuse en commun : ces lois ne seraient réellement pas des lois : une loi humaine n'est légitime qu'à la condition de procéder de la loi naturelle gravée dans le cœur de l'homme par le Créateur et d'être conforme à cette loi. Si elle s'en éloigne, elle n'est plus une loi, mais une corruption de la loi. Or peut-on concevoir une loi qui repousse ce à quoi nous exhorte l'Evangile, une loi qui prohibe ce que Jésus-Christ Fils de Dieu nous conseille de faire ?

Jadis les Lacédémoniens définirent que le vol pratiqué adroitement était permis ; les Chinois décrétèrent que les parents ont le droit d'exposer leurs enfants ; les Romains ordonnèrent les sacrifices de victimes humaines. Eh bien ! de telles lois resteront éternellement entachées d'un crime dont les siècles ne pourront jamais effacer l'ignominie et la honte.

Ainsi ce ne fut pas en vertu des lois en vigueur que les Religieux ont subi l'expulsion : mais ce fut bien véritablement pour satisfaire la haine d'une secte occulte qui déteste tout ce qui rappelle Dieu et nos immortelles destinées.

Quand les Mages apprirent à Hérode que le Messie venait de prendre naissance, ce roi inique, qui symbolisait les impies de tous les âges, s'écria : « Voilà l'ennemi ! » Et à cette voix, environ dix mille enfants furent égorgés entre les bras de leurs mères éplorées. Un peu plus tard, lorsque saint Pierre et saint Paul convertissaient à Rome les sénateurs et jusqu'aux courtisanes de l'empereur, Néron poussa ce même cri : « Voilà l'ennemi ! » et des millions de chrétiens, coupables de mépriser de vaines idoles pour adorer le vrai Dieu, furent livrés à toutes sortes de tortures. Quand Julien l'Apostat voulut déchristianiser l'empire romain, en parlant des fidèles, il disait à son tour : « Voilà l'ennemi ! » et, à cette parole, une persécution, plus raffinée que les précédentes, s'abattit sur l'Eglise. En 1792, les prisons regorgeaient d'évêques, de prêtres, de religieux et de bons chrétiens coupables d'être demeurés fidèles à Dieu, à l'Eglise et à leur foi ; un cri formidable s'échappa de la poitrine d'une foule de forcenés : « Voilà l'ennemi ! » et quatorze mille victimes furent égorgées, fusillées ou noyées.

En l'année 1871, les chefs de la Commune poussèrent le même cri en présence des armées prussiennes victorieuses. Un homme dont la puissance fut éphémère et la mort honteuse, poussa lui aussi le cri échappé de l'enfer et renouvelé si souvent à travers les siècles: « Le cléricalisme, voilà l'ennemi ! » digne écho du cri de Voltaire : « Ecrasons l'Infâme ! » A cette parole, dite aussi bien en son propre nom qu'en celui de la franc-maçonnerie dont il était l'organe obligé, les portes de deux cent soixante et onze monastères furent brisées et une foule de Religieux, coupables d'avoir pratiqué à la lettre les conseils évangéliques, d'avoir donné l'exemple des vertus les plus sublimes, durent prendre le chemin de l'exil.

C'est ainsi qu'on a arboré le drapeau de l'arbitraire. Et, ce qui met le comble à l'injustice commise envers les Religieux, au moment où l'on s'apprêtait à les chasser, on faisait revenir les communards malgré leurs crimes et leur culpabilité bien avérée : d'ailleurs ce n'est pas la première fois que l'amnistie sauve Barabbas, tandis que Jésus-Christ est condamné comme ennemi de César. Ah ! de grâce, si vous pardonnez le crime, ne proscrivez pas du moins l'innocence ; si dans votre équité vous trouvez bon de faire miséricorde aux assassins, ne soyez pas implacables envers les victimes !

CHAPITRE XXI

On se rappelle que, dans la loi présentée aux Chambres sur l'enseignement supérieur, il y avait le fameux article 7 ainsi conçu : « Nul n'est admis à diriger un établissement d'enseignement public ou privé, de quelque ordre qu'il soit, s'il appartient à une Congrégation religieuse non autorisée. » Cet article mettait l'Evangile à l'index. Ce code divin qui a illuminé tous les siècles, engendré tous les sacrifices et tous les dévouements, qui est l'alpha et l'oméga de toute science divine et humaine, l'enseignement le plus digne de la majesté de Dieu et le mieux adapté à la nature de l'homme, était mis hors la loi.

Le Sénat en 1880 rejeta l'article 7 : il ne voulait pas frapper d'une sorte d'incapacité légale toute une catégorie de citoyens français.

La franc-maçonnerie, voyant qu'elle ne pouvait avoir raison de la liberté dans un combat à découvert, eut recours par ruse aux décrets du 29 mars 1880 pour lui signifier un mandat d'arrêt. Ces décrets portaient qu'un délai de trois mois était accordé aux associations non autorisées pour faire les diligences nécessaires à l'effet d'obtenir la vérification et l'approbation de leurs règlements sous peine d'encourir l'application des lois en vigueur.

Les Communautés religieuses ne demandèrent pas l'autorisation prescrite par les décrets du 29 mars : 1° parce qu'elles savaient très bien que leur demande aurait été de nul effet : un des membres les plus influents de la Chambre à cette époque le donna clairement à entendre à la tribune ; 2° les Reli-

gieux ne voulurent pas solliciter cette autorisation parce qu'ils
n'en avaient pas besoin : la reconnaissance s'explique pour
ceux qui veulent jouir de quelque privilège ; mais pour ceux qui
se contentent du droit commun et se soumettent aux mêmes
charges que tous les citoyens français, elle est parfaitement
inutile ; 3° les Communautés religieuses ne pouvaient livrer leurs
Règles et leurs Statuts entre les mains de libres penseurs,
de francs-maçons et de partisans de la morale indépendante.
Quoi ! des gens qui ne savent ni leur *Credo* ni le catéchisme,
auraient disserté sur les vœux et sur les conseils évangéliques, proposé des amendements sur les jeûnes, sur les veilles,
les abstinences et l'office divin, au milieu des plaisanteries les
plus impertinentes ! Les Règles les plus saintes, approuvées par
l'Eglise, sanctionnées par les conciles, consacrées par la tradition des siècles, auraient subi cet ignoble contrôle ! N'eût-
ce pas été le comble du ridicule et du grotesque ? Se soumettre aux décrets dans de telles conditions eût été une honte
et une servitude, je dirai plus encore, c'eût été l'abdication
de la liberté et des droits les plus sacrés. 4° Les Religieux ne se
sont pas soumis aux décrets parce qu'ils avaient bien des raisons pour soupçonner qu'on leur tendait un piège: la loi de 1825
mettait les biens des Congrégations reconnues sous la tutelle
du gouvernement ; l'État leur en laissait la jouissance plutôt
que la propriété. Instruites par les leçons du passé et aussi
par ce qui était arrivé récemment à des Religieux d'Italie qui
s'étaient fait reconnaître et avaient vu leurs biens passer au
domaine de l'État, nos Congrégations religieuses ont voulu
éviter l'embûche cachée sous l'appât de la reconnaissance.
5° Les Jésuites et les autres Religieux dont le Supérieur résidait
à Rome, étaient sacrifiés : dès lors l'honneur de tous était
engagé ; une armée de braves ne capitule pas après avoir vu
sacrifier ses plus vaillants soldats.

D'ailleurs, l'illégalité des décrets fut surabondamment
prouvée par l'adhésion de trois mille avocats à la consultation de Me Rousse. Ainsi le droit des Religieux a pour lui le
suffrage spontané de trois mille hommes de loi, étrangers à
tous les partis, éclairés par de longues études et animés par
le seul intérêt de la justice.

Ces décrets ont été condamnés par les quatre cents démissionnaires de la magistrature debout, qui ont préféré briser
leur carrière et compromettre l'avenir de leur famille, plutôt
que de se voir contraints de prêter un concours inique à l'exécution de décrets que réprouvait leur conscience : magnifique
témoignage de dignité morale, de fière indépendance, qui fu

salué par les applaudissements de toutes les âmes droites ;
spectacle sublime de renoncement qui rachète toutes les bas-
sesses dont nous sommes journellement les témoins attristés.
Un seul de ces démissionnaires pèse plus dans la balance de
l'honneur et de la dignité humaine, que mille autres fonctionnaires qui n'ont d'autres principes de conduite que la conservation de leur place et de leur émargement au budget.

Ces décrets ont été condamnés également par la magistrature assise : elle n'hésita pas à rendre des arrêts malgré les
lâches complaisances qu'on lui demandait. Ces nobles magistrats inamovibles ne restèrent pas au-dessous des parquets
dans la courageuse affirmation de leur indépendance, ni infé-
rieurs aux membres du barreau dans l'exposition nette et
franche ainsi que dans l'énergique défense de la légalité. Aussi
bien, qu'arriva-t-il ? C'est que, sauf deux ou trois insignifiantes
exceptions, tous les tribunaux de France qui furent saisis de la
question de l'expulsion des Religieux rendirent des sentences
en leur faveur. Honneur à eux aussi, car ils sont venus apporter leur pierre au monument élevé à la Justice, au XIXe siècle.

Enfin ces iniques décrets furent condamnés par les cent
cinquante mille pétitionnaires qui ont réclamé contre leurs
dispositions. Pour ces hommes, il était évident que si, par un
simple arrêté préfectoral, étayé par l'estampille présidentielle,
on pouvait expulser les Religieux de leur demeure, dès lors
l'inviolabilité du domicile et la propriété individuelle pouvaient être impunément foulées aux pieds, de sorte que, demain,
on pourrait, par voie administrative, sans aucune autre forme
de procès et en dehors de toutes formalités judiciaires, fermer les
écoles libres, après-demain les facultés libres, le surlende-
main des établissements industriels ; quelques jours après, un
bureau de journal, une gare de chemin de fer, que sais-je ?.....

Une bouche bien autorisée avait annoncé que les tribunaux
décideraient la cause des Religieux. Malheureusement pour la
secte, on s'aperçut bientôt qu'on avait affaire à des hommes qui
voulaient appliquer, dans leurs arrêts, les vrais principes de
la légalité, du droit et de la justice.

C'est alors que, pour échapper au verdict éclatant qui menaçait les expulseurs, on inventa le tribunal des conflits que l'accusé principal devait présider, devenant ainsi juge dans sa
propre cause, contrairement à la raison, à l'équité, au bon
sens et à la loi. Aussi plusieurs membres du tribunal des conflits, voyant l'illégalité de la procédure, se hâtèrent de donner
leur démission. Voici la lettre de l'un d'eux à M. le garde des
sceaux : *Ne voulant pas que mon nom soit attaché à des déci-*

*sions qui blessent ma conscience de magistrat, en consacrant des
mesures que je considère comme illégales, et que ma signature
se trouve au bas de celles qui seraient rendues sur mon rapport,
j'ai l'honneur de vous adresser ma démission de membre du tribunal des conflits ; j'ai fait remettre au secrétaire du tribunal
les dossiers des affaires dont j'étais rapporteur, etc.* — TARDIF.
6 novembre 1880.

Le 5 novembre 1880 s'ouvraient, devant le tribunal des
conflits, les débats touchant l'exécution des décrets : il brisa
successivement tous les jugements qui lui étaient soumis et
renvoya les membres des Congrégations à se pourvoir devant
la justice administrative. Ainsi cet arrêt apprit à la France,
nous allions dire à l'Europe stupéfiée, qu'une seule voix avait
tranché le différend, et que le Ministre de la justice, M. Cazot,
jugeant M. Cazot, avait donné raison à M. Cazot ! Mais si les
Religieux perdirent leur procès devant le tribunal des conflits,
comme d'ailleurs ils s'y attendaient bien, ils le gagnèrent
devant une cour plus haute, plus indépendante, plus équita-
ble : je veux dire, l'opinion publique, qui vit dans cette affaire
la violation du principe fondamental de la division des pouvoirs, d'après lequel l'interprétation des lois appartient, non
à l'administration, mais à la magistrature. Le pouvoir judiciaire les interprète et les applique; le pouvoir administratif
les exécute. Changer cet ordre et permettre au pouvoir administratif, qui a la force en main, d'en abuser pour interpréter
les lois à sa guise, c'est bouleverser la constitution même de
l'État, et ôter aux droits des citoyens leur principale sauvegarde. Tout le monde sait que nul ne doit être puni que pour
un délit dont il a été reconnu coupable par un jugement con-
tradictoire. Toutes les nations se récrieraient si un préfet, un
ministre, voire même un chef d'État, s'avisait de faire exécuter sans jugement un homme qu'ils *présumeraient* coupable
d'assassinat, et, de l'aveu de tous, ils mériteraient d'être taxés
d'homicide et punis comme tels. Comment donc aurait-il été
permis à l'administration de faire briser les portes, d'envahir
les maisons religieuses et d'en jeter dehors les paisibles
habitants qui leur étaient inconnus, sans même chercher à
leur prouver qu'ils étaient coupables ? On le voit, c'était les
traiter comme on se garderait bien d'agir à l'égard des voleurs
et des brigands. Ceux qui ont expulsé les Religieux ont remporté la victoire, mais c'est la victoire du plus fort sur le plus
faible, celle de la force primant le droit. Heureusement la force
s'use bien vite et n'a qu'un temps, tandis que la justice et
le droit sont immortels. C'est ici le cas d'appliquer cette

véridique parole de Montaigne : *Il y a des victoires honteuses et des défaites honorables.*

Certes les Religieux sont les premiers à respecter l'ordre et les lois qui sont faites pour le maintenir, parce qu'ils viennent de Dieu même ; mais ils ne sauraient jamais faillir à la défense du droit et de la liberté. Nous sommes des soldats pacifiques de la vérité et de la justice, incapables de recourir à la violence pour défendre notre cause, mais en même temps fermes et inflexibles dans la revendication de nos droits. Enfants d'une mère toujours persécutée, nous devons nous attendre à la lutte, mais sans jamais trahir le devoir et la conscience.

La franc-maçonnerie a beau vouloir tout laïciser : l'école, par l'exclusion de tout personnel et de tout enseignement religieux ; la famille, par le mariage civil et le divorce ; l'hôpital, par le renvoi des Sœurs de charité ; l'armée, par la suppression des aumôniers ; la société, par l'expulsion des communautés religieuses ; elle a beau porter même ses prétentions jusqu'à vouloir laïciser la mort par les enfouissements et la crémation des cadavres : elle n'arrivera pas à ses fins détestables : le vieux bon sens français se réveillera, la foi du peuple se ranimera, et le royaume très chrétien, « le plus beau après celui du ciel », se souvenant de son glorieux passé, reviendra à Dieu et à son Christ. D'ailleurs n'est-il pas vrai que les fameux décrets n'ont pas eu plus de force que le sceau de Pilate imposé à la pierre sépulcrale sous laquelle les Juifs prétendaient étouffer le vainqueur de la mort ? Tout ce qui appartient au Christ ressuscitera comme lui ; pour ce qui regarde les moines en particulier, comme l'a dit le Père Lacordaire : *ils sont immortels comme les chênes de nos forêts.*

On a essayé de justifier les décrets d'expulsion, en répétant sur tous les tons que l'Église n'avait pas besoin des congrégations pour exister, agir et remplir sa divine mission. C'est là une grave erreur, car la vie religieuse ne se sépare pas du christianisme : or l'Évangile renferme des préceptes et des conseils ; pour le réaliser tout entier, l'Église doit donc sans cesse présenter au monde ce double spectacle : d'un côté, les vertus communes engendrées par la pratique des préceptes ; de l'autre, les vertus héroïques qui naissent de l'accomplissement des conseils. Il n'est pas au pouvoir des hommes de changer ce que Jésus-Christ a établi dans son Église ; il n'est pas plus permis d'en retrancher les conseils que les préceptes, parce que les uns et les autres sont d'institution divine, et, aujourd'hui plus que jamais, le frein de l'exemple a son prix ou plutôt sa nécessité.

Avec la disparition des Religieux, la grande voix qui prêche au monde le renoncement et le sacrifice s'éteint ; les sources des grandes vertus se tarissent ; les nobles dévouements s'effacent ; les saintes émulations disparaissent. Les expiations volontaires des Religieux sont l'honneur de la sainte Eglise, qui se glorifie d'avoir en elles l'image de ses propres combats et la peinture vivante et sans cesse renouvelée du sacrifice de ses martyrs. Dans l'Eglise de la terre, tous les chrétiens doivent être des soldats ; mais tous ne sont pas tenus d'être des héros. Il faut cependant qu'il y en ait, car ce sont eux qui sauvent la patrie au moment du danger.

CHAPITRE XXII

L'exécution des décrets du 29 mars 1880 commença par l'expulsion des Jésuites, sans doute parce qu'ils sont regardés comme le plus ferme rempart de la société chrétienne. Se trouvant toujours aux avant-postes, à l'heure de la persécution, à eux revenait l'honneur de recevoir la première décharge de la franc-maçonnerie. Dieu permit que ce fût au jour de la fête des saints Apôtres Pierre et Paul, les récompensant ainsi par l'épreuve, de leur dévouement inaltérable au Saint-Siège. En cette circonstance douloureuse de leur bannissement, ils furent l'objet d'éclatantes ovations, qui resteront comme l'un des plus beaux triomphes de leur belle et touchante histoire.

Après la Compagnie de Jésus, vint le tour des Carmes : ils furent préparés à ce triste événement par la fête de leur illustre Réformatrice avec sa glorieuse devise : « Ou souffrir ou mourir. »

Ensuite les enfants de saint Dominique et de saint François d'Assise se rencontrèrent et s'embrassèrent sur le seuil de leurs portes brisées et de leurs couvents profanés.

Puis la persécution vint s'abattre sur les Bénédictins, ces nobles champions de la science sacrée et profane. Depuis treize siècles, les fils de saint Benoît ont été en butte à bien des persécutions ; il a fallu que le patriarche des moines d'Occident ait construit son édifice sur des fondements bien solides pour que des tempêtes si nombreuses n'aient pas réussi à le renverser. Au contraire le fer ennemi est toujours venu s'émousser contre ces poitrines plus fermes que le diamant. On a beau faire, la vraie liberté ne se tue pas, elle ne meurt jamais ; car elle a pris naissance au Calvaire, où elle a été arrosée du sang d'un Dieu, qui féconde, vivifie et rend immortel tout ce qu'il touche.

En dernier lieu, on s'attaqua aux Trappistes. Bon nombre de personnes espéraient que peut-être les auteurs des expulsions feraient une exception en faveur des Religieux de la Trappe, à raison de leur situation particulière de moines cultivateurs ; de ce chef ils paraissaient devoir porter moins d'ombrage aux persécuteurs ; de plus ils ont passé, depuis des siècles, des actes authentiques avec tous les gouvernements qui se sont succédé en France. C'était là, semble-t-il, leur reconnaître implicitement une existence légale qui devait les protéger contre les foudres maçonniques. Il n'en fut rien.

Tout à coup, le soir du vendredi 5 novembre 1880, les Trappistes apprirent, d'une manière certaine, par leurs amis, que le lendemain vers 7 heures ils seraient expulsés. L'administration avait cru bien prendre ses mesures pour que tout demeurât dans le plus grand secret, comme font d'ordinaire ceux qui veulent commettre quelque forfait. Cependant, malgré toutes ses précautions, la fatale nouvelle se répandit de tous côtés. Depuis quelques jours, plusieurs personnes, amies des Pères, étaient venues s'enfermer avec eux dans la crainte de quelque surprise ; mais ce fut surtout dans la nuit du vendredi au samedi, et particulièrement le matin de ce dernier jour, qu'elles arrivèrent en grand nombre au monastère afin de protester par leur présence contre la violation des droits sacrés de la propriété, du domicile et de la liberté religieuse. Combien d'autres ont regretté de n'avoir pas été avertis à temps et de s'être trouvés ainsi dans l'impossibilité de rendre, eux aussi, témoignage à la sainte cause que représentaient les Religieux de la Trappe ! Ceux-ci n'ignoraient pas qu'ils comptaient, dans toutes les classes de la société, des amis dévoués ; mais ce fut dans cette grande épreuve surtout qu'ils apprécièrent à sa juste valeur la force de cette inaltérable amitié.

Voici la liste de ces généreux amis qui purent pénétrer dans l'enceinte du monastère avant l'arrivée des expulseurs ; leurs noms méritent d'être transmis à la postérité :

MM. Provost, curé-archiprêtre de Mortagne ; Gontier, curé doyen de Laigle ; Foucault, curé doyen de Courtomer ; Beauvais, curé de Notre-Dame d'Apres ; Vadé, curé de Soligny ; Foyer, curé de Bonnefoi ; Hazé, curé des Genettes ; Diavet, curé de Saint-Martin d'Apres ; Lanoë, curé de Sainte-Céronne ; Mesnil, vicaire à Mortagne ; Pavy, vicaire à Saint-Martin de Laigle ; Bonhomme, vicaire à Bazoches-sur-Hoësne. Henri Chartier, avocat du barreau de Mortagne, conseil des Pères ; Delaunay, de Mortagne, Bianquin, de Soligny, notaires de la communauté ; Creste, huissier à Mortagne ; des Montis de Boisgautier, ancien conseiller général de Tellières ; le comte Le Gonidec de Traissan, de Moulicent ; le vicomte de Turenne, de Courtomer ; Boiszenou, de la Chapelle-Viel ; le docteur Rouyer, ancien maire de Laigle ; Olivier de Gourmont, avocat à Mortagne ; Paul Levassort, Vindras, Launay-Rémon, Victor Legrand, Ludovic Marre, tous de Mortagne ; Dutaillis, notaire honoraire ; Vaugeois, banquier ; Brette, notaire, Barbé, Bunaudière, Montauzé, directeur du journal *Le Glaneur*, tous de Laigle ; Delahaye, ancien sous-préfet, rédacteur du journal *d'Alençon* ; Arnoulin, ancien maire, Joseph Girard, Isidore Germond, Lecourt, Porcher, Boudan, Piau, Dubois, tous de Soligny ; Héripel, Filleul, Cimetière, Chesnel, tous de Notre-Dame d'Apres; Lagrus, de Moulins-la-Marche ; Besnier et Brisebarre de Saint-Aquilin ; Dourdais, ingénieur, de Paris.

Il est encore au moins une vingtaine de noms qui nous échappent. Honneur à tous ces braves défenseurs du droit méconnu et de la religion outragée !

Le matin du samedi 6 novembre, après une nuit passée dans l'insomnie, les Religieux se levèrent comme d'usage à deux heures pour psalmodier le saint office : on se préparait ainsi à la lutte par la prière. On était alors dans l'octave de la Toussaint. Cette circonstance était bien faite pour relever le courage des moines. Tous les saints ont été de vaillants soldats du Christ ; et ils ne portent la couronne dans le ciel que pour avoir été sur la terre des héros de patience à travers les épreuves de cette vie. D'autre part, le jour du samedi, consacré à Marie, patronne de la Trappe, et dont la puissance est terrible comme une armée rangée en bataille, était aussi bien propre à fortifier les âmes tristes de nos moines persécutés.

Après l'Office divin, tous les Religieux, au son de la cloche, se réunirent autour de la pauvre couche de paille du Révérend Père Abbé, dom Timothée, vicaire général de la Congrégation, qui se mourait en ce moment. Quelle scène touchante que la vue de ces moines, sur le point de prendre le chemin de l'exil, entourant la couche de leur bien-aimé Père à l'agonie ! Les Religieux, après lui avoir administré les derniers sacrements et avait recommandé son âme à Dieu, rentrèrent à l'église pour la récitation de l'Office de Prime.

Pendant la nuit, on avait solidement barricadé les portes du monastère afin de protester par tous les moyens possibles, et de déclarer de la manière la plus évidente que la violence la plus inique était seule capable d'arracher les paisibles habitants de cette abbaye à leur chère solitude.

Cependant le jour commençait à poindre : le temps était froid et le ciel des plus sombres ; il y avait dans toute la nature quelque chose de profondément triste, en parfaite harmonie avec ce qui allait se passer ; dans le cours de toute la journée, le soleil resta constamment voilé, comme pour témoigner qu'il prenait part au deuil d'un jour aussi néfaste.

Enfin sept heures sonnèrent à l'horloge du monastère ; les amis des Pères étaient dans les cours, prêtant l'oreille au moindre bruit. Tout à coup on entendit les pas des chevaux; et bientôt on put apercevoir sur la chaussée de l'étang un cortège noir. Aussitôt un cri douloureux se fit entendre : « Les voilà ! » Cette exclamation retentit péniblement dans tous les cœurs ; un frisson d'indignation remua toutes les poitrines. En même temps les cloches du monastère s'ébranlèrent ; le tocsin annonçait sans discontinuer le glas de la liberté.

Bientôt on reconnut le triste cortège. Le lieutenant de gendarmerie de Laigle, M. Miot, ouvrait la marche ; il était suivi des brigades à cheval de Mortagne, de Laigle, de Saint-Maurice ; les brigades à pied de Laigle et de Moulins-la-Marche faisaient la haie aux deux côtés des voitures. Dans la première de celles-ci se trouvaient le commissaire de police de Mortagne et le secrétaire de la sous-préfecture ; dans la seconde il y avait MM. Reboul, préfet de l'Orne, Parmentier, sous-préfet de Mortagne, tous les deux en uniforme ; enfin venait un omnibus dans lequel étaient M. Papin et ses hommes, avec accompagnement de pinces, de ciseaux à froid, de marteaux, de rossignols et d'un trousseau de clefs.

Averties par le son des cloches, les populations avoisinantes accouraient de tous côtés, stationnant par groupes devant la porte principale du monastère, pour protester par leur présence contre l'iniquité qui allait s'accomplir et témoigner par là aux religieux leur reconnaissance pour les services qu'ils ne cessaient de rendre au pays. Tous les visages avaient l'expression d'une inquiétude mortelle.

Les voitures s'arrêtèrent à une faible distance du grand portail de l'abbaye ; le sous-préfet descendit, et, s'avançant avec le lieutenant, il vint frapper au guichet du Frère Portier : « Pourrais-je voir le Père Prieur ? dit-il. — Veuillez attendre. Je vais le faire prévenir, répondit le Frère. » Le Père Prieur, immédiatement demandé, arriva avec M. Chartier et une soixantaine d'amis de la maison. Le guichet s'ouvre. Le sous-préfet se montre, pâle comme un mort. « Que demandez-vous ? lui dit le Père Prieur. — Je viens vous notifier les décrets du 29 mars et vous demander d'ouvrir les portes du monastère. — Avez-vous un arrêté ? — Oui, Monsieur. — De qui ? — De M. le préfet. » Il le passe au lieutenant, l'invitant a en donner lecture. L'arrêté visait les prétendues lois existantes. « Veuillez nous remettre une copie de cet arrêté, » dit le Père Prieur.

Le sous-préfet passa au travers du guichet une copie du

fameux arrêté. — « Mais elle n'est pas signée pour copie conforme, fit observer M. Chartier. — C'est un oubli ; je vais
aller le faire réparer. » Le sous-préfet, reprenant la pièce, alla
la faire régulariser par le préfet, toujours resté dans sa voiture, puis il la rapporta au Père Prieur en lui demandant d'une
voix très douce s'il n'y avait pas moyen d'entrer. — « Non ,
reprend le Père Prieur, M. Chartier, un de vos prédécesseurs,
mon conseil et mon ami, va vous faire connaître, au nom du
T. R. Père abbé qui se meurt en ce moment, au mien et au
nom des propriétaires de cet établissement, la réponse que nous
avons à vous faire.» — M. Chartier donna alors, d'une voix ferme
et sonore, lecture d'une éloquente et magistrale protestation
dont voici les points principaux : « Je soussigné, Jean-Baptiste-
Auguste Sourd, mandataire de M. Pierre Gruyer, gérant de la
société civile constituée par acte authentique par M. Brideau,
notaire à Mortagne, le 30 avril 1841, etc., déclare, au nom de
son mandant comme au sien et en celui des propriétaires
membres de ladite société civile, et au nom de toutes les personnes domiciliées dans cette maison de la Trappe et y demeu-
rant, de l'agrément et du consentement des propriétaires de cet
établissement, protester formellement contre l'arrêté susdaté,
lequel est absolument illégal, s'opposer à son exécution et ne
vouloir céder qu'à l'emploi de la force. Attendu qu'aucune loi
n'interdit aux citoyens français le droit d'habiter et de vivre
en commun ; que l'article 291 du Code pénal, alors même qu'il
serait applicable aux Religieux vivant en commun, excepte les
personnes domiciliées dans la maison. Attendu, à un point de
vue tout spécial, que les Religieux de Notre-Dame de la Grande-
Trappe sont fondés à soutenir que leur communauté a une
existence légale, qu'elle a été formellement reconnue par tous
les gouvernements qui se sont succédé en France depuis plus
de soixante ans... Et pour le cas où, malgré elle et sans tenir
compte de sa protestation, il serait passé outre, par la violence,
à l'exécution de l'arrêté du 5 novembre 1880, le soussigné, au
nom de son mandant, des propriétaires composant la société
civile de la Grande-Trappe et de toutes les personnes qui y
demeurent domiciliées, prend acte de la violation du domicile
et de l'attentat à la liberté individuelle, et déclare de nouveau
protester contre l'arrêté susdaté comme entaché d'une double
illégalité, tant au point de vue du droit commun, qu'au point
de vue de la situation particulière et spéciale du monastère de
la Grande-Trappe ; entend rendre directement et personnel-
lement responsables, tant au point de vue civil qu'au point
de vue pénal, de ces actes illégaux et criminels, visés notamment

par les articles 114 et 184 du Code pénal, et des conséquences
dommageables qu'ils peuvent avoir, tous fonctionnaires publics
et agents qui les ont ordonnés ou coopéreraient, de leurs personnes, à leur exécution... Fait à Soligny-la-Trappe, au monastère de la Grande-Trappe, le 6 novembre 1880, à sept heures
et demie du matin. — J.-B. Sourd, prêtre. »

La lecture de ce grave document parut très désagréable à
ces Messieurs. Ce qui augmenta encore leur désappointement,
ce fut lorsque M. Chartier exigea l'insertion intégrale de cette
énergique protestation dans le procès-verbal de *constat* qui
devait être rédigé et en remit l'original au lieutenant Miot.

« Au nom de la loi, voulez-vous ouvrir ? dit alors le sous-
préfet. — Non, nous ne céderons qu'à la force. » — On ferme le
guichet, et le sous-préfet va rejoindre le préfet, en donnant
ordre à Papin et à ses hommes d'enfoncer les portes. Aussitôt le siège commence : les portes sont attaquées à coups de
gros marteaux de forgerons et de barres de fer; le bruit s'en
fait entendre à un kilomètre de distance.

Cet épouvantable fracas, se mêlant au tocsin, offrait une scène
comme on en voit rarement dans le cours de la vie. Le serrurier Papin, voyant la résistance du grand portail, l'abandonna
pour réunir toutes ses forces contre la petite porte d'entrée.
Les assiégés rivalisaient de zèle et d'ardeur avec les assiégeants :
à mesure qu'il se produisait une ouverture, des madriers étaient
tout prêts pour réparer la brèche. Au bout d'une heure, la
porte finit par céder. Mais il fallut recommencer à celle de la
seconde enceinte : dès qu'on y eut pratiqué une ouverture, les
assiégés la remplirent de foin mouillé et y mirent le feu ; les
assaillants, aveuglés par la fumée, se virent forcés de lever le
siège après deux heures de combat. Leurs armes étaient presque toutes hors de service : on envoya des gendarmes à Soligny pour embaucher des charpentiers ; personne ne voulut se
prêter à une telle besogne ; on essaya d'obtenir des outils, ils
furent refusés pareillement.

Après quelques heures de repos et un léger repas, les hos-
tilités recommencèrent à une heure un quart; mais Papin,
craignant la fumée, abandonna la porte à demi brisée pour en
crocheter une autre donnant sur l'hôtellerie et en fit sauter
une seconde située au coin de la rivière près du grand jardin.
Bientôt les assiégeants arrivèrent en face de l'entrée des cloîtres, ce lieu intime et sacré de la vie monastique; tous les amis
des Pères se trouvaient réunis dans ce dernier retranchement
de la liberté religieuse expirante.

Le serrurier Papin eut beau faire jouer tout son trousseau

de fausses clefs : il lui fut impossible d'ouvrir cette porte ; le préfet, consulté, donna l'ordre de l'enfoncer. Mais comme le R. P. dom Timothée agonisait tout près de là, pour ne pas troubler ses derniers moments par les coups de marteau faisant voler en éclats la porte du saint asile qui lui avait été confié, M. Chartier tira le verrou, et en poussant la porte, les crocheteurs purent entrer dans l'intérieur du monastère.

Les Religieux, se souvenant de cette parole du saint Evangile : *Priez pour ceux qui vous persécutent*, s'étaient réunis au Chapitre, et là, à genoux, les regards tournés vers le grand crucifix placé au fond de la salle, ils récitaient les sept psaumes de la pénitence, demandant grâce à Dieu pour la France et pitié pour leurs persécuteurs.

Pendant près d'une demi-heure les gendarmes parcoururent les corridors, les escaliers et les cloîtres sans rencontrer personne, sauf l'Abbé qui se mourait sur la paille et un malade cloué sur son lit de douleur à l'infirmerie.

Enfin le lieutenant paraît sur le seuil de la porte capitulaire avec ses hommes, et demande s'il peut entrer, M. Chartier lui répondit qu'il le pouvait, et pour la dernière fois il lui fit entendre une protestation indignée contre l'odieux attentat qu'il allait commettre en violant la propriété, le domicile et la liberté individuelle.

Le lieutenant entre avec ses gens et s'avance vers les Religieux. Devant ceux-ci se tenaient leurs amis, leur faisant comme un rempart de leurs personnes. M. Miot était très ému et paraissait tout hors de lui. Les religieux toujours à genoux continuaient leurs prières. Le lieutenant demande le Père Prieur ; celui-ci se lève et répond : « Vous nous avez interrompus, Monsieur ; nous priions Dieu pour vous. — Ah ! pardon, mon Père ; mais... continuez. — L'heure, hélas ! n y est plus ; que me voulez-vous ? — Je désirerais savoir si vous avez ici des religieux étrangers. — Je ne puis vous répondre. — Mais j'ai ordre. — Oh ! n'attendez rien de moi, Monsieur, cherchez si bon vous semble. »

Alors, M. Miot fit sommation à tous les amis des Pères d'avoir à sortir du monastère; tous répondent par un cri unanime : « Nous sommes ici par la volonté des Pères, propriétaires de l'établissement ; notre droit est de rester, nous n'en sortirons que par la force. » Les gendarmes, sur l'ordre de leur chef, s'avancent, et l'on voit défiler successivement conduits par eux jusqu'au delà de la porte d'entrée tous ceux que nous avons nommés plus haut.

Une ovation particulière attendait M. Chartier et M. le comte de Charencey. Dès que la foule eut aperçu le noble défenseur et l'ami si dévoué des moines, elle le salua et l'acclama par les cris cent fois répétés de : « Vive M. Chartier ! Vive le défenseur des moines ! Vive la liberté ! » Tous voulaient lui serrer la main et le remercier. Le grand avocat des Trappistes veut parler ; mais l'émotion le gagne, ses yeux se mouillent de larmes, il lui est impossible de proférer une seule parole. A cette vue, les acclamations redoublent, l'enthousiasme est à son comble ; de généreux et sublimes sentiments font battre tous les cœurs ; la justice, le droit et la religion sont noblement vengés.

Quant à M. le comte de Charencey, qui appartient à cette ancienne et noble famille dont l'héritage d'honneur et de gloire s'accroît à chaque génération, il arrivait sur les lieux au moment où le triste événement touchait à sa fin ; mais le champion de toutes les saintes causes venait en toute hâte d'un autre champ de bataille. Enfermé chez les Pères Maristes à Paris, il assistait la veille aux scènes de violence dont ils étaient victimes. Il les a consolés, encouragés et, leur serrant la main en signe d'inviolable amitié, il a pris congé d'eux. Le voici maintenant accouru sur le théâtre d'exploits du même genre pour consoler de pareilles infortunes. La foule l'eut bientôt reconnu, elle l'acclama avec enthousiasme : « Vive M. de Charencey ! Vive le père des pauvres ! Vive le protecteur des moines ! » Elle ne savait comment exprimer la vive sympathie que lui inspiraient les vertus et le dévouement de cet homme de bien, doublé d'un savant, le bienfaiteur et la gloire de la contrée.

Après l'expulsion des amis des Pères, ce fut le tour des Religieux : cinq Pères et vingt-trois Frères. Dès qu'elle les voit sortir de leur demeure violée, la foule se découvre et de toutes les poitrines s'échappent les cris plusieurs fois répétés de : « Vivent les Trappistes ! A bas les décrets ! » L'émotion est indescriptible : c'est à qui leur offrira son bras, les déchargera de leurs paquets consistant en un habit séculier entouré d'une pauvre couverture. Chacun des assistants se disputait l'honneur de leur offrir un asile dans sa propre demeure.

Le Père Prieur, étant sorti pour dire adieu à ses Frères, leur adressa, les larmes aux yeux, une parole d'espérance et de consolation. A sa vue, la foule redoubla ses cris enthousiastes : « Vivent les Trappistes ! Vivent les moines ! Vive le Père Prieur ! A bas les décrets ! » — « Votre bénédiction ! » s'écrie-t-on de toutes parts ; aussitôt tous tombèrent à genoux, et le vénérable Religieux s'empressa de bénir ce peuple pieusement prosterné. « Maintenant, dit alors M. le curé de Mortagne, se faisant l'interprète de la pensée commune, récitons un *Pater* et un *Ave* pour le révérend Père dom Timothée qui agonise à quelques pas d'ici. » Et le Père Prieur récite les prières d'une voix tremblante et pleine de larmes : l'assistance y répond en pleurant. Ce fut la dernière scène de ce drame lugubre.

On peut dire que ce jour de deuil fut en définitive un jour de triomphe pour les Trappistes, tant était spontanée et cordiale cette ovation qui leur était faite par des personnes appartenant à toutes les classes de la société. Ah ! c'est que l'homme, enfant de noble race, libre par nature comme par vocation, aime à respirer l'air pur de la liberté, et, lorsqu'il la voit violée en lui ou dans les autres, pour peu qu'il ait le cœur bien né, il se sent blessé au plus intime de son être. En outre, il sait que la liberté du peuple est toujours solidaire de la liberté de l'Eglise.

Reconnaissons d'ailleurs que la persécution a du moins l'avantage de stimuler et de raviver les croyances aux vérités éternelles. En 93, le farouche Carrier disait, en s'adressant à un paysan : « Nous allons abattre vos églises et vos clochers. — C'est possible, répondit noblement l'homme du peuple ; mais je pense que vous laisserez les étoiles, et tant que ce syllabaire restera, nous apprendrons à y épeler le nom de Dieu.» — C'est dans ce sens que Pie IX a pu dire en toute vérité, que, « depuis saint Boniface, l'Allemagne n'avait pas eu de plus grand prédicateur que Bismarck, parce que, en persécutant l'Église, il avait suscité des exemples de courage, de dévouement et de vertus héroïques, dignes des plus beaux siècles de foi. »

Dans le camp ennemi, au lieu d'ovations, on ne recevait que des insultes, des sarcasmes et des injures. Une femme, dans son indignation, souilla un morceau de pain et le lança contre la voiture du préfet en lui criant : « Tenez, mangez : voilà pour votre peine d'avoir si bien travaillé ! » et la foule se hâta d'applaudir.

Il était trois heures quand les agents de la force publique eurent terminé l'expulsion des Religieux. La foule, composée d'environ quatre cents personnes, s'éloigna peu à peu, le cœur brisé d'émotion ; plusieurs personnes emportaient des éclats des portes brisées, comme des sortes de reliques et aussi comme autant de preuves sensibles, attestant que la liberté avait sombré, et que la propriété et le domicile avaient cessé d'être chose sacrée et inviolable. Pendant plusieurs jours, de nombreux visiteurs se rendaient sur les lieux du sinistre, comme, après un orage, on va considérer les débris d'un monument sur lequel la foudre a déchargé sa colère.

Nous aimons à espérer que la France, jadis si religieuse, devenue si grande par la douce et forte influence des évêques et des moines, renouera bientôt la chaîne de ses glorieuses traditions. Elle ne peut rester longtemps dans cette situation humiliante qui dérange l'équilibre du monde et le fait osciller sur ses bases. Lancée, comme elle l'est présentement, dans la voie de l'impiété et de la violence, elle ressemble à Saul cheminant sur la route de Damas. Espérons que bientôt une voix se fera entendre : *Je suis ce Jésus que tu persécutes.* — « O France ! faire la guerre à Dieu n'est pas dans ta nature. Relève-toi, vase d'élection, et, comme par le passé, va porter mon nom devant tous les peuples de la terre. »

La France, dans les grandes lignes de son histoire, a toujours été loyale et magnanime, honorant d'un même respect les grands hommes qui fondèrent sa puissance, les héros qui illustrèrent ses armes, les saints qui glorifièrent sa foi, les génies qui assurèrent sa prééminence intellectuelle, groupant dans le faisceau de ses gloires les lettres sacrées et profanes, la révélation et la science, la politique et la législation, la poésie et l'éloquence, et laissant partout l'empreinte de sa merveilleuse supériorité. Qu'elle reprenne donc son rang à la tête des nations; qu'elle comprenne sa vocation et la poursuive : dès lors, bien loin d'expulser les Religieux, elle les regardera comme ses auxiliaires les plus utiles et les plus dévoués !

L'Angleterre hérétique, l'Amérique protestante, l'empire du croissant, avili sous le joug de Mahomet, traitent les religieux avec honneur et les accueillent avec confiance, et la France, contrée catholique, terre de foi et de liberté, les mettrait hors la loi, voudrait en faire des parias ! c'est impossible. Ce noble pays a bien pu, sous l'étreinte d'une poignée de juifs et de francs-maçons, refouler vers son contre sa foi antique ; mais, à la première aurore d'un jour plus serein, elle se dilatera de nouveau et remplira tout de sa vivifiante chaleur et de son éclatante lumière. Bien des fois la France a râlé, épuisée de sang et d'argent; toujours, comme au temps de Jeanne d'Arc, elle s'est relevée plus forte, plus belle et plus vaillante.

Nous ne saurions, à moins de faillir à notre devoir, clore ce chapitre sans dire *merci* à toutes les personnes qui, au moment de l'expulsion, ont témoigné tant de dévouement et de sympathie aux victimes de la franc-maçonnerie ; *merci* aux généreuses familles qui ont reconnu ou accueilli les pauvres exilés du Christ. Dieu leur en tiendra compte au jour de son jugement; en attendant, ils auront part aux prières et aux bonnes œuvres des Religieux qui n'ont été persécutés que pour leur invincible attachement aux libertés sacrées que Jésus-Christ nous a apportées du ciel et qu'il a laissées en héritage à son Eglise.

CHAPITRE XXIII

(1880)

L'expulsion des Trappistes fut la plus grande des épreuves qu'ils ont eu à subir depuis la Révolution. Mais où sont, dans le cours des siècles, les âmes d'élite qui n'ont pas connu l'afflic-tion, cette sévère amie, et n'ont pas puisé auprès d'elle des trésors de courage, de mérite et de patience ?... En souffrant persécution pour la justice, sans colère comme sans faiblesse, les serviteurs de Dieu donnent la mesure de leur vertu. La souffrance grandit le cœur de l'homme, elle ennoblit l'âme digne de la porter.

Comme les Trappistes avaient subi un grave préjudice dans leurs biens et qu'ils avaient été lésés dans leurs droits les plus légitimes, le 11 novembre, les huit propriétaires du domaine de la Trappe et les vingt-huit Religieux expulsés, présentèrent à M. le président du tribunal de Mortagne une requête pour faire assigner et comparaître en référé devant le tribunal, MM. Reboul, préfet de l'Orne, Parmentier, sous-préfet de Mortagne, et Miot, lieutenant de gendarmerie à Laigle.

Les Religieux de la Trappe n'ignoraient pas le sort qui attendait au tribunal des conflits leur juste revendication. Ils voulaient néanmoins affirmer leurs droits devant la Justice et éclairer l'opinion publique. Ainsi donc le 25 novembre, à onze heures et demie, MM. Dubuisson, président, Roquière et Bellen-contre, juges, prennent place sur leurs sièges. Le ministère public est représenté par M. Lucas, procureur de la République, qui avait recueilli la succession de l'honorable M. Malassis-Cussonière. Celui-ci avait donné sa démission, à cause des décrets, ainsi que son substitut, M. Butel. La barre est occupée par M. Chartier, avocat du barreau de Mortagne, assisté de M. Saugeron, avoué pour les Trappistes ; et par M. Poupet, avocat du barreau d'Alençon, et M. Bourgoin, avoué pour les inculpés. MM. Reboul, préfet, Parmentier, sous-préfet, et Miot, lieutenant de gendarmerie à Laigle, sont près du ministère public ; deux Religieux, le Père Prieur et le Père Zozime, sont près de M. Saugeron, leur avoué.

Au début de l'audience, M. le procureur de la République donne lecture d'un déclinatoire d'incompétence introduit par M. le préfet de l'Orne. La parole est ensuite donnée à M. Poupet, qui, dans son plaidoyer, s'efforce de démontrer que le préfet, le sous-préfet et le lieutenant de gendarmerie n'ont fait qu'exécuter un acte administratif en expulsant les Trappistes ; qu'ils ne sont nullement sortis de leurs attributions et qu'ils ne sont justiciables que du Conseil d'Etat, seul tribunal compétent pour apprécier la qualité des actes administratifs. Il se demande ce que veulent les Trappistes, sinon faire du bruit mal à propos. Ensuite il essaie de rendre un peu de vie aux lois sur lesquelles on s'est appuyé pour expulser les Congrégations religieuses, et finit par dire qu'il est impossible de soutenir sérieusement la compétence du tribunal de Mortagne.

Après une suspension d'audience, la parole est donnée à M. Henri Chartier. Personne plus que l'éminent avocat ne possède l'art merveilleux de suspendre à ses lèvres un auditoire tout entier, même dans les affaires les plus ardues ; qu'est-ce donc, quand la justice, le droit et la sainteté de la cause qu'il soutient viennent d'eux-mêmes illuminer l'éclair de son génie et fournir à sa rare éloquence des mouvements ravissants ?... Dans le cas présent, M. Chartier s'est surpassé lui-même. Sa logique inflexible poursuit le défenseur de la partie adverse jusque dans ses derniers retranchements. Il s'anime à mesure qu'il discute ; ses phrases tombent comme des coups de massue sur la tête de son antagoniste. Nous voudrions pouvoir donner en entier cette œuvre magistrale ; mais les bornes que nous nous sommes imposées ne nous le permettent pas ; nous nous contenterons d'en détacher quelques fragments : « Donc, s'écrie-t-il, les exécuteurs des décrets se présentent aux portes du monastère, qui restent fermées devant eux. On s'en étonne, on parle de rébellion. — Pourquoi vous étonner ? Si les portes sont restées closes, c'est que

vous n'aviez pas le « Sésame » puissant qui les eût fait ouvrir
à votre voix, la légalité !... Mon adversaire se posait tout à
l'heure cette question : Que veulent ici les Trappistes ? Que
cherchent-ils dans ce procès qui ne saurait aboutir, qui est
perdu d'avance ? Du scandale, du bruit ? — Du bruit, vous
vous trompez : nous n'en ferons jamais autant qu'en ont fait
là-bas vos démolisseurs officiels. Le bruit de leurs marteaux
a longuement retenti dans tout le pays et ne s'éteindra pas de
longtemps. Ce que nous voulons, c'est justice ; ce que nous
voulons, c'est une réparation complète, éclatante; et cette
réparation, soyez tranquilles, nous l'obtiendrons tôt ou tard !

« Tout ici se réduit à savoir si les lois dites « existantes »
existent en effet, et qui peut et doit les appliquer. Voici sur ces
deux points la réponse : 1° aucune loi actuellement en vigueur
ne prohibe la vie en commun des personnes appartenant à des
associations religieuses non reconnues ; 2° lors même qu'il
existerait des lois qui interdiraient la vie en commun des personnes liées par leur règle religieuse, l'autorité n'aurait pas le
droit de procéder à la dissolution par *voie administrative*. La
Justice seule serait compétente pour ordonner cette dissolution. Tels sont les principes victorieusement établis dans cette
œuvre de haute science et d'incontestable autorité, qui s'appelle
la consultation Rousse. 1800 avocats de France, parmi lesquels
on relève tant de noms illustres, parmi lesquels je suis heureux
et fier de retrouver mes chers confrères de ce barreau, ont
adhéré à ces solutions juridiques ; et pour qui connaît la
science, l'indépendance et la dignité du barreau français, cette
consultation a bien quelque valeur. De même la consultation
Demolombe conclut ainsi : « La liberté individuelle, l'inviolabilité du domicile, le respect de la propriété sont placés, en
vertu du droit public français, sous la sauvegarde des lois et
des tribunaux, en dehors et au-dessus de l'atteinte du pouvoir
exécutif. » Ne suis-je pas dispensé maintenant de discuter
l'argumentation des adversaires ? N'ai-je pas le droit de leur
dire sans plus de débats : Nous sommes citoyens français et
libres ; nous payons nos impôts, nous obéissons aux lois...
Vous êtes allés, vous républicains, ramasser des armes de
despotisme et d'oppression dans l'arsenal poudreux des lois
de la Terreur et du premier Empire : vous êtes revenus les
mains vides : *vos lois existantes, elles n'existent pas !*......

« Nous assistons, en ces temps misérables, à de bien tristes
palinodies. Il semble que la soif des honneurs, des dignités
et des richesses, ait singulièrement obscurci les consciences,
et que, dans certaines sphères, une !sorte de vertige se soit

emparé de tous les esprits. Le pouvoir ministériel, les triomphes passagers de l'opinion, les victoires parlementaires, tout cela peut faire illusion pour un temps. Mais l'heure de la justice viendra ; peut-être est-elle déjà venue. Il est un tribunal devant lequel les arrêtés de conflit sont impuissants ; déjà l'histoire, l'impartiale histoire a saisi son burin, et d'une main vengeresse, elle grave au pilori d'infàmie les noms des apostats du droit et de la liberté........

« J'ai fini, Messieurs, et je vous remercie de votre patience. J'attends avec confiance votre décision. Le respect m'interdit de la préjuger ; mais, je le répète, j'ai confiance ! Vous apporterez votre pierre à ce monument que la magistrature est en train d'élever à la justice et au droit méconnus. Vous êtes le dernier rempart qui nous défend encore contre l'envahissement chaque jour croissant d'un effrayant arbitraire ; puisse le rempart ne pas s'écrouler ! Quoi qu'il arrive, nous aurons trouvé dans cette enceinte des juges bienveillants pour écouter nos plaintes ; et nous sortirons avec cette conviction que le droit ne saurait périr. Notre pauvre et cher pays a traversé bien des crises terribles. Dieu l'en a sauvé. Il le sauvera, cette fois encore, j'en ai la ferme espérance. Tant que je verrai sur la tête de mes juges cette divine image du Christ que l'on arrache aujourd'hui des écoles, comme on veut l'arracher du cœur de l'enfant, mais que l'on n'a pas encore osé enlever du sanctuaire de la justice, de nos prétoires et de nos cours, je saurai que le faible et l'opprimé peuvent trouver près de vous protection et sauvegarde, et je ne désespérerai pas de mon pays.

« Et maintenant permettez-moi d'adresser des remerciements à mes honorables clients. Le choix qu'ils ont fait de moi pour combattre l'arbitraire en leur nom, sera l'honneur de ma carrière. En les défendant, sans doute je défends en eux la religion , à laquelle d'irréconciliables ennemis ont déclaré une guerre à mort, qui ne sera mortelle que pour eux. Mais cette cause, toute grande qu'elle soit, n'est pas la seule ; elle n'est pas même la première en jeu dans ce procès. Ces humbles moines sont ici les champions de nos droits à tous. Ils défendent en leur personne tout ce qui fait la base de notre droit privé et public, la propriété, l'inviolabilité du domicile, la liberté individuelle dans toutes ses manifestations et dans tous ses modes d'existence. Il y a là une grande leçon. Il faut que tout le monde sache que si vous donniez raison aux revendications despotiques des maîtres du jour, nul d'entre nous désormais ne serait à l'abri des caprices d'un sous-préfet ou d'un gendarme. Il suffirait d'un arrêté préfectoral pour faire

sombrer dans un irrémédiable naufrage tout ce qui fait la force,
la grandeur, la sécurité des citoyens, la justice, le droit et la
liberté ! »

Après cette admirable plaidoirie, qui a produit une impression profonde sur tout l'auditoire, l'affaire est renvoyée au
3 décembre pour le prononcé du jugement. Au jour indiqué,
vendredi 3 décembre, l'expulsion des Trappistes fut rappelée à
nouveau, et M. le président donna lecture du jugement dont
voici le résumé: « ..... Attendu que, dans ce procès, il s'agit de
rechercher si, dans l'état actuel de la législation, il existe une
loi qui autorise l'administration à expulser sans jugement,
manu militari, les membres d'une Congrégation religieuse
non reconnue;... attendu que la loi du 13 février 1790 qui
supprime les vœux monastiques n'a eu qu'un but, la suppression de la personnalité civile des Congrégations, mais que, loin
d'interdire la vie en commun, elle l'autorise expressément.....
qu'elle n'a donc pu servir de base à un acte administratif
ordonnant l'expulsion des Religieux de leur monastère.....
Attendu que la loi du 18 août 1792 déclare éteintes et suppri-
mées toutes les corporations religieuses et Congrégations séculières, etc... Attendu que, depuis, la cour d'Aix a jugé que cette
loi avait été abrogée par la Charte et que cet arrêt constitue,
sur la question, le dernier état de la jurisprudence... Attendu
que le décret du 3 messidor an XII, qui dissout toutes les Congrégations non autorisées, n'était, comme il est présumable,
dans la pensée de l'empereur, destiné à n'avoir qu'une application exceptionnelle et transitoire, et que le Code pénal venu
six ans plus tard a formé sur cette matière le dernier règlement... Que cependant, même dans l'hypothèse où le Code
pénal n'aurait pas abrogé la législation antérieure et où le
décret de l'an XII pourrait encore recevoir son application, il
est de toute évidence qu'il devrait être exécuté dans son entier,
sans qu'il soit permis de substituer un autre mode de poursuite à celui qui y est expressément formulé, de sorte que les
fonctionnaires de l'ordre administratif ne peuvent, aux lieu et
place de l'ordre judiciaire, poursuivre la dissolution de ces Congrégations, en vertu de ce décret, sans violer son article 6...
Attendu que l'autorité administrative ne pourrait être substi-
tuée à l'autorité judiciaire que par une loi qui aurait modifié
le décret, mais qu'elle n'en peut citer aucune qui l'ait investie
de ces pouvoirs... Attendu qu'au surplus les articles 291 et 292
du Code pénal ont abrogé la législation antérieure en détermi-
nant limitativement les associations illicites... Attendu que
ces raisons de décider dans la cause s'appuient de la doctrine

de l'éminent doyen de la Faculté de droit de Caen, d'un grand
nombre d'avocats des barreaux de France et de l'autorité
d'une jurisprudence pour ainsi dire unanime... Attendu que
de tout ce qui précède, il résulte que les faits relevés dans
les conclusions des demandeurs ne sont autorisés par aucune
loi ; qu'en conséquence, l'arrêté du 5 novembre 1880 et les
actes d'exécution qui en ont été la suite n'ont pas le caractère
d'actes administratifs rentrant dans le cercle des attributions
des fonctionnaires qui les ont accomplis... ; qu'ils ne consti-
tuent donc que des actes personnels qui, par application des
principes de la séparation des pouvoirs, restent soumis à la
juridiction des tribunaux civils... Par ces motifs, parties
ouïes et entendu M. le procureur de la République en ses
conclusions , le Tribunal rejette le déclinatoire de M. le
préfet de l'Orne, se déclare compétent et renvoie la cause
à l'audience du 16 décembre du présent mois pour être plaidée
au fond, dépens réservés. Fait et publiquement prononcé au
palais de justice à Mortagne le 3 décembre 1880 où étaient
et siégeaient MM. Dubuisson , président, Bellencontre et
Roquière, juges ; Lucas, procureur de la République, et Ché-
nayes, commis-greffier. »
Cette importante décision a sa place marquée parmi les
meilleurs documents de la jurisprudence, qui aient affirmé et
démontré jusqu'à la dernière évidence la compétence des tribunaux civils à l'égard des décrets du 29 mars 1880. Les raisons de cette compétence y sont exposées avec une invincible
puissance de logique.
Le pouvoir administratif ne laissa pas longtemps sans
réponse cette éclatante réfutation de ses iniques prétentions ; quelques instants après l'audience, M. le préfet de
l'Orne se présenta au greffe du tribunal et y déposa un arrêté
de conflit.
Ainsi les auteurs des décrets, après avoir déclaré publiquement que les tribunaux décideraient dans l'affaire des Religieux, trahissent leur parole dès qu'il constatent que les arrêts
de la justice se tourneraient contre eux. Ils font plus encore :
ils ferment la bouche aux juges, ils soustraient à la justice
ordinaire une affaire qui, de l'aveu de tous les hommes de lois,
est parfaitement de sa compétence, et la transportent devant
le tribunal des conflits où la procédure appartient à celui
qui est le plus en cause.
Hélas ! on nous avait promis la liberté, l'égalité et la frater-
nité ; on avait pris soin d'étaler ces belles devises sur les mon-
naies aussi bien que sur les monuments ; mais à quoi servent-

elles?...elles restent à l'état de lettres mortes, puisque les choses qu'elles signifient disparaissent elles-mêmes On traite toute une classe de citoyens français en véritables parias ; à leur égard on met la justice sous le séquestre, on les soustrait aux juges qui voudraient défendre consciencieusement leurs droits lésés, pour les jeter aux pieds de ceux-là mêmes qui les poursuivent.

Quand la justice humaine, par l'organe du tribunal de Mortagne, eut donné gain de cause aux Religieux, ce fut le tour de la justice divine, qui laissa des marques sensibles de son passage. Qu'est devenu en effet celui qui naguère présidait le tribunal des conflits? Sa carrière politique a été brisée honteusement et pour toujours ! Qu'est-il devenu, celui qui se vantait jadis « d'avoir sauvé le Capitole, en faisant briser les portes de deux cent soixante et onze maisons religieuses » parce qu'elles renfermaient des moines qui priaient et jeûnaient ensemble, se privaient de toutes les joies de la terre en vue de celles du ciel et tendaient généreusement la main à tous les malheureux? Cet homme cherchait la popularité, et il est devenu un des hommes les plus impopulaires de l'époque. Il a voulu se relever devant l'opinion publique ; mais une mort foudroyante est venue le jeter au pied du tribunal de son souverain Juge.

Et, dans une sphère moins haute et plus rapprochée de nous, parmi ceux qui ont participé à l'expulsion des Trappistes, les châtiments du ciel ne se sont jamais montrés plus frappants et plus sensibles : ainsi l'un de ces malheureux s'est vu en proie à une maladie incurable ; un autre, dont les affaires étaient jadis des plus prospères, est réduit présentement à la misère ; celui-ci voit tous ses enfants venir au monde avec des difformités notoires; celui-là meurt subitement au milieu de réjouissances ; un dernier a été trouvé pendu.

Onze jours après l'expulsion, le 17 novembre 1880, le R. P. Abbé dom Timothée, vicaire général de la Congrégation et supérieur de ce monastère, rendait sa belle âme à Dieu. Un doux reflet de paix et de majesté sereine rayonnait sur son visage amaigri par les austérités claustrales. Ses enfants dispersés, avertis de la mort de leur bien-aimé Père, se hâtèrent de reprendre le chemin de leur monastère où se trouvaient déjà réunis plusieurs abbés de l'Ordre et une vingtaine de prêtres des paroisses environnantes. Son inhumation eut lieu quatre jours après son décès, le samedi 21 novembre. Après les cinq absoutes et l'oraison funèbre, dans laquelle M. Lebreton, vicaire général de Séez, rappela les éminentes qualités de dom Timothée, ses nobles vertus et sa sainte mort, on conduisit processionnellement ses restes vénérés au cimetière de la communauté. Son corps, renfermé dans un cercueil, fut déposé dans la petite chapelle de Notre-Dame de Pitié, qui n'existe plus maintenant, par suite de l'agrandissement de la nouvelle église : depuis lors, il a été transporté ailleurs, comme nous le dirons plus loin.

Les obsèques terminées, les Trappistes durent quitter de nouveau leur monastère. Après environ un mois d'exil et de généreuse hospitalité chez des amis dévoués, ils rentraient dans leur pieux asile, à la grande satisfaction des populations voisines, pour y continuer leurs prières et leurs œuvres de charité. Les ouvriers sans travail reprenaient de nouveau les sentiers si connus qui mènent à l'abbaye ; les pauvres y venaient recevoir leur aumône accoutumée. Si les expulseurs avaient eu la sagesse de laisser en paix les Religieux, leur autorité aurait conservé tout ce qu'elle a perdu de respect, d'estime et de considération de la part des honnêtes gens, et le budget n'aurait pas eu à subir les frais onéreux d'une besogne aussi vilaine que dispendieuse.

Toujours, du reste, les religieux seront haïs, persécutés par les méchants. Les captifs du plaisir sont par là même ennemis de la vérité, ils se refusent à voir clair pour ne pas être obligés de bien vivre. La vie du moine est un reproche continuel de la leur ; dès lors ils lui livrent une guerre à mort. Contre tout ce qui est pur, noble, élevé, et rappelle Dieu, sa loi et ses jugements, ils font entendre le *Tolle*, qui attendait Jésus au prétoire. Mais ils ne nous ébranleront point. « Nous sommes, comme l'a dit un célèbre orateur, les enfants des martyrs : les successeurs de Julien l'Apostat ne nous font pas peur. Nous sommes les descendants des croisés : les fils de Voltaire ne nous inspirent aucune crainte. »

CHAPITRE XXIV

ÉTABLISSEMENT D'UN ORPHELINAT A LA GRANDE-TRAPPE

(1885)

Il y avait cinq ans que la colonie pénitentiaire de la Grande-Trappe avait été dispersée, ainsi qu'il a été dit au chapitre XVIII, lorsque le Révérend Père dom Etienne, abbé de ce monastère, voulant faire une œuvre agréable à Dieu et utile aux pauvres gens du pays, établit un orphelinat, au lieu de l'ancienne colonie des jeunes détenus (1885).

Dans la première institution, c'était le gouvernement qui envoyait à la Trappe les jeunes colons et payait pour eux ; dans la seconde, l'admission comme la pension regardent uniquement l'abbaye. Presque tous les jeunes gens qui peuplaient la colonie avaient plus ou moins failli à l'honneur, tandis que les enfants de l'orphelinat n'ont rien à se reprocher de ce côté-là. Pour l'ordinaire, ce sont de jeunes enfants de dix à douze ans, qui ont perdu leurs père et mère, ou qui ne peuvent être, de la part de leurs parents trop occupés, l'objet d'une vigilance attentive et des soins nécessaires. Assez fréquemment de généreux amis se chargent du paiement de la modique pension.

Parmi les enfants, l'orphelin a droit à une charité plus tendre, plus dévouée. On lui doit non seulement la nourriture et le vêtement, mais encore une aumône qui surpasse celle-là : l'affection d'une mère. Il ne faut pas, en effet, qu'il soit privé du bien le plus précieux qui existe au monde : un cœur qui l'aime, le soutienne et le conduise à Dieu. Dès lors, rien de plus naturel et de plus facile à comprendre que la sympathie douce et profonde qui incline nos cœurs vers ces tendres êtres qui n'ont plus de père pour les défendre, plus de mère pour leur sourire.

A l'orphelinat de la Grande-Trappe, ce qui frappe surtout dès le premier abord, c'est de rencontrer tant de physiono-heureuses, de visages ouverts, de regards intelligents, de mies constitutions pleines de vigueur et bien développées : on est heureux de voir ces enfants joyeux, vifs, alertes et robustes.

Les orphelins de la Grande-Trappe ont des instituteurs pour les initier aux connaissances humaines; mais, comme l'instruction seule ne suffit pas à l'enfant et qu'il faut encore former son cœur, on étudie l'adolescent ; on cherche ses aptitudes, on découvre son caractère ; on s'efforce de corriger ses défauts et de développer ses qualités ; en un mot, on lui fait subir cette formation lente mais efficace sans laquelle le jeune homme se trouve impuissant à combattre ses passions. A la Trappe, on laisse toujours, comme il convient d'ailleurs, le premier rang aux études religieuses qui purifient et sauvent les âmes ; on y apprend à l'orphelin qu'il doit aimer et servir Dieu, se dévouer, au besoin, pour sa patrie et garder intacte la pureté de son âme au milieu des souillures du monde. L'expérience nous démontre d'ailleurs jusqu'à la dernière évidence que, si la jeunesse est privée de l'éducation religieuse, l'âge mûr ne peut manquer d'être méprisable, la vieillesse malheureuse et la mort pleine d'effroi. Pareillement dans la nature, si le printemps ne produit point de fleurs, l'été est sans beauté et l'automne sans fruits. Voilà pourquoi, avant toutes choses, le personnel chargé de l'orphelinat s'efforce de jeter dans le cœur de ces jeunes enfants les bases d'une éducation ferme et solide, c'est-à-dire la discipline, l'obéissance, le respect, la piété, une foi vive et sa manifestation la plus exquise, son chef-d'œuvre le plus délicat : la pureté de l'adolescence. Jean-Jacques Rousseau lui-même n'a-t-il pas dit qu'*il n'y a rien au monde de si aimable qu'un jeune homme resté pur jusqu'à vingt ans ?*

Dans ce but, tout y est organisé avec un grand esprit de sagesse et de discrétion : soins hygiéniques, développement rationnel des facultés, ingénieux moyens d'émulation, travaux proportionnés aux forces et aux aptitudes, tout a été prévu et prudemment ordonné. Ces jeunes gens sont destinés à être plus tard d'honnêtes et laborieux ouvriers dans le monde : ils se préparent ici à remplir dignement leur mission si noble et si utile. Les uns travaillent aux jardins, d'autres à la menuiserie ; ceux-ci apprennent le métier de tailleurs, ceux-là sont apprentis forgerons, imprimeurs ; beaucoup d'entre eux sont employés à la fabrication du chocolat ; mais le plus grand nombre se trouve occupé à la culture des champs. L'agriculture n'est-elle pas d'ailleurs le premier des arts, non seulement parce qu'elle entretient toute la race humaine, mais encore parce qu'elle est, après la religion, la meilleure sauvegarde de la santé du corps, de la simplicité du cœur et de la pureté des mœurs?

On éloigne ces jeunes intelligences du fléau qui, grâce au système indépendance universelle qui s'est introduit dans toutes les classes de la société, pousse tout homme à écrire, à juger, à gouverner. La moitié du monde se mêle aujourd'hu de gouverner l'autre moitié sans pouvoir y réussir. Combien de jeunes gens de la classe inférieure rougissent d'embrasser l'état de leur père et, faute de moyens pécuniaires et intellectuels, n'acquièrent jamais de position. Que de vocations manquées ! que de situations compromises ! que de conditions déclassées ! que d'avenirs brisés ! Bientôt ces avortons de la société tourneront contre elle l'instruction qu'ils en ont reçue, ils se déshonoreront par des actions basses et flétrissantes, peut-être même par des crimes !

De nos jours, toutes les professions libérales ont cent fois plus de candidats qu'il n'en faudrait. Tous à la fois s'élancent vers les fonctions publiques, vers le pouvoir ; ils forcent toutes les portes et nécessitent la création de nouveaux emplois. Un esprit de vertige précipite les populations rurales dans les villes où l'élément industriel perd et démoralise une infinité de jeunes gens. De là provient en très grande partie l'affaiblissement de l'esprit de famille, cause d'une quantité de maux qui gangrènent la société moderne.

Rien de plus efficace que les moyens employés, à l'orphelinat de la Grande-Trappe, pour préserver l'enfant de pareils malheurs. La religion l'accueille à son lever et l'accompagne dans toutes les actions de la journée. Partout il aperçoit l'image du Christ l'instruisant et l'encourageant dans la voie pénible du devoir. Les livres où il puise la science, bien loin de lui laisser ignorer l'existence de Dieu, la lui révèlent pour ainsi dire à chaque page ; ses maîtres l'instruisent autant par l'exemple que par la parole. Ce n'est pas seulement son esprit que l'on veut éclairer, c'est son cœur et son âme que l'on cherche à enflammer d'amour pour le vrai, le beau et le bien.

La véritable éducation est dans nos temples où s'allume et se nourrit le feu de l'amour divin ; elle est dans la prière qui, faite matin et soir et renouvelée le long du jour, consacre et sanc-

tifie les actions de la journée et attire sur elle les bénédictions
célestes ; elle est dans l'enseignement des vérités saintes ren-
fermées dans le catéchisme, qui affermissent les convictions
pieuses puisées au foyer paternel ; elle est dans la vertu puissante des sacrements par où la vie surnaturelle se conserve et
s'accroît dans les âmes. En dehors de ces divines influences il n'y
a ni préservatif réel contre le mal, ni secours efficace pour
le bien.

L'éducation sans Dieu n'est qu'une préparation aux vices
des enfants et aux larmes des parents ; et des bancs où l'on
donne une telle instruction en dehors de la religion, il n'y a
qu'un pas à ceux de la cour d'assises. Aussi le grand poète de
la « Ville-Lumière », qui dans sa vieillesse a piétiné sa gloire,
disait lui-même dans un moment de lucidité comme en ont tous
les grands génies même les plus dévoyés : « Il faudrait condam-
ner à la prison les parents assez coupables pour envoyer leurs
enfants à l'école sur la porte de laquelle on aurait écrit : « Ici
on n'enseigne pas la religion. »

Ainsi, par une éducation éminemment religieuse, on forme
des chrétiens, et par là même on prépare des Français pleins
de courage et de dévouement, car le sentiment religieux est
le plus puissant mobile de la valeur guerrière. A l'appui de
cette vérité, qu'on nous permette de citer un trait entre
mille.

On pouvait voir encore, il y a quelques années, dans un des
monastères de la Trappe, un Convers très âgé, qui ne se sépa-
rait presque jamais de son chapelet. Il se nommait Frère Théodore. Jadis il portait d'autres armes : en 1812, Frère Théodore
faisait partie de la Grande Armée qui, hélas ! s'en revenait
décimée par la faim et le froid. Ces troupes d'élite, qui naguère
ne connaissaient que la victoire, ne présentaient plus qu'une
réunion confuse d'hommes démoralisés, de squelettes ambu-
lants. Après avoir marché de longues journées dans la neige,
la colonne de Frère Théodore, exténuée par un froid de quarante degrés, se trouva tout à coup en face d'une formidable
batterie d'artillerie ennemie, qui était venue lui barrer le passage. A cette vue, un découragement mortel s'empara de toute
la troupe ; officiers et soldats jetaient leurs armes à terre.
Dans une pareille situation, que faire ? que devenir ?... Re-
culer ?... Pas possible : l'ennemi était à leur poursuite...
Avancer sur les canons placés dans une position très avanta-
geuse ?... Pas davantage. Soudain, un officier sort des rangs et
s'avançant en face de la colonne, l'épée au poing, il montre de
son arme les batteries ennemies en s'écriant : *A moi, les*

braves ! Chose rare dans les fastes de nos guerres, aucune voix ne répondit à l'appel suprême de l'honneur, aucune ! ..... Je me trompe : un seul homme, Frère Théodore sortit des rangs et s'offrit en ces termes : *J'irai, moi seul, si vous le voulez.* — Ce disant, il jette son sac à terre, se met à genoux dans la neige, fait un grand signe de croix devant ses compagnons d'armes, qui certes ne songèrent pas à le railler, et récite : *Notre Père... Je vous salue, Marie... Je crois en Dieu...* ; il termine par un acte de contrition qu'il dit avec plus de ferveur que jamais. Puis il se lève, prend son fusil, s'élance au pas de course sur les canons ennemis, subit deux formidables décharges, sans être atteint ni ralenti dans sa marche, et s'avance tête baissée avec autant de sang-froid que s'il avait eu derrière lui cent mille hommes. Il allait atteindre les batteries moscovites, lorsque les Russes, surpris d'une telle audace, crurent qu'ils étaient victimes d'un de ces stratagèmes si communs sous Napoléon Ier. Prêtant aux Français le dessein de les tourner tandis qu'ils s'occuperaient d'un seul homme, ils abandonnèrent précipitamment leurs armes et leurs bagages, et prirent la fuite. Maître du champ de bataille, notre héros, de retour près de son chef, lui dit avec une candeur et une bonhomie admirables : *Voilà ! il n'y a qu'à prier, quand on veut se tirer d'affaire.* L'officier, transporté d'un enthousiasme facile à comprendre, arrache sa propre croix d'honneur et la fixe sur la poitrine du vaillant soldat, en lui disant, les larmes aux yeux : *Mon brave, vous la méritez mieux que moi.* Le Frère Théodore répondit simplement : *Commandant, je n'ai fait que mon devoir.* Officiers et soldats le contemplaient avec ce profond respect qu'inspirent les grandes choses accomplies avec simplicité.

Ce trait nous montre que rien ne trempe si bien les âmes que la foi, et qu'en présence de l'ennemi le front le plus fier est celui qui sait se courber devant la croix ; tandis que le soldat sans croyance divine, par la seule vue du sang, l'odeur de la poudre et le bruit du canon, est déjà à moitié vaincu.

Pour vous, jeunes orphelins, qui lirez peut-être ces pages, bénissez la Providence, dont la main paternelle s'étend sur vous, et lorsque plus tard, livrés aux séductions du monde, le génie mauvais s'approchera de vous et cherchera à vous entraîner dans l'abîme du mal, pensez à la Trappe ; souvenez-vous des hommes qui vous ont donné la meilleure des leçons, qui est l'exemple ! Ils vous ont enseigné la morale en action ; et les vertus qu'ils vous conseillaient, ils ont commencé par les retracer sous vos yeux dans leur propre conduite. Rappelez-vous ces moines dont la vie tout entière est une longue supplication en faveur de la société, et, au moment du péril, jetez à Dieu ce noble cri qui a fait les saints : *Périsse l'existence terrestre. s'il le faut, pourvu que la vie éternelle soit assurée.*

Jeunes Oblats

CHAPITRE XXV

L'ŒUVRE DES JEUNES OBLATS

(1891)

Le R. P. dom Etienne, toujours plein d'ardeur et de zèle quand il s'agit de la gloire de Dieu et du salut des âmes, résolut d'instituer à la Grande-Trappe une école de jeunes Oblats : elle fut inaugurée, avec le mois de saint Joseph, le 1er mars 1891.

Voici d'abord en quoi consiste cette belle œuvre. Une douzaine d'enfants, de onze à quatorze ans, venant directement de chez leurs parents ou, le plus souvent, choisis parmi les plus intelligents, les plus instruits et les plus sages des jeunes orphelins du monastère, sont réunis dans un corps de bâtiment à part, divisé en classe, dortoir et réfectoire. Là, on leur apprend le chant liturgique, et on les forme aux pratiques de la vie religieuse du Trappiste, à l'exception de celles qui sont trop austères pour leur âge. Ils ont trois à quatre heures d'étude par jour, autant de travail manuel ; le reste de la journée est pris par les récréations et les exercices spirituels ; ils prennent une partie de leurs repas avec la communauté et chantent les principaux offices du jour avec les moines. Un Religieux est continuellement avec eux pour les diriger et les surveiller ; un autre est leur professeur et s'occupe spécialement de la culture de leur intelligence.

Ces jeunes enfants passent environ un mois comme postulants avec les vêtements du siècle, et, s'ils sont bien disposés, après ce temps on leur donne l'habit blanc des *Oblats ;* à partir de ce jour, ils ne s'appelleront plus désormais dans le cloître que de leur nom de Religion, *Frère, N...*

Le but de cette fondation a été de créer une sorte de pépinière destinée à fournir, soit d'excellents chrétiens si ces enfants rentrent dans le monde, soit de bons prêtres dans le siècle, mais surtout de fervents Religieux s'ils se décident à rester dans le monastère, car plusieurs de ces jeunes adolescents, ayant grandi dans la piété parmi les Religieux, ne voudront pas abandonner le cloître qui a abrité leur enfance et leur innocence contre les dangers du monde, et ils resteront parmi ceux qui les ont élevés.

Cette institution rappelle les célèbres écoles monastiques de Lérins, de Luxeuil, du Mont-Cassin, de Ligugé, de Poitiers, de Marmoutier, du Bec, et mille autres, où l'on voyait les familles princières et patriciennes venir offrir leurs enfants, pour y être formés, par la main des moines, à la science et à la vertu. De ces pieux asiles sortirent une multitude de grands saints et d'illustres génies qui répandirent un éclat merveilleux sur la religion, les lettres et les arts. C'est ainsi que les monastères furent, pendant de longs siècles, l'école permanente des grands caractères, c'est-à-dire de ce qui manque le plus à notre civilisation moderne.

Voici, d'après dom Martène, Mabillon, Lanfranc, Delisle et Guillaume de Malmesbury, quels étaient les principaux points de discipline qu'on observait à l'égard des jeunes Oblats, élevés dans les écoles monastiques aux IX° et X° siècles :

Le Père Abbé était leur premier maître : ordinairement il confiait leur direction au Prieur, qui à son tour se déchargeait, pour la surveillance et l'instruction, sur d'autres moines d'une science et d'une vertu éprouvées. Les autres Religieux ne devaient ni pénétrer dans les classes, ni communiquer avec les Oblats. Persuadés avec raison qu'il n'y a rien de petit quand il s'agit d'un dépôt aussi sacré que l'enfance, les législateurs des moines se préoccupaient des détails les plus minutieux et sauvegardaient la conduite de leurs pupilles par d'ingénieuses précautions. Toutes les circonstances qui pouvaient devenir une occasion de mal faire étaient écartées avec la prudence que la religion seule peut inspirer. Aucun fils de race royale n'eût été entouré dans son palais de plus de soins que le dernier des enfants élevés dans les monastères. Les jeunes Oblats suivaient, dans la mesure qui convenait à leur âge, les exercices de la vie monastique; ils prenaient une part active aux cérémonies, au chant de l'office et se levaient même pour celui de la nuit. Ils devaient observer le silence dans le temps prescrit par la Règle, et avaient un Chapitre à part où leurs fautes et leurs manquements étaient repris et punis. A l'église et au réfectoire, ils étaient placés en face des moines et prenaient leur repos dans un dortoir particulier sous la vigilance de leur maître. On n'oubliait pas les ménagements qu'exigeait leur âge et l'on prenait toutes les précautions pour ne point nuire à leur santé. Ces jeunes adolescents étaient ainsi initiés de bonne heure à la vie monastique ; ils en suivaient les observances et en connaissaient les austérités. On faisait fléchir quelque peu la Règle pour la leur appliquer ; mais, quelque tempérament que l'on pût apporter dans cette application, ce n'en était pas moins un sérieux apprentissage de la vie religieuse. Ces enfants ne pouvaient être admis aux épreuves du noviciat avant d'avoir atteint l'âge de quinze ans.

Tel est encore aujourd'hui, à la Grande-Trappe, à peu de chose près, le règlement des jeunes Oblats.

La fondation de cette pépinière religieuse acquiert, par suite de son installation sur le sol béni du cloître, un cachet spécial et distinctif : c'est le sanctuaire privilégié de l'enfance, tel qu'il existait auprès des monastères. C'est l'asile de l'innocence en péril, cachée providentiellement au désert, sous les ailes des anges gardiens du cloître. Cette pieuse retraite, protégée par les autels et embaumée par les sacrifices des solitaires, devient pour ces jeunes âmes une sorte de premier jalon placé sur la route qui mène au ciel.

C'est une éducation de ce genre que saint Jérôme conseillait à un enfant qu'il chérissait : *Il faut*, disait-il, *que cette jeune âme soit élevée et formée dans un monastère ; là, ses premières années seront angéliques ; là, ignorant la corruption du siècle, elle ne la contractera pas.*

Au sortir d'une famille chrétienne, nulle part l'enfant ne trouvera de plus dignes représentants de ses pieux et tendres parents, que dans les établissements religieux ; nulle part ces jeunes intelligences ne seront mieux façonnées pour Dieu, mieux préparées aux luttes de la vie, que par les mains du moine. Ici la religion, comme un divin arôme, empêche l'instruction de se corrompre ; semblable à une céleste rosée, elle féconde les leçons du maître et les travaux des élèves. L'enfant ne retrouve pas sa mère, il est vrai, mais il rencontre Dieu, la pureté, une douce et paternelle surveillance, le ton et l'affection de la famille, des frères aimés et aimants. Sous une influence aussi favorable, les jeunes Oblats deviennent un idéal réalisé de beauté morale, de candeur ingénue, de pudeur craintive, de gaîté épanouie et communicative ; ils ont mille charmes naissants, qui sont des promesses de vertus printanières. Semblables aux lis de nos jardins, aux premières fleurs de la belle saison, ils en ont la pureté, la grâce et les parfums.

Telle est cette œuvre des jeunes Oblats : aussi ne sera-t-on pas étonné si nous ajoutons. en terminant, qu'elle est, pour son digne fondateur, sa gloire et sa couronne et qu'elle doit faire avec raison ses plus pures délices : ces anges de la terre laissent échapper de leurs cœurs, vrais encensoirs d'or, le suave parfum de la prière, et leurs voix, se mêlant à celles des moines dans le chant de la sainte liturgie, forment un concert d'une harmonie et d'une beauté ravissantes.

CHAPITRE XXVI

Le jeudi 20 août 1891, jour de la fête de saint Bernard,
patron de l'Ordre cistercien, une belle cérémonie avait lieu
à la Grande-Trappe. Le matin, on inaugurait la magnifique
salle du Chapitre. Mgr Jourdan de la Passardière, auxiliaire
de Rouen, occupant le siège abbatial, tenait pendant trois
quarts d'heure son auditoire suspendu à ses lèvres, sous le
charme de sa parole aussi elevée qu'éloquente. Cet évêque
a les qualités maîtresses de l'orateur, une voix claire et sonore,
un geste gracieux et une conviction puissante ; il fait de belles
et merveilleuses applications des saintes Ecritures : elles sont
amenées si heureusement qu'elles semblent sortir spontané-
ment du sujet et ne faire qu'un avec lui. Les pensées sont
nobles et exquises ; il sait les revêtir d'expressions fines et
délicates : chaque mot est à sa place et enchâssé comme
il doit l'être. Dans une trame merveilleuse, il unit les splendeurs de la parole de Dieu aux beautés de la parole humaine.
En cette circonstance, l'orateur nous montra dans la personne de saint Bernard l'astre le plus radieux du moyen âge ;
il nous le représenta parlant aux multitudes en plein air ; son
auditoire ayant pour mur l'espace et pour toit le ciel sans
bornes. Ce prélat trouva tout de suite le chemin des cœurs ; il
avait cessé de parler, tous écoutaient encore.

A 9 heures, Mgr Hautin, évêque d'Evreux, aujourd'hui
archevêque de Chambéry, célébra pontificalement la Messe
solennelle. Rien n'est comparable à la splendeur des offices
pontificaux, surtout quand ils sont célébrés par un prélat qui

unit si bien la dignité à la piété dans l'accomplissement des rites de la sacrée liturgie.

Après l'évangile, eut lieu une cérémonie aussi belle que touchante, qui ne dura pas moins de trois quarts d'heure : le Père Prieur faisait sa Profession solennelle. Nous décrirons plus loin les cérémonies usitées en pareille circonstance.

A 2 heures, au milieu d'un concours d'environ six mille personnes, on procéda à la grande cérémonie du jour : la bénédiction de trois nouvelles cloches, don magnifique des parrains et marraines. Cette mystérieuse et imposante cérémonie eut lieu dans la cour de l'orphelinat afin de permettre aux marraines d'y assister.

Ces trois cloches se nomment : *Foi, Espérance, Charité*. La première (*mi bémol*) pèse 1276 kilogr. Sur sa circonférence on lit ces paroles : *Fides, vox clamantis. Hæc D. Hyacinthum comitem de Charencey una cum uxore suâ Henrietta de Lurcy pro patrinis cognoscit : D. Stephano abbate. Die XVI Julii anni MDCCCXCI.* C'est-à-dire : *La Foi, voix de celui qui crie. Cette cloche reconnaît pour parrain et marraine le comte Hyacinthe de Charencey et son épouse Henriette de Lurcy. Dom Etienne étant abbé, 16 juillet 1891.* La seconde (*la*) pèse 885 kilog. Sur son contour on lit : *Spes, vox pulsantis. Hæc dominam Carlottam Constantiam du Buisson una cum filio suo Rogerio necnon Ludovica Noël, etc.* En français : *L'Espérance, voix de celui qui frappe. Cette cloche reconnaît pour parrain et marraines Mme Charlotte-Constance du Buisson avec son fils Roger et aussi Louise Noël, etc.* — La troisième (*sol*) pèse 627 kilogr. ; tout autour sont gravées ces paroles : *Charitas, vox amantis. Hæc Gustavum Paulmier una cum filio suo Eugenio necnon filia sua Paulina, etc.*, c'est-à-dire : *La Charité, voix de celui qui aime. Cette cloche reconnaît pour parrains et marraine M. Gustave Paulmier avec son fils Eugène et sa fille Pauline, etc.* Ces trois belles cloches furent bénites par Mgr de la Passardière. La cérémonie commença par le chant du *Veni Creator ;* ensuite le Révérend Père Lafont, bénédictin, prononça un beau discours dans lequel il nous fit voir toutes les créatures rendant par un admirable concert la gloire qui est due à leur Créateur, et formant une immense chaîne dont le premier anneau touche le ciel et le dernier cette terre que nous foulons ; il nous fit admirer la pureté première de tous ces êtres tels que les avait conçus et réalisés le plan divin ; puis il montra leur dégradation par suite de la chute de l'homme, et le besoin qu'ils ont d'être purifiés quand ils sont destinés au culte de la divinité... Ce qui domine dans l'orateur, c'est la pureté du langage et du style, la richesse des pensées, l'art merveilleux de peindre les objets et de les rendre comme sensibles ; malgré l'éloignement, sa parole vibrante atteignait jusqu'à l'extrémité de son auditoire, qu'elle remuait profondément.

Après cette touchante allocution, le prélat consécrateur commença les belles prières liturgiques du Pontifical pour la bénédiction des cloches, prières dont le sens est si profond et si sublime. Comme la cloche doit sonner au baptême, le Pontife la purifie avec l'eau bénite. Cette trompette de l'Eglise militante est destinée à sonner les combats de notre vie depuis le jour où nous entrons dans la lice par la confirmation jusqu'à celui où nous rendrons le dernier soupir : voilà pourquoi le prélat lui fait des onctions réitérées avec l'huile des infirmes et le saint chrême. La cloche doit sonner la prière et le saint sacrifice de la messe : c'est pour cette raison qu'on la parfume d'encens. Elle a pour mission de nous rappeler sans cesse Jésus-Christ crucifié : c'est pour cette fin que pendant sa bénédiction on répète sur elle si fréquemment le signe de la croix.

Les rites sacrés de la bénédiction des cloches étant terminés, Mgr Jourdan de la Passardière charma encore nos oreilles comme il l'avait fait le matin. L'orateur nous montra alors ces nobles familles de la Normandie si bien unies par leurs bienfaits à la tribu monastique, et celle-ci acquittant envers elles par ses prières la dette de sa reconnaissance. Enfin Sa Grandeur sonna elle-même les nouvelles baptisées, comme pour leur donner leur sublime mission ; les parrains et marraines en firent autant.

La Bénédiction du Très Saint-Sacrement clôtura cette belle fête. Hélas ! ici-bas, les meilleures choses ont leur fin : les moments les plus délicieux sont même les plus courts ; ce jour, si riche en enseignements salutaires, semblait n'avoir duré qu'un instant. Il manqua néanmoins une chose pour que cette journée fût revêtue de tout son éclat : le beau temps ne voulut pas ajouter sa note joyeuse à l'allégresse générale. Le soleil, sans le rayonnement duquel il semble qu'aucune belle fête ne puisse avoir lieu, s'entoura d'un voile obscur et ne daigna pas se montrer un seul moment durant tout le cours de cette solennité. Bien plus : depuis 9 heures du matin jusqu'au soir la pluie ne cessa de tomber. Le Seigneur voulut, comme toujours, relever par l'épreuve le mérite de ses serviteurs. Le Prélat consécrateur nous a rappelé, en cette circonstance, que les grandes eaux, d'après les saintes Lettres, sont l'emblème et le symbole des grâces abondantes que Dieu se plaît à répandre sur ses enfants de prédilection.

Le soir même de leur baptême, les trois cloches étaient suspendues entre ciel et terre dans le gracieux clocher blanc qui leur sert d'abri, et, le lendemain, on les sonnait à toutes volées. L'harmonie de leur beau timbre fait le plus grand honneur à leur fondeur, M. Bollé du Mans ; on peut les entendre à dix kilomètres à la ronde.

La cloche du monastère a une mission spéciale. Elle ne se tait ni jour ni nuit, avertissant le monde, qui vit dans les ténèbres du péché, que l'innocence en robe de bure, veille et pleure auprès des autels, en demandant grâce pour lui. Le son qu'elle fait entendre dirige et ramène dans la voie le voyageur attardé et égaré dans l'obscurité de la nuit et l'épaisseur de la forêt, ranimant son courage par l'espérance d'un prompt et charitable secours. Sa voix argentine est pour le religieux l'interprète naturel de la règle ; chaque appel nouveau l'invite à accomplir une œuvre bénie qui attend là-haut sa récompense.

Que de fois la cloche est venue retentir aux oreilles du pécheur, parmi ses désordres, comme une menace prophétique, comme un avertissement salutaire ! Que de fois elle a réveillé son âme d'un engourdissement mortel, en lui rappelant la foi de son enfance et les dernières recommandations d'une pieuse mère ! Grâce à la cloche, le plus obscur, le plus ignoré des hommes, l'étranger, touchant à son dernier moment loin du sol de la patrie, pauvre, délaissé, sans que nulle main amie soit là pour lui fermer les yeux, peut espérer qu'un regret du moins l'accompagnera à sa dernière demeure, qu'une larme ne sera pas refusée à sa dépouille mortelle, et qu'une prière suivra son âme devant le tribunal de Dieu.

CHAPITRE XXVII

RÉUNION DES TROIS CONGRÉGATIONS DE LA TRAPPE EN UN SEUL ORDRE

(1892)

En vertu d'un Bref de Sa Sainteté Léon XIII, en date du 20 juillet 1892, tous les Abbés et Prieurs titulaires des trois observances de la Trappe se réunirent à Rome, le 1er octobre suivant, sous la présidence de l'éminentissime cardinal Mazella, préfet de la Sacrée Congrégation de l'Index, subdélégué par Son Éminence le cardinal Monaco Lavaletta, protecteur des Trappistes. Tous les membres de la vénérable assemblée firent preuve de la plus grande union entre eux et d'une admirable docilité à l'égard du Saint-Siège. D'un commun accord ils décidèrent, conformément au désir du Souverain Pontife, de ne plus former qu'une seule famille religieuse sous le nom d'Ordre de Cîteaux réformé de Notre-Dame de la Trappe. Cet Institut sera désormais gouverné par un Général qui résidera à Rome. Les membres du Chapitre élurent pour leur chef le Très Révérend Père dom Sébastien, abbé de Notre-Dame de Saint-Lieu-Sept-Fonts (Allier). Une nouvelle Constitution, basée sur la règle de saint Benoît, la Charte de Charité et les anciens Us (coutumes) de Cîteaux, a été élaborée, approuvée et confirmée par le Saint-Siège, dans le but d'établir une entière uniformité entre toutes les maisons de l'Ordre. Quelques adoucissements ont été apportés à la rigueur du régime primitif, afin de permettre à un plus grand nombre de sujets d'embrasser cette sainte profession.

Le Chapitre général de 1892 sera célèbre dans les annales de 'Ordre de Cîteaux et marquera une nouvelle phase de cet

7*

illustre Institut ; il servira de sceau pour unir à jamais entre elles les maisons de cette grande famille religieuse et rassembler dans un même esprit et un même cœur tous les membres de cette glorieuse phalange. Ne formant plus qu'un seul corps, les fils de saint Bernard n'en seront que plus utiles à l'Eglise. Ils seront pour elle comme ces glaciers que la divine Providence a placés au sommet des plus hautes monsagnes. Ils paraissent stériles, et insensibles aux changements des saisons ; ils ne connaissent ni la verdure, ni les fleurs du printemps. Le soleil illumine leurs cimes et les couronne de la splendeur de ses brillants rayons. Et cependant c'est de là que découlent la vie et la fertilité des campagnes avoisinantes ; à la base de ces glaces éternelles une chaleur bienfaisante fait naître des ruisseaux et des fleuves, qui suivent des pentes tracées et vont au loin désaltérer la terre et y porter la vie et l'abondance. Ainsi en est-il des religieux des ordres contemplatifs. Jésus-Christ, divin soleil, attire ces âmes dans les régions élevées, et les condense, pour ainsi dire, sur les hauteurs de la prière et de la contemplation ; l'éloignement du monde les rend blanches et fermes comme la glace ; elles ne connaissent pas les plaisirs de la terre et ne reflètent que la lumière du ciel. Dieu né les élève vers lui que pour les répandre en ruisseaux de grâces sur son Église.

CHAPITRE XXVIII

Le monastère de la Grande-Trappe est situé sur l'extrême limite de l'ancienne frontière du Perche, tout près des confins de la Normandie, dans le diocèse de Séez (Orne). Il est distant d'environ cent quarante kilomètres de Paris, quatorze de Mortagne, seize de Laigle, et quatre du bourg de Soligny où se trouve une station de chemin de fer. Notre abbaye est située sur le territoire de cette dernière commune, qui, pour cette raison, s'appelle *Soligny-la-Trappe*.

On arrive au monastère par trois chemins différents : 1° par Soligny; 2° par Prépotin; 3° par la route qui joint celle de Mortagne à Laigle. Comme cette dernière voie est plus fréquentée que les deux autres, nous allons commencer de ce côté notre description.

Quand on a quitté la route de Mortagne pour prendre la direction de la Trappe, on se trouve bientôt au bord d'un vaste étang situé sur la gauche : son étendue est d'environ dix hectares; à son extrémité méridionale, il y en a deux autres plus petits; on en compte également deux à l'est, près de la forêt du Perche : ils sont tous poissonneux. On y pêche des carpes, des brochets, des tanches, des anguilles, etc... Les trois premiers étangs sont particulièrement alimentés par une des branches de la petite rivière de l'Iton qui prend sa source un peu au delà de la commune de Prépotin, traverse l'enceinte de l'abbaye où elle fait tourner les meules du moulin et va se jeter dans la rivière de l'Eure qui à son tour verse ses eaux dans la Seine et de là dans la Manche. Autrefois, l'abbaye était entourée de onze étangs qui en rendaient le séjour très malsain : les Religieux les ont desséchés et convertis en champs, prairies et pâturages.

Le voyageur qui visite la Trappe pour la première fois, après avoir dépassé la chaussée du premier étang, éprouve la plus agréable des surprises. Jusque-là il n'avait vu que des bois, d'éternelles bruyères, des terrains sablonneux de qualité très inférieure. Tout à coup il est en présence d'un superbe vallon au milieu duquel est assise notre chère abbaye. Sur la droite on aperçoit de riantes prairies qui sont entourées d'une majestueuse ceinture de collines toujours verdoyantes ; sur la gauche, de vastes champs qui d'improductifs sont devenus, à force de soins et d'améliorations, des plus fertiles de la contrée. Au nord et au nord-ouest, on trouve une quantité de tourbières. Le domaine de la Trappe mesure à peu près trois cents hectares, y compris les bois, les étangs, etc... Cent cinquante environ sont en culture. Les forêts qui entourent l'abbaye n'appartiennent plus aux religieux depuis 1793 ; dans ces bois, on rencontre le sanglier, le cerf, le daim, le chevreuil, le renard, le blaireau, etc.

Lorsqu'on n'est plus qu'à quelques cents mètres de l'abbaye, on est en présence d'un site ravissant. Qu'on nous permette de nous arrêter un instant devant les beautés de la nature sur laquelle Dieu s'est plu à verser tant de magnificence. « Rien n'élève tant mon âme vers le ciel, disait un saint religieux, rien ne m'unit à lui comme le grand spectacle de la nature, et cette impression est d'autant plus vive que cette nature est plus elle-même l'œuvre unique de Dieu, plus exempte des travaux de l'homme, plus belle de sa primitive et virginale beauté. » Depuis l'hysope jusqu'aux végétaux les plus gigantesques, depuis les gouffres les plus profonds jusqu'au firmament , depuis l'animalcule jusqu'au colossal cétacé , depuis l'atome de sable jusqu'aux chênes des plus hautes montagnes, il y a des millions de voix échelonnées dans toute l'étendue de l'espace pour chanter à l'envi les grandeurs, la sagesse, la beauté, la bonté et la puissance de leur auteur. Le monde entier est une vaste harmonie, un délicieux concert, un poème magnifique à la gloire de Dieu ; c'est un splendide tableau signé d'une main divine. Les saints aimaient à contempler et à méditer sur la création tout entière ; ils affectionnaient les rochers, les forêts, les moissons, les vignes, les prairies. Là où d'autres n'aperçoivent que des beautés périssables, ils découvraient comme d'une seconde vue ces rapports éternels qui lient l'ordre physique à l'ordre moral et les mystères de la nature à ceux de la foi. Il est vrai que

Façade sud du nouveau Monastère.

l'homme, éclairé de la lumière d'en haut, rencontre partout, pour ainsi parler, les rayons de Dieu dispersés, comme il aperçoit ceux de l'astre du jour ; mais on le voit plus clairement dans la solitude, près d'une forêt aux arbres séculaires, sur une montagne majestueuse, dans une vallée couverte d'ombrage. Sans doute, Dieu est en tous lieux ; mais dans les villes souvent le bruit des choses et des hommes nous empêche de saisir les harmonies de cette lyre céleste de la création qui n'est qu'un vaste chœur de chanteurs divins. Allez donc, chrétiens, à la campagne, et si vous avez le tact qui pressent l'infini, si vous avez le sens des choses du ciel, si vous avez le flair des grandes âmes, vous vous sentirez le cœur plein de hautes et saintes poésies, vous aurez l'âme remplie de Dieu.

Mais revenons à la description de la Trappe.

En arrivant à l'entrée principale du monastère, on peut admirer le nouveau portail, élevé dans le cours de la présente année 1895. A son sommet domine la croix ; un peu plus bas on aperçoit les deux statues de saint Benoît et de saint Bernard : entre celles-ci se trouve un magnifique groupe en fonte de deux mètres cinquante de diamètre : sorti des ateliers de Pierson, il représente la très sainte Vierge abritant sous son manteau les principaux Saints de l'Ordre : c'est ainsi que Marie est établie comme la divine portière du monastère, la gardienne vigilante des personnes qui l'habitent et la céleste distributrice des grâces qu'elle se plaît à répandre sur ses bien-aimés enfants du cloître. Au-dessous du groupe, on distingue les armoiries de Cîteaux, de la Grande-Trappe et de dom Etienne. Le magnifique portail occupe le centre d'un splendide édifice qui forme la façade extérieure du Monastère ; à droite se trouve la nouvelle hôtellerie des dames ; à gauche est la demeure du portier, le magasin des objets de piété et la pharmacie.

Franchissez le portail : vous vous trouvez dans une vaste cour ; à droite, faisant suite à l'hôtellerie des dames, est la chapelle des domestiques, puis la vieille hôtellerie ; à gauche, après la pharmacie, on rencontre le vaste atelier où se prépare le vin de quinquina, puis, dans un bâtiment sur les murs duquel on voit les armes du duc de Penthièvre et la couronne de France, l'hospice des pauvres voyageurs.

Quand on a traversé la première cour, on arrive à une seconde. Qu'on veuille bien dépasser le vieux portail qui y donne entrée, et l'on apercevra, à droite, plusieurs ateliers tels que l'imprimerie, la chocolaterie, etc., et à gauche les étables, la fromagerie, le moulin, etc.

Nous voici placés en face du monastère proprement dit : au

côté droit est un vaste corps de bâtiment construit en 1885 et destiné à servir d'hôtellerie : une partie du rez-de-chaussée forme la sacristie. Vient ensuite la nouvelle église, bâtie sur l'emplacement de la précédente et de celle qui existait avant la Révolution (1887-1891). Cet édifice, véritable chef-d'œuvre architectural, est un des plus beaux monuments de la contrée. Il rappelle ceux du XIIIᵉ siècle, qui admettent à la fois le plein cintre et l'ogive, et concilient admirablement les richesses de l'art avec les rigueurs de l'austérité claustrale. Les sculptures aussi riches que variées, dues à l'artiste M. Almazio, aidé d'un Frère de l'abbaye, sont d'une finesse remarquable.

Deux belles et grandes rosaces au centre desquelles brille la Croix de saint Benoît, trente et une fenêtres coloriées ou grisaille, étroites et élevées, à dessins variés, projettent dans l'église un demi-jour qui favorise le recueillement et la méditation : elles sont sorties des ateliers de M. Huchet, du Mans.

Le sanctuaire se fait remarquer par la pureté de ses lignes : sous sa clef de voûte s'élève l'autel majeur, construit en pierre du Poitou ; de belles colonnettes en marbre d'Italie le décorent très gracieusement ; il est surmonté d'un clocheton ajouré au-dessous duquel est placé le crucifix et l'exposition du Très Saint-Sacrement.

L'abside est gracieusement soutenue par huit colonnes en pierre de Vernon ; sept chapelles entourent le sanctuaire et deux autres, situées aux extrémités du transept, achèvent de donner à cette partie de l'église l'aspect le plus imposant.

Une belle statue de l'Assomption domine le tabernacle, le sanctuaire et même toute l'église. Comme elle est belle, la Reine du ciel montant au séjour de la gloire ! Son front rayonne de l'éclat de sa très douce majesté ; la bonté de la plus tendre des mères s'épanouit dans ses regards; ses lèvres s'entr'ouvrent pour sourire à ses serviteurs. L'auguste Vierge, par sa céleste attitude, semble convier ses enfants de prédilection à quitter la terre d'exil pour monter avec elle vers les splendeurs des cieux : c'est pour le moine une voix mystérieuse qui lui répète sans cesse le *Sursum corda ! haut les cœurs !*

La grande nef est partagée en deux parties distinctes : la première et la plus rapprochée de l'autel est destinée aux Religieux de chœur ; la seconde, dans laquelle se trouvent deux autels, est pour les Frères convers. Vers le milieu de cette nef, se dressent deux ambons adossés au mur : celui du côté de l'épître sert pour chanter les leçons de l'Office de la nuit; celui du côté opposé est destiné au chant de l'évangile de Matines. Aux deux côtés de cette nef, il y a cent quarante-

Intérieur de l'Eglise

deux stalles pour les Religieux de chœur et les Frères convers,
Les clefs de voûte sont artistement peintes ; on y voit briller,
dans le transept, les armes de Cîteaux, de Clairvaux, de la
Grande-Trappe et de dom Etienne ; dans la nef, celles de
Léon XIII, de l'archevêque de Rouen, Mgr Thomas, de l'évêque de Séez, Mgr Trégaro, de M. le comte de Charencey, et du
monastère de Staouéli, etc. Dans le sanctuaire, du côté de l'é-
vangile, s'élève le trône qu'occupe le R. P. Abbé lorsqu'il
officie pontificalement : on le revêt de belles garnitures de
velours cramoisi, aux jours où il en fait usage, c'est-à-dire
aux grandes fêtes de l'année. Devant la stalle du R. P. Abbé,
il y a la crosse ou bâton pastoral qui y demeure jour et nuit,
à moins qu'il ne soit absent ; c'est pour rappeler à sa famille
spirituelle qu'elle a toujours à sa tête un pasteur pour la
conduire et la défendre, et pour indiquer à celui-ci qu'il doit
sans cesse veiller sur son troupeau à la place et à l'exemple
de Notre-Seigneur Jésus-Christ, dont il est le représentant.
A l'extrémité de la grande nef, sous le clocher, est la tribune
pour MM. les hôtes et les domestiques.

Les bas-côtés ou nefs latérales sont deux pendants bien
assortis avec la nef principale. Du côté de l'épître, la basse nef
renferme encore six autels, ce qui en porte le nombre à dix-huit.

La longueur de l'église, depuis le grand portail jusqu'aux
chapelles absidales, est de soixante-quatre mètres; au transept
elle en a vingt-quatre de large, et dix-huit dans les nefs ; sa
hauteur, du sol aux clefs de voûte, est de quinze mètres ; jusqu'au faîtage, elle en mesure vingt... Le beau parquet de la
grande nef est en bois de chêne : le sanctuaire, le transept et les
basses nefs sont pavés en carrelage de Viviers. Bref, cet édifice
avec ses belles proportions, ses admirables sculptures, ses
magnificences architecturales, fait l'admiration de tous les
visiteurs.

L'Église adopta, pour honorer son divin fondateur, toutes
les formes que revêt le beau pour se révéler à la terre. La peinture, la sculpture, la musique et la poésie, tous les arts, en
un mot, vinrent offrir leurs plus sublimes conceptions au
seul Dieu que doit adorer l'univers. L'Épouse du Christ a
béni et consacré les chefs-d'œuvre de l'art gothique, qui, par
leurs proportions élancées, portent jusqu'au ciel le cri de la
prière et l'affirmation de la foi. Mais, quelle que soit son admiration pour ces créations sublimes, elle a consacré avec un
égal amour ces merveilles de l'architecture grecque ou ro-
mane qui sont la gloire de l'Italie et tout particulièrement
de Rome.

Le monument dont on vient de tracer une bien pâle esquisse est une conception de l'éminent architecte M. Tessier de Beaupréau (Maine-et-Loire), qui a déjà doté l'Anjou de plusieurs chefs-d'œuvre ; son plan a été admirablement compris et parfaitement exécuté par l'habile entrepreneur M. Gosselin, de Sainte-Gauburge (Orne).

Pour le Religieux Trappiste, sa chapelle c'est son tout. C'est là qu'il passe la moitié de sa vie; là s'écoulent ses moments les plus délicieux. De même qu'il s'applique sans cesse à orner son âme des vertus qui charment le Cœur de Jésus-Christ, ainsi voudrait-il que le temple où ce divin Sauveur daigne habiter avec les hommes fût une image, aussi parfaite que possible, des splendeurs et des magnificences du ciel.

L'église de notre abbaye a été bénite et inaugurée le 15 août 1890, jour de l'Assomption de la très sainte vierge, patronne principale des Cisterciens. Elle sera solennellement consacrée le vendredi 30 août de cette année (1895). Conformément à l'usage établi dans notre Ordre en pareille circonstance, pendant neuf jours les femmes aussi bien que les hommes pourront visiter l'abbaye.

A la suite de l'église est la salle capitulaire (1891). C'est un monument d'une architecture aussi belle qu'originale : son plafond avec arceaux à jour, se soutenant on ne sait trop comment ; ses nervures élégantes et légères, sa chaire sculptée avec art, son parquet sur bitume d'une grande finesse en font un vrai chef-d'œuvre. Au-dessus des sièges occupés par les supérieurs, se trouve un crucifix remarquable qui tient le milieu entre deux belles statues de saint Benoît, législateur des Cisterciens, et de saint Étienne, leur principal fondateur. Cette salle renferme encore les portraits de l'abbé de Rancé et des quatre derniers abbés de la Trappe.

Au-dessus du Chapitre est la nouvelle infirmerie (1891).

Près de l'église sont les cloîtres (1891-1892), qui relient entre eux les divers lieux réguliers. Ils rappellent les beaux jours du moyen âge et forment une galerie quadrilatère de quatre-vingt-douze mètres de long sur trois de large. Ils sont bâtis en style roman et ornés de sculptures variées où la pierre étale une merveilleuse végétation : les saisons y sont représentées par des arbrisseaux, des plantes et des fleurs. Le cloître est, à proprement parler, l'habitation du moine : c'est là qu'a lieu, tous les samedis, le *Mandatum* ou lavement des pieds pour les Religieux de chœur; là encore se font les processions qui précèdent la Messe aux fêtes des Rameaux,

Salle capitulaire

Cloître de la lecture.

de l'Ascension, de la Fête-Dieu, de la sainte Vierge, de saint Bernard, etc.

Dans le cloître ont passé successivement, dans la suite des siècles, ces longues files de moines, marchant deux à deux, à la suite de l'étendard divin de la croix, chantant, avec une douce mélodie, tantôt les triomphes immortels de Jésus-Christ, tantôt les gloires de Marie, tantôt, aux jours d'inhumation, les chants funèbres des trépassés.

Dans la partie des cloîtres qui touche l'église se trouve le Chemin de la Croix. Entre la basse nef de l'église, du côté de l'évangile et la salle capitulaire, on peut voir le tombeau des abbés. C'est là que, le 24 février 1894, après une Messe solennelle de *Requiem*, célébrée à leur intention, on a transporté les restes vénérés des abbés de Rancé, dom Augustin de Lestranges, dom Joseph-Marie Hercelin et dom Timothée.

Au milieu de l'enceinte des cloîtres est le préau, sorte de petit jardin dont le centre est occupé par une belle statue en marbre blanc de la Vierge Mère, donnée par Madame Adélaïde, sœur du roi Louis-Philippe, lors de sa visite à la Grande-Trappe en 1847. Une autre statue de Marie placée dans la basse nef, voisine du cloître, est un don des serviteurs royaux qui accompagnaient Sa Majesté en la même circonstance.

Au côté du cloître de l'ouest se trouvent deux salles de lecture avec tableaux, boiseries et parquets du plus bel effet. Entre ces deux appartement son admire ce que l'on pourrait appeler à bon droit le *bijou du monastère :* la chapelle des Reliques, d'une très belle architecture gothique. Au fond, derrière l'autel, un magnifique vitrail représente les principaux mystères de notre sainte Religion, une vue du monastère, ses armoiries et celles du Révérend Père abbé actuel, dom Etienne. En haut de la chapelle et de chaque côté, les douze Patriarches de l'Ancien Testament sont peints de main de maître ; au-dessous d'eux sont les statues des Apôtres, en terre cuite polychromée : sous chaque Apôtre se trouvent sa relique et un article du Symbole. Les pierres précieuses du Rational qui figuraient les douze tribus, et celles de l'Apocalypse qui se rapportent aux douze Apôtres, sont disposées avec art et occupent le rang qui leur convient. Une centaine de reliquaires, renfermant près de huit cents reliques de Saints et de Bienheureux, complètent la richesse de ce trésor. Le corps de bâtiment qui comprend les deux salles de lecture et la chapelle des Reliques, a été construit en 1892. La chapelle a été solennellement bénite et inaugurée le 8 décembre 1893, jour de l'Immaculée Conception de la très sainte Vierge.

A la suite de l'édifice dont nous venons de parler, vers le sud, se trouve l'abbatiale (1892). Dans son milieu, à l'est, est la porte d'entrée, surmontée d'une statue de Marie ; au rez-de-chaussée est placé le salon de réception, où l'on remarque le beau portrait de l'abbé de Rancé, œuvre du peintre Rigault. Au premier étage sont les appartements du Révérend Père Abbé, d'où partent les fils d'un téléphone qui correspond avec l'orphelinat, la chocolaterie, l'imprimerie, la porte, etc. Au deuxième il y a la bibliothèque, riche d'environ vingt mille volumes ; on y remarque des livres sur parchemin de grand prix, entre autres un Graduel enluminé, écrit tout entier à la main, sur parchemin, avec des fleurs et des miniatures d'un coloris et d'une finesse incomparables.

Revenons sur nos pas. A la suite de la salle capitulaire et au rez-de-chaussée, se trouve l'*atrium*, où les Religieux se lavent les mains avant les repas. Ensuite vient le nouveau réfectoire (1893), qui est, comme l'église et le chapitre, d'une élégance architecturale achevée : six belles colonnes monolithes en pierre de Vernon, soutiennent sa double voûte gothique ogivale. On y voit aussi une belle chaire en pierre pour le lecteur. Les tables sont en marbre noir. Cette magnifique salle mesure trente-cinq mètres de longueur, sur dix de largeur et sept de hauteur. Le jour des Rameaux 1894, le Révérend Père Abbé y a célébré la Messe et donné la communion aux religieux comme pour la consacrer, et le jour de Pâques la Communauté y a pris ses repas pour la première fois. Le sous-sol de cet édifice est partagé en deux parties : dans celle du nord est la cuisine ; de là on monte les portions au réfectoire au moyen d'un ascenseur ; à la suite de la cuisine vient le *laboratoire* et le réfectoire des domestiques ; la partie du midi porte le nom de *grand parloir :* c'est là qu'on dépose, pendant le travail, l'habit de chœur. Au-dessus du réfectoire, comme au-dessus des salles de lecture, sont les dortoirs.

Tous les bâtiments qui forment le monastère proprement dit sont en belle pierre de taille tirée des carrières de Vernon, Villarceau, Vilaine et Mortagne. L'ensemble de ces édifices, construits dans un style aussi pur qu'élégant et majestueux, réussit à faire du nouveau monastère de la Grande-Trappe sans contredit le plus beau de France.

La merveille qui domine cette splendide restauration de l'église et de l'abbaye de Maison-Dieu de Notre-Dame de la Trappe, c'est la confiance en la Providence dont a fait preuve le R. P. dom Etienne, en entreprenant une œuvre aussi colossale dans un temps où le monde oscille sur ses bases et

Façade nord du nouveau Monastère et Cimetière.

où les cris de la Révolution deviennent de plus en plus menaçants.

Le cimetière est situé autour du chevet de l'église. Un jardin potager, de plus d'un hectare, fait suite au cimetière. On y voit des légumes qu'on croirait avoir été récoltés sur le sol même de la Terre Promise : des potirons d'environ 300 livres, des choux dépassant 40 livres, des betteraves de 34 livres, des radis de 17 livres, des navets de 18, des choux-fleurs de 24 livres, des carottes de 10 livres, des poireaux de 2 livres, etc.

A quelque distance de la porte du monastère est la bergerie. A un kilomètre de l'abbaye, à l'ouest, se trouve une ferme où on élève du jeune bétail. Enfin au nord, à quelques cents mètres des murs de clôture, il y a une grotte, dite *grotte de saint Bernard*. D'après une tradition, l'illustre abbé de Clairvaux aurait prié en ce lieu, et les Religieux de la Trappe, pour consacrer le souvenir de saint Bernard et de sa prière en cette belle et profonde solitude, auraient élevé cette grotte, qui attire les visiteurs à raison de son antiquité et de l'idée pieuse qui s'y rattache.

CHAPITRE XXIX

Notre travail ne serait pas complet si, après avoir parlé assez longuement du monastère de la Grande-Trapppe, de son origine, de son développement, de sa décadence, de sa réforme par l'abbé de Rancé et de sa restauration actuelle, nous n'envisagions pas en détail la vie du moine pour en étudier les diverses particularités. C'est la raison qui nous a déterminés à écrire, pour la gloire de Dieu et l'édification du lecteur, les quelques chapitres où nous prendrons le Trappiste au moment où Dieu l'appelle à la vie religieuse pour le suivre dans tout le cours de son existence et l'accompagner jusqu'à sa dernière demeure.

Tout d'abord, pour bien faire comprendre la nature de la vocation religieuse, quelques considérations préliminaires sont indispensables.

Nous ne sommes pas des créatures éphémères qui mesurent quelques pas sous le ciel entre le berceau et la tombe, qui s'agitent pour un peu de poussière, qui souffrent et travaillent, puis finissent par disparaître sans aucun espoir de retour. Nous sommes les enfants de Dieu, cheminant dans la vallée des larmes et de la pénitence, appelés à prendre un jour, en récompense de nos travaux et de nos souffrances, possession du trône, de la couronne et du bonheur sans mélange qui nous attendent dans le royaume de notre Père céleste. L'homme est un être intelligent et raisonnable, composé d'un corps et d'une âme. En rapport avec Dieu par ses facultés intellectuelles, avec la nature visible par ses sens corporels, il est le lien qui doit rattacher la création matérielle avec son

Auteur. Enrichi de prérogatives en rapport avec sa sublime destinée, l'homme fut d'abord heureux, parce qu'il était juste et bon. Son âme, soumise à Dieu, régnait en paix sur son corps et, par celui-ci, sur toute la nature. Si, fidèle à la loi du Créateur, il avait continué à lui montrer la soumission qu'il lui devait, son intelligence, éclairée des rayons de la lumière céleste, aurait passé des ombres de la foi aux clartés de la vision intuitive. Malheureusement l'homme viola le précepte divin.

La révolte de l'esprit contre Dieu entraîna la révolte du corps contre l'esprit, et celle de la nature contre l'homme. Dégradé et malheureux, sujet à l'ignorance, enclin aux passions mauvaises, condamné à la souffrance sous toutes ses formes et à la mort, l'homme fût descendu au dernier degré de l'abjection et eût été éternellement perdu, si Dieu n'eût résolu de le sauver par un trait de son infinie miséricorde.

Le Verbe, par qui tout a été fait, consentit à tirer l'homme de l'abîme où il était tombé. Revêtu de notre pauvre nature, il apparut au milieu de nous, plein de grâce et de vérité, et nous ouvrit, par sa doctrine, ses exemples et son sacrifice, la voie du salut. Seulement, pour participer aux trésors qu'il nous a acquis, nous devons soumettre notre intelligence et notre volonté à Dieu par la foi et la charité, subordonner la chair à l'esprit par la pénitence, nous détacher, par l'amour des biens célestes, des richesses fausses et périssables que le monde nous présente. Tel est le but du christianisme, et l'unique chemin qui nous conduise au bonheur éternel.

Assurément, partout on trouve les secours nécessaires pour arriver à sa fin. c'est-à-dire pour se sauver ; car l'Église est répandue sur toute la surface du monde avec les lumières de sa divine doctrine, la vertu de ses sacrements et les exemples de ses saints.

Certes, souverains et sujets, grands et petits, riches et pauvres, savants et ignorants, nous sommes tous appelés à la récompense des grandeurs futures du ciel; mais, s'il y a des chances plus favorables pour l'obtenir, elles sont pour ceux qui se montrent les plus humbles, les plus mortifiés, les plus vertueux : là est le secret des vocations religieuses.

En général, les âmes qui ont soif de leur salut et de leur perfection, se tournent préférablement vers la vie religieuse ; elles ne trouvent leur complet épanouissement que dans la retraite du cloître, à l'ombre des autels; âmes qui appartiennent plus au ciel qu'à la terre ! semblables à ces fleurs, extraordinairement fertiles, amies des fraîches brises et des vastes horizons, qui ne répandent leurs plus suaves parfums que dans la solitude !

Malheureusement ces âmes sont le petit nombre. La plupart des hommes, en effet, accomplissent leur pèlerinage terrestre, sans se mettre en peine de lever la tête vers le ciel pour demander à Dieu de leur faire connaître la voie qu'ils doivent suivre. Ils vont à l'aventure. Leur vie est une vie désorientée, sans principe et sans but. Comment dès lors s'étonner si ceux qui agissent ainsi s'égarent et se perdent, quand ils entreprennent, avec tant de légèreté, sur la mer orageuse de ce monde, si fréquente en naufrages, le plus périlleux voyage, celui du temps à l'éternité. Combien de jeunes gens qui n'ont jamais ni prié ni fait une sérieuse réflexion pour connaître si, dans les décrets éternels de Dieu, leur place n'était pas dans la vie religieuse ! Que le nombre est grand de ceux qui engagent leur avenir sur les pentes de l'habitude et du caprice, qui embrassent telle ou telle carrière sans goût prononcé, sans aptitude marquée, y végètent dans un rang plus que secondaire et n'y utilisent que bien médiocrement des énergies qui eussent été capables des plus beaux et des plus sublimes sacrifices !

La vocation à l'état religieux se manifeste de bien des manières : de sérieuses réflexions sur la brièveté du temps, sur la nécessité de travailler efficacement à son salut, sur l'abîme éternel qui attend les réprouvés, sur la gloire immense que Dieu réserve à ses élus, la lecture d'un bon livre, une sainte prédication, le conseil d'un ami chrétien, la mort imprévue d'une personne chérie, un cercueil qui passe, un trait admirable de vertu, la vue d'un grand sacrifice, etc., tout, en un mot, peut devenir, entre les mains de Dieu, un instrument pour décider notre retraite du monde et nous conduire au seuil de la vie religieuse.

L'exemple de Jésus-Christ est la source féconde d'où découlent les vocations religieuses. Ce divin Sauveur eût pu, s'il l'eût voulu, prendre place parmi les grands, les riches et les heureux du monde ; il a préféré être humble jusqu'à naître petit enfant dans une crèche, pénitent jusqu'à mourir sur une croix, dernier terme de l'infamie et de la douleur ; il pouvait consoler les pauvres par ses paroles, il a encore voulu les consoler en se faisant semblable à eux et en souffrant comme eux ; il aurait pu tout simplement conserver son souvenir à la terre, il a mieux aimé nous laisser sa personne divine dans le Sacrement de nos autels.

Si donc Dieu a tant fait pour elles, ces âmes nobles et généreuses à leur tour veulent tout sacrifier pour l'amour de lui.

Elles se sentent attirées vers la vie religieuse où vivent et meurent les privilégiés de la grâce. Dès lors, on voit de jeunes adolescents, pleins d'énergie, d'intelligence et d'avenir, quitter le monde où tant de liens les retenaient, pour offrir à Dieu leurs âmes pures et virginales. Fleurs du genre humain, fleurs exquises et charmantes dans leur fraîcheur matinale, qu'aucune poussière terrestre n'a encore ternie, ces jeunes gens viennent demander aux cloîtres la pauvreté, alors que tout, autour d'eux, est en proie à la soif de l'or ; la chasteté dans un temps où l'excès du bien-être développe les passions sensuelles ; l obéissance, tandis que les cris de liberté et d'indépendance résonnent à tort et à travers dans tous les rangs de la société.

Dans le monde, hélas ! il est bien difficile de conserver sans tache sa robe d'innocence, étant donné que les passions s'entourent de tant de prestige pour fasciner les esprits et séduire les cœurs. Certes, il n'est pas facile au milieu de tant d'obstacles de poursuivre sa route vers la céleste patrie : des charmes si enivrants arrêtent notre essor et nous attachent à la terre.

Néanmoins, la vocation à la vie religieuse est plus commune qu'on ne le pense généralement : s'il y en a peu qui embrassent ce genre de vie, il faut l'attribuer au manque de courage qui recule devant le sacrifice. L'éducation mal dirigée suffit à elle seule pour faire perdre une sainte vocation. Souvent, sans le vouloir on pervertit le sens chrétien des enfants en semant dans leur cœur l'ivraie des idées mondaines avec le bon grain de l'éducation religieuse et des habitudes de piété.

Les signes d'une bonne vocation se réduisent à deux : 1° embrasser cette sainte vie par des motifs de l'ordre surnaturel, tels que le désir d'arriver plus sûrement au salut, à la perfection, d'éviter le péché ; 2° avoir les aptitudes physiques et morales nécessaires pour le genre de vie qu'on veut embrasser.

Souvent on entend dire aux personnes du monde qu'on ne se détermine à se retirer dans la solitude qu'à la suite de mécomptes, de déceptions, de froissements, etc. C'est là une erreur. Un coup de tête peut bien faire prendre le chemin du cloître ; mais, dans ce cas, un nouveau coup de tête en fera bientôt sortir. Les personnes du siècle se figurent quelquefois que les maisons religieuses sont les ports où viennent échouer les naufragés des passions, les meurtris de la vie. des hommes flétris par la loi, sans nom, rongés par le remords ; elles regardent la Trappe comme une espèce de bagne religieux où il n'entre que des criminels ou des gens blasés. Cette supposition est toute gratuite et absolument fausse. Sans doute, le désir de souffrances plus rigoureuses peut y conduire des âmes qui veulent expier les fautes d'une vie de faiblesse et de dissipation ; d'autres peuvent avoir souillé de quelques taches plus considérables leur robe baptismale, ils se rendent dans le cloître pour se purifier dans les eaux salutaires de la pénitence : certainement, d'illustres convertis sont venus s'abriter à la Trappe, et elle n'a pas à en rougir. Mais, en général, on peut dire que la très grande majorité de ceux qui se retirent dans la solitude sont des âmes saintes que le souffle du mal n'a point ternies. Ce ne sont point des âmes malades, mais, bien au contraire, des âmes fortes et saines, qui viennent s'abriter sous nos cloîtres ; ce sont des jeunes gens qui ont reçu une éducation pieuse et qui veulent mettre leur innocence à l'abri de la contagion du siècle ; ce sont des séminaristes et de pieux ecclésiastiques qui redoutent les dangers du ministère des âmes ; ce sont des personnes, déjà sur le déclin de l'âge, dont la vie a été régulière et qui veulent faire quelques sacrifices de plus pour embellir leur couronne ; ce sont de braves militaires qui, après avoir honoré le drapeau de la patrie, désirent, avant de mourir, amasser des trésors de mérites pour l'éternité. Ainsi les moines ont choisi la vie du cloître, non pour avoir commis des crimes, mais parce qu'ils craignent l'ombre du péché ; non pour avoir subi de grandes déceptions, mais parce qu'ils ressentent un grand amour pour Dieu, qu'ils veulent glorifier, et pour leur âme, qu'ils veulent sauver.

Certes, il peut arriver qu'un malheur, une disgrâce éclatante, une contrariété profonde soient le point de départ d'une vocation religieuse ; mais alors la grâce vient purifier et rapporter à Dieu ou au salut éternel ce qu'il pouvait y avoir d'humain dans le principe.

On sait que le grand saint Paul, premier ermite, fut poussé dans le désert par la dénonciation d'un de ses parents ; un sentiment de crainte conduisit l'illustre saint Arsène dans la solitude ; le bienheureux Gonzalès, froissé et honteux d'avoir été jeté dans la boue par son cheval, se fit dominicain. Thomas Pound étant tombé dans un bal donné à la cour, la reine lui dit : *Lève-toi, bœuf ;* il conçut dès lors un souverain mépris pour le monde, alla s'ensevelir et mourut saintement dans un monastère. Un échec que saint Liguori éprouva dans un procès le détermina irrévocablement à se faire Religieux.

Ce qui décide les vocations religieuses, c'est cette pensée que, ni les richesses, ni la gloire, ni la science, ni les plaisirs, ni rien d'humain ne peuvent donner le vrai bonheur à l'homme, parce qu'il est plus grand que toutes les jouissances, que tous les biens d'ici-bas qui ne durent qu'un moment. — Un autre motif pour abandonner le siècle et embrasser la vie du cloître se trouve dans les magnifiques promesses de Jésus-Christ en faveur de ceux qui auront tout quitté pour l'amour de lui : il leur assure *le centuple en cette vie et la vie éternelle dans l'autre.*

Ce qui excite encore à fuir le monde pour se retirer dans le cloître, ce sont les paroles terribles de saint Paul : *Je châtie mon corps, et je le réduis en servitude, de peur qu'après avoir prêché aux autres je ne sois moi-même un réprouvé.* Tous les saints ont parlé et agi comme l'Apôtre des nations, parce que c'est à ce prix seulement qu'on remporte la victoire sur ses passions.

Un jour, des visiteurs demandèrent au Frère Sérapion, Trappiste, quels puissants motifs avaient pu le décider à quitter le monde à l'âge de soixante-douze ans. « Messieurs, leur répondit-il, j'étais poursuivi par trois gendarmes. Oui, j'étais traqué, harcelé, par ces trois gendarmes qui ne me laissaient ni paix ni trêve. Ils m'accompagnaient partout, s'asseyaient à table auprès de moi, troublaient mon sommeil pendant la nuit, épouvantaient mes veilles. En vérité, il n'y avait plus moyen de vivre avec une pareille escorte. Dans la solitude, au contraire, ils me permettent de respirer à l'aise ; leur vue, loin de m'effrayer, me console ; au lieu d'être mes ennemis et mes bourreaux, ils sont devenus mes meilleurs amis. Or, si vous tenez à connaître ces trois gendarmes, je vous dirai leurs noms ; ils s'appellent : la mort, le jugement, l'éternité. » Le Frère Sérapion se nommait dans le siècle M. le comte de Meaux, chevalier de Saint-Louis et de la Légion d'honneur, ancien député et autrefois maire de Montbrison. Il est mort dans les sentiments de la plus touchante piété, le 16 juin 1849.

Enfin, ce qui engage à tout quitter pour aller s'ensevelir dans un monastère, ce sont les avantages immenses qu'on rencontre dans la vie religieuse et que notre Père saint Bernard a su résumer en ces quelques lignes : « Dans la Religion, dit-il, l'homme vit plus purement, tombe plus rarement, se relève plus promptement, marche avec plus de circonspection, reçoit plus abondamment la grâce d'en haut, jouit d'un repos plus parfait, meurt avec plus de confiance, mérite une délivrance plus prompte et une récompense plus abondante. »

Un jour, dans la solitude, au moins dans celle du cœur, l'âme a entendu ces paroles de nos saints Livres : *Sortez de votre pays, de votre famille, et allez dans la terre que je vous montrerai.* Paroles divines, qui ne sont pour l'homme qu'un appel à la victoire et la proclamation authentique de sa royauté. La grâce venant au secours de la foi, le sacrifice est résolu définitivement.

Alors, on va dire un dernier adieu à sa famille et revoir une dernière fois la maison paternelle qui nous a vu naître, cette demeure si chère, où nous avons commencé à respirer l'air natal et aperçu pour la première fois la lumière du jour, où sur les genoux d'une pieuse mère nous avons appris à connaître et à aimer toutes les saintes choses.

En faisant ces derniers adieux à des êtres si chers, à des lieux si aimés, les larmes montent aux yeux, le cœur se brise : c'est la marque d'une âme bonne et tendre, comme aussi le dernier cri de la nature. Ah ! laisser derrière soi des parents et des amis éplorés, sentir qu'on leur fait au cœur une blessure qui ne se cicatrisera peut-être jamais, c'est déjà un sacrifice dont Dieu seul peut inspirer le courage et récompenser le mérite ; c'est, après le martyre, le plus bel acte de foi et d'amour divin dont la pauvre nature humaine soit capable en ce monde. Le sentiment religieux, quelque profond qu'il soit dans un cœur, ne le rend pas insensible à de telles séparations et à de pareils déchirements. Loin de là : plus épuré, plus dégagé de toute autre affection terrestre, le cœur n'en reçoit que mieux toutes les impressions de l'amour de la famille ; le cœur le plus pieux fut toujours celui qui aima davantage.

Souvent il arrive que les parents, par une affection aveugle pour leurs enfants, s'opposent à leur entrée en Religion, malgré les signes évidents d'une vocation divine ; par là, ils mettent obstacle à leur véritable bonheur et s'exposent à les rendre malheureux dans cette vie et dans l'autre. Jadis, dans les siècles de foi, les familles, loin de contrarier la vocation religieuse de leurs enfants, croyaient au contraire acquérir comme un titre de noblesse en les donnant à Dieu, et c'est avec un soin jaloux qu'ils s'efforçaient de développer leurs saintes dispositions pour la vie parfaite.

En quittant le monde, le religieux ne le met point en oubli ; il ne s'en sépare que pour lui être plus utile. Il sort, à la vérité, des rangs de la société ; mais il va s'immoler pour sa conservation. N'y a-t-il pas là quelque chose de supérieur aux plus sublimes dévouements que rapporte l'histoire ?

CHAPITRE XXX

LE POSTULANT A LA TRAPPE ET SA PRISE D'HABIT

Quand un postulant se présente à la Trappe afin d'y solliciter son admission, rien ne l'émeut comme la paix profonde qui règne dans cette maison. L'aspect de ces moines graves et silencieux, leur démarche recueillie, le prévenant accueil qu'on lui fait, la douce et bienveillante charité du supérieur à qui il est d'abord présenté : tout lui fait une impression qui ne se peut guère définir, mais qu'il faut attribuer certainement à la présence de Dieu plus sentie dans les monastères que dans le monde.

Le supérieur examine la vocation du postulant, et s'il reconnaît qu'elle vient de l'esprit de Dieu, il le fait conduire à l'hôtellerie où il reste quelques jours, pendant lesquels il se conforme au règlement des hôtes.

Au bout de ce laps de temps, s'il demeure ferme dans sa bonne résolution, il est introduit par le Père Maître des novices dans la communauté, où il suit dès lors tous les exercices réguliers. Si le postulant a fait ses études latines, on l'admet parmi les Religieux de chœur ; dans le cas contraire, il est placé parmi les Frères convers.

Nous croyons qu'il ne sera pas inutile de répondre ici à quelques-unes des objections que l'on formule dans le monde contre le genre de vie des Trappistes.

Il n'est pas rare d'entendre dire que les moines de la Trappe sont des êtres malheureux. C'est là une ereur des plus grossières que l'on puisse imaginer. Les murs de nos monastères ne sont nullement les murs d'une prison dans laquelle gémissent de tristes et mélancoliques victimes ; bien au contraire, ce sont des jardins de délices où fleurit le seul vrai bonheur, du moins tel qu'il peut exister dans cette vallée de larmes. Cette joie, cette sérénité, cette paix, qui sont le partage des habitants du cloître, peuvent être regardés comme le résultat de la victoire de l'âme sur ses passions.

Voici ce qu'écrivait un jeune postulant de vingt-trois ans, de noble famille, à son père, aussitôt après son entrée dans un monastère de la Trappe : « Je frappai à la porte du couvent, avec les idées qu'on s'en fait dans le monde. Je croyais trouver des figures sombres et austères, des hommes mélancoliques et à demi sauvages ; tandis qu'au contraire tous les visages sont gracieux et sereins, toutes les manières affables et polies ; on est reçu avec une cordialité sans exemple. Enfin, on est agréablement surpris des manières distinguées de tous les religieux. » — Mais pourquoi, dit-on encore, faire tant de pénitences à la Trappe ? — D'abord, parmi les sept mille six cents versets du nouveau Testament, combien n'y en a-t-il pas qui font de la pénitence et de la mortification la condition indispensable du salut ? Ensuite, cette vie pénitente est nécessaire pour conserver à l'âme sa suprématie sur le corps.

En présence d'un philosophe matérialiste qui nie son âme et s'abîme tout entier dans les sens, je comprends qu'on ne voie en lui qu'un singe perfectionné. Mais à la vue d'un Trappiste qui pleure sur lui-même et qui crucifie sa chair pour en rester maître, je reconnais un ange déchu qui fait pénitence sur la terre, un roi détrôné qui cherche à ressaisir son diadème et à remonter sur le trône d'où il est tombé.

Il n'est pas rare non plus d'entendre des personnes dire que la pénitence que l'on pratique à la Trappe est un vrai suicide. Ah ! le suicide n'est pas dans les austérités, mais dans les plaisirs, les excès de table, la débauche, dans les établissements publics de dépravation : c'est là que s'altère et se détruit le tempérament tant individuel que national.

Les plaisirs sensuels sont mille fois plus meurtriers que la pénitence ; et la santé du corps se trouve même dans la victoire qu'on remporte sur les sens. De plus la souffrance volontaire est juste comme expiation de nos fautes, elle est logique comme hygiène de notre âme ; mais, par-dessus tout, elle est nécessaire comme expression de l'amour divin.

Le suicide proprement dit n'est pas dans l'amoindrissement de notre corps, il est dans la négation de l'âme. Oui, le Trappiste qui diminue en lui-même la puissance du corps pour accroître celle de l'âme, au lieu de se détruire, acquiert au contraire une surabondance de vie. D'autant plus que, citoyen d'une autre patrie, il peut sacrifier des jours dans celle-ci sans mutiler son existence.

Se mortifier, n'est-ce pas développer le côté céleste de notre nature, éclairée, régénérée par la grâce et la lumière divine? Aussi le mot « plaisir » sonne mal dans la bouche d'un chrétien, c'est un nom barbare et inconvenant dans ceux qui aspirent au ciel.

Cette sublime parole, tombée des lèvres de l'Homme-Dieu : *Abneget semetipsum ; Qu'il se renonce lui-même*, n'est-elle pas un sceptre entre les mains de la volonté ? C'est la reconnaissance de sa royauté. Quelle grandeur en effet et quelle majesté elle nous communique, cette souveraineté spirituelle qui ne s'obtient que par la lutte et par le sacrifice ! Réduire son corps en servitude, tirer le glaive contre ses passions, s'infliger à soi-même une douleur volontaire, ce sont là autant d'actes héroïques de la volonté devenue maîtresse d'elle-même. Tandis que, au contraire, le règne de la matière sur l'esprit, c'est le despotisme du corps imposé à la majesté de l'âme, c'est le renversement de l'ordre établi par la sagesse divine. Laisser le corps empiéter sur l'âme, c'est mettre la servante à la place de la souveraine, c'est abdiquer volontairement la royauté que Dieu nous a départie et jeter aux orgies de la matière le sceptre de l'esprit.

D'ailleurs, le chrétien est un homme qui a reçu la mission de reproduire en sa personne l'image de Jésus-Christ. Or qu'est-ce que Jésus-Christ ? C'est la crèche, le jeûne au désert, la flagellation, la croix, toute une série de sacrifices, de privations et de souffrances ; en un mot, Jésus-Christ, c'est la mortification personnifiée. Voilà pourquoi il n'est rien de plus louable que d'embrasser une vie pénitente, parce que, en agissant ainsi, on marche de plus près sur les traces du divin Crucifié.

Un jeune homme de vingt-cinq ans, en possession d'un grand nom et d'une immense fortune, doué d'infiniment plus d'esprit et de grâce qu'il n'en faut pour briller quand déjà on est riche et noble, venait de quitter sans bruit la scène du monde. On apprit qu'il était allé s'ensevelir dans une Trappe. Grande pitié parmi ses amis de jeunesse ; évidemment ce pauvre marquis était devenu fou ! Pour s'en assurer, un de ses parents fut aux informations à la Trappe même. Il y passa huit jours à bien considérer le fugitif, les Trappistes et toutes choses. Quand il fut de retour : « Eh bien ? lui-dit-on. — Eh bien ! répondit-il, c'est nous qui sommes fous. » Ceux-là sont fous assurément qui ne s'occupent presque point de l'éternité où la mort va les jeter dans quelques années d'ici, peut-être dans un instant.

Mais faut-il donc, pour nous préparer à l'éternité, nous enfermer tous dans le cloître ? Le monde finirait avec nous.

Cette conséquence n'aurait pas effrayé saint Jérôme ; il lui semblait que, si le monde finissait ainsi, ce serait pour un si mauvais sujet une très bonne manière de finir. Mais ce souhait ironique n'empêchera pas les choses humaines de suivre jusqu'au bout leur train accoutumé. A l'avenir comme par le passé, la grande majorité des hommes restera dans le mouvement et les affaires de la vie ordinaire du siècle, tandis que certaines âmes, plus fortement préoccupées du ciel et obéissant à une secrète sollicitation de la grâce divine, se retireront dans les sanctuaires où la sagesse divine a établi et consacré une manière de vivre admirablement appropriée à la recherche de la perfection chrétienne.

Mais revenons à notre postulant que nous avions introduit dans la communauté. Après y avoir passé environ un mois en habits séculiers, si pendant cette épreuve il a fourni des marques de plus en plus certaines d'une bonne vocation, on lui donne l'habit religieux. C'est ordinairement à l'occasion d'une fête qu'a lieu cette touchante cérémonie. Le postulant se prépare à ce grand acte par une confession générale. Le jour venu, lorsque la communauté, après l'Office de Prime et la Messe qui le suit ordinairement, entre au Chapitre, le postulant demeure en dehors de cette salle. Au moment désigné, le Père Maître des novices vient le chercher et le conduit au milieu du Chapitre ; là, il se prosterne le front contre terre, et le Supérieur lui dit : *Que demandez-vous ? — Quid petis ?* Le postulant, toujours dans la même attitude, répond : *Misericordiam Dei et Ordinis. — La miséricorde de Dieu et celle de l'Ordre.* Le Supérieur lui enjoint alors de se lever au nom du Seigneur ; ensuite il lui rappelle les épreuves et les austérités qu'il rencontrera dans la sainte carrière où il veut entrer; en même temps il lui fait envisager la magnifique récompense qui l'attend au ciel, s'il se montre fidèle et s'il persévère jusqu'à la mort ; il finit son exhortation en lui demandant s'il est disposé à conformer sa conduite aux pratiques en vigueur dans la maison. Le postulant ayant répondu : *Oui, mon Révérend Père, moyennant la grâce de Dieu et le secours de vos prières ,* le Supérieur appelle sur lui l'affermissement que Dieu seul peut donner à sa résolution : *Que Dieu achève ce qu'il a commencé en vous : Qui cœpit in te, Deus perficiat.* Alors toute la communauté se lève et le Supérieur bénit les vêtements destinés au postulant par des prières aussi sublimes que touchantes. Dans une magnifique oraison, il demande, pour celui qui va revêtir l'habit cistercien, que Dieu le bénisse, le sanctifie et lui fasse de ce vêtement une arme pour le défendre contre les puissances de l'enfer et le rendre victorieux de toutes les embûches du démon, et qu'ainsi il obtienne finalement la vie éternelle. Le Supérieur ayant aspergé les vêtements d'eau bénite, le Père Maître conduit le postulant à ses pieds : il se met à genoux, le Supérieur lui ôte ses habits de dessus et le revêt successivement d'une robe, d'un scapulaire, d'une ceinture ou simple lisière, puis d'une chape pour les novices de chœur et d'un chaperon pour les novices convers, le tout de couleur blanche pour les premiers, brune pour les seconds.

Le postulant est ainsi dépouillé des livrées du siècle pour être revêtu de celles de la religion, en signe du changement de vie qui doit s'opérer en lui. Il témoigne par là qu'il rejette le langage, les idées, les goûts et les affections du monde ; qu'il veut mourir à la vie des sens, crucifier le vieil homme et revêtir le nouveau dont il reproduira l'esprit et les mœurs, c'est-à-dire la sainteté et la justice que symbolise l'habit religieux. Le *scapulaire* est une figure de la croix que nous devons porter tous les jours sur nos épaules à la suite du divin Maître ; la *ceinture* rappelle que, suivant le mot de l'Évangile, nos reins doivent être ceints pour combattre sans relâche les ennemis de notre salut ; la *chape* est le manteau des voyageurs, qui nous indique qu'étant des passagers sur cette terre, nous devons placer nos affections au ciel ; le *chaperon*, vêtement de l'enfance, nous marque l'humilité, la simplicité et l'innocence de la vie. Le Supérieur, en revêtant le postulant de l'habit religieux, prononce ces belles paroles : *Que le Seigneur vous dépouille du vieil homme et de ses actes et qu'il vous revête de l'homme nouveau qui a été créé par Dieu dans la justice et la sainteté. »*

Dès qu'on commence à revêtir le postulant des habits religieux, la communauté s'associe à ces sentiments en chantant l'admirable cantique que Zacharie composa, il y a bientôt dix-neuf siècles, sous l'inspiration de l'Esprit prophétique : *Benedictus Dominus Deus Israel , quia visitavit et fecit redemptionem plebis suæ : Béni soit le Seigneur Dieu d'Israël, parce qu'il a visité et racheté son peuple.*

La liturgie cistercienne emprunte les paroles de Zacharie pour exprimer la joie qu'éprouvent les Frères de ce que le Seigneur a daigné visiter l'un d'entre eux et le retirer de la servitude du péché. Toute la famille religieuse fait des vœux pour le nouveau-né du cloître ; elle se dit : « Que pensez-vous de ce privilégié à qui Dieu fait tant de grâces ? » Elle appelle les lumières du ciel sur l'enfance spirituelle de ce jeune Frère. *Et toi, petit enfant*, s'écrie-t-elle, tu seras revêtu d'une mission divine, celle de proclamer la pénitence par une vie d'austérité, de sacrifice et de mortification. Sur cet enfant a lui le divin Soleil des âmes, *qui se lève dans les hauteurs de l'Orient pour illuminer ceux qui sont assis dans les ténèbres de la mort*, dans cette région froide, ténébreuse, souterraine où le péché, qui est la mort de l'âme, exerce son empire ; il a éclairé ceux qui sont plongés dans les ténèbres de l'erreur et de l'incrédulité, *pour diriger leurs pas dans les voies de la paix* et le repos de la conscience. Toutes ces magnifiques promesses, envisagées au sens spirituel, trouvent leur accomplissement dans la personne du nouveau champion de la pénitence.

A la fin de la cérémonie, dans une belle oraison où l'on demande pour le jeune novice que le Seigneur daigne répandre sur lui ses bénédictions et lui accorder la persévérance, on lui impose un nouveau nom, si toutefois il ne garde pas celui de son baptême. De même qu'Abram prit le nom d'Abraham, Jacob celui d'Israël, Céphas celui de Pierre, Saul celui de Paul, noms nouveaux qui exprimaient une nouvelle vocation et la vie nouvelle que ces illustres personnages devaient mener, ainsi le novice, qui reçoit l'habit, prend en même temps un autre nom, pour signifier qu'il doit commencer une vie nouvelle, toute de renoncement, de mortification et d'obéissance.

Le novice passe ensuite deux années entières à étudier la Règle et les autres obligations de la vie religieuse. Pour défendre sa liberté contre le mirage de l'imagination et le caprice de l'inconstance, il se soumet aux épreuves d'un long noviciat avant de contracter ses engagements. Il étudie, il essaie la Règle sous la direction d'un supérieur qui lui en fait connaître tous les détails et aussi toutes les difficultés. Rien de plus important que cette formation ; car il est un axiome admis par tous les maîtres de l'ascétisme religieux et que l'on peu formuler ainsi : *Tel on se montre pendant le noviciat, tel on sera dans le cours de sa vie religieuse.* C'est là une règle qui souffre peu d'exceptions. Ce temps d'initiation doit donc être le point de départ d'une marche progressive vers la perfection : si l'on est fervent novice, on sera bon religieux, comme au contraire un novice tiède et négligent annonce pour l'avenir un pauvre religieux.

Malheur surtout au novice qui, ne correspondant pas à sa vocation, y renonce pour rentrer dans le monde qu'il avait abandonné pour toujours! Il se précipite ainsi, comme dit très éloquemment saint Bernard, *de l'élévation dans l'abîme, du pavé sur le fumier, du trône dans le cloaque, du ciel dans la boue, du cloître dans le siècle, et du paradis dans l'enfer.*

CHAPITRE XXXI

LA PROFESSION RELIGIEUSE DU TRAPPISTE

Quand un novice, pendant les deux années de son noviciat a montré, par sa ferveur et par sa régularité, que sa vocation vient réellement du ciel et qu'il y correspond fidèlement, il est admis à émettre ses vœux simples de Religion : ils sont perpétuels de son côté ; mais l'Ordre pourrait, en certains cas, pour des raisons graves, le renvoyer et le délier de ses engagements.

La Profession simple se fait au Chapitre, comme la prise d'habit, ordinairement en un jour de fête. Le novice se présente au Chapitre pour y être interrogé de nouveau sur les dispositions dans lesquelles il se trouve à l'égard de sa vocation. Le Supérieur lui fait une exhortation pour lui rappeler une fois de plus les obligations qu'il va contracter, les avantages spirituels qu'il en retirera et l'éternelle récompense qui doit couronner sa fidélité. Le novice prononce alors ses vœux d'obéissance, de stabilité dans le monastère et de conversion des mœurs, suivant la règle bénédictine. Son vœu d'obéissance comprend implicitement ceux de pauvreté et de chasteté. Ensuite le Supérieur, ayant béni les vêtements, en revêt le nouveau Profès. Pour le Religieux de chœur, le *scapulaire noir* remplace le blanc pour lui signifier qu'il est mort au monde et à ses vanités ; la *ceinture de cuir*, n'étant pas flexible comme la simple lisière, lui apprend que ce qui était, avant sa Profession, de simple conseil est maintenant pour lui d'obligation stricte ; puis il reçoit la *coule* qui, par sa blancheur, représente l'éclat de la vie ressuscitée, personnifiée dans l'Eglise par le Religieux cistercien ; l'ampleur de ce vêtement marque la splendeur et le repos de la contemplation. — Si c'est un Frère convers qui fait profession. on lui donne seulement la ceinture de cuir et la chape. Après le Chapitre, on rase la tête au nouveau Profès : ce qui signifie le retranchement, dans son esprit et dans son cœur, des pensées vaines, terrestres et superflues. Aux Religieux de chœur, on laisse une couronne de cheveux tout autour de la tête, pour représenter la couronne d'épines que Jésus-Christ eut à porter dans sa Passion, et signifier que le Religieux est roi, puisque servir Dieu c'est régner, et qu'effectivement le moine règne en souverain sur ses sens et sur tous les mauvais instincts de la nature déchue.

Ce Religieux qui vient de prendre ainsi des engagements perpétuels et crucifiants pour les sens, paraît aux gens du monde un pauvre esclave, digne de leur compassion.... Qu'ils se détrompent bien vite, car un vrai disciple de saint Benoît et de saint Bernard ne saurait être à plaindre. S'il n'a pas les jouissances de la vie mondaine, il n'en supporte pas non plus les tracas et les soucis : dans son entier et absolu abandon entre les mains de la divine Providence, il goûte une paix que le monde ne partage pas, dont il n'a pas même l'idée. Sans doute, le Religieux Trappiste a ses tentations, ses heures de lassitude ; il porte le joug d'une règle sévère qui n'accorde à la nature que ce qu'il serait imprudent de lui refuser. Mais cette austérité même, il l'a embrassée avec amour, et il la bénit jusque dans les sacrifices qu'elle lui impose, parce que c'est d'elle que proviennent sa joie et son bonheur. Il a résolu, en un mot, l'énigme que Samson proposa un jour à ses convives : *De forti egressa est dulcedo : De ce qui est fort est sorti ce qui est doux.* Dans la gueule d'un lion tué par lui quelques jours auparavant, il avait trouvé un essaim d'abeilles et un rayon de miel.

Pour vous convaincre de la vérité de ce qui vient d'être dit, écoutez un ancien Docteur de Sorbonne qui s'était fait Trappiste ; ses sentiments ne sont que l'écho de ceux de ses Frères en Religion. Voici donc ce qu'il écrivait à son père : « Que vous dirai-je, ô mon père ? Voilà près de six ans que j'ai le bonheur d'être à la Trappe, et ces six ans ont été. sous tous les rapports, sans aucune espèce de comparaison, les plus heureux de ma vie..... Je vois les années s'écouler avec une rapidité qui m'étonne. Pendant mon noviciat, je n'ai pas eu un seul moment d'ennui ou de dégoût de mon état ; et depuis que j'ai eu le bonheur d'émettre mes vœux, il m'est devenu plus cher tous les jours. Cela est si vrai que, paradis pour paradis, je ne changerais pas mon état pour tout ce que le monde offre de plus riant et de plus aimable... Cette pénitence dont l'extérieur n'offre aux yeux du monde rien que d'austère et de rebutant, est, dans le fond, remplie de consolation et de douceur : *Crucem vident, unctionem non vident : ils voient la croix, sans voir l'onction qui l'accompagne.* C'est une orange dont l'écorce seule est amère. Cela est si vrai que je suis aussi bien portant, avec nos jeûnes et notre pauvre nourriture, et aussi avec notre rigoureux silence, que vous m'aviez connu autrefois. Et ce n'est pas assez dire, car au milieu de tous les plaisirs que m'offrait le monde, j'en sentais malgré moi la caducité ; j'étais forcé de voir le contraste entre ce que j'étais et ce que je devais être ; et cette pensée empoisonnait tous les instants de ma vie. Tout ce que j'avais idolâtré longtemps, richesses, ambition, tout cela n'est plus pour moi que folie et jeu d'enfant. Que Dieu est bon envers moi ! Je n'ai qu'un désir, mais il est bien vif et bien ardent, c'est de me trouver dans quelques années réuni pour jamais à tout ce que j'ai eu de plus cher sur la terre. »

On voit par là que les vœux du Religieux sont pour lui une source de grâce, de paix et de consolation. Oh ! qu'il est grand dans la vie du moine, le jour tant souhaité de la profession religieuse : c'est une date, c'est toute une histoire. En cette journée radieuse, une joie surhumaine rayonne sur le visage de celui qui va se consacrer irrévocablement au service de Dieu. Écoutons saint Basile célébrer cette consécration par ces sublimes paroles : « O bienheureuse langue, qui avez prononcé les paroles sacrées de la Profession religieuse ! s'écrie ce grand Docteur, l'air qui a reçu vos serments en est embaumé ; le Seigneur les a écrits au plus haut des cieux ; les anges qui les ont entendus y répondent par leurs acclamations, et les démons, frappés comme d'un trait de feu, vont, en frémissant, cacher leur honte au fond des enfers. »

Par sa profession, le religieux pulvérise ces trois pivots du trône de Satan : l'orgueil, la cupidité et la sensualité.

D'après les saints Pères, la Profession religieuse, dans un Ordre approuvé par l'Église, est un second baptême et produit le même effet que le martyre. C'est-à-dire que si le Religieux venait à mourir aussitôt après sa Profession, il irait tout droit au ciel, ayant reconquis par cet acte héroïque l'innocence baptismale.

O jour à jamais glorieux de la Profession religieuse ! jour béni entre tous, où l'âme se dépouille complètement de toutes ses entraves et d'elle-même comme d'un vêtement de mort, pour se donner à Dieu avec ses facultés de connaître, de vouloir et d'agir, et rendre à ce Roi suprême la plus grande

gloire qu'Il puisse attendre de sa créature intelligente et
libre !

Quand un Religieux a passé trois ans avec les vœux simples,
dans la régularité et la ferveur que demande le service de Dieu,
il peut être admis à émettre ce que l'on appelle les *grands vœux*
ou *vœux solennels.* Cette imposante cérémonie, s'il s'agit d'un
Religieux de chœur, se fait à l'église : la Profession des vœux
simples n'était, pour ainsi dire, qu'une fête de famille ; la
Profession solennelle doit quitter le mystère du cloître et paraître au grand jour, sous les voûtes du sanctuaire. C'est au
pied du saint autel, devant le Dieu de l'Eucharistie, au milieu
des splendeurs des rites sacrés et des plus belles prières, en
présence des reliques des Saints, que le Religieux va prononcer ses derniers vœux. Cet holocauste doit être offert en
union avec la grande Victime de nos autels qui l'élève jusqu'à elle en le sanctifiant.

Le saint Sacrifice commence ; il est célébré solennellement
par le Supérieur de la maison. Après l'évangile, l'Officiant et
ses ministres se rendent à l'entrée du sanctuaire ; le Profès
vient s'y prosterner la face contre terre ; le Supérieur l'inter-
roge encore et lui rappelle de nouveau les engagements qu'il
va solennellement renouveler et rendre plus étroits que
jamais ; il termine en lui demandant s'il est bien résolu d'y
demeurer fidèle jusqu'à la mort. Sur la réponse affirmative
du Profès, le Supérieur et toute la communauté se mettent à
genoux, tournés vers l'autel. Alors le *Veni, Creator,* ce chant
si sublime, cette hymne magnifique qui émeut si profondément
les cœurs chrétiens, s'élance de toutes les poitrines afin d'invoquer les lumières du Saint-Esprit et d'obtenir l'abondance
de ses dons en faveur de celui qui va se dévouer à une vie
toute d'abnégation et de sacrifices. Après cette touchante
prière, le Profès chante la formule de sa Profession, dans
laquelle il renouvelle ses vœux d'obéissance, de stabilité et
de conversion des mœurs, selon la Règle de saint Benoît.
Ensuite il signe sa cédule comme pour ratifier ses promesses,
et va déposer ce contrat divin et indissoluble sur l'autel,
unissant ainsi son sacrifice à celui de la Victime sacrée ; il
baise l'autel et, de retour devant le Supérieur, il chante par
trois fois cette belle prière du Psalmiste : *Suscipe me,*
Domine, secundum eloquium tuum, et vivam ; et non confundas
me ab expectatione meâ : O mon Dieu, acceptez-moi comme vous
me l'avez promis, et je vivrai ; et ne permettez pas que je sois
confondu dans mon attente.

Ayant ainsi renouvelé son oblation et demandé à Dieu de la

sanctionner et de la ratifier dans le ciel, il va se mettre à genoux aux pieds du Supérieur, des ministres sacrés et de chacun des Religieux, en leur demandant le secours de leurs prières afin d'obtenir les grâces qui lui sont nécessaires pour remplir fidèlement jusqu'à son dernier soupir les engagements qu'il vient de renouveler avec tant de solennité. Il dit à chacun d'eux : *Ora pro me, Pater : Priez pour moi, mon Père.* Et les Religieux, lui donnant le baiser de paix, lui répondent par cette prière du saint roi David : *Que le Seigneur protège votre entrée et votre sortie : Dominus custodiat introitum tuum et exitum tuum.* C'est-à-dire : que Dieu vous garde pendant toute votre vie en vous sanctifiant, et surtout qu'il vous garde à votre sortie de ce monde en vous recevant parmi les élus. — Pendant cette touchante cérémonie, le chœur chante solennellement le Psaume 50 : *Miserere meî, Deus,* etc., si bien fait pour la circonstance. C'est une sorte d'absoute sur un cercueil ; cette éloquente prière s'élève vers le ciel comme un gémissement de regret et de douleur, comme le plus bel acte de contrition qui puisse tomber des lèvres humaines. Jamais le repentir ne parla un langage plus vrai, plus pathétique et plus pénétrant. Par cet acte d'humilité et de regret des fautes qu'il peut avoir commises, le Profès inaugure sa vie pénitente.

Ayant fini de demander aux Religieux le secours de leurs prières, le Profès va se prosterner le front contre terre devant le sanctuaire jusqu'à ce qu'on ait terminé le chant du psaume. Alors le Supérieur récite quelques oraisons dans lesquelles il supplie le Seigneur d'accorder au Profès la grâce d'une sainte vie et la félicité éternelle comme couronnement et récompense de sa fidélité. Puis tout à coup le chant du *Te Deum,* sublime cantique qui est comme un écho de la céleste Jérusalem, vient faire vibrer tous les cœurs. Là se réunit la voix de l'Eglise militante à celle de l'Eglise triomphante pour remercier Dieu des grâces qu'Il a accordées au nouveau Profès. N'est-il pas convenable en effet d'inviter le ciel et la terre à partager la joie éprouvée par les habitants du cloître ?

Après le *Te Deum* et l'oraison qui le suit, le Profès retourne à la place qu'il occupe au chœur et le saint Sacrifice reprend son cours. Rien n'est plus touchant que la cérémonie d'une Profession solennelle à la Trappe. Combien ce spectacle n'est-il pas émouvant et salutaire, surtout dans un siècle sensualiste comme le nôtre ! Voir des âmes s'arracher aux plaisirs et à toutes les satisfactions de ce monde pour embrasser par des vœux irrévocables une vie humble et austère, remplie de sacrifices, c'est une grande leçon. On aime et on aimera toujours à voir l'homme se détacher de la terre pour se donner à Dieu : on se plaît à être témoin d'un sacrifice où apparaît tout ce que l'on peut imaginer de plus généreux, de plus noble et de plus héroïque. L'immolation de la Profession religieuse qui nous crucifie au monde, n'est que la réponse du cœur humain à l'amour d'un Dieu qui, par tendresse pour nous, a bien voulu se soumettre aux humiliations de la crèche, aux souffrances de la croix et aux anéantissements de l'Eucharistie.

CHAPITRE XXXII

LA JOURNÉE DU TRAPPISTE

Le temps, si peu estimé par l'homme du monde qui le dissipe dans les plaisirs ou en délassements frivoles, est pour le Religieux très précieux. Heureux celui qui sait le ménager pour acquérir le trésor de la science divine et celui de la vertu ! Que le temps se présente pendant les ténèbres ou pendant le jour, qu'il se nomme la saison des fleurs ou celle des frimas, qu'il soit sombre ou radieux, qu'il sème à pleines mains les grâces et la beauté sur notre front adolescent, ou qu'il fasse déjà pencher notre corps sous le poids de notre tête ridée et blanchie par le cours des années, qu'il prépare en souriant un berceau, ou qu'il creuse silencieusement une tombe : Dieu nous le donne toujours, comme dit le doux Fénelon, avec une sorte de parcimonie, puisque jamais il ne nous en accorde deux instants ensemble et qu'il ne nous donne le second qu'après nous avoir pris le premier, en retenant le troisième dans ses mains avec l'incertitude si nous l'aurons.

Voilà une raison, entre bien d'autres, pour expliquer comment il se fait qu'à la Trappe tous les instants sont comptés : le Trappiste fait en sorte que chacun d'eux soit marqué de l'empreinte de l'éternité bienheureuse, qu'il ait, pour ainsi dire, l'estampille divine. D'ailleurs, la chose est très facile; l'obéissance réglant tout ce que doit faire le religieux, rien n'est laissé à l'arbitraire.

Le Trappiste commence sa journée à une heure aux jours de grandes solennités, à une heure et demie les dimanches et les fêtes moindres, et à deux heures les jours de travail. A l'heure fixée, la cloche du dortoir se fait entendre : à l'instant même tous les Religieux se lèvent, prennent de l'eau bénite, font le signe de la croix, offrent à Dieu leur cœur et la nouvelle journée qui commence, puis se rendent promptement à l'église ; arrivés là, ils saluent respectueusement le divin Prisonnier du Tabernacle, se mettent à genoux et adorent en silence le Dieu de l'Eucharistie.

Cinq minutes après le réveil, on sonne la cloche de l'église et même toutes les trois, si c'est un jour de grande fête, et le chœur commence le petit Office de la très sainte Vierge (Matines et Laudes), qui dure près d'une demi-heure. Ainsi le Trappiste commence sa journée par rendre ses hommages à Marie, il la finira de même le soir. Cet Office est suivi d'une demi-heure d'oraison mentale. Pendant ce temps on réfléchit sur Dieu, sur les vérités de notre sainte Religion, sur son âme, ses devoirs d'état, etc. Oh ! que ce temps de réflexion fait de bien à l'âme ; cet exercice est l'école où nous apprenons à rendre plus belle en nous l'image de Dieu ; c'est là que l'on prend des forces pour demeurer victorieux de toutes les attaques de ses ennemis, car en tous temps se livre dans le cœur de l'homme la lutte du devoir et de la passion, du devoir sublime mais austère aux prises avec la passion abjecte mais séduisante. Le prophète l'a dit : « La terre est remplie de désolation parce qu'il n'y a personne qui rentre en lui-même. » Sainte Thérèse n'hésite pas à tenir pour assuré le salut de celui qui fait un quart d'heure de méditation par jour. Après la méditation, commence le grand Office de la nuit (Matines suivies de Laudes) ; il dure environ deux heures et demie, les dimanches et les fêtes, une heure les autres jours.

Ces prières ferventes qui montent ainsi régulièrement toutes les nuits des cloîtres vers le ciel nous expliquent comment la terre abreuvée de tant de crimes trouve encore des heures de repos et de sommeil ; comment des sociétés, où triomphent la profanation des saints jours, le blasphème et une corruption effrénée, peuvent vivre pendant de longues années à l'abri des catastrophes et des plus terribles fléaux ; en un mot, elles expliquent ces retards de justice, pour les peuples comme pour les individus, qui nous étonnent souvent et scandalisent quelquefois les âmes faibles. Ainsi est justifiée cette parole de sainte Thérèse : *Que deviendrait le monde, s'il n'y avait pas de Religieux ?* Qu'on nous permette de placer ici un trait historique qui revient bien à notre sujet.

C'était en 1190. Philippe-Auguste, se rendant en Palestine, vit une épouvantable tempête assaillir le navire qui le conduisait. Cette tempête se prolongea plusieurs heures et mit le roi à deux doigts de la mort. Il ne cessait de répéter : « Quand donc viendra

l'heure où les moines de Clairvaux se lèveront pour louer Dieu !
Je leur ai fait tant de bien que certainement, aussitôt levés, ils
se mettront à prier pour moi, et Dieu songera à nous sauver. »
Or, précisément à la huitième heure de la nuit, au moment où
les moines cisterciens se lèvent, on vit la tempête s'apaiser et
le calme lui succéda. Ce trait, dont la véracité ne peut être
mise en doute, achève de nous montrer les effets produits par
les prières des moines : elles apaisent la colère de Dieu, excitent
sa miséricorde et le portent à répandre sur la terre les bénédictions célestes.

Mais comme l'Office divin récité par les moines est une prière
d'un ordre à part, nous croyons devoir, pour l'édification du
lecteur, entrer dans quelques détails à son sujet.

Cet Office se divise en sept parties qu'on nomme *Heures* parce
qu'elles se récitent à sept heures différentes du jour et de la nuit.
C'est sur une tradition de la plus haute antiquité qu'est établie
cette division, adoptée par l'Eglise : elle est aussi vénérable
qu'ancienne, parce qu'elle repose sur les admirables harmonies
du nombre sept avec Dieu, l'homme et le monde. En effet, ce
nombre sept est celui des dons du Saint-Esprit. L'antique
serpent, d'après l'Évangile, chassé du cœur humain, revient
avec sept démons plus méchants que lui : impossible à nous
de lui résister, si nous ne sommes fortifiés par les sept dons du
Saint-Esprit : c'est pour les obtenir que nous prions sept fois le
jour. Le nombre sept est celui des sept péchés capitaux : c'est
pour les éviter, ou pour nous en relever si nous les avons commis, que nous prions autant de fois par jour. Tous les besoins
spirituels et temporels du genre humain sont, au nombre de
sept, renfermés dans les sept demandes du *Pater* : c'est pour
obtenir l'objet de chacune de ces demandes que nous prions
sept fois le jour. Le nombre sept est celui des jours de la création et du repos de Dieu : c'est pour nous rappeler cette grande
semaine qui vit sortir le monde du néant et nous exciter à
remercier Dieu pour chaque partie de la création, dont le saint
usage nous fera parvenir au repos de l'éternité, que nous
prions sept fois le jour.

Tous les siècles, tous les pays, toutes les langues chantent
avec nous quand nous chantons les psaumes de David. Le
temple de Salomon, les plaines de Babylone et de Memphis,
les bords du Jourdain, les déserts de la Thébaïde, les Catacombes de Rome, les basiliques de Nicée, de Corinthe et d'Antioche les ont entendus. Par combien de bouches saintes n'ont-
ils pas passé ! Tobie sur son lit de douleur, Judith dans le
camp d'Holopherne, Esther à la cour d'Assuérus, Judas Macha-

bée à la tête des guerriers d'Israël, les ont répétés. Antoine les soupirait au désert, Chrysostome à Antioche, Athanase à Alexandrie, Augustin à Hippône, Jerôme à Bethléem, Grégoire à Nazianze, Bernard à Clairvaux, Xavier au Japon.

Que la langue de David soit devenue, pour ainsi dire, universelle, rien en cela ne doit nous surprendre ou nous étonner. parce que les sentiments qu'il exprime sont ceux de tous les hommes, de tous les temps et de tous les lieux. Rien n'échappe au Roi-Prophète. Il connaît la loi terrible de notre nature viciée; il sait que l'homme est *conçu dans l'iniquité* et révolté dès sa naissance contre les lois divines. Il découvre dans le cœur pur ces degrés mystérieux qui de vertus en vertus mènent jusqu'à Dieu. Quelquefois on l'entend prophétiser en quelques mots tout le christianisme. *Apprenez-moi, Seigneur,* dit-il, *à faire votre volonté, parce que vous êtes mon Dieu.* D'autres fois, d'une seule parole il déchiffre et analyse l'incrédule tout entier : *Il a refusé de croire, de peur de bien agir.* David, par son regard prophétique, plonge dans l'avenir, et voit déjà l'immense explosion du Cénacle et la face de la terre renouvelée par l'effusion de l'Esprit-Saint : *Peuples, bénissez votre Dieu, et faites retentir partout ses louanges. De tous les points de la terre les hommes se ressouviendront du Seigneur et se convertiront à lui ; toutes les familles humaines s'inclineront devant lui.*

Les cantiques de David appartiennent ainsi, nous l'avons dit, à toutes les époques : voilà pourquoi ils sont encore aujourd'hui, après trois mille ans, presque l'unique langage de l'Église dans sa liturgie et font l'admiration de tout ce qu'il y a ici-bas d'esprits purs et élevés, les délices et l'aliment de toutes les âmes qui ont reçu du ciel l'amour des grandes vertus et le sentiment des choses divines. David brave le temps et l'espace, parce qu'il n'a chanté que Dieu, son Christ, l'Église et la vérité immortelle.

Outre les Psaumes, l'Office divin est composé de nombreux passages des saintes Écritures qui sont, pour le Religieux, un trésor de piété et de science ; car ils renferment les mines les plus précieuses des vérités divines et aussi des beautés littéraires, poétiques et oratoires devant lesquelles pâlissent toutes les œuvres humaines.

Nos Livres saints, depuis le premier verset jusqu'au dernier, depuis le *Fiat lux* de la Genèse jusqu'à l'*Amen* final de l'Apocalypse, sont un enchaînement admirable, un progrès lent et continu, où chaque flot de vérité pousse celui qui précède et soutient celui qui vient après. Les siècles, les événements, les doctrines s'y entrelacent dans un magnifique réseau qui ne laisse ni vide ni confusion, cachant sous le sens littéral des mystères ineffables, des leçons pour nous conduire aux plus nobles vertus, et un arsenal où l'on trouve toutes les armes pour combattre nos ennemis. On y rencontre une éloquence qui revêt successivement toutes les formes : tantôt douce, tendre et prévenante, tantôt simple, naïve et gracieuse, tantôt forte et terrassante, tantôt noble et élevée comme le ciel d'où elle descend. Dans cet immortel ouvrage de la Bible, sorti de la main de Dieu, qui commence par le récit de l'origine des choses et se termine par celui de la fin du monde et du jugement suprême, jetant dans l'intervalle une lumineuse clarté sur nos destinées immortelles, on trouve plus de vérités célestes, plus de morale sublime, plus d'éloquence sacrée, plus de poésie divine, plus d'enseignements salutaires et de beautés littéraires que n'en contiennent tous les autres livres réunis, en quelque siècle, en quelque langue qu'ils aient été composés.

Après les passages empruntés aux Livres saints, on rencontre dans l'Office les plus beaux récits historiques, les éloges les plus parfaits de la sainteté et les plus sublimes morceaux d'éloquence que puisse proférer une bouche humaine. Puis viennent des hymnes qui respirent la plus suave onction : elles recueillent l'âme, l'émeuvent et l'imprègnent de la plus tendre dévotion ; on sent que le poète subissait l'influence de l'Esprit-Saint.

Les considérations que nous venons de présenter sur les diverses prières dont l'ensemble constitue l'Office divin, doivent suffire pour nous faire comprendre avec quel à propos saint Benoît l'appelle *l'œuvre de Dieu*, *opus Dei*, et pour expliquer l'importance qu'y attache le Religieux vraiment digne de ce beau nom.

A l'Office du jour, les Trappistes ajoutent fréquemment celui des Morts. Nous pouvons affirmer, sans craindre d'être démenti, qu'aucune famille religieuse ne procure plus de secours spirituels à ses chers défunts, que l'Ordre cistercien. L'Office de la nuit se termine vers les quatre heures ; on dit alors l'*Angelus ;* puis les prêtres célèbrent leur Messe, les Frères la servent ou font de pieuses lectures.

A cinq heures et demie, on dit *Prime ;* les dimanches et les fêtes, cet Office est suivi d'une Messe qui se dit en présence de la communauté et à laquelle a lieu ordinairement la Communion générale. Avant de s'approcher de l'autel pour recevoir le Pain des anges, les Trappistes observent une cérémonie des plus touchantes : nous voulons parler du

Baiser de paix. On ne peut voir, sans être ému jusqu'aux larmes, ces files de moines s'avançant, avec une solennelle gravité, dans la direction du sanctuaire : on se croirait alors transporté aux origines du christianisme, assistant aux agapes des premiers chrétiens. En effet, lorsqu'on aperçoit ces moines s'embrassant mutuellement, au pied de l'autel, devant la Table sainte où ils vont participer au grand mystère de l'amour divin, on pense tout naturellement aux fidèles de la primitive Église qui s'aimaient au point de ne faire tous ensemble *qu'un cœur et qu'une âme*. Si la Communion a lieu à la Grand'Messe, le célébrant baise l'autel comme pour recevoir la paix de Jésus-Christ même, que l'autel représente; il la donne au diacre, plaçant sa joue gauche contre celle du ministre sacré, et lui dit en même temps : *Pax tecum : La paix soit avec vous ;* le diacre lui répond : *et cum spiritu tuo : et avec votre esprit.* Le diacre donne ensuite la paix au sous-diacre, et celui-ci va la porter au premier des Religieux à l'entrée du sanctuaire. Après cela, les Religieux se la donnent mutuellement, le plus ancien au second, et ainsi de suite. Ce baiser fraternel se donne en mémoire de ce que le Sauveur du monde avait recommandé de se réconcilier avec son frère avant de présenter son offrande à l'autel ; il a lieu avant la Communion en signe de la charité qui doit régner entre les enfants de Dieu qui veulent s'asseoir au banquet eucharistique. Cette sainte pratique fut usitée parmi les fidèles jusque vers le milieu du XIIIᵉ siècle : les hommes se donnaient mutuellement le baiser de paix, et les femmes faisaient de même entre elles. Mais la simplicité primitive et la foi vive des premiers âges chrétiens ayant dégénéré, on retrancha peu à peu ce pieux usage : à partir de cette époque, il ne fut conservé que parmi les membres du clergé et dans quelques Ordres religieux.

Après la Messe dont nous venons de parler et qui s'appelle *messe Matutinale*, a lieu le *Chapitre :* il commence par la lecture du martyrologe, c'est-à-dire l'annonce des fêtes de Saints qu'on célébrera ou dont on fera mémoire le lendemain. Rien de plus propre à encourager le Religieux dans la pratique de la vertu, au commencement de la nouvelle journée, que le récit des exemples qui nous sont légués par tous ces héros de la sainteté : faibles et enclins au mal comme nous le sommes nous-mêmes, avec le secours de la grâce ils ont remporté une éclatante victoire sur eux-mêmes, sur le monde et sur l'enfer conjurés contre eux. A cette vue, nous sommes portés à nous écrier avec saint Augustin : *Ce que ceux-ci et celles-là ont fait, pourquoi ne le ferais-je pas ?* — La lecture du martyrologe terminée, on implore du ciel, dans une série de prières, les grâces nécessaires pour accomplir la volonté divine durant tout le cours de cette journée qui commence. Puis on lit un article de la Règle de saint Benoît ; le Supérieur en explique ensuite un passage, et, si c'est un jour de fête, il fait une instruction sur la solennité.

Ne passons pas sous silence un exercice du Chapitre qui se pratique journellement, sauf aux fêtes solennelles, et qui est infiniment propre à faire avancer dans la vertu, surtout dans l'humilité, en même temps que nécessaire pour le maintien de la régularité et de la discipline monastique : nous voulons parler des *accusations* et des *proclamations*. Le Religieux se déclare lui-même coupable, ou bien il est charitablement accusé ou proclamé par ses Frères des fautes extérieures commises contre la Règle et les usages en vigueur dans le monastère. Des règlements très sages sont établis afin que rien, dans la pratique de cet exercice, ne puisse blesser la prudence ou la charité. Le Supérieur impose à ceux qui s'accusent ou sont proclamés quelque pénitence, ordinairement publique, comme de baiser les pieds à une partie de la communauté ou même à tous ses membres lorsqu'ils sont au réfectoire, se prosterner le front contre terre à la porte du réfectoire au moment où la communauté y entre pour le repas, manger à terre, c'est-à-dire assis sur un petit escabeau au milieu du réfectoire, etc. etc. Ces pénitences non seulement effacent la faute qui souvent est involontaire, mais sont en même temps une source de mérites pour le ciel.

L'Office de Tierce se dit en été, c'est-à-dire depuis Pâques jusqu'au 14 septembre, à neuf heures trois quarts, les jours ouvrables (ordinairement pendant la fenaison, la moisson, etc., cet office se dit le matin vers sept heures) ; les dimanches et fêtes, il se dit vers neuf heures et demie ; les jours de jeûne d'Église, à sept heures trois quarts. En hiver, c'est-à-dire du 14 septembre jusqu'à Pâques, on récite Tierce à sept heures trois quarts les jours ouvrables ; les dimanches et fêtes, vers neuf heures et quart. En Carême, les jours ouvrables, on dit Tierce à sept heures. Après Tierce, on célèbre ordinairement la Grand'Messe. Parmi les majestueuses splendeurs des rites sacrés dont les diverses parties sont remplies de mystérieuses significations et de divins enseignements, la Messe solennelle occupe sans contredit le premier rang. L'attitude recueillie des Religieux, leur respectueuse attention à la présence réelle du Dieu de l'Eucharistie, la majesté des cérémonies et le chant si expressif des paroles sacrées, voilà ce qui, entre toutes les beautés qu'on admire dans l'église de la Trappe, mérite le plus d'exciter la pieuse attention du visiteur. D'ailleurs, voir le monastère même dans les plus petits détails et ne pas assister à l'office ou à la Messe, c'est mutiler sa visite et lui enlever la meilleure partie de son intérêt.

Cependant, malgré la grande place qu'occupe le saint Office dans la vie du moine, le travail manuel est bien loin d'en être exclu. Il s'agit là d'une loi qui pèse sur tout homme dès le jour de sa naissance et qui l'étreint dans ses liens de fer jusqu'aux portes du tombeau ; cette loi étant universelle et faisant sentir ses rigueurs à tous les fils d'Adam, les moines de la Trappe ne font pas exception à la règle générale. Sans doute, ils acceptent le travail comme un moyen d'expiation, mais de plus ils le considèrent comme un précieux héritage qui leur a été légué par leurs Pères en Religion : du Mont-Cassin à Cluny, de Cluny à Molesmes, de Molesmes à Cîteaux, de Cîteaux à Clairvaux, de Clairvaux à la Trappe, des armées innombrables de moines travailleurs ont appris au peuple chrétien l'art de sanctifier le travail par la prière et d'en faire une sorte de monnaie courante pour acheter le ciel.

Il en est du travail, en effet, comme de toutes les choses humaines qui, suivant l'usage qu'on en fait, sont marquées du sceau de l'honneur et de la noblesse, ou de celui de l'avilissement et de la dégradation. Ainsi il y a le travail qui par la prière et la soumission à l'ordre de Dieu élève le chrétien vers le ciel et se transforme en trésors de mérites, et il y a le travail qui tient l'homme uniquement courbé vers la terre ; il y a le travail qui sème, cultive et moissonne pour l'éternité comme il le fait pour le temps, et il y a le travail qui ne voit rien au delà de cette vie et renferme en celle-ci ses pensées, ses désirs et ses espérances ; il y a le travail qui bénit Dieu au milieu de ses fatigues et de ses difficultés, et il y a le travail qui ne prend sa part de labeur, de peine et de souffrance que le murmure sur les lèvres, le blasphème à la bouche et la haine dans le cœur. En un mot, il y a le travail chrétien qui attire sur lui les bénédictions d'en haut et récolte pour le ciel, et le travail sans Dieu qui perd son mérite et demeure stérile pour l'éternité.

Il va sans dire que le travail du Trappiste est de la première sorte : chaque pas qu'il fait, chaque goutte de sueur qu'il répand, chaque coup de bêche qu'il donne, est une offrande à Dieu, une prière, une expiation pour les péchés de la terre, et correspond à un degré de gloire pour le ciel. Cette sanctification

Retour du travail (Ancienne porte).

du travail, bien loin d'entraver les progrès de l'agriculture, les favorise au contraire. Ne soyez donc pas surpris si vous voyez, sous la main des Trappistes, les terres les plus ingrates devenir bientôt les plus fertiles du pays.

Les Trappistes demandent à leurs bras le pain qui sert moins à sustenter leur vie qu'à alimenter leurs longs jeûnes, et, par une culture aussi laborieuse qu'intelligente, ils forcent les landes les plus pauvres à fournir les trésors d'une végétation luxuriante, de sorte que, sans interrompre leurs entretiens avec Dieu, ils cultivent avec la perfection de l'art les herbes et les racines, seul luxe permis par la Règle à leur table frugale.

Le travail manuel occupe environ quatre ou cinq heures de la journée du moine. En été il commence le matin vers six heures et demie et finit à neuf heures ; le soir il dure de deux heures à quatre heures et demie. En hiver, les Religieux travaillent de neuf heures à onze heures du matin ; de 1 heure et demie à 3 heures et demie, le soir.

Pour les moines, le travail des mains est assez pénible, d'abord parce que la plupart d'entre eux n'ont jamais travaillé la terre avant leur entrée à la Trappe, ensuite parce que les Trappistes ne peuvent, même durant les plus fortes chaleurs, quitter aucun de leurs vêtements : ceux-ci étant en laine grossière, épais et lourds, la nature a passablement à souffrir de la gêne qui en résulte. — Les Frères convers emploient environ dix heures de la journée aux travaux manuels.

Le travail des mains est un honneur, surtout depuis que Jésus-Christ, Fils de Dieu, a daigné y appliquer ses mains divines, pour le consacrer, le sanctifier et l'ennoblir. La loi du travail est devenue, depuis la chute originelle de l'homme, très dure à la nature ; mais c'est une loi, comme toutes celles que le doigt de Dieu a tracées, de miséricorde et d'amour ; la peine qu'on y rencontre est une monnaie avec laquelle Dieu se paie des dettes que nous avons contractées envers lui ; c'est de plus un moyen de nous moraliser, de nous ramener à lui et de nous enrichir de ses trésors pour la vie future.

Les Frères convers disent leurs Offices sans quitter le lieu du travail. Ces offices consistent principalement en un certain nombre de *Pater* et d'*Ave*, qui sont les deux prières les plus belles, les plus sublimes et les plus divines qu'une bouche humaine puisse prononcer. Ce sont deux suppliques rédigées au Ciel pour les malheureux habitants de la terre ; elles dépassent tous les horizons terrestres et ferment le cycle des temps anciens ; en elles on trouve tout ce que l'homme peut demander

et tout ce qu'il doit désirer ; elles sont comme le lien qui rattache la terre au ciel. Il est vrai qu'en récitant ces prières on
répète toujours la même chose ; mais, comme l'a dit quelqu'un,
« l'amour n'a qu'un mot, et ce mot, en le disant toujours il ne
le répète jamais. »

CHAPITRE XXXIII

Les Offices de Tierce, Sexte, None et Vêpres se disent à différentes heures du jour qui varient selon les divers temps de l'année.

Dans le courant de la journée, les Religieux ont environ cinq heures d'intervalle ou temps libre : ils peuvent les employer en lectures pieuses, Chemin de la Croix, visites au Saint-Sacrement, prières au cimetière, etc.

En été, le premier repas se fait à onze heures, le second à six heures ; en hiver, il n'y a qu'un repas, à onze heures et demie ; en Carême à midi : dans ces deux derniers cas, il y a une collation le soir à cinq heures et demie. — Ainsi, pendant environ six mois de l'année (depuis Pâques jusqu'au 14 septembre), le Trappiste fait deux repas ; le reste de l'année, il n'en fait qu'un avec une légère collation le soir. Les aliments dont il fait usage sont toujours pris du règne végétal ; on peut les assaisonner à l'huile, au beurre ou au lait. Cependant, tous les vendredis de l'année hors le temps pascal, durant le temps de l'Avent, les deux jours qui précèdent le mercredi des Cendres (en expiation des excès qui se commettent alors dans le monde), pendant tout le Carême et aux jours de jeûne d'Église, le laitage est prohibé. La graisse, le poisson, les œufs et la viande sont défendus en tout temps, excepté en cas de maladie.

Reste à expliquer comment dans leur chétive nourriture les Trappistes peuvent trouver les éléments nutritifs nécessaires à leur subsistance. Cette question a été résolue par un des princes de la science, l'éminent docteur Fonssagrive, professeur d'hygiène à la Faculté de médecine de Montpellier, premier médecin en chef de la marine. Il y a quelques années,

désireux d'étudier par lui-même l'influence du régime végétal
sur la santé des Trappistes qui y sont soumis par leur Règle,
cet illustre savant est allé passer tout un Carême dans une
abbaye de la Trappe. Dans son ouvrage *Hygiène alimentaire*, il
résume les résultats de ses observations comme il suit : « Le
monde, surtout un certain monde, ne se doute pas de l'extrême
facilité avec laquelle un estomac d'un homme bien constitué
s'habitue à la nourriture végétale, et à quel minimum l'âme.
par ses méditations, sa tranquillité, sa paix intérieure, peut
réduire la dépense organique. Pour les Trappistes, la régularité dans les heures des repas, la brièveté de leur sommeil,
l'ardeur avec laquelle ils se livrent aux travaux agricoles,
excellentes conditions pour stimuler chez eux le besoin de la
réparation, tout contribue à leur donner un appétit robuste
et à les maintenir en bonne santé. Ceci explique leur longé-
vité. »

En entrant au réfectoire, on se lave légèrement les mains.
Cette cérémonie est un symbole de la pureté d'intention qui
doit diriger un chrétien, à plus forte raison un Religieux, suivant la belle parole du grand Apôtre : « Soit que vous man-
giez, soit que vous buviez, quelque chose que vous fassiez,
faites tout pour la gloire de Dieu. » Le *Benedicite* ayant été
dit à haute voix et en commun, chacun s'assied à son rang
de communauté. Les serviteurs passent devant les tables,
toujours prêts à réparer le moindre oubli. Pendant la réfection, aucun bruit ne se fait entendre, si ce n'est la voix du
lecteur ; celui-ci chante d'abord quelques versets des saintes
Écritures ; puis il lit un passage du Ménologe de Cîteaux, afin
d'encourager les Religieux à marcher sur les traces des
hommes les plus célèbres dans la sainteté, qui dans le cours
des âges ont illustré cet institut ; ensuite il fait une lecture
pieuse tirée de l'histoire de l'Église, ou de la vie des Saints,
etc., afin que, pendant que le corps répare ses forces, l'âme
ait aussi sa nourriture. Qu'on juge de l'effet que doit produire dans une salle de proportions grandioses cent Religieux
rangés sur quatre lignes parallèles, deux de chaque côté du
réfectoire !... Après le repas on se rend processionnellement
à l'église pour y terminer les Grâces, et y prier pour les
défunts et les bienfaiteurs de l'Ordre. Telle est cette table de
famille, souvenir des agapes des premiers chrétiens, et
présage du banquet des noces éternelles de la céleste Jérusalem.

L'Office qui précède le repos de la nuit revêt une solennité
oute particulière. Comme celui qui suit immédiatement le

Réfectoire

lever, il réunit toute la famille religieuse, moines et convers. Mais, au lieu des chants de Matines qui saluent dans l'aurore du jour les espérances et les angoisses de la vie terrestre, c'est le chant de Complies, magnifique prière du soir, signalant, dans les ombres de la nuit, celles du tombeau qui doivent faire place à la lumière radieuse de l'éternelle félicité.

Dans l'esprit de la sainte liturgie, la nuit symbolise les ténèbres du mal : les enfants de saint Benoît s'inquiètent de ce danger pour l'âme et cherchent à le conjurer par un redoublement de ferveur. Lorsqu'ils ont ainsi exhalé leurs supplications, le dernier souffle de la prière s'éteint en quelques phrases articulées à voix basse comme les dernières paroles d'un mourant ; mais pour le chrétien et, à plus forte raison, pour le Religieux fidèle à sa sublime vocation, la mort n'est que le signal de sa naissance à une vie nouvelle : voilà pourquoi, après l'office de Complies, au moment où l'on croirait que tout est terminé, les Trappistes chantent très solennellement l'antienne *Salve Regina*, en l'honneur de Marie, leur Patronne toute spéciale.

Cette belle prière, d'un sens si élevé, si profond et si tendre tout à la fois, délasse le solitaire des travaux de la journée et ravive ses espérances.

Quelle majesté dans la lenteur de ce chant qui semble ravi à l'harmonie du ciel ! Quels cris d'angoisse ! quels soupirs de la confiance filiale invoquant la tendresse maternelle ! La mélodie se forme dans le lointain et s'en va ; un autre flot musical lui succède, et, comme la vague sur la grève, vient mourir à son tour. La supplication divine prolonge ses alternatives de grave silence et de vibrations sonores ; il semble voir une âme s'anéantir dans la contemplation, se prosterner dans l'adoration, succomber dans l'extase : elle jette un dernier cri d'amour et disparaît au pied du trône de Marie

Lorsque, de toute la force de leur poitrine, de toute l'ardeur de leur foi, avec l'accent des plus ferventes aspirations vers la céleste patrie, une centaine de cénobites font retentir cette prière sous les voûtes de leur chapelle, une douce émotion s'empare de vous et les yeux se mouillent de larmes. Les étrangers n'entendent jamais ce chant sans éprouver un sentiment qui remue toutes les fibres de l'âme et lui communique la plus heureuse impression. C'est le chapitre général de Cîteaux tenu en l'année 1463, qui établit pour l'Ordre tout entier l'usage de chanter le *Salve* à la suite des Complies.

D'après une tradition, ce fut Adhémar de Monteil, évêque du Puy, qui composa l'antienne *Salve Regina*, et la chanta pour la première fois, agenouillé avec ses preux chevaliers, devant la statue de Notre-Dame du Puy, avant leur départ pour la croisade. C'est peut-être de cette origine que s'est inspiré Notre Saint-Père le Pape Léon XIII en prescrivant la récitation du *Salve Regina* après les Messes basses, au moment où il ouvrait une nouvelle croisade contre une secte ennemie du nom chrétien, qui est devenue une puissance dans nos temps modernes.

Après le *Salve*, on sonne l'*Angelus*, puis on fait l'examen de conscience, pratique éminemment utile pour avancer dans le chemin de la perfection.

Au sortir de l'église, chaque Religieux s'incline devant le Supérieur, qui l'asperge d'eau bénite afin d'éloigner de lui les influences du démon qui ne dort jamais et rôde sans cesse autour de nous, cherchant une proie à dévorer. L'eau sainte achève de purifier les moines : ainsi lavés des taches légères qui ont pu ternir la beauté de leur conscience délicate, prémunis et fortifiés contre les assauts de l'ennemi, après une journée passée dans le labeur, le silence et la prière, ils vont paisiblement prendre sur la dure un repos qui varie suivant la solennité du lendemain.

A huit heures en été, à sept heures en hiver, on sonne la petite cloche du dortoir et tous se mettent sur leur couche, après s'être signés une dernière fois d'eau bénite, invoquant Marie et remettant leur âme entre les mains de Dieu. Le Trappiste dort dans une alcôve qui a près du double de la largeur de sa pauvre couche : celle-ci se compose d'une paillasse piquée, étendue sur deux planches, d'un oreiller garni de paille, d'une ou deux couvertures et d'un couvre-pieds l'hiver ; l'entrée en est fermée par un rideau de grosse toile. Un crucifix avec un bénitier et une image de Marie complètent l'ameublement de cette humble cellule.

Le moine cistercien se couche tout habillé, sans rien quitter de ses grossiers vêtements de laine, semblable au soldat qui repose sous les armes la veille d'une bataille et se tient prêt à engager le combat au signal donné. Le sommeil du Trappiste est calme et paisible comme son existence : il s'endort, la prière sur les lèvres et la pensée au ciel; c'est ainsi qu'il répare ses forces pour recommencer le même labeur le lendemain. Le sommeil, disent les poètes, est le frère et l'image de la mort. Cette comparaison revêt, à la Trappe, un cachet de frappante vérité. En effet, quand l'heure est venue, le Trappiste s'étend tout vêtu sur une couche dure où il repose tranquillement, jusqu'à l'heure du réveil, ses membres fatigués par le jeûne, le travail, les veilles et la psal-

Dortoir.

modie ; de même, quand il aura rendu son âme à Dieu, un de ses Frères, le prenant entre ses bras comme un enfant endormi, le couchera dans la terre, sans autre cercueil que sa robe de laine, et il attendra dans ce dernier sommeil le signal de la glorieuse résurrection.

Depuis l'*Angelus* du soir jusqu'au moment où l'on termine l'office de Prime du lendemain matin, c'est-à-dire vers six heures, on observe à la Trappe un silence très rigoureux ; on ne parle pas alors, même au premier Supérieur, à moins d'une grande nécessité. Dans les autres temps, le Trappiste ne peut parler qu'à ses Supérieurs, de sorte qu'il lui est défendu d'adresser la parole soit à ses Frères, soit à des étrangers, sans une permission expresse. On excepte de cette règle ceux qui sont obligés de parler à raison de leur emploi, comme le portier, l'hôtelier, etc. Généralement, on ne parle pas à l'église, dans les cloîtres, au réfectoire, au dortoir. Il n'est pas rare d'entendre dire : Pourquoi ne pas user de la parole, puisque Dieu nous a donné une langue à cet effet ? Deux mots suffiront pour détruire cette objection. N'est-il pas vrai que, pour apprécier les choses à leur juste valeur, nous devons nous en rapporter à ce qu'en disent les divines Écritures et les hommes qui font autorité ? Or, en une foule de passages de nos saints Livres, nous trouvons l'éloge du silence, comme ailleurs nous y lisons les grands dangers et les ravages immenses de la parole. Quand l'Écriture rapporte que, pendant qu'on bâtissait le temple de Jérusalem, on n'entendait ni le bruit du marteau ni celui d'aucun autre instrument, ne nous apprend-elle pas que le temple de Dieu dans nos âmes doit s'élever dans le silence ? — « Le Créateur, dit saint Bernard, a enfermé la langue derrière la double muraille des dents et des lèvres pour lui apprendre la discrétion. » Mais elle tend toujours à s'échapper de cette prison. Saint Benoît prescrit un silence si rigoureux à ses disciples parce qu'il savait que la parole, tout en étant le plus bel apanage que Dieu ait fait à l'homme après lui avoir départi l'intelligence, peut facilement devenir un instrument de toutes sortes de péchés. D'ailleurs le Trappiste ne cesse de parler aux hommes que pour mieux parler à Dieu par la prière, et à lui-même par de saintes et utiles réflexions.

C'est en gardant le silence qu'on apprend l'art de parler et d'agir à propos. Le silence religieux éclaire l'esprit, produit, cultive et conserve les vertus ; il nous apprend la science des saints, celle de la prière, et nous unit à Dieu. Les plus grands esprits, les plus profonds génies, aiment à se retirer à l'écart

dans la solitude, au moins dans celle du cœur. Les petits ruisseaux en roulant leurs ondes font du bruit parce qu'ils manquent de profondeur, tandis que les grands fleuves suivent
leur parcours dans un majestueux silence.

Le silence est, de plus, une des traditions les plus respecta-
bles de l'Ordre cistercien. L'histoire raconte que, du temps
de saint Bernard, dans son abbaye de Clairvaux, régnait, même
en plein jour, un silence pareil à celui de la nuit, lequel n'était
interrompu que par le choc des instruments de travail et par
le chant des psaumes. La renommée de ce profond silence
imprimait une telle vénération parmi les visiteurs qu'ils
n'osaient pas émettre dans ce saint lieu une parole inutile.

Nous pouvons bien dire, il nous semble, en terminant ce
tableau de la journée du Trappiste, qu'il s'y trouve un grand
exemple et une leçon. Notre pays, notre temps surtout a
besoin d'âmes fortes et viriles, capables de faire de grands
sacrifices et de montrer de nobles dévouements, afin de réagir
contre l'égoïsme et le sensualisme, les deux grandes plaies
de notre époque. Or le monastère n'est pas autre chose qu'une
école de sacrifice. Souffrir, s'immoler, mourir chaque jour et,
pour ainsi dire, à petit feu, pour la gloire de Dieu et le salut
des âmes qui courent à leur perte, voilà le rôle du moine dans
la société, voilà la raison d'être de tous les exercices qui se
partagent sa journée et sa vie

CHAPITRE XXXIV

Avant d'obtenir le ciel pour éternelle récompense de nos travaux, Dieu permet que, même ici-bas, nous goûtions quelques joies et quelques consolations : c'est dans ce but, en même temps que pour ranimer notre ferveur, que l'Église a institué les fêtes chrétiennes. Par leur fréquence et leur diversité, elles font descendre la joie dans notre âme comme un rayon céleste au milieu des tristesses de l'exil ; elles sont comme une échappée, une éclaircie de vue sur l'éternité bienheureuse, une ouverture du côté du ciel par où nous arrivent les lueurs consolantes et les mélodies lointaines de la patrie future ; ce sont des sourires de l'Église du ciel à sa sœur, l'Église de la terre. L'Église, inspirée de Dieu et instruite par les saints Apôtres, a tellement disposé l'année qu'on y rencontre, avec la vie, les mystères, la prédication et la doctrine de Jésus-Christ, les sublimes vertus de ses serviteurs et les exemples de ses saints. Le chrétien voit dans ces solennités un abrégé de toute l'histoire de l'Ancien et du Nouveau Testament. Là, tout est plein de Jésus-Christ, qui est toujours admirable dans cette variété qui aboutit à l'unité. L'âme croyante y trouve, avec des plaisirs célestes, une nourriture solide et délicieuse ; elle y puise un renouvellement perpétuel de sa jeunesse et de sa ferveur.

L'univers est un temple, l'homme est le prêtre de ce temple ; sa vie doit être une fête continuelle : telle est la pensée des Pères de l'Eglise. « Pour le chrétien, dit le grand Origène, chaque jour est un jour de dimanche, c'est-à-dire de passage de la terre au ciel. » Les fêtes du temps ne sont que la vigile de la grande solennité et du bienheureux repos que rien ne troublera plus. Quelle belle étude que celle de l'année ecclésiastique, cette riche couronne de nos divins mystères! Merveilleuse histoire des œuvres de la puissance et de l'amour infini de Dieu envers nous; concert magnifique de prières, d'adoration qui se renouvelle continuellement; drame incomparable qui va du temps à l'éternité, qui suit pieusement les pas du Christ de la crèche au Calvaire et du Calvaire au ciel; qui prend l'Église au berceau de l'humanité et déroule sa vie le long des siècles avec ses lumières et ses vertus, avec ses miracles et ses bienfaits.

La grâce de Dieu est comme la lumière du soleil, toujours prête à se répandre où elle trouve accès. Mais, comme l'astre du jour, elle a des époques où elle se donne avec plus d'abondance et d'efficacité. Les fêtes sont de ces heureuses circonstances où elle nous est départie avec une largesse extraordinaire. Les différentes fêtes de l'année sont comme autant d'oasis dans le désert aride de cette vie, où le chrétien courbé sous le poids du travail se repose un instant et se retrempe dans la contemplation des mystères divins.

Ainsi on peut dire que l'année chrétienne n'est pas autre chose que l'histoire des merveilles toujours vivantes de Dieu, de Jésus-Christ et de son Église dans le monde. Toutes les œuvres divines y rayonnent dans le plus bel ordre, depuis la création jusqu'au jugement dernier. Dès lors, quoi d'étonnant que notre dimanche et nos fêtes soient ce qu'il y a de plus beau, de plus grand et de plus splendide sur la terre, qu'ils soient la plus sainte et la plus populaire joie des fidèles? Nos fêtes, c'est Dieu qui nous illumine, c'est l'infinie bonté qui resplendit sur nous, c'est Jésus-Christ toujours vivant au milieu de nous, environné de tous ses bienfaits et couronné de l'auréole de ses plus admirables Saints. C'est notre beau Soleil qui va de l'Orient à l'Occident et n'a pas de couchant, mais rayonne sans déclin, répandant partout la lumière, la vie et la fécondité. Le nom de fête est à lui seul une leçon de haute philosophie. Ce nom qui contraste d'une manière si frappante avec les larmes, le travail et les maux de toute nature qui accablent la pauvre humanité, redit à l'homme toute son histoire passée, présente et future; il le porte à la fuite du mal, le console, l'encourage en lui rappelant avec sa chute sa rédemption et les joies sans mélange et sans fin qui l'attendent dans l'éternité. Soyez bénie, divine religion : dans votre bonté maternelle, vous avez semé de distance en distance quelques fleurs qui par leur beau coloris émaillent agréablement notre vallée de larmes; vous avez planté quelques arbres aux frais ombrages sur la voie douloureuse que l'homme parcourt si péniblement avant d'arriver au séjour de la félicité.

A la Trappe, on célèbre les fêtes le jour où elles tombent. Dans le cloître, bien que la vie soit presque toujours uniforme, les solennités amènent cependant avec elles un peu de variété. Tout d'abord, nous dirons que la nourriture est la même au réfectoire : ce n'est donc pas sous ce rapport qu'existe le changement ou la différence. D'ailleurs à quoi bon choyer l'esclave pour le rendre plus à même de se révolter contre son maître ?

C'est du côté spirituel que la Trappe envisage les fêtes. L'Office de la nuit se chante alors intégralement : voilà, pour le moine, la plus douce consolation et la plus agréable des jouissances. Si c'est un jour de grande solennité, et que le Supérieur soit revêtu de la dignité abbatiale, les Religieux ses Frères ont le bonheur d'assister à une Messe pontificale : les abbés de notre Ordre ont en effet le privilège d'officier pontificalement ou de chanter la messe à la manière des évêques. L'église naturellement est parée, pour la circonstance, de ses plus beaux ornements.

Il serait superflu de dire qu'aux jours de fête, les Trappistes profitent des moments dont ils peuvent disposer librement pour satisfaire leurs dévotions particulières. C'est ainsi que pour correspondre aux intentions de la sainte Eglise, ils regardent ces solennités comme autant d'occasions favorables pour se renouveler dans l'esprit de leur sainte vocation.

CHAPITRE XXXV

La vie du Trappiste est, à la vérité, dure et pénible pour la nature ; mais, s'il est faible de lui-même, il a, pour le soutenir au milieu de ses labeurs sans cesse renaissants, des secours d'une efficacité souveraine.

Tous les jours il célèbre ou il entend la sainte Messe. Or, si le Calvaire a été la source de toutes les grâces, l'autel en est le canal. Tout nous vient de l'autel, et tout aussi dans notre sainte religion converge vers l'autel. La Messe est le centre et le foyer de toutes les vertus ; sans elle, tout périrait ici-bas : elle seule est capable d'arrêter le bras de Dieu prêt à s'appesantir sur la terre ingrate et coupable.

Le Trappiste qui n'est pas Prêtre a le bonheur de communier tous les dimanches et fêtes, même plusieurs fois la semaine. Or, comme l'a dit le Père Lacordaire, « on ne saurait calculer l'effet d'une Communion de plus ou de moins dans la vie d'un chrétien. » Si, de nos jours, la foi diminue si rapidement, si l'espérance s'affaiblit, si la charité s'est refroidie, si la corruption étend ses affreux ravages, si le monde chancelle, si les nations se bouleversent, si la terre tremble sous nos pieds, c'est parce que la Table sainte est déserte. La Communion, c'est la sauvegarde de l'innocence, le remède le plus efficace aux atteintes qu'elle aurait déjà subies, le seul réfrigérant salutaire contre nos passions. C'est dans l'Eucharistie que notre âme trouve la force de résister au mal et l'énergie dont elle a besoin pour pratiquer le bien ; c'est là qu'elle puise les saintes inspirations, l'amour du devoir et du sacrifice. La Communion, c'est un fleuve débordant des faveurs célestes, un océan intarissable de grâces, c'est la réhabilitation de l'homme, son ennoblissement, l'apogée de sa grandeur et sa déification. Qu'importe la croix sur les épaules, quand on a Jésus dans le cœur !

Un jour, un de nos grands hommes d'État dit à l'illustre Berryer : « Mon cher Berryer, allez-vous faire vos Pâques ? — Je crois bien ! répondit le célèbre avocat. — Ah ! que vous avez raison, répondit l'homme d'État. Si nous en faisions tous autant, la France serait sauvée. »

Un Religieux Trappiste qui communie régulièrement et qui accomplit ce grand acte de la vie chrétienne avec ferveur, se trouve inondé de joie et de consolations. Dans la réception de l'Eucharistie, il puise toujours de nouvelles forces pour porter avec courage la croix du Sauveur, et même il expérimente de plus en plus que son joug est doux et son fardeau léger.

Un autre divin réconfort qui encourage le Trappiste au milieu de ses pénitences de chaque jour, c'est l'image de la Croix qu'il a sans cesse devant les yeux : depuis la gracieuse flèche de son clocher qu'elle couronne de sa brillante auréole, jusqu'à l'entrée de son humble cellule, il l'aperçoit partout et toujours. Elle est dans son atelier où elle sèche sa sueur et le délasse de la fatigue ; elle est au Chapitre où elle rend douces et aimables les pénitences qui y sont imposées ; elle est au réfectoire, donnant du goût et de la saveur aux aliments les plus insipides ; elle est au dortoir où elle adoucit la dureté de sa couche et lui donne la force de rompre son sommeil au milieu de la nuit pour se rendre à l'Office divin.

Depuis dix-neuf siècles, il ne s'est pas écoulé un seul instant sans que la croix fût arrosée des larmes de la douleur et couverte des baisers de l'amour. Dès que cette divine image apparut au monde, des milliers d'hommes et de femmes passèrent leur vie dans d'étroites cellules dont tout l'ornement était un crucifix ; à l'heure suprême ils regardèrent comme une ineffable consolation de le presser sur leurs lèvres ; très souvent leur agonie dans les bras du Christ ressembla à une extase.

Depuis que la croix a été arborée sur le Calvaire, elle a mis son empreinte dans les mœurs et son souffle dans les lois ; elle est une leçon de courage pour la vertu et l'effroi du crime. La croix purifie toutes les félicités, comme elle glorifie toutes les peines ; elle est le chaste talisman des femmes pieuses ; elle embellit les beautés terrestres ; elle sert de parure à nos vierges ; elle décore la poitrine des braves, et brille sur celle de nos pontifes ; elle orne la couronne des rois ; elle recueille notre dernier soupir, et vient recevoir notre dépouille mortelle ; elle marque la tombe des enfants de Dieu et demeure sur leurs restes comme le monument de leurs divines espérances.

Joubert, qui fut un penseur ingénieux et un écrivain exquis, se sentait tourmenté par l'ambition de mettre tout un livre dans une phrase, et cette phrase dans un mot. Il exprimait ainsi le rêve, ou plutôt, comme il le dit lui-même, le tourment de la parole humaine aux prises avec la pensée. Ce problème a été résolu ; ce noble rêve, vainement poursuivi par la langue impuissante des hommes, est merveilleusement réalisé dans le christianisme : l'Ancien Testament, l'Évangile, la révélation tout entière, le plan divin touchant la destinée humaine, la foi, la métaphysique, l'art, la science, tout est dans ce mot : la Croix ! ...

Et dire qu'il y a des insensés qui veulent arracher la croix de l'école, comme pour mieux affirmer l'ignorance de l'enfant et corrompre plus facilement et plus promptement son cœur ; du prétoire de la justice, afin de pouvoir acheter des arrêts et mendier des services ; du chevet des malades, pour leur enlever l'espérance du pardon et la perspective du ciel ! Si ce divin étendard venait à disparaître de notre malheureuse patrie, il n'y aurait plus de consolation ni de compensation pour les pauvres et les malheureux, plus d'appel à la justice d'en haut, plus de couronne pour le devoir généreusement accompli, plus d'auréole pour la vertu la plus sublime, plus de frein pour le crime triomphant. Mais alors la révolte contre l'autorité, le déchaînement des passions mauvaises, les crimes les plus révoltants inonderaient la société tout entière... Mais il est trop tard pour enlever la croix à la France qui l'a elle-même plantée en Orient, et fallût-il, de nos regards attristés, en rechercher la divine image absente, jusqu'à mille ans dans l'histoire, à mille lieues dans l'espace, nous retrouverions ce céleste emblème qui a sauvé le monde et symbolise l'honneur, la vertu, la paix et la liberté.

Le moine cistercien puise aussi du courage dans la prière. Soit qu'il récite ses Offices au chœur ou en particulier, soit qu'il fasse quelques prières dans ses moments libres, soit que pendant ses travaux il élève son âme vers Dieu par de courtes aspirations appelées oraisons jaculatoires, soit qu'il se livre à de pieuses méditations, il ne fait en cela que se conformer au conseil qui nous est donné dans l'Évangile, de prier sans cesse et de ne jamais nous lasser de prier : par là il reçoit des grâces sans nombre qui illuminent son entendement et fortifient sa volonté dans le bien, car, suivant la parole de saint Augustin, *celui qui sait bien prier, sait bien vivre.* Ainsi, toujours en contact avec le Ciel, l'âme du Trappiste est remplie de consolations spirituelles.

On peut dire que la prière est la respiration de l'âme et qu'elle est aussi indispensable à l'entretien de sa vie, que l'air est nécessaire à l'homme ainsi qu'aux animaux qui foulent cette terre, et l'eau aux poissons. *Celui qui prie comme il faut,* assure saint Liguori, *se sauve; celui qui ne prie pas, se damne.*

Saint Augustin nous dit à son tour dans son langage si lumineux : *Nous croyons que personne n'arrive au salut si Dieu ne l'appelle ; personne, après avoir été appelé, ne fait ce qui est nécessaire pour ce même salut, si Dieu ne l'aide de son secours, et personne ne reçoit ce secours s'il n'emploie la prière pour le demander.* Suivant ce grand docteur, la prière est le canal des grâces et le moyen sans lequel on ne peut les obtenir.

L'Ange de l'école, saint Thomas, explique admirablement bien cette doctrine, qui est celle de l'Église même. « Les grâces, dit-il, que Dieu a préparées aux âmes dans ses décrets éternels, il les leur donne dans le temps par le moyen de la prière. Ainsi, comme il est dans l'ordre et la disposition de sa Providence que la semence produise la moisson, que les fleurs produisent les fruits, de même a-t-il voulu que la prière, comme une semence féconde, obtint aux âmes tout ce qui est nécessaire : d'où vient que le Sauveur a dit : *Demandez et vous recevrez ; cherchez et vous trouverez ; frappez et l'on vous ouvrira.*

En traitant de l'emploi de la journée du moine, nous avons mentionné, parmi les différents exercices qui se pratiquent à la Trappe, l'examen de conscience : c'est là un des principaux moyens de sanctification qui sont à la disposition du religieux. L'examen de conscience n'est autre chose qu'un compte que l'on se rend de sa propre conduite. Il semble qu'on s'adresse alors cette question : *Quid dicis de teipso ? Que dis-tu de toi-même ?* Et l'on y répond en cherchant, pour ce qui concerne l'examen général, les fautes ou les négligences qu'on peut avoir à se reprocher dans l'accomplissement de ses devoirs ou des différentes occupations qui se partagent notre journée.

Entre tous les secours spirituels dont le Trappiste est favorisé, le sacrement de Pénitence occupe sans contredit un des premiers rangs : après la sainte Messe et la Communion, c'est la confession qui lui procure le plus grand réconfort. Nous le savons, elle' est très utile à tous les chrétiens, au point que Voltaire lui-même, après avoir jeté la boue et le sarcasme sur chacun des mystères de notre foi, n'a pu s'empêcher de dire que *si la confession n'existait pas, il faudrait l'inventer* ; mais, pour le Religieux en particulier, le sacrement de Pénitence a des avantages inappréciables ; il expérimente que la confession de tous les huit jours, prescrite par les constitutions de l'Ordre, n'est pas, tant s'en faut, une chose superflue. Il s'approche, en effet, du sacrement de Pénitence, sans doute pour obtenir le pardon de ses fautes, mais aussi et surtout pour recevoir une augmentation de grâce qui le rend plus fervent et plus géné- reux dans le service du divin Maître ; en un mot, il y puise le courage qui lui est nécessaire pour porter avec allégresse le joug du Seigneur.

Les lectures pieuses auxquelles le Trappiste s'adonne durant ses moments de loisir remplacent pour lui les récréations, qui n'existent pas à la Trappe. Au lieu de parler aux hommes et d'entretenir avec eux des conversations frivoles ou même dan- gereuses, comme cela arrive, hélas ! trop souvent, par l'abus qu'on fait de la parole, le moine parle à Dieu, aux saints et aux pieux auteurs, qui à leur tour s'entretiennent avec lui des choses du ciel et des intérêts de son âme.

Enfin, le Religieux cistercien puise sa force dans une dévo- tion toute spéciale envers la très sainte Vierge. Nous avons dit, en passant, que la journée pour lui commence et finit par un hommage rendu à Marie. Pour être complet, nous devons ajouter que les Trappistes récitent, à toutes les heures cano- niales, les parties correspondantes de l'Office de la très sainte Vierge. De la sorte, sept fois le jour, en commençant l'Office, ils saluent, à genoux, leur Mère du ciel, par les sublimes paroles que lui adressa pour la première fois l'Ar- change Gabriel : *Ave Maria*..... Outre cela, un moine cis- tercien, fervent et vraiment digne de sa vocation, se fait une douce obligation de réciter tous les jours le Chapelet et de visiter fréquemment un des autels dédiés à Marie ; car il sait qu'un religieux vertueux, sans une dévotion spéciale envers cette Reine du ciel, est comme une fleur sans coloris et sans parfum.

D'après ce que nous avons dit dans le cours de ce chapitre, pour peindre un Trappiste au naturel, on pourrait le représen- ter à genoux devant le Crucifix, les regards fixés sur une image de la sainte Vierge placée sous le signe sacré de notre Rédem- ption, et tenant d'une main sa Règle, de l'autre le Chapelet.

Soyez vous-même juge, à présent, cher lecteur, et dites- nous si, fortifié par ces divins secours, le Trappiste est capable

10*

ou non de marcher constamment dans la ligne du devoir.

Ce qui fait le mérite et la gloire de la vertu, c'est moins son éclat que sa constance et sa fidélité. Il n'est pas difficile, dans certaines occasions, de s'élever au-dessus de soi-même par l'effort d'une bonne volonté prévenue et aidée de la grâce. L'énergie humaine, servie par d'heureuses circonstances, trouve sans trop de peine ces élans passagers qui souvent la laissent bien vite retomber de tout son poids sur elle-même. Mais la vertu n'est pas ce triomphe d'un instant ; sa grandeur, comme sa difficulté, consiste dans une inébranlable persévérance : là est la plus grande des épreuves, le plus pesant fardeau et la croix la plus lourde pour les épaules humaines.

Demeurer constamment l'homme de la règle et du devoir, marcher d'un pas ferme jusqu'au bout dans la voie étroite, reprendre chaque jour avec un courage héroïque le travail interrompu la veille, quelque obscur et quelque modeste qu'il soit, rattacher une bonne œuvre aux précédentes comme les anneaux d'une même chaîne, consommer dans le silence cette immolation lente et prolongée qui ne fait pas, à la vérité, couler le sang à flots et ne dure qu'un instant, mais le répand goutte à goutte et se prolonge autant que la vie, telle est, dans toute sa réalité, la véritable héroïcité de la vertu vraiment digne de ce nom : elle soumet les sens à l'esprit, la raison à la foi, les plaisirs au devoir, la passion à la loi, la volonté propre à l'autorité, le bien particulier au bien général, et l'existence tout entière à Dieu.

Ainsi cette foule de petits devoirs, qui n'ont pas les regards des hommes pour témoins et leurs éloges pour récompense, et sur lesquels la faiblesse humaine est toujours portée à se relâcher, sont l'exercice quotidien de la vertu du Religieux Trappiste. D'ailleurs, il n'y a pas pour lui, à proprement parler, de petits devoirs, parce que c'est à la même règle qu'il les mesure tous : la volonté de Dieu. Il n'y en a pas pour lui de vils, parce qu'il ne les voit pas dans leur objet propre et humain, mais dans leur principe surnaturel, l'amour de Dieu, qui les purifie, les ennoblit et en constitue toute la valeur et le prix.

Il y a, dans la morale chrétienne, un mot qui est le résumé de la doctrine du Sauveur ; ce mot, risée du monde, quand il n'en est pas l'épouvante, est celui de « mortification ». Quelque paradoxal que nous puissions paraître, nous avancerons qu'il n'en est pas de plus tendre, de plus suave, et surtout qu'il n'en est pas de plus pratique, même dans le monde. En effet, dans le sens évangélique, ce mot de mortification est inséparable de celui d'amour. L'amour, en effet, implique nécessairement le détachement ou, si l'on nous permet cette expression, le *désamour* de tout ce qui est contraire à son objet, c'est-à-dire l'abnégation. La relation qui existe entre le véritable amour et la mortification est donc telle qu'on ne peut suivre l'un sans s'attacher à l'autre. Dieu, source et océan de toute perfection, étant souverainement digne d'amour, ce n'est pas lui vouer un amour sincère et vrai, que de lui préférer quoi que ce soit et surtout nous-mêmes. Il est nécessaire dès lors que notre cœur se détache et se renonce, qu'il meure, en un mot, à tout attachement exclusif pour s'unir de préférence à Dieu. Voilà le principe et la base de la mortification chrétienne et religieuse.

Si l'homme était resté dans son état d'innocence originelle, il aurait aimé Dieu naturellement et sans effort d'aucune sorte, comme il aime aujourd'hui les honneurs, les richesses et les plaisirs ; et il n'eût pas plus compris alors qu'on pût s'attacher à toutes ces choses périssables et grossières, qu'il ne peut comprendre présentement qu'on puisse les quitter pour s'unir à Dieu.

Prenant les choses comme elles sont en réalité, nous devons reconnaître que la mortification est nécessaire, et nous avons pu comprendre, d'après le contenu du chapitre précédent, que, pour le Trappiste en particulier, le champ sur lequel elle s'exerce est immense.

Mais, pour garder l'ordre établi par la divine sagesse, la première mortification pour le moine, comme pour tout homme en ce monde, c'est l'accomplissement du devoir sous toutes ses formes, quelque hérissé qu'il puisse être de gêne, de dégoûts, de privations et de sacrifices continuels : d'où il suit que le devoir est le véritable champ de l'abnégation ou de l'amour, et c'est pour le soutenir jusqu'au bout dans son accomplissement intégral, que Dieu, l'Église et l'Ordre, ont mis à la disposition du Religieux Trappiste les moyens de persévérance dont nous avons traité dans le cours de ce chapitre. S'il les emploie fidèlement durant les années de sa carrière monastique, il amasse un trésor de mérites pour le ciel, et c'est avec la plus grande joie qu'il voit arriver le soir de sa vie comme le soir d'un beau jour.

CHAPITRE XXXVI

Le Trappiste malade n'est pas négligé ; loin de là, selon les sages prescriptions de la règle de saint Benoît, il reçoit tous les soins que réclame son état : on lui sert une nourriture plus fortifiante ; les heures de ses repas sont plus rapprochées ; il a une couche moins dure ; on lui donne une chambre à l'infirmerie. Ce lieu devient pour lui une sorte de laboratoire où son âme, déjà soumise à un long travail de préparation, est placée dans le creuset de la souffrance pour y être dépouillée de tout reste d'alliage.

L'infirmerie du monastère est ordinairement le théâtre de tant de résignation et de ferveur, qu'elle apparaît à tous les yeux comme la dernière étape de la route qui mène au ciel. La vie du Trappiste étant une préparation continuelle à la mort, celle-ci n'est pour lui que la céleste messagère qui vient briser les liens de sa captivité pour l'introduire dans le sein de Dieu. C'est pour se préparer à ce grand passage du temps à l'éternité, qu'il a tout abandonné pour s'enfermer dans un cloître, d'où il ne sort que pour monter au Ciel.

On connaît cette parole devenue proverbiale : *S'il est dur de vivre à la Trappe, il est bien doux d'y mourir.* Quand on veut exprimer qu'un chrétien a fait une belle mort, on dit qu'il est mort comme un Trappiste. Qu'il est doux pour le moine, au soir de sa vie religieuse, de se replier sur sa carrière et d'en voir tous les instants si bien remplis ! A ce moment où tombent toutes les illusions, qu'il est consolant de pouvoir dire avec le grand apôtre : *J'ai combattu le bon combat. J'ai gardé la foi, j'ai achevé ma course, il ne me reste plus qu'à recevoir du juste Juge la couronne de vie !* Le Trappiste peut, en toute vérité, répéter les belles paroles que saint Jérôme adressait à ses amis avant d'expirer : *Mes amis, prenez part à ma joie : voici l'heureux moment où je vais être libre pour toujours. La mort n'est terrible que pour les méchants. Depuis que Dieu l'a aimée, elle plaît même dans les tortures, parce qu'elle est accompagnée de l'espérance de l'éternelle félicité. Voulez-vous éprouver combien il est doux de mourir ? Efforcez-vous de bien vivre.*

La vie n'est qu'un éclair qui brille à l'horizon, un sourire entre deux sanglots. La mort du chrétien, c'est le berceau de l'immortalité ; elle nous dit notre néant, mais en même temps elle prépare notre grandeur future. Le Trappiste, après avoir vaillamment combattu contre les assauts de l'esprit infernal, les exemples corrupteurs du siècle et les sollicitations de la nature dépravée, demeure fidèle à Dieu jusque dans les angoisses de la mort, et, montrant une patience et une résignation dignes de l'admiration des anges, il se prépare ainsi à remporter la victoire suprême et décisive. Le ciel et l'enfer se donnent rendez-vous autour de sa couche de douleur : l'un pour le consoler et le fortifier, l'autre pour le troubler et le tourmenter ; et, quand enfin la mort viendra démolir la maison de boue où son âme était prisonnière, celle-ci n'aura qu'à lui livrer ce qu'elle ne peut lui disputer, c'est-à-dire des membres brisés par les travaux, les macérations et les veilles, et une chair affaiblie par une lente et continuelle immolation. La mort, ainsi illuminée par une sainte vie et reçue avec une conscience en paix, n'est pas un déclin, mais une aurore ; elle est un triomphe et non une défaite ; mourir de cette sorte, ce n'est ni finir ni descendre, c'est monter bien haut et commencer une vie de gloire et de bonheur au sein de l'éternelle félicité ; c'est imiter d'une certaine façon le roi des astres qui, au déclin du jour, empourpre nos montagnes, dore notre horizon et semble disparaître dans les profondeurs de l'océan, tandis qu'il n'échappe à notre vue que pour éclairer d'autres cieux et d'autres terres.

A ses derniers moments, le Trappiste devient radieux de cette joie qu'éprouve l'exilé lorsqu'il aperçoit dans le lointain le sol de son pays natal ; sur le point de quitter cette vie traversée par tant d'épreuves et enrichie par tant d'œuvres méritoires, l'heure du trépas se confond pour lui avec celle de la délivrance. A cette heure suprême où l'âme se révèle tout entière, il se désintéresse de tout ce qui est terrestre et ses yeux à demi éteints entrevoient les récompenses éternelles.

Dans le monde, on cache ordinairement au malade la gravité du mal, dans la crainte de le jeter dans la tristesse et l'abatte-

ment ; mais à la Trappe il n'est pas besoin d'user de ces ménagements et de ces expédients : pour le moine, l'annonce de sa
fin prochaine est une heureuse nouvelle, qu'il accueille avec
amour et reconnaissance.

C'est ordinairement lui-même qui demande à être administré, à moins qu'il ne se rende pas compte de la gravité de
son état. Lorsque la chose est possible, c'est-à-dire quand on
peut sans danger transporter le malade, on lui donne les
derniers sacrements à l'église. Vaillant athlète de Jésus-
Chrits, il se lève sous les coups précipités de la mort pour
revoir le sanctuaire qu'il visita si souvent, qu'il remplit de
sa voix et où il édifia ses frères, afin d'y implorer les dernières consolations de la religion. La cloche, par un son
inaccoutumé, interrompu par trois fois, convoque promptement la communauté auprès du malade : on dirait une
réunion de famille dont les membres viennent prendre congé
d'un voyageur tendrement aimé et lui dire un adieu de quelques jours. Au chœur, on récite les psaumes 40, 42 et 141 où
débordent les plus beaux sentiments d'humilité, de pénitence,
de confiance en Dieu et de désirs véhéments de lui être réuni.
Si l'état du malade ne permet pas de le transporter à l'église,
la communauté se rend processionnellement à l'infirmerie en
psalmodiant, à la suite du Supérieur et de ses ministres.

Les sacrements institués par Notre-Seigneur Jésus-Christ ont
tous pour but soit de nous donner la vie surnaturelle, soit de
l'augmenter en nous si nous l'avons déjà, ou de nous la rendre
si le péché mortel nous l'a ravie. Commencée par le Baptême,
cette vie se développe en nous par les autres sacrements pour
trouver son plein épanouissement dans l'éternité bienheureuse.
Or, il y a un sacrement qui est destiné à donner à l'âme sa préparation dernière et qui la dispose à entrer dans cette vie
nouvelle, qui est la seule véritable parce qu'elle est éternelle :
c'est l'Extrême-Onction. Ce sacrement, reçu avec de bonnes
dispositions, c'est-à-dire avec une foi vive et un sincère regret
de ses péchés, efface les fautes vénielles et même les fautes
mortelles ignorées, remet une partie des peines temporelles,
fortifie l'âme contre les assauts du démon, aide à surmonter
les répugnances naturelles que l'homme éprouve pour la mort,
allège ses souffrances, et même opère la guérison du corps si
Dieu le juge utile au bien spirituel du malade. L'Extrême-
Onction ne produit que rarement tous ces bons effets dans le
monde, par défaut de préparation et aussi par suite du retard
que l'on apporte généralement à l'administrer.

Un sacrement a ouvert à l'homme l'entrée dans la vie ; il est juste qu'un sacrement vienne clore son existence terrestre : l'Extrême-Onction est comme le Baptême d'une seconde naissance; mais ce n'est plus l'eau sainte qui va servir, c'est l'huile sacrée, symbole de l'incoruptibilité céleste et emblème de la force et de la douceur. Jadis, elle coula sur sa tête lors de son entrée dans le monde ; à présent qu'il va en sortir, elle vient fortifier son âme et ses membres endoloris. Avant d'entrer dans son nouveau royaume, le chrétien est, pour ainsi parler, oint tout entier : les pieds, les mains, les oreilles, les yeux, tout le corps est comme embaumé des saintes bénédictions. Les onctions se font en forme de croix parce que la croix est une arme toute-puissante contre Satan, notre immortel ennemi; et comme elle a servi d'étendard au chrétien depuis son Baptême, il est de toute convenance qu'elle préside à ses derniers combats et qu'elle prélude à son éternel triomphe.

Après avoir donné au moribond le sacrement de l'Extrême-Onction, si son état s'aggrave, on lui administre le *Viatique* du dernier voyage qu'il va entreprendre : c'est ainsi que les grands canaux de la grâce lui sont ouverts afin que son âme en soit pour ainsi dire inondée. Le malade reçoit son Dieu avec la foi de l'âge d'or des premiers siècles de l'Église. Voyez-vous ce moine abattu par la souffrance ? Malgré sa faiblesse, il ramasse le peu de forces qui lui restent et se soulève péniblement, mais avec joie, pour adorer l'Hostie sainte ; une larme de tendresse, de reconnaissance et d'amour, tombe de ses yeux mouillés des pleurs de la pénitence et où brille encore un feu céleste. Dans l'Ordre de Cîteaux on a conservé l'antique coutume, qui existait jadis dans toute l'Église, d'administrer l'Extrême-Onction avant le Viatique; présentement, d'après le Rite romain, c'est le contraire qui a lieu. La raison de ce changement vient de la négligence des parents qui attendent d'ordinaire la dernière extrémité pour faire donner le Sacrement des mourants. On ne pourrait en pareil cas administrer le Viatique, soit parce que le malade a perdu connaissance, soit parce qu'il ne peut plus rien prendre. Cette raison n'existe pas à la Trappe. — Enfin l'indulgence plénière *in articulo mortis* vient donner le dernier lustre à la beauté de l'âme du Religieux cistercien. Pour rendre méritoires ses dernières souffrances, le Trappiste mourant n'a point d'effort à faire, il y a longtemps qu'il possède la science de tout sanctifier: aussi bien, au plus fort des défaillances de la nature, ce ne sont que ferventes invocations et aspirations brûlantes vers Dieu.

Lorsque le Trappiste approche de sa dernière heure (si la

Trappiste mourant sur la paille.

chose peut se faire sans péril d'abréger sa vie), a lieu une cérémonie bien touchante. Suivant la vénérable coutume de la
primitive Église, conservée religieusement dans l'Ordre de
Cîteaux, on étend, en forme de croix, sur le plancher de l'humble chambre du moribond, de la cendre bénite que l'on recouvre
de paille et on y place le patient. Cette couche qui respire le
dénûment le plus absolu est le trône de l'humilité et de la pénitence du Trappiste expirant : elle est l'emblème et le résumé le
plus parfait de sa vie souffrante et mortifiée, elle est le char de
triomphe qui doit le transporter parmi les princes du ciel, elle
est la dernière étape de l'humiliation avant d'obtenir la couronne qui doit en être l'éternelle récompense.

Cependant l'agonie commence. Tout à coup retentit sous les
cloîtres la tablette des agonisants. La cloche fait entendre
également un son presque lugubre, interrompu par trois fois,
comme pour avertir que le temps presse, qu'il faut se hâter de
se rendre auprès du Frère qui est aux prises avec l'agonie,
qu'il faut redoubler de ferveur dans la prière pour l'âme qui
va franchir le terrible passage du temps à l'éternité. Les Religieux accourent aussitôt en récitant à voix basse le *Credo*,
afin de présenter ainsi par avance au souverain Juge cette
profession de foi à laquelle le pieux moribond demeura toujours fidèle.

Toute la communauté se met à genoux. Le Supérieur, voyant
que la vie est sur le point de finir pour cet exilé du ciel et que
les portes de l'éternité vont s'ouvrir devant lui, s'adresse à tous
les habitants de ce monde nouveau en récitant les Litanies des
saints : il les conjure les uns après les autres de venir à la
rencontre de leur Frère. Telle est la magnifique escorte au
milieu de laquelle le Religieux va franchir le seuil de l'éternelle
patrie.

Pour lui, la mort est sans doute, comme pour tous les
hommes, un châtiment et une conséquence du péché, mais
elle est surtout le couronnement d'une longue série de sacrifices
offerts à Dieu. Envisagée sous ce dernier aspect, elle se montre
majestueuse, noble et douce : il est facile de l'unir à celle du
Sauveur expirant sur la croix pour le salut du genre humain :
ce qui achève de lui donner toute sa beauté. Dans cette lutte
suprême, entre la vie et la mort, qu'on nomme l'agonie, et où
se reflète d'ordinaire ce que la vie eut de plus intime et de plus
personnel, souvent la pensée seule reste intacte comme une
dernière lueur qui n'éclaire plus que des ruines. Tel est, selon
l'expression de M. de Chateaubriand, *le grand spectacle du
Trappiste mourant*.

CHAPITRE XXXVI

Le Trappiste malade n'est pas négligé ; loin de là, selon les sages prescriptions de la règle de saint Benoît, il reçoit tous les soins que réclame son état : on lui sert une nourriture plus fortifiante ; les heures de ses repas sont plus rapprochées ; il a une couche moins dure ; on lui donne une chambre à l'infirmerie. Ce lieu devient pour lui une sorte de laboratoire où son âme, déjà soumise à un long travail de préparation, est placée dans le creuset de la souffrance pour y être dépouillée de tout reste d'alliage.

L'infirmerie du monastère est ordinairement le théâtre de tant de résignation et de ferveur, qu'elle apparaît à tous les yeux comme la dernière étape de la route qui mène au ciel. La vie du Trappiste étant une préparation continuelle à la mort, celle-ci n'est pour lui que la céleste messagère qui vient briser les liens de sa captivité pour l'introduire dans le sein de Dieu. C'est pour se préparer à ce grand passage du temps à l'éternité, qu'il a tout abandonné pour s'enfermer dans un cloître, d'où il ne sort que pour monter au Ciel.

On connaît cette parole devenue proverbiale : *S'il est dur de vivre à la Trappe, il est bien doux d'y mourir.* Quand on veut exprimer qu'un chrétien a fait une belle mort, on dit qu'il est mort comme un Trappiste. Qu'il est doux pour le moine, au soir de sa vie religieuse, de se replier sur sa carrière et d'en voir tous les instants si bien remplis ! A ce moment où tombent toutes les illusions, qu'il est consolant de pouvoir dire avec le grand apôtre : *J'ai combattu le bon combat. J'ai gardé la foi, j'ai achevé ma course, il ne me reste plus qu'à recevoir du juste Juge la couronne de vie !* Le Trappiste peut, en toute vérité, clartés de la foi. Voilà, ô mon Dieu, comment meurent vos élus. Quelle différence entre leur trépas et celui des pécheurs impénitents, qui expirent sous les étreintes cruelles de l'anxiété, du remords et du désespoir, pour devenir, l'instant d'après, la proie des flammes éternelles !......

Pendant que la communauté chante le *Subvenite*, le Supérieur asperge et encense le corps du défunt; ensuite on lui lave la figure, la poitrine, les bras et les jambes. Cette ablution est une marque de respect pour la dépouille mortelle d'un corps qui fut le temple du Saint-Esprit; elle est un emblème de la pureté qu'il faut avoir pour entrer au ciel, et un présage de la glorieuse résurrection. Pendant que quelques Frères remplissent cette pieuse cérémonie, la communauté récite le psautier dans une salle voisine. Le défunt, ayant été lavé, est revêtu de tous ses habits réguliers, qui lui serviront de linceul. On le place sur un brancard qui ressemble à une sorte de berceau ; s'il est prêtre, on le revêt d'une étole violette ; puis on l'apporte au milieu de ses Frères réunis. Il est de nouveau aspergé et encensé ; enfin on le porte processionnellement à l'église, en chantant le sublime répons : *Libera me, Domine...* pendant que les cloches lancent dans l'air leurs mélodies funèbres ; il est porté par quatre de ses confrères, et aux angles du brancard marchent quatre jeunes novices, tenant en main un cierge allumé. Arrivé à l'église, le corps est placé dans le chœur des Religieux, si le défunt est moine ; dans le cas contraire, on le met dans celui des Frères convers. Si c'est un dimanche ou un jour solennel, on porte le corps au chapitre ou dans une chapelle particulière.

A la fin du *Libera*, le Supérieur chante quelques versets et une oraison ; ensuite toute la communauté se met à genoux, et récite à haute voix six *Pater*, six *Ave* et six *Gloria Patri* pour gagner en faveur du trépassé les nombreuses indulgences attachées à cette pratique en faveur de ceux qui portent le Scapulaire de l'Immaculée Conception, dont les privilèges ont été étendus à celui de notre Ordre par un rescrit de la Sacrée Congrégation des Mémoriaux du 28 novembre 1874. Après ces prières, la communauté se retire ; on laisse près du mort la croix, symbole d'espérance et de salut; un vase d'eau bénite, emblème de purification, et un cierge allumé, signe du dogme de la résurrection, qui resplendit comme une éclatante lumière au milieu des ténèbres de la mort.

A partir du moment où le corps est exposé à l'église jusqu'à l'heure de l'inhumation, les Religieux viennent à tour

Veillée d'un Trappiste mort.

de rôle, deux à deux, pendant une demi-heure, réciter le psautier et l'Office des morts ; toutes les Messes qui se disent pendant cet intervalle sont appliquées à l'âme du défunt qui demeure sur son brancard, le visage découvert, jusqu'au moment de l'enterrement. C'est de la sorte qu'à la Trappe la mort apparaît dans toute sa majesté, tandis que, dans le monde, on semble faire tous ses efforts pour se dérober à ses sévères leçons, en faisant disparaître le corps et la bière qui le renferme sous des monceaux de fleurs et de couronnes. D'ailleurs qu'est-ce que vivre, sinon mourir lentement et en détail, en attendant la mort totale ? Le genre humain se hâte rapidement vers le tombeau, et toutes les générations s'écoulent une à une avec les siècles. Nos pères sont partis les premiers ; nous partirons aussi ; nos neveux viendront après nous, et, comme les vagues poussées les unes par les autres se brisent contre les rivages de la mer, ainsi tous les âges se suivent et se terminent à la mort. Celle-ci n'est qu'une courte nuit où le crépuscule touche à l'aurore, parce que les ombres du soir vont bientôt disparaître devant le jour sans fin de la bienheureuse éternité.

Ainsi, que l'homme ait vu le jour sous le chaume d'une cabane ou sous les lambris dorés d'un palais, il doit mourir. Qu'il porte les haillons de la misère ou qu'il se pavane sous les insignes de l'opulence, il doit un jour cesser de vivre. Aujourd'hui la mort frappe l'enfant innocent dont les lèvres sont encore humides de la première rosée de la vie ; demain ce sera le tour du vieillard couronné par les ans. La mort frappe le juste ; elle frappe aussi le coupable et trop souvent sans lui donner le temps de se reconnaître. C'est à nous, suivant le conseil du divin Maître, de nous tenir prêts.

La mort est tellement la souveraine ici-bas, que son image est gravée partout. Le jour naît et décline ; la plante fleurit le matin et se dessèche le soir ; l'arbre verdit au printemps et se dépouille de ses feuilles à l'automne ; l'eau coule et ne revient plus : tout change, tout passe, tout vieillit, tout meurt. Voyez l'enfant emmailloté dans son berceau : déjà ses langes annoncent son linceul. L'homme se couche et s'endort chaque soir sans penser qu'il ne fait que mourir et renaître, et que la couche où il se repose n'est que la sœur du tombeau. Chaque seconde sonne plusieurs glas funèbres, chaque instant qui disparaît de ce monde emporte avec lui le dernier soupir d'une poitrine humaine. Le monde ressemble à ces essaims de moucherons qui dans la belle saison exécutent une espèce de danse en ronde. Mais hélas ! une noire hirondelle traverse ces trou-

pes légères, avalant en passant des groupes entiers de dan-
seurs. La fête cependant n'est pas interrompue, les vides se
remplissent, et l'on continue la danse comme auparavant.
N'est-ce pas là l'image de notre vie? La mort comme un oiseau
de proie passe au milieu de nous; la terre engloutit chaque
jour environ quatre-vingt mille cercueils, et la foule insou-
ciante ne s'en préoccupe pas davantage. On voit les rivières
qui sillonnent nos plaines et nos vallons se perdre dans des si-
nuosités sans nombre ; on dirait qu'elles cherchent à s'illusion-
ner elles-mêmes par leurs longs circuits, comme si elles espéraient se dérober aux abîmes entr'ouverts de l'océan : mais
pour arriver un peu plus tard, elles arrivent toujours. Nous
avons beau semer de fleurs les bords de notre tombe, nous
distraire et nous faire illusion : travail inutile! un jour le
soleil se lèvera et nous ne verrons plus sa lumière; la brise
embaumée du printemps épanchera sur la nature son souffle
vivifiant, et notre poitrine ne s'ouvrira plus pour s'y désaltérer.

O mort, je t'interrogerai à toute heure, et tu me diras
ce qu'est cet éclair qu'on nomme la *vie*, cet instant rapide
qui s'appelle le *temps*, cet abîme qu'on nomme *éternité*. Je
te demanderai ce qu'est cette fumée qui s'appelle *honneur*,
ce fantôme qu'on nomme *plaisir*, cette boue qu'on décore
du nom de *richesse*. Et tu me diras sans te lasser jamais :
*Vanité des vanités, tout est vanité sur la terre, hors aimer
Dieu et le servir !... Que sert à l'homme de gagner l'univers,
s'il vient à perdre son âme?* Puissance, gloire, grandeurs,
qu'est-ce que cela, lorsqu'on jette le corps dans la fosse
et que l'âme s'en va dans l'éternité ?

Ce pauvre moine qui vient de mourir ne trouvera pas son
nom placé parmi ceux des héros de l'histoire ; il sera ignoré
de la postérité, et cependant il a été héros dans toute la force
du terme, car il s'est vaincu lui-même tous les jours de sa vie,
et ainsi il a remporté une victoire plus belle, plus noble et
plus difficile, nous dit le Saint-Esprit par la bouche de Salomon, que de prendre les villes d'assaut.

Que pouvons-nous dire maintenant du bonheur dont jouit
l'âme du Religieux qui vient de quitter la terre pour la patrie
céleste? Toutes les joies du monde, et il y en a de si suaves ;
toutes les beautés d'ici-bas, et il y en a de si ravissantes ; tous
les plaisirs légitimes de cette vie, et il y en a de si attrayants,
toutes ces choses multipliées au delà de tout nombre, et
augmentées par impossible jusqu'à l'infini, ne seraient rien en
comparaison de la félicité que Dieu réserve à ses élus.

O soldats du Christ, regardez ces régions immenses de l'empy-
rée, inondées d'une lumière dont saint Paul n'avait entrevu
qu'un reflet et qu'il renonçait à décrire, regardez les anges tout
éclatants de beauté, regardez les saints portant au front l'auréole de la gloire : un torrent de bonheur les inonde de toutes
parts. Courage ! Le même sort vous est réservé, si vous méritez,
par votre fidélité à vos devoirs, de couronner une vie sainte
par une mort bienheureuse.

Enterrement du Trappiste.

CHAPITRE XXXVIII

ENTERREMENT DU TRAPPISTE

Après avoir célébré une Messe solennelle pour l'âme du Frère défunt, on procède à son inhumation. Le Supérieur, entouré de ses ministres et de toute la communauté, fait les trois absoutes en usage dans l'Ordre de Cîteaux ; puis on entonne le psaume de la délivrance : *In exitu Israel de Ægypto, domus Jacob de populo barbaro*..... Ici la liturgie cistercienne nous reporte au delà de trois mille ans en arrière, sur les bords de la mer Rouge et au désert du Sinaï ; elle déroule à nos regards le magnifique tableau des merveilles et des prodiges que Dieu opéra pour tirer Israël de l'Égypte et le faire entrer dans la terre promise. Ces miracles de l'Égypte, de la mer Rouge, du désert et du Sinaï nous font voir des merveilles plus grandes et plus consolantes, opérées en faveur du moine défunt, à savoir, sa délivrance du démon, du péché et de l'enfer par le baptême ; la foi qui l'a guidé au travers du désert de la vie, comme la colonne lumineuse conduisant Israël ; la loi de grâce descendant du Calvaire comme la loi antique descendit du Sinaï ; le pain céleste nourrissant son âme comme la manne nourrissait les Hébreux ; et ces miracles de la loi nouvelle sont présentés eux-mêmes comme un gage de miracles plus magnifiques encore, par lesquels le Seigneur a voulu le conduire du désert du monde dans la vie religieuse pour l'introduire ensuite dans la Jérusalem céleste.

Dès que l'on commence le chant de ce beau psaume, on quitte l'église pour se rendre processionnellement au cimetière ; la croix, gage d'espérance et signe de résurrection, précède le cortège funèbre ; l'on voit se dérouler ensuite sous les voûtes de l'église et du cloître cette longue procession de la mort : les Religieux marchent deux à deux ; puis vient le défunt entouré de cierges allumés, signes de sa foi et de sa charité ; derrière lui s'avance le plus ancien des Frères, portant la croix destinée à être placée sur la tombe qui va recevoir sa dépouille mortelle.

Le défunt sort de l'église. En quittant pour la dernière fois le temple du Seigneur, il semble lui dire : « Adieu, maison divine où j'ai reçu tant de grâces, où si souvent j'ai été inondé des consolations célestes ; adieu, ambon sacré d'où la parole de Dieu découla sur moi comme une céleste rosée ; adieu, tribunal du pardon et de la miséricorde où tant de fois j'ai été plongé dans les eaux salutaires de la pénitence ; adieu, autel saint où s'immole chaque jour l'Agneau de Dieu pour notre salut et celui du monde entier ; adieu, table sacrée où je me suis nourri si fréquemment du Pain des anges ; adieu, voûtes bénies où jour et nuit j'ai chanté ou entendu célébrer les louanges du Seigneur ; adieu, mes vénérés supérieurs, adieu mes frères et mes amis, adieu, parents, adieu jusqu'au jour de la glorieuse résurrection.

Tandis qu'on conduit le mort au cimetière, les cloches s'associent au deuil de la famille religieuse en faisant entendre un son plaintif. Quand la procession est arrivée au cimetière, le Supérieur récite quelques oraisons, bénit la fosse, asperge et encense le défunt et la tombe ; les quatre Frères qui portaient le corps le descendent dans la fosse avec des bandelettes ; le Père infirmier le reçoit respectueusement, et l'étend sur sa nouvelle couche ; puis, comme pour protéger son dernier sommeil, il lui rabat le capuce sur le visage, car les Trappistes pratiquent la pauvreté jusque dans leur sépulture ; voilà pourquoi on les enterre sans cercueil. L'infirmier étant remonté de la fosse, le Supérieur asperge et encense une dernière fois le défunt, jette sur lui un peu de terre, puis les Frères remplissent la fosse. Les Religieux chantent sept psaumes comme pour demander pardon à Dieu pour les fautes que l'on peut commettre par les sept péchés capitaux ; on chante ensuite deux antiennes. Tout à coup la communauté tombe à genoux, le front incliné vers la terre ; dans cette posture humiliante, elle demande grâce et miséricorde au Juge suprême ; par trois fois le chantre entonne le verset : *Domine, miserere*, et la communauté ajoute : *super peccatore* ; c'est-à-dire : *Seigneur, ayez pitié du pécheur.* Ce cri perçant pénètre jusqu'au fond de l'âme. Après quelques versets et une oraison, la communauté retourne à l'église en psalmodiant les sept psaumes de la pénitence ; le Supérieur récite encore quelques versets et une oraison, puis on se retire.

Aussitôt après le décès, on envoie des billets de faire part à toutes les maisons de l'Ordre : ces messagers de la mort s'en vont dans tous les pays du monde, solliciter des prières pour le Frère défunt. Sur sa tombe, on met une simple croix de bois qui porte son nom de religion et la date de sa mort.

Chez les Trappistes, le cimetière est contigu à l'église, contrairement à la moderne innovation qui, sous le vain prétexte de salubrité publique, mais en réalité pour éloigner de l'homme la pensée de la mort, relègue les cimetières le plus loin possible des villes, des bourgs et des villages. Quelle touchante idée cependant de faire reposer les défunts à l'ombre de l'église où les parents et les amis viennent chaque dimanche dire une prière pour ceux qui leur furent chers ! Puis, quelle touchante leçon que cette vue quotidienne du champ de la mort pour les vivants qui bientôt doivent aussi y prendre place ! Non, les cendres des pères qui reposent près des villes et des villages n'abrègent pas, par leurs miasmes délétères, la vie de leurs enfants ; ils prolongent au contraire leur existence en leur enseignant, par une prédication muette mais très efficace, à fuir le péché et à pratiquer la vertu, deux choses qui sont les plus sûrs garants d'une heureuse vieillesse. L'Église elle-même désire que ses enfants trépassés soient réunis dans un même lieu, voisin du temple du Seigneur, afin de veiller sur les générations éteintes comme une tendre mère veille sur ses enfants endormis.

A la Trappe, lorsque, aux derniers feux du soleil couchant, vous apercevez ce camp des soldats de Dieu, endormis dans la poussière du tombeau, et que vous considérez toutes ces croix d'égale hauteur systématiquement rangées, dont la couleur blanche se détache si bien sur le vert gazon de la tombe, je ne sais quelle douce mélancolie vous saisit le cœur ; les larmes d'attendrissement vous viennent aux yeux et une prière sur les lèvres. Vous vous croyez transporté à dix-huit siècles en arrière, dans les catacombes de Rome, où tant de héros du Christ ont été ensevelis. Ces morts ont une voix : du fond de leur tombe ils encouragent les vivants à la persévérance, en leur parlant de détachement et de sacrifice, de couronne et d'immortalité.

Le mot de cimetière, qui est resté à nos lieux de sépulture, est à lui seul un nom d'espérance et de résurrection ; car dans notre langue, il s'interprète par dortoir, parole d'heureux présage, touchante dénomination qui place le tombeau sous la sauvegarde de la résurrection, et ôte à la mort toute son horreur en nous la faisant envisager comme un sommeil un peu plus long que celui de la nuit, il est vrai, mais qui doit être suivi d'un réveil éternel.

Et de là encore, sans doute, la coutume qui avait prévalu dans les premiers siècles de l'Église de placer de telle sorte les morts dans leurs couches funèbres, qu'ils eussent les pieds tournés vers l'Orient comme pour attendre le retour de la lumière et saluer les premiers rayons de ce jour qui n'aura pas de crépuscule. Ainsi ils avaient le visage tourné du côté de la vallée de Josaphat, pour montrer qu'ils, étaient prêts à partir dès que le clairon divin se ferait entendre pour convoquer tous les hommes au tribunal du souverain Juge. A présent, c'est encore ainsi qu'on place à l'église et au cimetière les religieux non prêtres. Les prêtres au contraire ont, dans ces deux cas, les pieds tournés vers l'Occident, parce qu'on les représente comme à l'autel annonçant la parole de Dieu, ce qui les place, lorsque l'église est bien orientée, le visage vers l'Occident.

Dans le monde, souvent, avec les derniers tintements de la cloche, s'évanouit le souvenir des trépassés, et l'on prend plus de soin de les couvrir de fleurs que de prières. A la Trappe, les Messes, les Offices et les prières sont multipliés, et les défunts ne tombent jamais dans le domaine de l'oubli. Là, le cimetière est un lieu sacré : on y garde toujours un profond silence, on le visite souvent pour y prier à l'intention des défunts, y méditer sur la vanité des choses du temps et sur la brièveté de la vie. Aussitôt après la sépulture d'un Religieux, on ouvre à une profondeur de quelques centimètres une nouvelle fosse, comme si c'était là le spectacle le plus consolant pour ces hommes dont la principale affaire est d'apprendre à bien mourir ; c'est en même temps une leçon, car cette fosse béante semble dire à chacun d'eux : « Quel est celui d'entre vous qui viendra se reposer ici ? *Veillez* donc et *priez, car vous ne savez ni le jour ni l'heure...* »

C'est peut-être cette pratique qui a donné cours à l'assertion erronée, que chaque jour le Trappiste enlève une pelletée de terre de la fosse qui doit le renfermer. On raconte encore sans plus de fondement que lorsque deux Trappistes se rencontrent, ils se saluent en se disant : « Frère, il faut mourir. » Les Trappistes, obligés de garder le silence, se saluent sans rien dire ; ils font mieux que de prononcer cette parole inventée par l'imagination romanesque de M. de Chateaubriand : ils se préparent tous les jours à la mort pour réaliser dans leur personne cette divine parole du Psalmiste : *Heureux les morts qui meurent dans le Seigneur.*

Après le décès d'un Trappiste, suivant une antique et vénérable coutume, on sert au réfectoire, à la place qu'il occupait jadis, ses repas comme s'il était encore présent : une petite croix de bois en indique l'endroit ; après la réfection, le portier enlève ces aliments et les distribue aux pauvres à l'intention du mort : cette pieuse pratique dure un mois entier. Le Religieux défunt semble ainsi chaque jour sortir la main de son froid sépulcre et l'étendre vers les malheureux, pour leur faire encore l'aumône du fond de son tombeau. Ce touchant usage est en même temps, à l'égard du trépassé, un précieux souvenir qui fait joindre l'aumône à la prière et qui, malgré la sévérité de la mort, fait encore durer au delà de cette vie l'intimité des liens qui unissent entre eux les membres d'une même famille religieuse. La charité chrétienne semble atteindre ici ses dernières limites et ses plus ingénieuses délicatesses.

Dans tous les monastères de Trappistes, il y a un mois entier consacré aux morts, du 17 septembre au 17 octobre ; un très grand nombre de Messes et de prières ont lieu pendant ces trente jours pour le repos des âmes des Religieux, de leurs parents et des bienfaiteurs de la maison. Pendant ce même espace de temps, on sert au réfectoire tous les jours trois dîners et même trois soupers quand il y a deux repas. Le portier les enlève après la réfection, et les donne aux pauvres : charitable et salutaire pratique, qui a pour but de faire une sainte violence au ciel en faveur des âmes souffrantes du Purgatoire.

Outre le 2 novembre, chaque année on fait encore quatre grands anniversaires solennels : le 31 janvier, pour les Supérieurs défunts ; le 21 mai pour toutes les personnes religieuses de l'Ordre ; le 18 septembre, pour tous les Religieux, Convers, Novices, Oblats, familiers, parents, bienfaiteurs, associés ; le 20 novembre, pour toutes les personnes de la maison et tous leurs parents. Ces jours-là, tous les Religieux prêtres doivent dire la Messe aux mêmes intentions.

La religion est une mère pleine de tendresse pour ses enfants trépassés.

Courage, pauvre nature humaine tombée en ruine, car dans le sépulcre gît l'espérance et la vie ! Relève-toi, chante l'hymne de l'immortalité. Nous savons que notre limon sera animé une seconde fois, de sorte que notre corps, le plus beau et le plus accompli des objets sensibles, cette céleste miniature où se reproduisent avec une indicible perfection les combinaisons sans nombre qui brillent dans la construction de l'univers, se lèvera de la poussière pour ne plus jamais mourir. Voilà le cri de l'attente de Job ; telle fut la croyance des prophètes, l'enseignement des apôtres, telle est la certitude des chrétiens.

CHAPITRE XXXIX

Dans le cours de cet ouvrage, nous n'avons eu l'occasion de nommer que quelques-uns des abbés de la Trappe. Pour suppléer à cette lacune, nous allons donner ici la liste entière de tous les abbés qui, dans l'espace de sept cent cinquante-cinq ans d'existence de cette abbaye, l'ont successivement gouvernée. En même temps, autant que les documents nous le permettront, nous rapporterons les principaux faits qui ont eu lieu à la Trappe sous l'administration de chacun d'eux.

1° *Albold* fut le premier abbé de la Trappe et par là même son fondateur. Il sollicita et obtint en 1147 du Pape Eugène III une bulle qui plaçait son monastère sous la protection immédiate du Saint-Siège. Sous son gouvernement, la Trappe et toutes les maisons de l'Ordre de Savigny passèrent dans celui de Cîteaux. Suivant une respectable tradition, pendant son administration, il aurait reçu la visite de saint Bernard, son Père immédiat; il demeura à la tête de ses frères pendant trente-quatre ans (1137-1171).

2° *Gervais Lambert*. — Sous sa conduite, l'importance de la Trappe augmenta sensiblement; on peut en juger par les dons en tous genres que les pieux seigneurs du pays firent à sa communauté; il régit son monastère douze ans (1171-1183).

3° *Adam Gautier*.—Ce grand homme devint très célèbre dans les Annales Cisterciennes, tant par ses vertus que par ses miracles. Le Ménologe de Cîteaux le nomme, au 7 mai, parmi les Bienheureux de l'Ordre. Ce fut lui qui acheva la construction de son église et en fit faire la consécration; il fut nommé Supérieur des Religieuses cisterciennes des Clairets, dans le diocèse de Chartres. La Trappe devint très florissante sous sa longue administration, qui dura cinquante-cinq ans (1188-1243).

4° *Jean Herbert.* — Cet abbé reçut un diplôme de saint Louis, roi de France, par lequel le pieux monarque prenait la Trappe et tous ses biens sous sa garde. Le Pape Alexandre IV, de son côté, accorda aux Trappistes la permission de célébrer l'Office divin dans les chapelles de leurs granges. L'abbé Jean fut à la tête de sa communauté trente et un ans (1243-1274).

5° *Guillaume.* — Son administration ne dura que quatre ans. (1276-1280).

6° *Robert Ier.* — Cet abbé reçut un diplôme de Philippe le Bel et une charte du frère de ce monarque, Charles de Valois, comte du Perche ; il fut supérieur de la Trappe pendant dix-sept ans (1280-1297).

7° *Nicolas Ier.* — Ce fut de son temps que Jeanne de Navarre, reine de France, fonda à la Trappe un service annuel ; il demeura abbé de ce monastère pendant treize ans (1297-1310).

8° *Richard Ier* gouverna la Trappe durant sept années (13|0- 1317).

9° *Robert II.* — Sous son administration, Charles de Valois donna à la Trappe plusieurs terres et confirma les donations de Robert de Tournai, inhumé dans l'abbaye avec Agnès de Chauvigny, sa femme. Après avoir gouverné ses religieux pendant vingt-neuf ans, Robert quitta la terre le 24 juin 1346.

10° *Michel.* — Il ne fut que très peu de temps abbé de la Trappe ; on ne trouve rien, touchant son gouvernement, ni dans les chartes, ni dans les traditions de l'abbaye.

11° *Martin Ier.* — Ce fut à lui que Charles de Valois accorda le droit d'exploiter des mines de fer appartenant à la Trappe, afin de lui aider à réparer les pertes subies par le monastère durant les dernières guerres avec les Anglais. Il fut obligé de se retirer avec ses Religieux au château fort de Bonsmoulins, situé à environ trois kilomètres de son abbaye, pour se mettre à l'abri de la fureur des troupes anglaises ; il gouverna ses Religieux pendant seize ans (1360-1376).

12° *Richard II.* — Il eut la douleur de voir de nouveau sa maison dévastée par la soldatesque anglaise. A l'exception de l'église, du chapitre, du moulin et de ses dépendances, son monastère devint la proie des flammes. Il ne gouverna la Trappe que six ans (1376-1382).

13° *Jean Olivier Parisy.* — Sous le règne de cet abbé, le

monastère, déjà si éprouvé par le malheur des temps, fut encore pillé par des brigands : le Pape Eugène IV excommunia les auteurs de ce forfait. Jean Olivier fut à la tête de sa communauté pendant soixante-quinze ans (1383-1458). La longueur de ce gouvernement a paru invraisemblable : on peut tout concilier en disant que cet abbé ne succéda pas immédiatement à Richard II ; à cause des circonstances fâcheuses résultant des malheurs de cette époque, il y eut peut-être un interrègne.

14° *Robert III Lavalle*. — De son temps, la Trappe fut encore dévastée. Il dirigea son monastère pendant dix huit-ans (1458-1476) ; il démissionna en 1476 et mourut en 1485.

15° *Henri Hohart*. — Il eut pour compétiteur Auger de Brie, chanoine du Mans, qui supposa faussement que Robert III avait donné sa démission en sa faveur et fut nommé abbé commendataire ; ce faux supérieur aliéna les biens du monastère ; mais bientôt Henri Hohart fut mis en possession de son abbaye. Ainsi on voit déjà l'odieux système des commendes faire son apparition à la Trappe. L'abbé Henri administra sa communauté quarante-trois ans (1476-1519) ; il démissionna en faveur de son successeur en 1519 et mourut en 1520.

16° *Robert IV Ravey*. — Cet abbé recouvra, dans les paroisses de Soligny et de Sainte-Céronne, les biens de son monastère, aliénés par Auger de Brie. De graves infirmités l'obligèrent de démissionner en 1527, après avoir gouverné sa maison pendant huit ans (1519-1527). Il mourut en 1530.

17° *Julien des Noës*. — Les Religieux venaient de le choisir pour abbé ; le Général de Cîteaux l'avait béni ; le roi François Ier n'agréa pas l'acte de cette élection. Les moines la recommencèrent et donnèrent leurs suffrages au même ; le monarque opposa un nouveau refus et nomma pour abbé com mendataire le cardinal du Bellay.

18° *Jean du Bellay*, cardinal et évêque de Paris. — Ce fut le premier abbé commendataire de la Trappe et l'une des plus funestes causes de la ruine de ce monastère. Jean du Bellay garda la Trappe en commende durant onze années (1527-1538).

19° *Martin Hennequin*, conseiller au parlement de Paris. — Il fut le second abbé commendataire de la Trappe et la retint dix ans (1538-1548).

20° *François Rousserie*. — Après la mort de Martin Hennequin, les Religieux élurent pour abbé leur Prieur ; mais le roi Henri II ne voulut pas confirmer cette élection ; il nomma lui-même le suivant :

21° *Alexandre Gævrot*, troisième abbé commendataire de la Trappe, qu'il posséda sept ans (1548-1555).

22° *Denis Ier du Brèvedent*, chanoine de Rouen, quatrième abbé commendataire de la Trappe, qu'il garda dix-huit ans (1555-1573).

23° *Jean III Barthe*, cinquième abbé commendataire de la Trappe : il fut nommé par le roi Charles IX et donna sa démission en faveur du suivant.

24° *Michel II de Seurre*, chevalier de Malte et grand prieur de Champagne, sixième abbé commendataire de la Trappe. Cet ambitieux en avait demandé trois fois la commende au Pape Grégoire XIII ; mais il ne put obtenir son agrément.

25° *Jacques le Fendeur*, nommé par le roi Henri III, fut le septième abbé commendataire de la Trappe.

26° *Denis II Hurault*, évêque d'Orléans, huitième abbé commendataire de la Trappe. Il réunit ce monastère à ses autres abbayes de Breuil-Benoît, de Paimpont et de Palice.

27° *Nicolas II Bourgeois*, neuvième abbé commendataire de la Trappe. Il donna sa démission en faveur du suivant.

28° *Antoine Séguier*, aumônier de Louis XIII, conseiller au parlement de Paris, chanoine et doyen de cette Église, et abbé de Saint-Jean d'Amiens : dixième abbé commendataire de la Trappe ; il mourut en 1635.

29° *Dominique Séguier*, neveu du précédent, conseiller, comme lui, au parlement de Paris et doyen de cette cathédrale, et de plus évêque d'Auxerre, onzième abbé commendataire de la Trappe. Aux Séguier succédèrent les le Bouthillier. Ainsi livrée à l'ambition des hommes de cour du XVIIe siècle, la Trappe semblait être devenue un héritage et un patrimoine transmissible comme un manoir ou une pièce de terre. Par cet élément étranger qui s'introduisait dans son sein, la vertu et la discipline s'étiolaient et se flétrissaient de plus en plus. La Trappe, sous la paternelle direction de ses abbés réguliers, nous présente un état de gloire et de grandeur incomparables, tandis qu'elle n'eut plus qu'une longue agonie de cent trois ans sous la domination de ses quatorze abbés commendataires : nous en avons donné les raisons dans le cours de cet ouvrage, en tête de la notice du chapitre consacré à l'histoire de l'abbé de Rancé.

30° *Victor le Bouthillier*, d'abord évêque de Boulogne, puis coadjuteur de Tours, garda quelque temps la Trappe en commende ; il s'en défit ensuite en faveur de son neveu : il fut le douzième abbé commendataire de la Trappe.

31° *François-Denis le Bouthillier de Rancé*, neveu du précédent, treizième abbé commendataire de la Trappe ; il était en même temps aumônier du roi, chanoine de l'Église de Paris,

abbé de Saint-Symphorien et de Sainte-Marie du Val ; il mourut en 1636 et eut pour successeur son frère :

32° *Armand-Jean le Bouthillier de Rancé*, qui, à l'âge de dix
ans, hérita de tous les bénéfices que la mort de François-Denis
laissait vacants et même en posséda encore davantage. Ce jeune
adolescent, savant il est vrai, mais incapable de remplir les
saintes fonctions dont il touchait les revenus, fut le quatorzième
et dernier abbé commendataire de la vieille abbaye du Perche.
Il la tenait en commende depuis vingt-huit ans, lorsque, par
une éclatante conversion, il résolut de se défaire de tous ses
bénéfices, à l'exception de la Trappe qu'il voulait réformer. Il
s'acquitta de cette noble mission avec un dévouement et une
abnégation incomparables, qui lui valurent l'admiration de
tous les gens de bien. L'abbé de Rancé, voyant que Mortagne
ne possédait point d'écoles pour les personnes du sexe, fonda
pour elles, dans cette ville, le 4 janvier 1689, une école sous le
titre de *Maison de la Doctrine chrétienne*. Le 4 janvier suivant,
l'évêque du diocèse, Mathurin Savary, approuva et confirma la
nouvelle institution. Cet homme à jamais célèbre gouverna
saintement son monastère comme abbé régulier pendant
trente-deux ans. Il se démit de ses fonctions en 1696 à raison
de ses infirmités, et mourut de la mort du juste en 1700.

33° *Zozime Ier*. — De prieur il devint abbé régulier le 2 mai
1695. Il fut béni le 22 janvier 1696 par Savary, évêque de Séez,
et mourut, à l'âge de trente-cinq ans, le 3 mars de cette même
année 1696 : il gouverna donc sa communauté seulement quelques mois.

34° *François-Armand Gervaise*, ancien Carme déchaussé,
avait embrassé la Réforme de la Trappe ; après avoir gouverné son abbaye deux ans, il donna sa démission (1696-1698).

35° *Jacques de la Court*. — Cet abbé administra la Trappe
quinze ans (1698-1713).

36° *Isidore Maximilien* fut abbé de la Trappe pendant quatorze ans (1713-1727).

37° *François-Augustin Gouche*. — De simple moine de la
Trappe, il en devint abbé en 1727 ; en la vacance du siège de
Séez, il fut béni par Jean le Normand, évêque d'Evreux, et
mourut après avoir gouverné son abbaye pendant sept ans
(1727-1734).

38° *Zozime II Hurel*. — Il avait soixante-quatre ans d'âge et
vingt-sept de profession lorsqu'il fut mis à la tête de la communauté, qu'il administra pendant treize ans (1734-1747).

39° *Malachie Brun*, ancien vicaire d'Avignon, ensuite mis-
sionnaire distingué. Il s'effraya de la gloire que lui attirait son

éloquence et s'enferma dans la solitude. De prieur de la Trappe il fut·élu abbé en 1747 et nommé Vicaire général de l'Ordre en 1767. Il mourut subitement, après une administration qui avait duré dix-neuf ans (1747-1766).

40° *Théodore Chambon.* — Cet abbé a composé plusieurs ouvrages sur différentes matières ; il était même poète à ses heures. Il fut supérieur de son monastère pendant dix-sept ans (1766-1783).

41° *Pierre Olivier*, dernier abbé de la Trappe avant la Révolution ; il gouverna son abbaye sept ans, et mourut six jours avant le décret de l'Assemblée Constituante qui interdisait les vœux monastiques (1783-1790).

42° *Dom Augustin de Lestranges.* — Choisi pour supérieur par les Trappistes qui prenaient le chemin de l'exil en 1791, trois ans plus tard, il fut nommé abbé. C'est à cet homme illustre qu'on doit la conservation des Religieux de la Trappe pendant la grande Révolution française, leur merveilleux développement dans presque tous les pays du monde, et leur retour dans notre chère patrie après que la paix religieuse fut rendue à l'Église. Cet abbé a laissé un nom impérissable dans les annales monastiques ; de siècle en siècle on racontera à sa louange les œuvres merveilleuses qu'il a faites et les services éminents qu'il a rendus à l'univers chrétien. Il gouverna avec une grande sagesse les Trappistes pendant trente-six ans (1791-1827).

43° *Dom Joseph-Marie Hercelin.* — Il ramena en 1827 dans leur ancienne abbaye les Religieux de la Trappe, qu'un démêlé avec l'évêque de Séez avait éloignés momentanément. Il les gouverna d'abord comme prieur et reçut la bénédiction abbatiale en 1834, à Rome, des mains du cardinal anglais Thomas Weld, protecteur des Trappistes. Rempli d'ardeur pour la gloire de Dieu et pour le salut des âmes, il fit reconstruire presque entièrement son monastère et fonda, en 1834, à un demi-kilomètre de l'abbaye, une colonie pénitentiaire agricole pour les jeunes détenus : par là il rendit un immense service au pays en contribuant efficacement, par l'instruction religieuse et le travail si moralisateur des champs, à ramener au bien tant de pauvres enfants égarés dès leur début dans le chemin de la vie. Cet abbé fut à la tête de ses Religieux pendant vingt-huit ans (1827-1855).

44° *Dom Timothée.* — Ce digne supérieur a été le véritable miroir du moine des âges primitifs, réunissant en sa personne la simplicité d'un enfant à la majesté d'un pontife. Il eut la douleur de voir disperser, au mois d'avril 1880, sa jeune

Dom Étienne.

et prospère colonie agricole, et ses enfants adoptifs le quitter en pleurant. La même année, le 6 novembre, sur le point d'entrer en agonie, il entendait les coups de marteau qui faisaient voler en éclats les portes de son abbaye, et voyait ses Religieux appréhendés, jetés dans la rue et forcés de s'exiler. Ce fut au milieu de ces terribles épreuves que, plein de jours et de vertus, il rendit sa belle âme à Dieu, le 17 novembre 1880. Il y avait vingt-cinq ans qu'il dirigeait sa communauté (1855-1880).

45° *Dom Étienne*, abbé actuel de la Grande-Trappe, vit le jour à Bédarieux près Béziers (Hérault), en 1836. A la fin de sa rhétorique qu'il fit sous la direction des Lazaristes, il entra au monastère de Sainte-Marie du Désert, au diocèse de Toulouse : il n'avait que dix-neuf ans. Après un noviciat exemplaire et d'excellentes études théologiques, il fut promu au sacerdoce en 1859 avec dispense d'âge. A partir de ce moment il remplit, dans la communauté, divers emplois importants, entre autres ceux de Père Maître des novices de chœur et de Prieur, qui mirent encore davantage en relief ses précieuses qualités, non moins solides que brillantes. Aussi, quand la mort vint ravir Dom Marie, abbé de ce monastère, à l'affection et à l'estime de ses Religieux, ceux-ci n'eurent pas à hésiter sur le choix de son successeur ; leurs suffrages vinrent se réunir comme d'eux-mêmes sur la personne du jeune, mais digne prieur. Le R. P. Etienne n'avait que 31 ans, lorsqu'il fut élu abbé de Notre-Dame du Désert, le 27 juillet 1867. Il gouvernait ce monastère depuis quinze ans, lorsque les Religieux de la Grande-Trappe, instruits de ses mérites et guidés par les recommandations de dom Timothée sur son lit de mort, le choisirent pour leur abbé, le 6 août 1881. Son affection pour l'enfance, à l'exemple du divin Maître, et le désir de venir en aide aux familles pauvres de la contrée, lui ont inspiré d'établir en 1884 un orphelinat en la place de l'ancienne colonie pénitentiaire. Le zèle dont il est animé pour la beauté des Offices divins, la sanctification des âmes et le recrutement des vocations religieuses, le détermina encore à fonder au sein de sa communauté, en mars 1891, l'œuvre si belle des petits Oblats. Administrateur distingué, il a su donner aux diverses branches d'industrie établies dans son abbaye, une extension et une renommée jusqu'alors inconnues. Dom Etienne, doué d'un caractère énergique et d'une intelligence supérieure, voyait avec douleur son monastère menacer de s'écrouler sur plusieurs points ; il résolut alors, malgré les temps difficiles que nous traversons, de le reconstruire entièrement ; en moins de dix ans, il est parvenu à en faire une des merveilles de la contrée. Aussi est-il devenu l'émule de l'illustre abbé de Rancé ; car si celui-ci a réformé la Trappe qui, au spirituel, tombait en ruines, l'abbé actuel, Dom Étienne, tout en la maintenant dans sa ferveur primitive, l'a relevée au temporel et rendue plus belle et plus prospère que jamais : ces deux grands hommes se donnent la main à travers les deux siècles qui les séparent et méritent que la postérité garde à jamais le souvenir de leurs œuvres et que leurs noms soient immortalisés dans l'histoire.

CHAPITRE XL

1° *Maison Mère. Notre-Dame de la Grande-Trappe*, commune de Soligny (Orne). Cette abbaye, fondée en 1140 par Rotrou III, comte du Perche appartenait dans son origine à l'Institut de Savigny ; en l'année 1147, elle se réunit avec les trente monastères de cet Ordre à celui de Cîteaux. Au commencement du xv° siècle, sous l'influence pernicieuse de l'invasion des Anglais dans la province du Perche et de l'abus des commendes, elle tomba dans un grand relâchement. Le célèbre abbé de Rancé la réforma en 1663. Sous la conduite de ce grand homme, elle devint l'une des plus austères, des plus ferventes et des plus illustres abbayes du monde entier. En 1791, au commencement de la tourmente révolutionnaire, les Trappistes prirent le chemin de l'exil et conservèrent ainsi l'Ordre de Cîteaux réformé au milieu de la ruine générale des autres maisons religieuses. Après le baptême de la persécution, ils rentrèrent en France en l'année 1815. Dès lors, la vieille abbaye du Perche prit le nom de Grande-Trappe et demeura la maison mère de tous les monastères de Trappistes établis tant à l'étranger que sur le territoire français.

Industries : chocolat, vin de quinquina phosphaté, minoterie, kaolin, sable à cristal et à verre.

2° *Notre-Dame de Westmalle* (Belgique), commune de Westmalle, diocèse de Malines, province d'Anvers. Dom Augustin de Lestranges y envoya en 1792 dix Religieux, sous la conduite de dom Eugène, ancien page de Louis XVI et ancien novice à la Trappe du Perche. En 1794, les Trappistes furent obligés d'abandonner cette maison pour se retirer à Darfeld.

En 1801 dom Augustin rétablit Westmalle ; l'année 1811 vit
de nouveau les Religieux de Westmalle dispersés ; ils furent
rétablis en 1814. Par un Bref de Grégoire XVI du 22 avril 1836,
Westmalle fut érigé en abbaye.

Industrie : imprimerie.

3° *Notre-Dame de Melleray* (rayon de miel), commune de la
Meilleraie de Bretagne, diocèse de Nantes (Loire-Inférieure),
ancien monastère de Cîteaux fondé en 1132, érigé en abbaye
en 1142. Au mois de juillet 1817, le R. P. dom Antoine quitta
le monastère de Lulworth, en Angleterre, et vint avec ses
Religieux repeupler la Melleray.

Industries : graines, fruits, légumes, eau d'anis.

4° *Notre-Dame du Port-du-Salut*, commune d'Entrammes,
diocèse de Laval (Mayenne). Ancien monastère de Génovéfains
(chanoines de Sainte-Geneviève, qui suivaient la Règle de saint
Augustin) fondé en 1233. Des Trappistes venus de Darfeld
en Westphalie vinrent s'y fixer le 21 février 1815 ; le 10 décembre
de l'année suivante (1816), ce prieuré devint une abbaye.

Industries : minoterie, fromagerie.

5° *Notre-Dame de Bellefontaine* (ainsi appelé de plusieurs
sources dont les eaux sont excellentes), commune de Bégrolle
par Cholet, diocèse d'Angers (Maine-et-Loire). Cette abbaye
fut construite en 1100 par des Bénédictins relevant de Marmoutier. En 1816, le R. P. Urbain, à la tête d'une colonie de
Trappistes revenant d'Amérique, en prit possession. Ce monastère fut érigé en abbaye douze ans après, c'est-à-dire en
1828.

6° *Notre-Dame d'Aiguebelle* (eau belle), commune de Réau-
ville, diocèse de Valence (Drôme) ; cette maison fut fondée
en 1137 par l'abbaye de Morimond (Ordre de Cîteaux) : elle
fut honorée de la visite de saint Bernard, qui y demeura plusieurs jours. En 1815 les Religieux Trappistes de la Val-Sainte
se divisèrent en deux colonies, dont l'une vint à la Grande-
Trappe et l'autre alla à Aiguebelle. Ce monastère fut érigé en
abbaye en 1834.

Industries : chocolat ; eau de mélisse des carmes.

7° *Notre-Dame de Saint-Lieu-Sept-Fonts* (ainsi appelé de sept
canaux qui amenaient l'eau au monastère), commune de Diou,
diocèse de Moulins (Allier). Cette abbaye fut fondée en 1132 ;
elle était de l'Ordre de Cîteaux et de la filiation de Clairvaux ;
les premiers Trappistes de ce monastère venaient de celui de
Darfeld ; ils s'établirent d'abord au Gard, dans une ancienne
abbaye cistercienne fondée en 1137 ; mais, le chemin de fer
traversant leur propriété, ils abandonnèrent le Gard et se

fixèrent à Sept-Fonts le 18 octobre 1836, le jour même où l'abbaye avait été fondée six siècles auparavant.

Industrie : brasserie.

8° *Notre-Dame du Mont-des-Olives*, commune de Reiningen, diocèse de Strasbourg (Alsace-Lorraine). Cette maison, fondée en 1050, fut habitée longtemps par des chanoines de Saint-Augustin, ensuite par les Jésuites. Le R. P. Dom Pierre, trappiste de Darfeld, accompagné de deux Religieux et de cinq novices, en prit possession en qualité de prieur le 29 septembre 1825. Ce monastère fut érigé en abbaye le 10 février 1832.

9° *Notre-Dame de Grâce*, commune de Bricquebec, diocèse de Coutances (Manche). Ce monastère a été fondé en 1823 par un ancien novice de la Trappe d'Hyères. Jeté hors du cloître par la suppression de 1811, il était revenu au diocèse de Coutances, son pays natal, où il se livrait aux fonctions ecclésiastiques. Résolu à y fonder un monastère, il demanda un Religieux pour l'aider dans son entreprise; il reçut bientôt de nombreux novices. Le 29 juillet 1825, le Souverain Pontife Léon XII, instruit du courage et des vertus de ces enfants du désert, érigea leur couvent en prieuré de l'Ordre de Cîteaux, et le fondateur, l'abbé Onfroy, fut élu prieur sous le nom de dom Augustin. En 1836, le nombre des Religieux ayant considérablement augmenté, le Souverain Pontife Grégoire XVI donna à ce prieuré le titre d'abbaye ; le digne prieur fut élu abbé à l'unanimité des suffrages.

Industries : minoterie, fromagerie.

10° *Notre-Dame de Sainte-Marie du Mont* (autrefois le mont des Cats), commune de Godewaersvelde, diocèse de Cambrai (Nord). Vers le milieu du XVIIᵉ siècle trois ermites de l'institut de Saint-Antoine s'établirent sur ce plateau et y demeurèrent jusqu'à la grande Révolution. Un brave chrétien, ayant acheté le mont des Cats, s'adressa à dom Gervaise, abbé du Gard, et lui demanda des Religieux. Sa prière fut exaucée et douze Trappistes prirent possession de ce lieu le 26 janvier 1826, en la fête de saint Albéric, deuxième abbé de Cîteaux. Ce monastère fut érigé en abbaye le 9 décembre 1847.

Industries : brasserie, fromagerie.

11° *Notre-Dame de Saint-Sixte* (Belgique), commune de West-vleteren, diocèse de Bruges. Ce monastère fut fondé en 1831 par une colonie venue de l'abbaye du Gard ; plus tard il fut érigé en abbaye.

12° *Notre-Dame du Mont-Melleray* (Irlande) près Cappoquin, diocèse de Waterford. Ce monastère fut établi en 1831 par une colonie de Trappistes de l'abbaye de Melleray (Loire-Inférieure). Il est situé sur une haute montagne stérile, produisant, malgré tous les soins, à peine de quoi suffire à la subsistance des moines. — Il fut érigé en abbaye le 29 décembre 1834.

13° *Notre-Dame du Mont Saint-Bernard* (Angleterre), diocèse de Nottingham. Ce monastère fut élevé le 29 septembre 1835 par une colonie de Trappistes envoyée du Mont-Melleray, en Irlande ; on l'érigea en abbaye en 1841.

14° *Notre-Dame de Saint-Benoît* (Belgique), commune d'Achel, diocèse de Liège. Ce monastère a été fondé, le 21 mars 1846, jour de la fête de saint Benoît, par une colonie de Trappistes de l'abbaye de Westmalle. Depuis, il a été érigé en abbaye.

15° *Notre-Dame de Thymadeuc*, comme de Bréan-Loudéac, diocèse de Vannes (Morbihan). Ce monastère fut inauguré le 24 juillet 1841 par le R. P. dom Bernard, aidé d'un Religieux et d'un Frère convers, tous les trois sortis de la Grande-Trappe. Il a été érigé en abbaye le 12 septembre 1847.

16° *Notre-Dame de Staouëli* (Algérie), commune de Sidi-Ferruch, diocèse d'Alger. Cette maison a été établie le 20 août 1843, jour de la fête de saint Bernard, par une colonie de Religieux d'Aiguebelle ayant à sa tête le R. P. dom François-Régis de Martrin. Elle est située à dix-sept kilomètres d'Alger ; elle possède plus de mille hectares de terrain dont une grande partie est plantée de vignes. Elle fut érigée en abbaye le 11 juillet 1846.

Industries : vins ; essence de géranium.

17° *Notre-Dame de Gethsémani* (Amérique), diocèse de Louisville. Ce monastère, fondé en 1848, a été érigé en abbaye en 1851.

18° *Notre-Dame de la Grâce-Dieu*, commune de Chaux-les-Passavant, diocèse de Besançon (Doubs). Ce monastère était une ancienne abbaye cistercienne de la filiation de Morimond, fondée en 1135. Son rétablissement remonte à 1844.

19° *Notre-Dame de la Nouvelle-Melleray*, en Amérique, diocèse de Dubuque (Etats-Unis), fondée en 1849 par quelques Religieux du Mont-Melleray d'Irlande et érigée en abbaye en 1862.

20° *Notre-Dame de Fontgombault*, commune de Fontgombault, diocèse de Bourges (Cher). C'est dans ce lieu qu'au XII° siècle vivait Pierre de l'Étoile, ami de Robert d'Arbrissel, fondateur du monastère et de l'Ordre de Fontevrault. Pierre de l'Étoile y construisit un vaste couvent en 1091. Le 21 mai 1850, le R. P. Marie-Augustin (dans le monde, comte de la Forêt d'Yvonne), avec quelques Religieux de Bellefontaine, prit possession de Fontgombault. Cette maison fut érigée en abbaye en 1859.

21° *Notre-Dame de Scourmont*, commune des Forges, près Chimay, diocèse de Tournai (Belgique). Le R. P. François, prieur du monastère de Saint-Sixte, se rendit en ce lieu le 25 juillet

1850, à la tête de dix-sept Religieux et y fonda le monastère dont nous parlons, qui fut plus tard érigé en abbaye.

Industrie : brasserie.

22° *Notre-Dame des Neiges*, commune de Saint-Laurent-les-Bains, diocèse de Viviers (Ardèche). En 1152, les religieux de Sénanque, de l'Ordre de Cîteaux, fondèrent en ce lieu l'abbaye des Chambons. C'est dans ses ruines que le monastère des Neiges a été établi le 20 août 1850 par trente Religieux venus de la Trappe d'Aiguebelle ; ce prieuré est devenu abbaye.

Industrie : arnica.

23° *Notre-Dame du Désert*, commune de Bellegarde, diocèse de Toulouse (Haute-Garonne). En 1853, quelques Religieux venus de la Trappe d'Aiguebelle s'établirent dans un désert situé dans le canton de Cadours et y fondèrent cette maison qui a été érigée en abbaye en 1861.

Industrie : apiculture ; miel.

24° *Notre-Dame de Mariawald* (Prusse Rhénane), canton de Schleiden, diocèse de Cologne. Ce monastère a été fondé en 1861.

25° *Notre-Dame de Tamié* (Savoie), par Frontenex, diocèse de Chambéry. C'est une vieille abbaye de l'Ordre, qui a été recouvrée en 1861.

26° *Notre-Dame des Dombes*, par Marlieux, diocèse de Belley (Ain). Le R. P. Augustin (dans le monde, marquis de la Douze), à la tête de quarante-deux Religieux d'Aiguebelle, alla fonder ce monastère le 17 octobre 1863.

Industries : cire, cierges ; musculine ; charbon chimique.

27° *Notre-Dame des Trois-Fontaines*, près de Rome. En l'année 626, Honorius Ier fonda un monastère aux Eaux-Salviennes pour les Bénédictins et le dédia aux saints martyrs Vincent et Anastase. L'an 1140, le pape Innocent II, en ayant retiré les Bénédictins, confia le monastère à saint Bernard et lui demanda des Religieux de Clairvaux. Le Saint y envoya une colonie de moines sous la conduite de Paganelli, qui fut élu Souverain Pontife en 1145 sous le nom d'Eugène III. En 1826, le pape Léon XII enleva cette abbaye aux Cisterciens pour la confier aux Frères Mineurs de l'Observance : l'ordre de Cîteaux perdait ainsi ce monastère qu'il avait possédé 686 ans, de 1140 à 1826. Par une Bulle en date du 21 avril 1868, Pie IX rendit aux Cisterciens réformés de la Trappe l'abbaye des Trois-Fontaines ; quelques Religieux venus de diverses maisons et réunis à une colonie envoyée par la Grande-Trappe, en prirent possession.

Industrie : eucalyptus.

28° *Notre-Dame de la Double*, à Echourgnac, diocèse de Périgueux (Dordogne).

29° *Notre-Dame de Chambarand*, par Roybon, diocèse de Grenoble (Isère).

Industrie : brasserie.

30° *Notre-Dame du Petit-Clairvaux*, Nouvelle-Ecosse, diocèse d'Antigonish (Amérique du Nord).

31° *Notre-Dame de Mariastern*, vicariat apostolique de Bosnie (Autriche).

32° *Notre-Dame de Divielle*, par Montfort-en-Chalosse, diocèse d'Aire (Landes).

33° *Notre-Dame d'Acey*, par Gendrey (Jura), diocèse de Saint-Claude, fondé par Aiguebelle.

Industrie : dragées contre les maladies des bronches.

34° *Notre-Dame d'Igny*, par Fismes, diocèse de Reims (Marne), fondé par Notre-Dame du Désert.

Industries : imprimerie, chocolat.

35° *Notre-Dame de Bonnecombe*, par Cassagnes, diocèse de Rodez (Aveyron), fondé par Aiguebelle.

36° *Notre-Dame du Sacré-Cœur*, à Beagle-Bay, diocèse de Perth (Océanie).

37° *Notre-Dame du Mont-Saint-Joseph*, par Roscréa, diocèse de Killaloë (Irlande).

38° *Notre-Dame de Mariannhill*, vicariat apostolique de Natal (Afrique).

39° *Notre-Dame de Koningshœven*, par Tilburg, diocèse de Bois-le-Duc (Hollande).

40° *Notre-Dame du Lac*, à Oka, comté des Deux-Montagnes, diocèse de Montréal (Canada), fondé par Bellefontaine.

41° *Notre-Dame de Kloster-Maria-Erlosung*, à Reichenburg-Steiermark, diocèse de Marburg (Autriche), fondé par les Dombes.

42° *Notre-Dame du Val-Saint-Joseph* (Espagne), diocèse de Madrid, à Perales del Rio, par Getafe.

43° *Notre-Dame du Sacré-Cœur* près Akbès, par Alexandrette (Syrie), délégation apostolique de Beyrouth.

44° *Notre-Dame de la Consolation*, à Yan-Kia-ko, vicariat apostolique de Pékin (Chine).

45° *Notre-Dame de Saint-Joseph*, d'Echt, diocèse de Ruremonde (Hollande).

46° *Notre-Dame du Sacré-Cœur*, à Diepenveen, près Deventer diocèse d'Utrecht (Hollande).

47° *Notre-Dame des Catacombes*, via Appia antica, 28, Rome.

Industrie : chocolaterie.

48° *Notre-Dame de l'Immaculée-Conception* à Tegelen, près Venlo, diocèse de Ruremonde (Hollande).

49° *Notre-Dame de Saint-Remy*, par Rochefort, diocèse de Namur (Belgique).

50° *Maria Veen* (Westphalie), par Groos-Reken, diocèse de Munster.

51° *Notre-Dame des Sept-Douleurs* (Palestine), à El-Athroun, par Jaffa, patriarcat de Jérusalem.

52° *Notre-Dame de Saint-Isidore*, à Dueñas, diocèse de Palencia (Espagne).

Industrie : chocolat.

53° *Notre-Dame de Bon-Repos*, par Saint-Ambroix, diocèse de Nîmes (Gard).

54° *Notre-Dame des Prairies*, à Saint-Norbert, Manitoba, archidiocèse de Saint-Boniface (Canada).

55° *Notre-Dame de Mistassini*, comté de Chicoutimi (Canada).

56° *Notre-Dame de la Trappe de Saint-Joseph*, à N'Dembu, près N'Tampa (Congo).

57° *Notre-Dame de l'Immaculée-Conception*, à Zemoniko par Zara, diocèse de Zara (Dalmatie-Autriche).

MONASTÈRES DE RELIGIEUSES TRAPPISTINES

1° *Notre-Dame des Gardes*, par Chemillé, diocèse d'Angers (Maine-et-Loire).

2° *Notre-Dame de l'Immaculée-Conception*, à Avénières, diocèse de Laval (Mayenne).

3° *Notre-Dame de Vaise*, à Lyon-Vaise, diocèse de Lyon Rhône).

4° *Notre-Dame d'Œlenberg*, par Lutterbach, diocèse de Strasbourg (Alsace-Lorraine).

5° *Notre-Dame de Maubec*, par Montélimar, diocèse de Valence (Drôme).

6° *Notre-Dame de Saint-Joseph*, d'Ubexy, par Charmes, diocèse de Saint-Dié (Vosges).

7° *Notre-Dame de la Cour-Pétral*, près la Ferté-Vidame, diocèse de Chartres (Eure-et-Loir).

8° *Notre-Dame de Blagnac*, près Toulouse (Pyrénées-Orientales).

9° *Notre-Dame d'Espira de l'Agly*, diocèse de Perpignan (Pyrénées-Orientales).

10° *Notre-Dame de Bonneval*, par Espalion, diocèse de Rodez (Aveyron).

11° *Notre-Dame de San-Vito*, colline de Turin (Italie).

12° *Notre-Dame du Sacré-Cœur*, à Saint-Clément, par Mâcon, diocèse d'Autun (Saône-et-Loire).

13° *Notre-Dame de Saint-Paul-aux-Bois*, par Blérancourt, diocèse de Soissons (Aisne).

14° *Notre-Dame de Belval*, par Saint-Pol-sur-Ternoise, diocèse d'Arras (Pas-de-Calais).

15° *Notre-Dame de Saint-Vinebault*, par Saint-Martin de Bossenay, diocèse de Troyes (Aube).

Ainsi le nombre total des monastères de la Trappe, tant de Religieux que de Religieuses, est de soixante-douze. Toutes ces maisons sont issues directement ou indirectement de l'abbaye de la Grande-Trappe, dont nous venons d'esquisser l'histoire. Le personnel de tous ces monastères réunis s'élève à environ cinq mille sujets, qui n'ont d'autre dessein que de faire épanouir au milieu d'eux les trois fleurs de la vie monastique : la pénitence, le travail et la prière. Tous ont abandonné biens, maisons, pays, famille, amis, et, ne voulant connaître aucun des plaisirs de ce monde, ils sont allés demander au cloître ses mortifications et ses austérités. La plupart d'entre eux avaient devant les yeux l'éclat et les charmes de la jeunesse ; mais, à tout ce que leur promettait l'avenir, aux joies de la famille, aux affections du siècle presque aussitôt fanées qu'épanouies, ils ont préféré souffrir avec Jésus crucifié. Résolution sublime ! merveilleux attrait ! qu'êtes-vous donc, sinon l'élan spontané d'une âme qui, de son premier coup d'aile, s'élève d'un rapide essor vers l'éternelle lumière et l'éternelle vérité ?

En voyant ces nobles cœurs épris de l'amour du sacrifice, on comprend que le principe de la force et de la grandeur morale, le premier et le dernier mot du bonheur véritable est de placer toutes ses espérances dans l'éternité.

C'est ce qui explique, en cette fin de siècle sensuel et dégénéré, ce courant ininterrompu d'âmes d'élite qui continuent de se réfugier à l'ombre des cloîtres. De même que les anges reçoivent de l'Auteur de tout don parfait plus ou moins de beauté et de grâce, les hommes plus ou moins de qualités physiques, intellectuelles et morales, les astres plus ou moins de splendeur et d'éclat, les animaux plus ou moins d'instincts et d'attraits, les fleurs plus ou moins de parfum et de coloris, de même aussi il y a sur la terre des lieux qui sont, plus que d'autres, l'objet des complaisances célestes, des lieux sur lesquels Dieu se plaît à répandre des grâces et des bénédictions de choix : telles sont les solitudes habitées par ces anges de la terre, qui ne se laissent pas captiver par la figure changeante des choses d'ici-bas, mais qui élèvent sans cesse leurs cœurs vers la cité permanente de la céleste Jérusalem.

Nous espérons qu'en parcourant ces pages dans lesquelles nous avons essayé de décrire ces paradis de la terre et les saintes occupations de leurs paisibles habitants, nos lecteurs auront appris à estimer et à aimer, plus encore que par le passé, l'état religieux.

Avant de terminer notre travail, qu'il nous soit permis de donner à nos frères dans la foi un avis salutaire. Qui que vous soyez, si vous le pouvez, allez faire une retraite ou au moins une visite dans un monastère de Trappistes. Cet éloignement du monde, ce travail manuel auquel s'assujettissent des hommes que souvent leur position, leur fortune et leurs talents semblaient devoir exempter d'un tel genre d'occupations, font sur vous une vive impression. Vous y verrez des moines vêtus de blanc, graves, silencieux, sur le front desquels semble toujours briller une pensée élevée, et dont la physionomie, ordinairement distinguée, révèle une intelligence supérieure ; leur froc grossier cache parfois des savants éminents. Ces autres religieux que vous apercevez portant la robe brune, ce sont les Frères convers : leur figure ascétique et méditative annonce des âmes vivant des vérités de la foi. Les uns et les autres, malgré le crucifiement continuel de la nature, portent sur le visage l'empreinte de la paix et du bonheur. Toutes ces choses émeuvent le cœur et rappellent à l'âme, avec la touchante éloquence du sacrifice, les sublimes enseignements de l'Évangile et les divines leçons de la croix. Dans ces cloîtres sanctifiés par la pénitence, la prière et la vertu, on respire les suaves parfums de la grâce et la vivifiante atmosphère de la religion ; c'est encore la terre, mais avec un doux reflet du Ciel. Là tout élève l'âme vers Dieu et lui rappelle la vie future.

C'est pourtant à ces moines, et à tous les religieux en général, à quelque Ordre ou Congrégation qu'ils appartiennent, et malgré les services qu'ils rendent à la religion et à la société, ou plutôt à cause de ces services mêmes, que la franc-maçonnerie a juré une haine et une guerre à mort. Satan, le chef de la secte, prévoyant que le grand jour de la justice divine est proche, convoque autour de lui tout ce qu'il y a de ministres dans l'empire du mal, pour leur faire connaître le dernier programme de l'enfer. « Le temps de dissimuler est passé, dit-il, c'est ouvertement que désormais il nous faut combattre contre Dieu et son Eglise. Plus d'erreurs partielles, qui laissent debout quelques vérités ! L'erreur large, immense, subversive de toute raison, de tout ordre, de toute moralité ! ! Ouvrons les dernières sources de l'abîme ; faisons-en jaillir un torrent de ténèbres pour les esprits et de corruption pour les cœurs ; exécutons le testament de mort que le xviie siècle a légué au xixe. Or, pour réaliser ce programme, il est absolument nécessaire de faire disparaître les divers instituts religieux : tant que ces armées d'élite seront aux avant-postes de l'Eglise, pas de victoires possibles pour nous. »

Aussi, lorsque les Religieux réclament contre les mesures iniques et vexatoires dont ils sont les victimes, la Franc-Maçonnerie, s'inspirant de ce programme, leur répond ironiquement : « Nous ne contestons pas vos droits à la liberté et à l'égalité de l'impôt devant la loi ; nous savons que ces choses sont écrites dans la constitution du pays ; mais nous ne pouvons pas lutter avec vous de sacrifices, de vertus et de dévouements. Vous avez, dans vos principes, d'incroyables ressources dont nous ne possédons pas le secret. Votre foi, vos espérances de l'autre vie, l'amour divin que le Calvaire a allumé dans vos cœurs, toutes ces choses vous donnent une force, un prestige, un ascendant qui nous échappent ; par conséquent, vous faites à nos idées une concurrence impossible, celle du géant contre le nain. Dès lors l'égalité n'existe plus entre nous ; le droit commun, la liberté individuelle doivent vous être refusés comme une compensation en notre faveur. Par les décrets du 29 mars 1880, nous vous avons rivé les pieds pour soustraire la société à votre influence ; par l'impôt d'abonnement du 12 avril 1895 on vous a lié les mains pour tarir vos œuvres saintes et vous empêcher de montrer d'une main à l'enfant la croix et de l'autre le ciel. Si nous avons voulu taxer la vertu et laisser libre le vice, c'est afin de rétablir l'équilibre de nos forces respectives, et encore nous ne sommes pas certains que dans cette position vous ne serez pas plus puissants que nous. »

L'arbitraire, l'injustice et la méchanceté humaine sont ici à leur apogée. Ce fut le Vendredi Saint, à 3 heures du soir, notons-le en passant, que fut votée, le 12 avril 1895, la loi d'abonnement : date à jamais mémorable dans l'histoire du crime.

Jadis les enfants de Florence, en voyant passer le Dante, le montraient du doigt, en disant : « Voilà celui qui revient de l'enfer ! » Aujourd'hui hélas! ce ne sont pas seulement les enfants d'une ville, ce sont ceux de toute la France qui peuvent dire, en toute vérité, en apercevant des francs-maçons : « Voilà non pas ceux qui reviennent de l'enfer, mais qui y vont et qui nous y précipitent! »

Mais il est temps de clore ce chapitre. Nous en avons dit assez dans le cours de cet ouvrage pour montrer que les maisons religieuses sont, pour ainsi dire, les eaux thermales de la piété chrétienne, où les hommes peuvent aller se retremper dans une vie nouvelle. Au sortir de ces oasis du désert, on se sent plus fort et plus courageux pour supporter les épreuves de la vie et on éprouve la vérité de cette sentence de nos Livres saints : « Il vaut mieux aller dans une maison de deuil que dans une maison de réjouissance. »

Et maintenant puissions-nous, par ces modestes pages, contribuer à l'édification de ceux qui les liront, éclairer ou raffermir peut-être quelques vocations chancelantes, dissiper enfin certains préjugés trop répandus aujourd'hui contre la vie du cloître !

Quoi qu'il en soit, ami lecteur, si votre âme a puisé dans ce livre quelques pieuses pensées, quelques bons désirs et quelques saintes résolutions, remerciez-en Dieu, auteur de tout bien. Si vous y avez remarqué des fautes contre la correction du langage, la pureté du style et l'art littéraire, attribuez-les au peu de talent et de loisirs dont l'auteur dispose. Permettez-lui néanmoins d'implorer de votre charité une prière, afin qu'au jour de son jugement, Dieu ait pitié de son indigne serviteur ; de son côté, il ne vous oubliera pas dans ses faibles supplications, soit en ce monde, soit dans l'autre, si, comme il l'espère, il obtient miséricorde devant Notre-Seigneur Jésus-Christ, à qui appartient l'empire, l'honneur et la gloire dans les siècles des siècles. *Amen.*

APPENDICE

La Providence, qui veille sur tous les êtres qu'elle a créés dans ce vaste univers et qui, suivant l'expression de nos saints Livres, donne même « leur nourriture aux petits oiseaux qui l'invoquent », cette Providence a pourvu aux besoins matériels des moines de la Trappe ; elle leur a procuré trois industries qui leur fournissent de quoi subsister et leur permettent en outre de faire d'abondantes aumônes aux malheureux qui viennent en si grand nombre recourir à leur inépuisable charité. Nous allons, en terminant ce livre, dire quelques mots de ces trois branches d'industrie.

1° EXPLOITATION DU KAOLIN

De temps immémorial on connaissait, sur un terrain donné à la Trappe par Gervais de Boissé, en 1240, mais, depuis la grande Révolution, appartenant à des propriétaires voisins, une terre argileuse, blanche, plastique et réfractaire.

Plusieurs verreries du pays, disparues depuis longtemps, venaient jadis chercher de cette terre pour la confection de leurs creusets ; des familles pauvres s'en servaient, en guise de savon, pour blanchir leur linge ; des statuaires des environs l'employaient pour la confection des objets de leur art ; mais personne jusqu'alors n'avait soupçonné la valeur et la richesse de cette substance.

Récemment les Trappistes résolurent d'acheter le terrain en question. L'ayant acquis, ils y firent opérer des fouilles sur les dix hectares de son étendue, afin de se rendre compte de l'usage qu'on pourrait faire de cette terre argileuse.

L'entreprise dépassa toute prévision : on découvrit plusieurs centaines de mille mètres cubes d'une argile blanche et très fine, ainsi qu'une grande quantité de diverses sortes de sable blanc extra-fin ; quelques-unes renfermaient beaucoup de brillant qu'on nomme *mica*.

Il s'agissait de reconnaître la nature et la valeur de ces diverses matières au point de vue géologique, industriel et artistique ; elles furent soumises à l'analyse, d'abord par un Frère Trappiste, ancien directeur d'un des principaux cabinets de chimie de Paris, et ensuite au laboratoire de l'École des mines.

Le résultat fut des plus heureux : on trouva que la terre blanche renfermait une proportion d'alumine et de silice égalant et dépassant les meilleurs argiles ou kaolins d'Alençon et de Breteuil, et qu'elle était propre à la fabrication de la porcelaine ; les sables furent reconnus très bons, les uns pour le verre ordinaire, les autres riches en mica et excellents pour faire de joli cristal.

De plus, quelques échantillons de kaolin ayant été envoyés en diverses usines, les vases faits avec cette matière démontrèrent, mieux encore que l'analyse, qu'on était en présence d'une argile à porcelaine. Aussi les Trappistes formèrent-ils aussitôt le vaste projet, pour exploiter en grand le kaolin et les sables, d'établir un chemin de fer d'un parcours de cinq kilomètres, qui de la carrière d'exploitation se rend à la gare de Soligny, en passant près du monastère.

C'est ainsi que ce pauvre terrain, situé sur la commune de Prépotin, naguère encore tout couvert de chétives bruyères et de maigres broussailles, deviendra, sous la sage et prudente main des moines, une source féconde de travail et de richesse pour le pays tout entier.

Tout prochainement une usine à porcelaine et une verrerie seront établies près des carrières à Soligny-la-Trappe.

2° FABRICATION DU CHOCOLAT

D'après les données de la science, on sait que le chocolat, très nourrissant de sa nature, est un bon reconstituant, et des plus sains, et qu'il convient surtout aux enfants débiles, aux convalescents, aux vieillards affaiblis et à toutes les personnes épuisées par les maladies ou par des excès de différente nature. Mais pour que cet excellent aliment jouisse de toutes ses propriétés, il est nécessaire qu'il soit exempt de toute altération.

Or, à n'en pas douter, le chocolat est, parmi les produits alimentaires, un de ceux qui sont les plus exposés à la falsification, qui a lieu de plusieurs manières : 1° par l'emploi de cacaos plus ou moins avariés ; 2° en extrayant du cacao le beurre qui

Chocolaterie.

est un de ses principes les plus importants, pour y substituer des graisses communes ; 3° par l'introduction, dans sa fabrication, de fécule, de dextrine, de farine, de matière inerte et même nuisible. Le chocolat de la Grande-Trappe est garanti pur sucre et cacao ; il a été tout spécialement recommandé par un grand nombre de célèbres médecins, et a mérité aux Trappistes la médaille d'argent à Honfleur et à Cherbourg, la médaille de vermeil (la plus haute récompense) à Rennes, la médaille d'or à Paris, enfin le diplôme d'honneur à Londres. Le prix modique du chocolat de la Grande-Trappe, réuni à toutes ses qualités hygiéniques, le recommande à tous ceux qui dans ces temps de fraude, où la réclame, revêtant toutes les formes, s'est élevée à la hauteur d'une institution, ne veulent pas être trompés dans l'acquisition d'une substance si agréable, si utile et d'un emploi si fréquent.

En résumé, les Trappistes ont voulu, dans l'intérêt public, produire un chocolat absolument exempt de toute altération quelconque, d'un goût et d'un arome exquis, et le livrer à des prix très modérés, sans détriment de ses qualités.

Pour parvenir à ce résultat, rien n'a été épargné : force motrice considérable utilisée par la vapeur, outillage perfectionné, choix judicieux des matières premières, dosage selon les meilleures données scientifiques, méthode suivant l'art le plus expérimenté, soins scrupuleux dans la fabrication, enfin personnel choisi et nombreux.

3° VIN DE QUINQUINA AU BI-PHOSPHATE DE CHAUX

Certes, s'il est un médicament qui mérite le nom de *souverain*, c'est sans contredit le *quinquina*. Depuis la découverte de cette merveilleuse écorce exotique, on ne saurait dire les services qu'elle a rendus à la médecine et les résultats extraordinaires qu'on en a obtenus. Ce prince des reconstituants, ce roi des toniques, ce spécifique des fièvres intermittentes est l'arme la plus puissante et la plus usitée de la thérapeutique ; il donne la vie aux organes et active au plus haut degré leurs fonctions ; il est la base de tout traitement fortifiant ; il est l'agent le plus nécessaire à opposer à la chlorose, à l'anémie, aux faiblesses d'estomac, aux longues convalescences, et généralement toutes les fois qu'il y a débilité ou épuisement. Quant au bi-phosphate de chaux, devenu très soluble par une préparation particulière d'après les plus célèbres médecins, il est au plus haut point apéritif, reconstituant, tonique ; il facilite les digestions, accroît et réveille l'appétit, et ravive les forces. Il est indiqué dans toutes les circonstances où il y a dépression de l'économie, dans les anémies, les cachexies (altération des organes), les dyspepsies (digestions laborieuses), la scrofule (dégénérescence tuberculeuse des glandes superficielles), le diabète (excrétion abondante de matières sucrées), le rachitisme (maladie causée par le ramollissement et l'altération des os, principalement de l'épine dorsale), la phtisie pulmonaire, les fractures, l'asthme humide, le catarrhe, les bronchites chroniques, les rhumes invétérés, les toux opiniâtres. C'est un puissant réparateur des nerfs, des tendons, des muscles, des os ; il entre dans la composition des globules du sang qu'il enrichit ; il convient tout spécialement aux nourrices ; il prévient les maladies de l'enfance dont il diminue la mortalité, et favorise la dentition ; une préparation spéciale lui donne la vertu de détruire les microbes ; par conséquent c'est un spécifique pour prévenir les maladies contagieuses, telles que le choléra, la fièvre typhoïde, l'influenza et généralement toutes les maladies épidémiques.

Le vin généreux de Staouëli (Afrique), récolté par les Religieux Trappistes, et par là même garanti exempt de toute fraude, servant de véhicule au quinquina et au bi-phosphate, achève de faire de cette préparation le plus complet et le plus puissant des réparateurs et des reconstituants. Pour ceux qui le désirent, le vin de Staouëli est remplacé par le vin d'Espagne ou de Malaga.

Les sommités médicales ont fortement recommandé le vin phosphaté au quinquina de la Grande-Trappe, comme réunissant à un goût exquis les qualités les plus précieuses et la modicité du prix. Aussi bien a-t-il acquis promptement une grande réputation, non seulement en France, mais encore à l'étranger : les nombreuses lettres de félicitation et de remerciement que les Trappistes reçoivent journellement à ce sujet fournissent la meilleure preuve de son efficacité. Une troisième espèce de vin apéritif et fortifiant, sans phosphate, est également livrée au public par les Religieux de la Grande-Trappe. Ce vin est destiné à remplacer avec avantage les nombreuses espèces de liqueurs qui, pour l'ordinaire préparées avec des alcools de mauvaises natures, ne sont propres qu'à détruire la santé, quand elles ne font pas perdre la raison elle-même.

En se procurant soit du chocolat, soit du vin au quinquina, au monastère des Trappistes, outre la certitude de n'être pas trompé, on a encore l'avantage d'avoir part aux œuvres saintes qui ont porté les Trappistes à joindre l'industrie à l'agriculture : 1° leur aider à reconstruire le monastère qui menaçait ruine en plusieurs endroits ; 2° pourvoir aux besoins du jeune orphelinat qui n'est encore qu'à son aurore et offre cependant déjà de belles espérances ; 3° permettre de donner une plus grande extension à leurs aumônes et œuvres pies de chaque jour.

Le vin de quinquina de la Trappe a été longtemps préparé par un Religieux qui fut pendant vingt ans l'élève du Père Debreyne. Comme le nom et la réputation de ce célèbre médecin ont puissamment contribué à la renommée de cette préparation, nous allons donner à son sujet une petite notice biographique.

Debreyne, Jean Cornil, né à *Quaëdypre (Nord)*, le 7 novembre 1786, fit de brillantes études, embrassa la carrière médicale et devint docteur de la Faculté de médecine de Paris. Pénétré de mépris pour les vanités de ce monde et n'aspirant qu'à l'éternelle félicité du ciel, il se retira à la Grande-Trappe le 17 avril 1817, à l'âge de trente et un ans. Pendant plus d'un demi-siècle il brilla parmi les plus grandes célébrités de l'époque. Il fut l'élève, le confrère, l'ami des docteurs les plus distingués. Il devint lui-même un professeur émérite ; près de lui, des jeunes gens qui se disposaient à embrasser la carrière de la médecine, se plaisaient à prendre des leçons. On venait le consulter de très loin, et de nombreuses cures répondaient à la confiance des populations. Il savait joindre les éminentes qualités que le vieil Hippocrate demande à ceux qui exercent l'art médical, aux vertus que saint Benoît réclame de ses disciples. Les exigences de la vie monastique n'empêchèrent pas ce savant praticien de composer une vingtaine de traités sur la thérapeutique, la théologie, la physiologie, etc., qui ont fait l'admiration des savants et dont plusieurs sont demeurés classiques pour le prêtre et le médecin. Il mourut le 28 août 1867, à l'âge de quatre-vingt-un ans. Plein de charité envers les pauvres malades, il emporta dans la tombe leur affection et leurs regrets.

Nota. — Outre le chocolat et le vin de quinquina, on se procure encore à la Grande-Trappe : 1° un *baume dentaire :* il suffit d'imbiber un peu de coton dans ce liquide, qu'on place sur la dent malade ; pour l'ordinaire, la douleur cesse instantanément et souvent pour toujours ; — 2° *des pilules ferrugineuses*, toniques et stomachiques, excellentes dans les maladies suivantes : anémie, chlorose, pâles couleurs, gastralgie, inertie et faiblesse des organes, asthme, scrofule, hydropisie, vomissements et engorgement occasionné par la chlorose ; ces pilules ont l'avantage de ne pas constiper ; on en prend six par jour, deux à la fois, le matin, à midi et le soir, une heure avant les repas ; — 3° des *pilules purgatives*, laxatives, rafraîchissantes, très efficaces dans la constipation, les menaces de congestion cérébrale, les rhumatismes, la goutte, l'hydropisie, la migraine, la scrofule, le goître, le rachitisme, la phtisie, le lumbago, l'ozène et les diverses maladies de la peau ; elles sont aussi antiseptiques. On en prend de deux à quatre, et même davantage s'il est nécessaire, le matin deux heures avant de manger, ou le soir en se couchant ; on peut même les prendre au moment du repas dans la première cuillerée de potage. La formule de ces pilules a été approuvée par plusieurs docteurs ; — 4° des *pastilles* excellentes dans toutes les maladies des voies respiratoires : rhumes, bronchites, enrouements, catarrhes, toux opiniâtres, mauvaises digestions, etc. — On peut aussi s'y procurer du thé de Chine, de la citronnette, de l'eau d'anis, etc. etc.

TABLE DES MATIÈRES

POITIERS. — TYPOGRAPHIE OUDIN ET Cie

www.ingramcontent.com/pod-product-compliance
Lightning Source LLC
Chambersburg PA
CBHW071845020726
47502CB00003B/611